Le souffle du jasmin

Du même auteur

AUX ÉDITIONS GALLIMARD
L'Enfant de Bruges, roman, 1999
À mon fils à l'aube du troisième millénaire, essai, 2000
Des jours et des nuits, roman, 2001

AUX ÉDITIONS DENOËL
Avicenne ou la route d'Ispahan, roman, 1989
L'Égyptienne, roman, 1991
La Pourpre et l'olivier, roman, 1992
La Fille du Nil, roman, 1993
Le Livre de saphir, roman, 1996
(Prix des libraires)

AUX ÉDITIONS PYGMALION
Le Dernier Pharaon, biographie, 1997

AUX ÉDITIONS CALMANN-LÉVY
Le Livre des sagesses d'Orient, anthologie, 2000
L'Ambassadrice, biographie, 2002
Un bateau pour l'Enfer, récit, 2005
La Dame à la lampe, biographie, 2007

AUX ÉDITIONS FLAMMARION
Akhenaton, le Dieu maudit, biographie, 2004
Erevan, roman, 2009
(Prix du roman historique de Blois)
Inch' Allah, Le Souffle du jasmin, roman, 2010
Inch' Allah, Le Cri des pierres, roman, 2010

AUX ÉDITIONS ALBIN MICHEL
Les Silences de Dieu, roman, 2003
(Grand Prix de la littérature policière)
La Reine crucifiée, roman, 2005
Moi, Jésus, roman, 2007

AUX ÉDITIONS J'AI LU
Le dernier pharaon, roman, 2000
Moi, Jésus, roman, 2009
Erevan, roman, 2009

Site officiel de Gilbert Sinoué :
http://www.sinoue.com

GILBERT SINOUÉ

Inch'Allah - 1

Le souffle du jasmin

ROMAN

À Mohammad Tarbush, Bassel et Nada.

Personnages de fiction

Famille palestinienne Shahid
Hussein, le père
Nadia, la mère
Mourad, le fils aîné
Soliman, le second fils
Samia, la cadette

Latif el-Wakil, cousin germain de Hussein Shahid
Leïla el-Wakil, épouse de Latif

Famille égyptienne Loutfi
Farid Loutfi bey, le père
Amira, la mère
Taymour, le fils aîné
Mona, la sœur cadette

Famille irakienne El-Safi
Nidal el-Safi, le père
Salma, son épouse
Chams, le fils
Dounia, la demi-sœur de Nidal

Famille israélienne Marcus
Josef Marcus, le père
Irina, sa fille, mariée à Samuel Bronstein. Un enfant : Avram

Seconde famille palestinienne Tarboush
Marwan, le père
Loubna, la mère
Kassem, le fils aîné
Wissam, le second fils
Leïla, la fille aînée
Yasmina, la fille cadette

Ahmed Zulficar, ami des Loutfi
Nour Zulficar, sœur cadette, épouse de Taymour

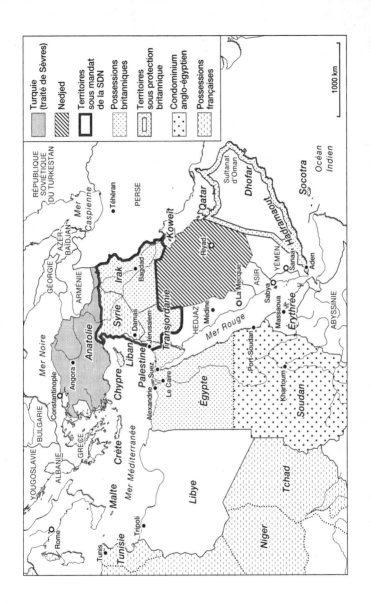

Légende:

- Turquie (traité de Sèvres)
- Nedjed
- Territoires sous mandat de la SDN
- Possessions britanniques
- Territoires sous protection britannique
- Condominium anglo-égyptien
- Possessions françaises

1000 km

YOUGOSLAVIE — BULGARIE — ALBANIE — GRÈCE

Rome • Mer Méditerranée — Malte — Crète

Constantinople • Mer Noire — Angora • Anatolie — GÉORGIE — ARMÉNIE — AZER·BAIDJAN — Mer Caspienne

RÉPUBLIQUE SOVIÉTIQUE DU TURKESTAN

Téhéran • PERSE

Chypre — Liban — Damas • Syrie — Bagdad • Irak — Koweït • Qatar — Sultanat d'Oman — Dhofar — Océan Indien

Jérusalem • Palestine — Transjordanie — Riyad ○

Tunis • Tunisie — Tripoli — Libye

Alexandrie • Suez • Le Caire — Égypte

HEDJAZ — Médine • Mer Rouge — La Mecque ○ — Socotra

Niger — Tchad — Soudan — Port-Soudan •

Khartoum • — Sabya — ASIR — Sabya • — YÉMEN — Sanaa • — Hadramaout — Aden •

Massaoua • — Érythrée — ABYSSINIE

Oh, East is East, and West is West,
and never the twain shall meet[1]

The Ballad of East and West, Rudyard Kipling.

---

1. L'Est est l'Est, l'Ouest est l'Ouest, et les deux jamais ne se rencontreront.

I

1

Quiconque mène au succès une révolte des faibles contre leurs maîtres, doit en sortir si sali que rien au monde, ensuite, ne peut plus lui rendre l'impression d'être propre.

T. E. Lawrence, *Les Sept Piliers de la sagesse*.

Londres, 16 mai 1916

Lord Grey, ministre britannique des Affaires étrangères, apposa sa signature au bas du dernier feuillet et tendit le stylo à son voisin, Paul Cambon, ambassadeur de France à Londres.

— À vous, mon ami !

Cambon grimaça un sourire, parapha les pages du document avant d'inscrire son nom à côté de celui du ministre. Un moment, il contempla les deux écritures ; l'une sèche et nerveuse ; l'autre, la sienne, souple et élégante. Elles étaient sans doute à l'image de l'avenir : le pire ou le meilleur. Ces accords, signés dans le plus grand secret entre la France et l'Angleterre – avec la bénédiction de la Russie impériale – allaient-ils ouvrir les portes du paradis ou celles de l'enfer ?

Comme s'il avait lu dans les pensées du diplomate français, William Boydens, conseiller de lord Grey, s'exclama :

— Toutes mes félicitations, *gentlemen* ! Un jour nouveau se lève pour nos deux nations. N'en doutons pas, il sera triomphal.

Sans attendre, il marcha vers un guéridon sur lequel on avait disposé un magnum de champagne, servit le ministre, l'ambassadeur, puis tendit la troisième coupe à un personnage au visage émacié, la chevelure blonde, la taille élancée, vingt-huit ans tout au plus. Depuis qu'ils étaient entrés dans le bureau de lord Grey, le jeune homme n'avait pas dit un seul mot. Était-ce de l'inquiétude qui passait dans ses yeux d'un bleu dense ou l'ennui d'avoir eu à supporter une semaine de pluie londonienne ?

— Allons, monsieur Levent, lança lord Grey, détendez-vous ! Ce fut ardu, j'en conviens, mais la patience de nos négociateurs a porté ses fruits.

Le jeune homme approuva, sans chaleur.

— Levent. Jean-François Levent. C'est votre vrai nom, j'imagine ?

— Oui, monsieur le ministre.

— S'appeler Levent lorsque l'on occupe la fonction de secrétaire adjoint aux Affaires d'Orient… voilà qui est prédestiné.

Il se tourna vers l'ambassadeur de France :

— Ne trouvez-vous pas ?

— Vous ne croyez pas si bien dire, confirma Cambon. Il n'est qu'à constater combien Jean-François est doué pour les langues orientales. Il parle l'arabe presque aussi couramment que le français et connaît admirablement cette région du monde. Si j'osais, je dirais qu'en dépit de son jeune âge c'est un peu notre « Lawrence ».

— Oh ! Je vous rappelle que « notre » Lawrence n'a pas trente ans. De nos jours, les jeunes semblent bien plus précoces que nous ne le fûmes.

Le ministre leva sa coupe :

— À la France ! À l'Angleterre !

— À la France ! À l'Angleterre !

— À propos de ce cher Lawrence, reprit Paul Cambon, où est-il actuellement ?

— Aux dernières nouvelles, il serait rentré au Caire après avoir tenté de négocier – en vain – avec les responsables ottomans une sortie honorable pour notre infortuné général Townshend et ses hommes assiégés près de Bassorah, en Irak[1].

Lord Grey conclut entre ses dents :

— Nous avons pris une sacrée raclée là-bas…

— Cependant, rappela William Boydens, la prise de la province de Bassorah demeure une priorité absolue.

— Il semble tout de même que nous ayons eu tort de sous-estimer la résistance turque. Manifestement, l'Empire ottoman est toujours debout.

— Mais ses jours sont comptés, nota Cambon.

Levent se risqua à intervenir :

— Permettez-moi une question : une fois cette guerre terminée, êtes-vous convaincus que les Arabes demeureront les bras croisés ?

— Je présume, répliqua lord Grey, que vous faites allusion aux accords que nous venons de signer ?

Levent confirma. Ces accords secrets, que ses instigateurs appelaient déjà « Sykes-Picot » – du nom des deux diplomates, Mark Sykes et Georges Picot, qui les avaient négociés –, pouvaient se résumer ainsi : après la guerre, la France et l'Angleterre se partageraient le gâteau ottoman. Les provinces de Bagdad et de Bassorah iraient à la Grande-Bretagne. La Syrie côtière, le Liban et la Cilicie[2] reviendraient à la France. Quant au *vilayet*[3] de Mossoul, il serait scindé

---

1. Pour des raisons de clarté, nous employons sciemment le nom moderne de ce pays qui, en réalité, n'existera dans ses frontières actuelles qu'à partir de 1918 sous le nom d'Irak. Avant cette date, l'ensemble de la région portait le nom de Mésopotamie.
2. Province du sud de l'Asie Mineure, située en Turquie.
3. Terme turc qui signifie approximativement département, région ou province.

en deux. La première partie, qui incluait la ville de Mossoul, tomberait dans l'escarcelle française. La seconde, avec la ville de Kirkouk, dans l'escarcelle anglaise. Une zone internationale serait constituée en Palestine, et même la Russie tsariste ne se verrait pas oubliée : on lui avait réservé les détroits du Bosphore et quatre provinces ottomanes proches du Caucase.

En quelques coups de crayon, à l'insu des populations concernées, une région du monde était passée d'un occupant à l'autre.

Lord Grey esquissa un sourire ironique.

— Les Arabes, avez-vous dit ? Mon cher, vous savez bien qu'en tant que nation les Arabes n'existent pas. Ils ne sont qu'un agrégat de tribus. D'ailleurs, si nous nous y prenons correctement, ils resteront ce qu'ils sont : un tissu de petites factions jalouses les unes des autres et incapables de cohésion.

Il répéta avec indifférence :

— Un misérable agrégat de tribus.

Levent objecta, étonné de ce mépris :

— Votre agent, le capitaine Lawrence, a tout de même réussi à les unir et les a persuadés de combattre en vos lieu et place l'ennemi turc, en Arabie ; ce qu'ils firent avec un étonnant courage.

— C'est exact, concéda lord Grey.

— En contrepartie, ne leur avez-vous pas promis qu'ils régneraient en toute indépendance sur les territoires libérés ? N'avez-vous pas assuré à leur chef, Hussein ibn Ali, le chérif de La Mecque[1], qu'il obtiendrait la présidence de la future Confédération arabe ? L'Angleterre ne s'est-elle pas formellement engagée à donner l'Irak et la Syrie à Fayçal, le fils aîné du chérif, et les terres situées sur la rive orientale du Jourdain[2]

---

1. Titre anciennement donné par les musulmans au gardien des lieux saints de La Mecque et de Médine. Cette fonction fut supprimée en 1924 lors de l'annexion de la région par Ibn Séoud.
2. La Transjordanie.

ainsi que la Palestine à son autre fils, Abdallah ? Autant de promesses faites au nom de la couronne britannique et avec l'approbation de la France[1]. Je...

Lord Grey leva brusquement la main, le visage soudain tendu.

— Un instant, monsieur Levent. Ai-je bien entendu ? Au nom de l'Angleterre ? De la France ?

Il fixa Paul Cambon avec une expression qui se voulait outrée :

— Étiez-vous au courant ? Nos gouvernements auraient-ils fait de telles promesses ?

L'ambassadeur de France se racla la gorge.

— Je n'en ai jamais entendu parler.

Lord Grey se tourna vers Levent avec un large sourire.

— Vous voyez ?

— Pourtant, le capitaine Lawrence...

— Les promesses du capitaine Lawrence n'ont jamais engagé que lui. Si vous nous disiez plutôt où vous voulez en venir ?

— Monsieur le ministre a raison, renchérit Cambon. Je ne vous suis pas.

Tout en prononçant ces mots, l'ambassadeur songea que le métier de diplomate n'était assurément pas une sinécure. Il savait parfaitement les dessous du traité Sykes-Picot, et jamais, au cours de sa longue carrière, il n'avait été confronté à une manigance aussi effroyable. Il répéta néanmoins :

— Je ne vous suis pas.

— Je... Je... bredouilla Levent, conscient de la brusque tension qui venait de s'installer dans la pièce. Je ne faisais que rappeler certains faits, Votre Excellence. Ils me paraissent préoccupants.

— « Préoccupants ? » questionna William Boydens.

— Oui, monsieur.

— Mais encore ?

---

1. *Les Sept Piliers de la sagesse*, T. E. Lawrence, Éditions Phébus.

Levent resta silencieux.

— Parlez. N'ayez crainte, insista lord Grey.

— Ainsi que le remarquait Son Excellence, je connais un peu la région. Ce découpage, conçu dans les bureaux du Foreign Office et du Quai d'Orsay, ne tient pas compte des réalités. Il y a de fortes chances pour que ce traité signé dans le dos des Arabes, et qui les prive de tous leurs droits, ne donne un jour naissance à une terrible frustration. Rien n'est pire que la frustration. Des hommes sont morts, des hommes ont versé leur sang en vertu des promesses qui leur ont été faites. Ils n'oublieront pas. Tout bédouins qu'ils sont.

Il marqua une courte pause avant de préciser :

— Nous allons installer dans cette région du monde une poudrière, pire, une série de bombes à retardement comme il n'y en a jamais eu dans l'Histoire.

— Imaginons que ce soit le cas, rétorqua lord Grey. C'est nous qui garderons le contrôle de la mise à feu.

— Je souhaite que vous ayez raison, monsieur le ministre, sinon...

— Oui ?

— Ce plan Sykes-Picot, sauf votre respect...

— Oui ?

— Il va nous exploser à la gueule...

2

*Sur cette terre, il y a la maîtresse de la terre,
mère des commencements, mère des aboutis-
sements. Elle s'appelait Palestine. Puis on
l'appela Palestine.*

Mahmoud Darwich.

Haïfa, 2 septembre 1918

Il n'était pas loin de 8 heures.

Hussein Shahid se dirigea vers la fenêtre. La Méditerranée flamboyait. Une dizaine de militaires
anglais étaient rassemblés sur le quai. Un homme en
civil les accompagnait. Non loin, on pouvait apercevoir un camion bâché.

Hussein caressa sa barbe grisonnante. Il se souvenait
d'avoir entendu parler d'un régiment britannique qui
avait traversé la ville quelques semaines auparavant, en
direction du nord. Il se le rappelait parfaitement,
puisque c'était le jour où il inspectait ses orangeraies.

Il se pencha pour mieux examiner la scène. Ce civil
qui discutait avec les militaires, n'était-ce pas son
cousin, Latif el-Wakil ? Oui, bien sûr. Avec son
épaisse moustache, ses épaules de lutteur et son
crâne dégarni, il l'aurait reconnu entre mille. Que
manigançait-il avec ces soldats ?

Voilà un an que les Anglais avaient débarqué en Palestine, conséquence de la guerre qui avait frappé le monde et la région.

En décembre, un général anglais au nom étrange, Allah Nabi – à moins que ce ne fût Allenby ? – était entré à Jérusalem et en avait chassé les Turcs qui s'y trouvaient depuis près de quatre siècles. Quelques mois plus tard, en septembre de la même année, il prenait Haïfa. En octobre, il capturait Damas. Beyrouth et Alep étaient tombés à leur tour. Un vrai guerrier, cet Allah Nabi… Et à présent, pour la énième fois de son histoire, la terre de Palestine se voyait occupée.

Pauvre Palestine ! Déchirée dans les temps anciens entre les Cananéens et les envahisseurs hébreux, partagée ensuite entre le royaume de Juda et d'Israël, rasée par les Assyriens, occupée tour à tour par les Perses, les Grecs, les Romains, les Arabes, les croisés, par les Turcs, et aujourd'hui par les Anglais ! Pauvre Palestine…

Un officier désigna les bateaux à l'ancre, quelques caïques affectés au transport de marchandises, dont trois appartenaient d'ailleurs à Hussein.

Soudain très las, il se rassit à son bureau et se prit la tête entre les mains. Quel âge avait-il ? Vingt ? Trente ans, ou était-il centenaire ? Quelle absurdité que ce calcul du temps inventé par les hommes ! Ne pouvait-on être adolescent dans son cœur et vieillard dans son corps ? Il releva son visage et aperçut son reflet dans la glace accrochée au mur, face à lui. Dans huit jours, il aurait quarante-huit ans. Si ses joues, son front brûlés par le soleil étaient parsemés de rides, ses yeux, d'un marron sombre, avaient conservé la lumière de leurs vingt ans.

Il porta la main à sa poitrine comme pour retenir une douleur. D'où lui venait cette inquiétude ? Depuis que les Anglais s'étaient rendus maîtres de la Palestine, tout semblait si fragile ! Propriétaire d'orangeraies et d'un maraîchage près de la ville, entre autres biens, Hussein savait trop combien le sort des petites gens dépendait des caprices des puissants. Si au moins il ne s'était agi que de son destin personnel, passe encore ! Mais il avait une famille. Une femme, Nadia, et trois enfants ! Deux garçons et une fille. La cadette, Samia, venait à peine de fêter ses treize ans. Soliman avait célébré ses seize ans une semaine auparavant, et l'aîné, Mourad, entrait dans sa dix-neuvième année. Trois enfants. Trois vies qu'il devait continuer de protéger et mener à bon port. Comment oublier qu'au lendemain de l'attaque anglaise qui avait débouché sur la destruction de la voie ferrée du Hedjaz il s'était retrouvé avec des centaines d'okes[1] de marchandises sur les bras, qu'il avait dû brader avant qu'elles ne pourrissent ? Une perte sèche !

Quelques coups de heurtoir frappés sur la porte du rez-de-chaussée l'arrachèrent à ses pensées. Il patienta. Son serviteur n'allait pas tarder à ouvrir.

Un bruit de pas. Un homme apparut. Replet, de taille moyenne, les joues couvertes d'une épaisse barbe sel et poivre.

— Latif !

Hussein tendit les bras vers son cousin.

— Heureux de te voir ! Ou plutôt de te revoir. Car je t'ai aperçu avec les Anglais tout à l'heure.

— *Salam*, mon frère. Tu vas bien ?

— *El hamdou lillah* ! Grâce à Dieu.

Il se laissa choir sur un siège.

— Je meurs de soif.

Hussein héla son serviteur et commanda un grand verre de limonade fraîche.

— Alors ? Quelles sont les nouvelles ?

Latif el-Wakil prit le temps d'allumer une cigarette avant de répondre :

— Les Anglais ont arrêté Kamil bey.

---

1. Ancienne mesure turco-égyptienne. 1 oke égale 1 289 kilos.

— Kamil bey ? Le *kaïmakam*[1] du district de Haïfa ? Pour quelle raison ?

— N'est-il pas turc ? Aux yeux des Anglais, tous les Turcs sont des sujets ennemis et j'ai une autre nouvelle à t'apprendre qui nous concerne plus directement. Figure-toi que les Britanniques m'ont demandé de le remplacer.

— Toi ? Gouverneur ?

— Gouverneur est un bien grand mot. Maintenant que ce sont les sujets de Sa Majesté qui mènent la danse, la fonction n'a plus du tout la même importance. Mettons que je vais devenir une sorte d'intermédiaire responsable entre la population et les officiers anglais.

— Tu as accepté…

— Évidemment.

— Notable et palestinien ? Tu vas collaborer ?

Latif allait répliquer quand Mourad, le fils aîné de Hussein, entra dans la pièce. Grand, svelte, yeux de braise, visage aux traits parfaits, il salua les deux hommes respectueusement.

— Je vous ai interrompus.

— Ton grand-cousin, expliqua Hussein, vient de m'annoncer l'arrestation de Kamil bey. Et devine qui les Anglais ont pressenti pour le remplacer ?

— Moi, révéla Latif el-Wakil, impatient. Mais, comme je le disais à ton père, il n'est pas question d'être gouverneur. Non. Je serai uniquement le porteur de nos doléances.

— Dois-je te féliciter ou te plaindre ?

— Ni l'un ni l'autre. Juste me remercier.

— Te remercier de t'associer avec le nouvel occupant ?

Hussein surenchérit :

— C'est exactement ce que j'étais en train de lui faire observer.

_____
1. Gouverneur d'une province dans l'Empire ottoman.

— Allons ! s'exclama Latif. Si j'ai donné mon accord, ce n'est pas pour la gloire ! Tu sais bien qu'indépendamment de mon commerce de poterie je me suis toujours impliqué dans la gestion de la ville aux côtés des Turcs. Aujourd'hui, je ne vois aucun inconvénient à travailler avec les Anglais. Ainsi, je pourrais mieux faire passer nos requêtes et mieux servir notre communauté.

Un rire ironique secoua Mourad.

— Notre communauté ? Ce qu'il en restera ! Ne vois-tu pas ce qui se passe à Haïfa ? Vingt mille habitants, quatre-vingt-quatre pour cent de musulmans, cinq pour cent de Juifs. Sois sûr que demain ces proportions seront inversées.

— Inversées ? Qu'est-ce que tu racontes ? se récria Hussein.

Pour seule réponse, Mourad brandit une coupure de journal et lut :

Londres, 2 novembre 1917

Cher lord Rothschild,

J'ai le plaisir de vous adresser, au nom du gouvernement de Sa Majesté, la déclaration ci-dessous de sympathie à l'adresse des aspirations sionistes[1], déclaration soumise au cabinet et approuvée par lui.

« Le gouvernement de Sa Majesté envisage favorablement l'établissement en Palestine d'un foyer national pour le peuple juif et emploiera tous ses efforts pour faciliter la réalisation de cet objectif, étant clairement entendu que rien ne sera fait qui puisse porter atteinte ni aux droits civils et religieux des collectivités non juives existant en Palestine, ni

---

1. Mouvement politique et religieux visant à l'établissement, puis à la consolidation d'un État juif (la Nouvelle Sion) en Palestine.

aux droits et au statut politique dont les Juifs jouissent dans tout autre pays. »

Je vous serais reconnaissant de bien vouloir porter cette déclaration à la connaissance de la Fédération sioniste.

Signé : Arthur James Balfour.

Hussein bafouilla :

— Qu'est-ce que c'est que cette histoire ? Qui est ce Balfour ? D'où tiens-tu cet article ?

— Il m'a été posté du Caire, il y a quelques mois, par mon ami Taymour Loutfi. Je ne l'ai reçu qu'hier.

— Taymour Loutfi ? Le garçon rencontré avant la guerre, lors de nos vacances d'été à Alexandrie ? Son père est quelqu'un de très riche, je crois. Ne travaille-t-il pas dans le coton ?

Mourad acquiesça.

— Eh bien ! J'ignorais que vous étiez resté en relations.

— Nous n'avons pas cessé de nous écrire. La guerre a espacé nos échanges, c'est tout.

Pivotant vers son grand-cousin, il changea de sujet :

— Alors ? Que penses-tu de cette lettre ?

— C'est tout simplement une infamie !

— *Un foyer national juif* ? gronda Hussein. Ici ? C'est impossible !

— Pourtant, répliqua Mourad, le texte dit clairement ceci : « Le gouvernement de Sa Majesté envisage favorablement l'établissement en Palestine d'un foyer national pour le peuple juif. »

— Cela ne m'étonne pas, commenta Latif. Pour les Anglais, pour le monde occidental en général, nous n'existons pas. Ces gens s'imaginent que la Palestine est une terre désertique, dépourvue de toute civilisation. Ils ont occulté l'idée que nos ancêtres, les Cananéens, vivaient ici il y a plus de quatre mille ans et supposent que les 750 000 habitants[1] qui peuplent nos villes et nos villages sont des fantômes. Nos écoles, nos églises, nos mosquées, nos bibliothèques, nos champs, nos ateliers de tissage, nos plantations – il balaya l'air d'un revers de main –, du vent !

— *Ya Allah* ! s'écria Hussein. L'un d'entre vous voudrait bien m'expliquer qui est ce Balfour ?

— Le ministre britannique des Affaires étrangères, expliqua Latif.

— Quel scorpion l'a piqué ? Il est juif ?

— Non. Il ne fait qu'appliquer la politique de son gouvernement. Une politique qui, sois-en certain, n'est pas inspirée par l'amour des Anglais pour la communauté juive. Derrière ce projet se cachent des calculs que nous ignorons. Cela étant, je crois que nous ne devons pas dramatiser. Relisez bien le texte de la lettre. Il stipule que *rien ne sera fait qui puisse porter atteinte aux droits civils et religieux des collectivités non juives*. Et…

— Tu nages dans l'illusion ! ricana Mourad. Regarde autour de toi. Il ne se passe pas un jour sans que des familles juives débarquent.

— Allons, allons, calme-toi ! Rien n'est encore joué. Écoutez-moi bien, dans quelques mois, l'émir Fayçal, le fils du chérif de La Mecque, sera intronisé roi de Syrie. La chose est acquise.

— Et alors ?

— La Palestine[2] tombera sous sa coupe. Et la promesse de M. Balfour vivra ce que vivent les promesses que font la plupart des politiciens : elle disparaîtra.

Hussein fronça les sourcils.

— Tu penses bien que les Anglais s'y opposeront !

---

1. Approximation la plus proche, fondée sur les statistiques ottomanes de l'époque et sur le recensement effectué en 1922 par le gouvernement britannique.
2. À l'époque, la Palestine et le Liban faisaient partie d'une seule et même région que l'on avait coutume d'appeler la Syrie.

— Ils ne le pourront pas, objecta Latif. Les armées de Fayçal ont combattu comme des lions aux côtés du général Allenby et sous la houlette d'un officier anglais, dont j'ai oublié le nom…

— El-Orenz ? suggéra Mourad.

— À moins que ce ne soit Lawrence. Peu importe. Les alliés se sont engagés formellement à soutenir l'indépendance arabe. La dette que le gouvernement britannique a contractée à l'égard de Fayçal est immense. Aussi, le moment venu, nous contribuerons à asseoir son pouvoir.

— *Nous* ? s'étonna Hussein.

— Oui. *Nous*. Ensuite nous fonderons cet État palestinien dont l'Histoire nous a privés depuis tant de siècles.

Hussein interrogea ironiquement :

— Que faites-vous de la lettre rédigée par ce Balfour ?

— Elle finira dans une poubelle ! Jamais le monde ne permettra qu'une telle injustice soit commise. D'ailleurs, nos frères arabes ne laisseront pas faire. Et nous non plus ! Tu verras. Ne sommes-nous pas majoritaires sur cette terre ? L'ensemble de la population juive ne dépasse pas dix pour cent, et le pourcentage est plus ou moins le même pour les chrétiens. Qu'avons-nous à craindre ? Tant que l'équilibre démographique sera maintenu, je ne vois pas ce qui pourrait poser problème. De plus, voilà des lustres que nos communautés coexistent sans heurts. Pour quelle raison les choses devraient-elles changer ?

— Voilà qui est bien parlé, approuva Hussein. Ce n'est pas mon vieil ami Josef Marcus qui te contredira.

Latif el-Wakil saisit soudain le bras de son cousin avec gravité.

— Hussein, j'ai besoin de toi. J'ai besoin de gens en qui je peux avoir confiance.

— Comment puis-je te servir ?

— Je n'en sais rien encore... Mais j'aimerais te savoir à mes côtés.

— La politique et moi n'avons jamais fait bon ménage.

— Il ne s'agit pas que de politique. Il s'agit de notre avenir.

— Je ne suis qu'un commerçant !

— Précisément. Et l'un des plus respectables. Tu comptes. Tu es écouté.

À plusieurs reprises, Hussein passa sa paume le long de son crâne dégarni. La requête ne l'enchantait guère. Mais elle émanait de son cousin, et la famille était chose sacrée.

— D'accord, soupira-t-il, puisque tel est ton souhait.

— Merci, mon ami.

Un rai de soleil fusa à travers la pièce.

— Tes intentions sont louables, déclara tout à coup Mourad en fixant son grand-cousin. Hélas, je crains que tu ne te méprennes ou ne nous surestimes.

— Que veux-tu dire ?

— Ce n'est pas ici que se jouera le destin de la Palestine.

— Où, alors ?

Mourad indiqua un point invisible et murmura, désabusé :

— Là-bas. De l'autre côté de la mer. En Occident.

3

La vie n'est qu'un songe! Mais je t'en prie,
ne me réveille pas.

Anonyme.

Haïfa, 15 septembre 1918

Josef Marcus était si petit qu'il semblait englouti par son siège. La cinquantaine, figure burinée. Une fine moustache rousse ourlait sa lèvre supérieure. Il tira une bouffée sur sa cigarette et inspira à pleins poumons avant de rejeter la fumée vers le plafond.

— Alors ? questionna Hussein en tapotant avec contentement son ventre rebondi. Ne t'ai-je pas assuré que ma femme cuisinait la *Maqlouba*[1] comme personne ?

Marcus s'inclina devant l'épouse du Palestinien assise à sa gauche.

— Comme on dit chez vous : « Bénies soient vos mains. »

---

1. Plat typiquement palestinien qui consiste à mettre une couche de légumes, une couche de viande et une autre de riz, à les cuire dans cet ordre et à les renverser dans un grand plat une fois cuits. D'où le terme « Maqlouba », *renverser*.

Un sourire modeste éclaira le visage joufflu de Nadia Shahid.

— Merci, Josef. Votre présence nous comble.

Elle se pencha vers une fillette qui devait avoir deux ans de moins que sa fille, Samia. Soit une dizaine d'années.

— Et toi, ma chérie, est-ce que tu as aimé ?

Irina – c'était son prénom – répondit par un oui timide de la tête.

— Allons, *maideleh*[1] ! s'exclama Josef Marcus. On dit merci !

Nadia Shahid protesta.

— Ne soyez donc pas si strict, Josef. Elle est encore un bébé.

— Précisément, c'est à cet âge qu'il faut leur inculquer les bonnes manières.

Nadia fit la moue et ordonna à ses enfants encore attablés :

— Samia ! Soliman ! Allez, aidez-moi à débarrasser.

Sans l'écart d'âge, la mère et la fille auraient pu passer pour deux sœurs : mêmes yeux noirs en amande, même chevelure de jais, mêmes visages ronds. Mêmes lèvres charnues. Le garçon, lui, ressemblait plutôt à son père avec déjà, à seize ans, une légère tendance à l'embonpoint.

Marcus adressa un signe d'encouragement à Irina.

— Toi aussi, tu peux aider, ma chérie. Vas-y.

— Oh ! Mais laissez-la donc tranquille, gronda Nadia. Vous êtes un vrai tyran.

Saisissant la fillette par la main, elle l'entraîna avec elle.

— Viens, *amoura*, mon petit amour, on va le rendre jaloux, ton papa. Je vais te servir le dessert avant lui.

Marcus observa les trois enfants, songeur, tandis qu'ils emportaient les plats vers la cuisine. Il exhala

---

1. Petite fille en yiddish.

une nouvelle bouffée et murmura :

— Il semble que la navigation commerciale en Méditerranée orientale soit en passe d'être rétablie. Tu vas pouvoir écouler à nouveau tes oranges et tes citrons. *Hussein Shahid & Sons, Shipshandlers*, est en train de renaître de ses cendres.

Une expression amère envahit les traits du Palestinien.

— *Hussein Shahid & Sons Shipshandlers...* « Armement maritime » ! Quelle prétention fut la mienne le jour où j'ai fait installer ce panneau sur mes entrepôts ! De trop grands mots pour une aussi modeste affaire car, tu le sais mieux que moi, Haïfa n'est ni Suez ni Marseille. Toutefois, tu as raison, les affaires reprennent en effet. Allah soit loué ! Ce petit commerce me permet de gagner correctement ma vie et de mettre un peu d'argent de côté, à la condition, bien entendu, que rien ne vienne tout bouleverser.

Il s'interrompit pour interpeller Nadia.

— Ma chérie ! Tu veux bien nous servir un café blanc ?

Josef se mit à rire.

— Café blanc ! De la fleur d'oranger rallongée à l'eau chaude ! Il n'y a que vous, les Orientaux, pour inventer ce genre d'expression.

Hussein ignora le commentaire et poursuivit :

— L'argent, je m'en moque. Je suis surtout préoccupé par l'avenir de mes enfants. Il est essentiel que Mourad et Soliman acquièrent rapidement le sens des responsabilités. Certes, Soliman est encore jeune, seize ans. Et en prime, c'est un incorrigible rêveur. Toujours la tête plongée dans les poèmes d'amour d'Ibn Arabi, d'El-Mutanabbi ou – ce qui ne m'enchante guère – dans les écrits de ce pervers d'Abou Nawas, qui vante ouvertement l'amour du vin et des garçons. On aurait dû le pendre ! Quant à Mourad... Ah ! Mourad est tout le contraire de son frère : impétueux, susceptible. Je le soupçonne de détester s'occuper de mes orangeraies. Il ne s'est jamais senti l'âme d'un cultivateur et encore moins celle d'un commerçant. Il n'a qu'une passion : la politique. Et moi je n'aime pas la politique…

— Qui a dit qu'elle n'était qu'un procédé qui permettait à des hommes imprévoyants de gouverner des hommes sans mémoire ? Allons, mon ami, ne t'inquiète pas. Avec le temps, c'est sûr, tes garçons vont mûrir. Soliman quittera le monde des songeries, et son frère aîné, le bourbier politicien. Quant à Samia, le moment venu, elle fera comme ma petite Irina et comme toutes les jeunes filles, elle se mariera.

— *Inch Allah* ! J'espère encore être là quand ce jour arrivera. Qui sait combien de temps le Très-Haut m'accordera de vivre ? Le compte à rebours a commencé.

— Ne dis pas de bêtises ! Nous avons le même âge et jamais je ne me suis senti aussi jeune !

— Oui, mais tu es un aventurier. Cela conserve !

— Tu oublies que je suis seul à élever Irina. Lourde tâche !

Le Palestinien inclina la tête sur le côté et examina Marcus comme s'il le voyait pour la première fois.

— C'est vrai. J'oublie parfois que ta chère Lisa doit te manquer. Elle nous manque aussi, tu sais. Nous l'adorions, Nadia et moi.

— Je sais, mon ami. Je sais.

Josef leva les yeux au ciel avec une expression fataliste.

— L'Éternel a parfois des comportements que je ne comprends pas. Elle avait à peine trente ans, quand Il me l'a enlevée, le jour même où Il me donnait Irina. Une vie pour une vie. Ça fera dix ans dans quelques jours.

— *Maktoub,* mon frère. Allah sait ce que nous ignorons.

Il y eut un moment de silence. Hussein demanda :

— Tu n'as jamais éprouvé le besoin de te remarier ? Donner un frère ou une sœur à ta fille ?

— Non, Hussein. Aucune femme au monde n'a jamais été digne de remplacer ma Lisa. Et puis, je vais sans doute te paraître sombre, mais je ne crois plus beaucoup à la sagesse des hommes, encore moins à leur générosité. Alors à quoi bon des enfants !

— Les enfants, c'est le bonheur !

— Certes, mon ami. Mais nous ? Que leur offrons-nous en échange ? Un monde sectaire ? Un monde où l'égalité entre les êtres est un leurre ?

Le Juif marqua une pause. Ses traits s'assombrirent.

— Tu ne sais pas ce qu'est la vie d'un Juif en Europe. Homme, femme ou enfant. Nous sommes la lie du monde. Montrés du doigt. Méprisés. C'est d'ailleurs l'une des deux raisons qui m'ont fait quitter la Pologne et m'installer ici.

— Et l'autre raison ?

— Elle est affective.

Hussein sourit.

— La mélancolie du temps où régnait ton roi, Salomon.

— Ne te moque pas. Je suis conscient de l'aspect irrationnel de mes sentiments. Mais je n'y peux rien ; lorsque je suis devant le *Kotel*[1] un flot d'émotions me submerge. Je suis bouleversé et, dans le même temps, je ne peux que sourire à l'idée que, moi, Juif, je m'émeuve devant les ruines d'un édifice érigé à l'instigation d'un Édomite [2], le roi Hérode, marié à une Arabe, païen de surcroît, qui répudia sa femme pour épouser celle de son frère. C'est curieux, non ?

— Non. Tu es un sentimental, c'est tout. N'oublie jamais que nos vies ne sont constituées que de symboles. D'ailleurs, je te comprends. Quand il m'arrive

---

1. Le mur des Lamentations.
2. Les Édomites étaient issus d'un peuple (Édom) dont l'ancêtre fondateur fut Ésaü, frère de Jacob, ennemi historique d'Israël.

de me rendre à Jérusalem pour prier à la mosquée du Dôme, moi aussi je ressens cette exaltation. Je suppose que les chrétiens qui visitent le Saint-Sépulcre doivent éprouver les mêmes sentiments que nous. C'est ainsi. Des symboles, tout n'est que symbole. Malédiction ? Bénédiction ? Je ne sais.

Hussein emprisonna la main de son ami dans la sienne.

— Tu sais, Josef, nous devrions tous les soirs remercier le Tout-Puissant. Nous vivons sur une terre sacrée. Une terre unique et sublime.

Nadia était revenue dans la pièce. Elle servit aux deux hommes l'infusion accompagnée d'une assiette de pâtisseries fourrées aux pistaches.

— Je vais encore grossir ! gémit le Juif. Mais comment résister à ces merveilles ?

— Rassurez-vous, Josef. Vous n'êtes pas près d'être obèse ! Je…

Elle s'interrompit pour pousser un cri de joie.

— Mourad ! Tu rentres bien tard, mon fils !

Le jeune homme déposa un baiser sur la joue de sa mère et tendit la main au Juif.

— *Salam aleïkoum*, monsieur Marcus. Maman a raison. Comparé à mon père, vous êtes une asperge.

— *Chalom*, Mourad.

— Je te sers à manger ? proposa Nadia. J'ai préparé de la *Maqlouba*.

— Non, vraiment. Je n'ai pas faim.

— Tu n'es pas malade, au moins ?

— Mais non, mais non.

— Tu n'as pas de fièvre ? Tu es sûr ?

Hussein leva les bras au ciel.

— Arrête, ma fille ! Arrête de l'ennuyer. S'il te dit qu'il n'a pas faim, c'est qu'il n'a pas faim.

Se penchant vers Josef, il observa :

— C'est fou, non ? Cette manie qu'ont les mères orientales de gaver leurs enfants comme des oies ! Chez vous, en Pologne, elles faisaient la même chose ?

Josef répondit par la négative et leva la tête vers Mourad.

— Tu vas bien ? Tu as l'air épuisé.

— Je suis debout depuis 5 heures du matin. J'ai passé la journée dans les vergers.

— Tu vois, nota Nadia, c'est ce que je disais ! Tu te fatigues trop.

— Oh, maman !

— Parfait ! Si tu es malade, ne viens pas chez moi pour te plaindre : va chez ton père !

Tandis qu'elle se retirait en bougonnant, Mourad s'installa sur le tapis et annonça à Hussein :

— Je n'aime pas beaucoup la couleur de nos oranges.

— Je sais, mon fils. Elles sont bien pâles. Cette année, les nuits ont été anormalement chaudes.

— Quel rapport ? questionna Josef.

— Tu es bien un intellectuel, toi ! Apprends donc que les oranges ne prennent leur couleur… orange que lorsque la température nocturne est suffisamment basse et que de la chlorophylle est libérée. Si la variation de température est trop faible entre le jour et la nuit, ces agrumes restent verts.

Le Palestinien ironisa :

— Dire que tu veux te lancer dans l'agriculture, là-bas dans ta *Kvou… Kvou…* comment dis-tu ?

— *Kvoutza.*

— *Kvoutza ?* répéta Mourad.

— C'est un mot qui signifie « groupe ». De jeunes immigrants, originaires comme moi d'Europe de l'Est, se sont installés sur les bords du lac de Tibériade, dans une ferme qu'ils ont appelée Degania[1]. Il existe aussi un autre collectif plus récent, appelé Kinéret, sur les bords du Jourdain. Mais il est trop isolé à mon goût.

— Et quel est le but de ces « groupes » ?

— Rien que de très banal. Chaque ensemble se partage équitablement droits et devoirs.

_____

1. Considérée comme la « mère des kibboutzim ».

— N'est-ce pas un peu utopique, mon ami ? nota Hussein. Par définition, la nature est injuste.

— Sans doute. Mais n'est-ce pas à nous d'essayer de remédier à cette injustice ?

Il y eut un bref silence. Mourad lança tout à coup :

— L'un de vous a-t-il lu les dernières nouvelles ?

— Tu sais bien que je n'achète jamais la presse, répliqua Hussein. *Kalam fadi !* Des mots vides ! Tu es le seul à faire le bonheur des marchands de papier !

Mourad sortit de sa poche un numéro du journal en langue arabe de Jérusalem, *Filastine*, et le tendit à son père.

— Lis.

Le Palestinien chaussa ses lunettes.

L'article était intitulé : « LA TRAHISON ». Il révélait qu'en vertu d'un traité signé dans le plus grand secret deux ans auparavant, par deux diplomates franco-anglais, la France et l'Angleterre s'étaient réparti le Moyen et le Proche-Orient. Le document aurait été découvert dans les archives du ministère russe des Affaires étrangères par le gouverneur de Petrograd qui l'aurait aussitôt porté à la connaissance du gouvernement ottoman. À peine informés, les Turcs, furieux, s'étaient empressés de transmettre une copie de l'accord à l'émir Hussein, chérif de La Mecque, à qui les Britanniques avaient promis un grand royaume arabe. Écœuré par la lecture du texte, l'émir Hussein l'avait transmis à son tour au gouvernement britannique avec une demande d'explications.

— C'est de la démence, se récria Hussein en ôtant ses lunettes. Comment ont-ils pu faire une chose pareille ? De quel droit ?

— Celui des vainqueurs, tout simplement.

Josef secoua la tête, consterné.

— J'ai du mal à y croire. Alors que vos frères se battaient et tombaient sous les balles turques, ces *gentlemen* se partageaient leurs terres ?

— C'est bien ce qui est écrit.

— Impossible. Les Britanniques ne peuvent se déjuger de la sorte !

— Oui, surenchérit Hussein. Josef a raison. Ce traité ne sera pas appliqué.

Mourad soupira.

— Pardonnez-moi, monsieur Marcus, et toi aussi, papa. Mais vous voyez le monde tel que vous le rêvez. Je n'ai que dix-huit ans, et moi je le vois bien tel qu'il est.

Sous l'œil interloqué des deux hommes, il tourna les talons et quitta la pièce.

*

Comme tous les soirs ou presque, la famille avait pris place sur la terrasse de la maison dans la clarté diffuse des étoiles. Hussein tirait sur son narguilé d'un air gourmand. Les glouglous s'amplifièrent. Nadia s'activait devant un métier à tisser vertical sur lequel on pouvait apercevoir un petit tapis polychrome presque achevé. Mourad, accoudé au muret qui entourait la terrasse, fixait un point dans le lointain, en direction du port. Près de lui, Soliman gribouillait sur une feuille. La petite Samia, elle, dormait en chien de fusil contre la cuisse de son père. Bercées par le vent, des senteurs de jasmin et de rose dansaient sur les flancs du mont Carmel.

— Puis-je vous lire mon dernier poème ? demanda tout à coup Soliman.

Sans attendre l'approbation, l'adolescent déclama :

« Un arc-en-ciel dans ma main m'a blessé.
Je n'exige du soleil qu'une orange
et l'or qui coule de l'appel à la prière.
Ici, sur les pentes des collines,
face au couchant, près des vergers à l'ombre coupée,
je me meurs d'espoir. »

— C'est toi l'auteur de ces vers ? s'exclama Nadia.

L'adolescent confirma.

— Allons, allons, gronda Hussein. Soyons sérieux.

— *Wahiat Allah !* Par Allah, je vous assure que je dis la vérité. Je viens de les écrire, à l'instant.

— Il dit vrai, confirma Mourad, je l'ai observé. Le poème est bien de lui.

Hussein se décida à lâcher le tuyau du narguilé.

— À seize ans ? Où vas-tu chercher des phrases pareilles ?

— Nulle part. Elles sont en moi. C'est comme une voix qui me parle. Je ne fais que recopier ce qu'elle me dicte.

— Tu serais habité par un djinn ?

— N'écoute pas ton père, mon fils, le djinn, il est dans sa tête.

Nadia s'approcha et lui caressa les cheveux.

— C'est bien, *habibi*, mon chéri, c'est bien. Tu es un grand poète. Tu seras le poète de la Palestine.

— Oui, ricana Hussein. Et il se nourrira de ses poèmes et ses enfants mangeront de l'air.

— Pas du tout, père, rétorqua le garçon avec un large sourire. Je me nourrirai de nos oranges. Et mes enfants aussi.

— De *mes* oranges ! rectifia Hussein. Pour l'instant, ce sont *mes* orangeraies !

— Bien sûr, *baba*, mais tu ne laisseras pas ton enfant mourir de faim, n'est-ce pas ?

— Arrête cette comédie, s'exclama Mourad. Tu es ridicule.

Changeant brusquement de sujet, il leva la main en direction du groupe de maisons non loin du port, qu'il avait observé durant toute la soirée.

— Savez-vous ce que ces Allemands sont venus faire à Haïfa ?

— Tu veux parler de la famille Hoffman ? questionna Nadia.

— Oui. On dit qu'il se passe des choses bizarres chez eux. Qu'ils sacrifient des animaux.

— C'est stupide ! Je croise souvent la femme et sa fille quand je vais au marché. Un jour, ils m'ont même invitée à boire un café chez eux. Ils sont adorables.

— Ils ne se font pas appeler les « gens du temple[1] », ou quelque chose dans ce genre ?

— Je crois, oui. D'après Magdalena, la femme, ils sont venus en Palestine pour préparer le retour de Jésus et veulent vivre comme autrefois les premiers chrétiens.

— Que Satan les engloutisse ! pesta Hussein. Ils passent leur temps à créer des exploitations agricoles ! Ils en ont bâti une dans la vallée de Jezreel, en Galilée, une autre près de Jaffa, une autre encore je ne sais où !

Il s'interrompit et leva les yeux vers Mourad.

— À propos, tu m'accompagneras demain matin au port pour m'aider à préparer l'envoi pour Beyrouth.

Le jeune homme fit oui de la tête, sans enthousiasme.

Nadia replia le métier à tisser qu'elle rangea dans un coin de la terrasse, puis elle prit dans ses bras la petite Samia qui dormait toujours à poings fermés.

— Je vais la coucher.

Elle poursuivit, à l'intention de Soliman :

— Vous aussi, monsieur le poète, venez. Il se fait tard.

Dès qu'ils furent seuls, Hussein reposa le tuyau de son narguilé et demanda à Mourad :

— Que se passe-t-il ? Ne me réponds pas que tout va bien. Je t'observe, et je vois bien tu n'es pas dans ton assiette. Alors ?

— C'est vrai, père. Voilà un an – depuis que j'ai quitté l'école – que je travaille à tes côtés. Et… je suis un peu las. J'étouffe, même.

— Et moi, voilà quarante-quatre ans, maugréa Hussein, surpris et agacé par l'aveu de son fils. Et je

---

1. La Société des templiers. En Allemand : *Tempelgesellschaft*. Il s'agissait d'un courant religieux protestant d'Allemagne, fondée au milieu du XIXe siècle.

n'ai pas eu, comme toi, la chance de finir mes études. Quand ton grand-père est mort, j'avais à peine quatorze ans. J'étais le seul garçon. J'ai dû assumer toute la famille. Ma mère et mes deux sœurs. J'ai dû me battre pour conserver l'héritage et le faire fructifier. Tout seul. Aujourd'hui, si nos terres dépassent les milliers de *dounoums*[1], c'est bien grâce à mon labeur.

— Je sais, père. Et sache que je t'admire. Mais où est-il écrit que si les parents ont souffert, les enfants doivent souffrir aussi ?

— *Bala falsafa !* Trêve de philosophie. Si tu m'expliquais plutôt ce que tu veux vraiment ?

— J'aimerais reprendre des études.

Hussein réprima un sursaut.

— Des études ?

— Oui, père.

— Décidément, tu me surprendras toujours. C'est une excellente idée. D'autant plus excellente qu'une université vient d'ouvrir ses portes à Naplouse.

— *An Najah*. Je suis au courant. Néanmoins, elle n'en est qu'à ses balbutiements. Je pensais plutôt à un établissement à la réputation déjà établie.

— J'imagine que tu y as déjà pensé ?

— L'université égyptienne[2].

— L'université égyptienne ! As-tu perdu la tête ?

— Elle passe pour être le meilleur centre d'enseignement de tout l'Orient. D'ailleurs…

— Es-tu conscient de l'énormité de ta requête ? Tu voudrais partir ? Quitter ta famille ?

— Mais pas du tout ! Je reviendrai régulièrement ici. Les vacances…

— Et où vivrais-tu ?

— Chez mon ami Taymour. Taymour Loutfi. L'Égyptien dont le père est dans le coton…

---

1. Unité de mesure utilisée en Palestine. Un dounoum = 1/10 d'hectare.
2. Renommée plus tard « université du Caire ».

— Celui qui t'a envoyé la lettre de cet Anglais… Bafour.

— *Balfour*, oui. Il est ravi de m'accueillir. Il en a parlé à ses parents et ils sont d'accord.

— À t'entendre, ta décision est prise et ne date pas d'hier, grinça Hussein avec amertume. Tu as bien prémédité ton affaire, à ce que je vois.

— Papa, écoute-moi et ne sois pas triste. C'est important : j'ai besoin de m'enrichir, de croiser d'autres personnes. J'ai besoin d'apprendre.

— Apprendre, apprendre ! As-tu au moins choisi une matière ?

— Le droit. Le droit public plus précisément.

— Le droit public. Il te mènera à quoi, le droit public ?

— À mieux défendre l'intérêt général. Et peut-être celui de notre pays, le jour où il existera.

Un silence pesant s'insinua entre les deux hommes. Finalement, Hussein se décida à surmonter ses appréhensions

— Nous sommes déjà en novembre. Tu pourras t'inscrire en cours d'année ?

— Oui. Mon ami Taymour me l'a assuré. Il a obtenu l'accord du directeur. Un cousin de son père.

Hussein fourragea machinalement dans sa barbe.

— Ai-je le choix ? Oui. J'ai le choix ! Ne suis-je pas ton père ? Tu as beau avoir dix-huit ans, dix-neuf dans une semaine, c'est moi qui décide et déciderai aussi longtemps que je vivrai.

— Je comprends, père. Et… que décides-tu ?

Après un nouveau silence qui parut interminable, la réponse fusa :

— C'est oui.

Mourad bondit vers Hussein et lui embrassa la main avec fougue.

— Que Dieu te bénisse !

— J'en ai bien besoin. Surtout lorsque je vais devoir annoncer la nouvelle à ta mère.

4

Si mon cœur se déplace de gauche à droite,
si les Pyramides bougent, si le courant du Nil
change, moi je ne changerai pas de principe.

Mustapha Kamel pacha.

Tantah, Basse-Égypte, 2 octobre 1918

Le tarbouche légèrement penché sur le côté, Farid Loutfi bey, quarante-six ans, bedaine avantageuse sous la chemise de soie ivoire et moustache déjà grisonnante, ouvrit un paquet de cigarettes Simon Arzt à bout doré, en tira une et la glissa entre ses lèvres.

Mustapha, le contremaître de la ferme, s'empressa de frotter une allumette pour enflammer le précieux tabac, puis la souffla, posa devant son maître un cendrier de cuivre ciselé et recula de trois pas.

Sec et digne, moustaches en crocs, vêtu à l'européenne, avec un veston, un col dur et une cravate noire prénouée, il se tenait au garde-à-vous, attendant de savoir pour quel motif il avait été convoqué. Il se sentait mal à l'aise, un peu gauche, planté au milieu de ce grand salon garni de meubles aux dorures excessives, de tapis de soie, de tentures de brocart. Autant d'éléments totalement inadaptés au climat de la région.

Une centaine de paysans s'affairaient dans les champs à arracher les touffes blanches qui mouchetaient les arbustes et à les glisser dans des sacs de jute. Ensuite, la récolte de coton, disposée dans des balles de 425 livres, partirait par la mer, vers les grandes filatures d'Europe.

Loutfi bey aspira une bouffée de fumée et l'exhala par les narines et la bouche, ce qui lui prêta un instant l'apparence d'un dragon prêt à bondir sur sa proie.

— Il aurait fallu renouveler l'insecticide après cette pluie, grommela-t-il d'un ton ennuyé.

La pluie en Égypte était aussi rare que maigre, mais, une semaine plus tôt, plusieurs averses successives étaient tombées sur la région, diluant la précieuse poudre contre le ver du coton que la ferme avait achetée à prix d'or à l'*Imperial Chemical Industries*, la grande firme britannique.

— C'est ce que j'ai fait, mon bey[1], dès que la terre a séché. Mais il ne restait plus assez de produit.

Loutfi bey se racla la gorge.

— À combien estimes-tu les dégâts ?

— Moins de cinq pour cent.

En rongeant la fleur, ce damné ver rendait les fibres quasiment inutilisables, sinon pour fabriquer du feutre. Or le coton des plantations de la *Mabrouka*, – nom de la ferme de Loutfi bey – était célèbre dans le monde entier pour la longueur de ses fibres. C'est d'ailleurs cette particularité – baptisée « coton Jumel » – qui avait fait la fortune colossale de leur propriétaire.

— Je te tiens pour responsable de cette estimation, observa Loutfi bey en lançant un long regard au *wakil*.

---

1. Réminiscence de trois siècles d'occupation turque. Le titre de bey était porté autrefois par les officiers supérieurs de l'armée ottomane et les hauts fonctionnaires. Il a perduré en Égypte jusqu'à l'abolition de la monarchie.

— Mon bey, protesta l'autre, affolé, c'était juste une estimation.

— Alors, sois plus précis.

— Je... Je ne peux pas.

— Comment donc es-tu parvenu à cette évaluation de moins de cinq pour cent ?

— J'ai parcouru trois feddans[1] à pied. Mais il y en a cent quatre-vingt-deux autres, qu'Allah vous bénisse... C'est peut-être un peu moins, peut-être un peu plus.

— Va pour cinq pour cent ?

Le malheureux contremaître se décomposait. Soudain magnanime, Loutfi bey jugea opportun de suspendre la torture.

— Je te fais confiance, annonça-t-il.

Le contremaître reprit quelques couleurs.

— Au nom du Prophète...

— Ne jure pas, gronda Loutfi bey en se penchant pour saisir une sacoche à ses pieds. Voici la paie et les frais, cent cinq livres. Compte.

Le *wakil* prit le sac, en tira une liasse de billets, se mouilla le doigt et compta.

— C'est comme le maître a dit, murmura-t-il.

— Parfait !

Loutfi bey se leva, serra la main de l'homme et demanda le chauffeur. Celui-ci accourut, en cache-poussière blanc, se précipita pour ouvrir les portes de la Wolseley qui attendait devant le perron, attendit que son maître se fût installé puis alla se glisser derrière le volant. Un instant plus tard, le véhicule s'élançait sur la route du Caire, dans le vrombissement de ses huit cylindres, des bouffées de gaz d'échappement bleues menaçant d'asphyxier les passants.

Dans trois heures, le magnat du coton aurait franchi les quelque cent trente kilomètres qui le séparaient de sa grande villa de Guizeh. À condition, bien

---

1. Un feddan = environ 4 200 m².

sûr, que l'on n'eût pas d'accident avec un âne ou une *gamoussa*[1], ou que la voiture ne tombât pas dans un canal.

Ce soir était un soir important. Farid Loutfi bey donnait une grande réception en l'honneur des représentants des filatures de Manchester qui lui achetaient sa récolte. Sauf contretemps majeur, le premier chambellan du sultan[2] Fouad honorerait la soirée d'une brève visite, et l'occasion serait bonne pour lui glisser à l'oreille que le titre de pacha conviendrait beaucoup mieux à un homme tel que Loutfi qui contribuait à la fortune du pays.

Le précédent monarque, Hussein Kamel, frère aîné de Fouad, avait fait la sourde oreille, arguant avec hauteur que le titre de pacha seyait à des militaires plus qu'à des marchands de coton. Mais il était mort au cours du mois d'octobre de l'année précédente, paix à ses cendres. Avec l'avènement de Fouad, Loutfi bey pressentait qu'il aurait plus de chances de faire aboutir sa requête. Son épouse, Amira, n'avait-elle pas su tisser un réseau d'amitiés influentes ? Secrétaire de l'œuvre charitable du Croissant-Rouge, elle avait ainsi pu approcher le cercle du souverain, réputé pour sa philanthropie.

Parmi les invités pressentis, il y aurait également sir Percy Wetherborne, secrétaire du haut-commissaire britannique, le général sir Reginald Wingate et le conseiller oriental de l'ambassade de France. L'ambassadeur d'Italie, cher au cœur du sultan Fouad, ardent italophone, avait lui aussi promis d'être là. Bref, la crème de la société. Autant dire que Loutfi bey baignait dans la bonne humeur. Quitte à frotter lui-même l'allumette, il tira une deuxième

---

1. Bufflesse.
2. Jusqu'en 1915, les maîtres de l'Égypte n'étaient autorisés à porter que le titre de khédive (seigneur). À partir de cette date, la Sublime Porte leur accorda celui de sultan. Ce n'est qu'en 1922 que Fouad Ier obtiendra le titre de roi d'Égypte.

cigarette de sa poche, tout en louchant sur le cendrier incrusté dans l'accoudoir. Un cendrier dans l'accoudoir ! Décidément, ces Anglais savaient vivre et construire des voitures. Peu lui importait que l'engin portât le nom du général – sir Garnet Wolseley – qui avait défait le grand Orabi Pacha[1] à Tel el-Kébir. Les Anglais régnaient en maîtres sur le monde, alors autant se faire une raison. Deux choses comptaient sur cette terre, l'argent et le pouvoir. Bien sûr, tout n'était pas rose dans cette Égypte occupée depuis près de trente-six ans par les soldats de Sa Majesté George V. Mais il fallait vivre avec.

*

En arrivant sur le perron de sa villa, Farid perçut d'abord les sons d'un gramophone, brusquement interrompus et suivis par des éclats de voix. Il reconnut celles de son fils aîné Taymour et de sa fille Mona.

Il aperçut le garçon dans le salon, la mine sombre, et sa sœur, lèvres serrées, traits tendus. Tous deux se tenaient devant le guéridon sur lequel trônait une grande boîte à manivelle surmontée d'un cornet de laiton.

— Que se passe-t-il ?

Taymour, vingt ans, l'allure athlétique, cheveux noirs coupés en brosse, expliqua :

— Je disais à ma chère sœur que ce n'était pas le moment de jouer du gramophone. On pourrait nous entendre des maisons voisines.

Mona, dix-huit ans, vêtue d'une longue robe en mousseline de soie pêche, figurait bien la femme

---

1. Général et homme politique égyptien, Ahmed Orabi conduisit la première révolte contre la domination occidentale. Le 13 septembre 1882, 35 000 soldats anglais, placés sous le commandement de sir Garnet Wolseley, débarquèrent à Tel el-Kébir, à 110 km au nord du Caire, et mirent en déroute les troupes du nationaliste.

orientale : courbes chaudes, longs cheveux noirs, des lèvres fruits. Il exhalait d'elle une sensualité qu'on devinait empreinte de pudeur et de retenue, ce qui la rendait plus troublante encore. Elle ne fit aucun commentaire, mais, à la tension qui habitait son visage, on voyait qu'elle n'en pensait pas moins.

Loutfi bey battit des cils.

— Que je sache, observa-t-il, jouer du gramophone n'est en rien un crime.

— Manifestement, tu n'es pas au courant des derniers événements. Toute la ville est sens dessus dessous !

— Mais encore ?

— Saad Zaghloul a réclamé l'indépendance de l'Égypte à Reginald Wingate, le haut-commissaire britannique.

— Quoi ? Zaghloul ?

Sous le coup, Loutfi bey se laissa tomber dans un fauteuil.

Saad Zaghloul... Le nom de ce fils de fellah était célèbre en Égypte, notamment dans les milieux populaires et la petite-bourgeoisie. Plus haut dans l'échelle sociale, ce leader nationaliste passait pour un trublion. N'avait-il pas, dans sa jeunesse, à vingt-deux ans, en 1882, participé à la révolte d'Orabi Pacha contre les Anglais ? Par la suite, il avait accédé à la fonction de ministre de l'Éducation et de la Justice. Finalement, écœuré par la corruption qui régnait autour de lui, il avait démissionné pour entrer en résistance.

Aller réclamer l'indépendance de l'Égypte aux Anglais ? Avait-il perdu la tête ? À tort ou à raison, Loutfi bey estimait que, depuis que la Grande-Bretagne avait imposé son « protectorat » – mot pudique pour signifier main basse – sur l'Égypte, personne n'avait eu à s'en plaindre à l'exception du khédive[1] Abbas Hilmi, qui exécrait les Britanniques. Ceux-ci s'étaient

_____

1. Titre porté par le vice-roi (ou pacha) d'Égypte entre 1867 et 1914.

d'ailleurs vengés en le destituant. L'administration du premier haut-commissaire, sir Henry McMahon, avait été exemplaire et celle de son successeur, sir Reginald Wingate, aussi. Dès lors, pourquoi ce remue-ménage ? L'indépendance de l'Égypte ne servait pas les affaires, ni le commerce, ni la réception qu'il avait prévue ce soir !

Il passa sa main sur son front et articula avec peine :

— Mon fils, peux-tu m'expliquer exactement ce qui s'est passé ?

Avant de répondre, le jeune homme ordonna à sa sœur sur un ton péremptoire :

— Veux-tu nous laisser, je te prie ?

La jeune fille ouvrit la bouche pour protester, mais il réitéra son ordre :

— Ce n'est pas une discussion de femmes.

Elle quêta du regard le soutien de son père. Lequel resta de marbre. Alors, elle se retira, furibonde.

À peine fut-elle sortie que Taymour enchaîna :

— Accompagné par trois parlementaires, Zaghloul s'est rendu à la résidence britannique. Il a demandé à être reçu par le haut-commissaire et a exigé ni plus ni moins que l'Angleterre mette fin à son ingérence, qu'elle regagne son île. Il a sollicité aussi l'autorisation de plaider cette cause devant la Conférence de la paix qui doit se tenir dans deux mois à Paris.

Loutfi bey secoua la tête à plusieurs reprises. L'idée de mettre en doute les propos de son fils ne lui traversa pas l'esprit. Voilà un certain temps déjà que, sur les bancs de l'université égyptienne, Taymour avait noué des liens d'amitié avec le propre neveu de Zaghloul, Ahmed Zulfikar. Ses informations étaient donc de première main. Loutfi soupçonnait aussi le directeur de l'université, son propre cousin, de fricoter avec ces nébuleuses nationalistes.

— Qu'a répondu Wingate ?

— Que crois-tu ? Il les a envoyés promener en leur lançant : « Chez un enfant, trop de nourriture provoque l'indigestion ! »

— Et le palais ? Une réaction de notre sultan ?

— Fouad ?

Un petit rire secoua le jeune homme.

— Fouad s'est montré exaspéré par la démarche de Zaghloul. Tout ce qu'il espère, c'est qu'elle ne déclenchera pas une crise avec ses amis britanniques. Il n'a aucune envie de connaître le même sort que ses prédécesseurs ! Son trône, c'est tout ce qui compte à ses yeux.

Pour Farid Loutfi bey, cette histoire ne signifiait qu'une chose : sir Percy Wetherborne n'assisterait vraisemblablement pas à la réception et – pire encore – le premier chambellan du sultan non plus. Envolés ses espoirs de le voir intercéder auprès de Fouad ! Envolé son titre de pacha !

Soudain las, il poussa un profond soupir.

— Que le Très-Haut nous protège…

Et questionna :

— Où est ta mère ?

— Là-haut, dans sa chambre. Elle se fait belle pour ta soirée.

Un vieux proverbe turc revint aussitôt à l'esprit de l'Égyptien : « La queue fait la beauté du cheval. » Et il faillit sourire.

— Tu n'as pas d'autres bonnes nouvelles à m'annoncer ?

— Si. J'ai reçu une lettre de Mourad. Comme convenu, il arrive dans deux semaines. J'irai le chercher à la gare.

— Qui donc ?

— Mourad ! Mourad Shahid, mon ami palestinien. Nous avions fait sa connaissance alors que lui et sa famille passaient les vacances à Alexandrie. Il y a quelque temps, je t'avais demandé la permission de l'héberger pendant la durée de ses cours à l'université et tu m'avais donné ton accord.

— Ah ?

Décidément, où avait-il la tête ? Il ne s'en souvenait plus. Néanmoins, il fit comme si.

— Oui, oui, bien sûr. Il est le bienvenu.

Il se leva, quitta la pièce, les épaules voûtées, en se demandant qui pouvait bien être ce Mourad.

5

L'os dit au chien : « Je suis dur. » Le chien répond : « J'ai le temps. »

Proverbe arabe.

Le Caire, 16 novembre 1918

Les haut-parleurs diffusaient la voix de l'orateur aux quatre coins de la vaste place devant l'université d'El-Azhar, prêtant à l'éloquence du tribun, un homme de grande taille et de belle prestance, aux traits forts et généreusement sculptés, une vibration supplémentaire.

— Pour notre dignité et celle de nos enfants, nous demandons, au nom du peuple égyptien, que les Anglais et leurs associés tiennent les promesses qu'ils ont prises devant l'univers ! Ils se sont engagés à respecter l'indépendance des peuples libérés par la chute de l'Empire ottoman ! Ils ont occupé notre territoire pour se défendre contre leurs ennemis et nous les avons accueillis avec la générosité qui est la nôtre. Leurs ennemis sont aujourd'hui défaits. Nous ne voulons donc pas que les vainqueurs nous traitent comme ils traitent les vaincus !

Des acclamations montèrent de plusieurs milliers de poitrines, devinrent assourdissantes et firent s'envoler des nuées de pigeons affolés au-dessus du minaret.

On pouvait percevoir que même les policiers qui surveillaient la scène se sentaient troublés ; ils se seraient joints à la foule s'il n'y avait eu leurs officiers, soumis eux-mêmes aux contrôles de brigadiers anglais.

L'orateur n'était autre que Saad Zaghloul.

— Nous sommes libres ! Libres comme tous les Arabes sont nés libres, ne connaissant d'autre maître qu'Allah. Nul peuple n'est en droit d'en dominer un autre !

Nouvelles acclamations.

— *Yahia Zaghloul ! Ya'ish el batal* ! Vive Zaghloul ! Longue vie au brave !

Debout au côté de Taymour, Mourad paraissait incroyablement ému.

Ainsi, il existait des hommes non disposés à mettre un genou à terre ? Ainsi, on pouvait refuser la fatalité, cette déraison de l'Orient ?

Après des adieux déchirants (sa mère en pleurs avait manqué de s'évanouir en le voyant monter à bord du bateau en partance pour Alexandrie), une traversée cauchemardesque (le mal de mer lui avait arraché les entrailles), il avait dû supporter les soubresauts endiablés du train Alexandrie-Le Caire. Et, sitôt sa valise posée, son ami ne lui avait pas laissé le temps de souffler.

Le brave ! Le brave va parler ! Nous ne pouvons manquer un tel événement !

Le brave ? Quel brave ?

Et Taymour de lui expliquer qui était Zaghloul, et quel combat il livrait pour qu'enfin les Anglais se décident à rendre l'Égypte aux Égyptiens.

Son père avait bien voulu leur prêter la voiture, et c'est à bord de la Wolseley, sous l'œil médusé des passants, qu'ils avaient traversé la ville jusqu'à ce haut lieu de l'enseignement, Sorbonne du Moyen-Orient, déjà millénaire.

Là-bas, sur l'estrade de fortune, *le brave* se retirait. Bientôt, il serait avalé par la nuée d'admirateurs qui se pressaient autour de lui.

— Rentrons, proposa Taymour.

Ils se frayèrent un chemin parmi la foule et prirent la direction du Khan el-Khalîl, où la limousine les attendait. Étrangement, ni l'un ni l'autre ne parvenaient, ni ne souhaitaient sans doute, rompre le silence.

Finalement, alors qu'ils arrivaient en vue de la mosquée El-Hussein, Mourad murmura :

— Je te sais gré de m'avoir fait vivre ces instants. Tout à coup, en écoutant Zaghloul, l'impossible m'a paru possible. L'inaccessible, à portée de main. Tu me comprends, n'est-ce pas ?

— Bien sûr. Et je partage ton point de vue. Ce sont des hommes de cette trempe qui nous permettent de croire que le droit et la justice pourraient triompher.

Après un silence, il reprit d'une voix sourde :

— C'est sûr, un jour les Anglais partiront d'Égypte.

Et saisissant la main de son camarade, il ajouta avec ferveur :

— Et aussi de Palestine. Demain, mon ami, demain !

*

— Où étiez-vous passés ? Je commençais à me faire du souci !

Amira Loutfi se tenait au sommet des marches, devant l'entrée de la villa, bras croisés. Taymour prit le temps de remercier le chauffeur et de marcher sourire aux lèvres jusqu'à sa mère. Tandis qu'elle réitérait sa question, il la serra entre ses bras.

— Je t'adore, maman ! Te faire du souci alors que j'ai presque vingt et un ans ?

Pivotant vers Mourad, il enchaîna :

— N'est-elle pas la plus jolie des mamans ?

En réalité, toute admiration filiale mise à part, la beauté d'Amira Loutfi, née Khouzam, s'avérait incontestable. Elle appartenait à cette communauté de chrétiens égyptiens, les coptes, qui, vaille que vaille, depuis l'invasion arabe, tentaient courageusement de rester fidèles à leur foi. Une résistance mise à rude épreuve : l'îlot planté au milieu d'un océan était régulièrement battu par les flots.

Pour épouser Farid, de religion musulmane, Amira aurait pu faire l'effort de se convertir, ne fût-ce que pour être agréable à sa future belle-famille. Elle n'en avait rien fait. Et, devant les (faibles) protestations que cela avait soulevées, elle s'était contentée de rappeler le plus tranquillement du monde, qu'aux yeux du Prophète il était parfaitement licite pour un musulman d'épouser une femme appartenant aux « gens du Livre », juive ou chrétienne, sans que celle-ci soit obligée de renier sa religion. De toute façon, elle savait que ce n'était pas Farid qui lui chercherait noise : tout musulman et sunnite qu'il était, et comme la majorité de ses amis, il lui arrivait de boire et de jouer aux cartes. Après tout, l'interdiction de boire de l'alcool avait été prescrite par le Tout-Puissant en des temps où les guerriers du Prophète livraient bataille dans le désert arabique sous des températures caniculaires. L'interdit, alors, était sage. Mille trois cents ans plus tard, il devenait peu utile. Les califes, hommes de guerre pourtant, ne s'étaient d'ailleurs pas privés de soirées d'ivresse et, ici même, en Égypte, l'un d'entre eux, El-Zahir, n'avait-il pas promulgué un décret autorisant la consommation du vin ? Les plus grands poètes arabes n'avaient-ils pas de leur côté loué les bienfaits du sublime nectar ? Alors !

Quant aux enfants du couple, Taymour et sa sœur Mona, ils avaient été élevés dans le même souci d'acceptation de l'autre et se sentaient aussi respectueux de l'islam que du christianisme ou du judaïsme. De toute façon, leur attitude s'accordait parfaitement avec l'esprit de tolérance qui régnait alors en Égypte : Radio Chalom diffusait ses informations quotidiennes, la synagogue Cha'ar Ha Chamaïm, érigée rue Adly pacha, en plein cœur du quartier chic de la capitale, ne désemplissait pas les jours de fête ; les cloches de Noël se confondaient avec l'appel à la prière ; les voisins musulmans participaient au dîner de Pessah et, réciproquement, les Lévy partageaient avec les Abdallah le mouton de l'Aïd el-Kébir.

— Alors, répéta Amira, où étiez-vous ?

— À l'université, répondit Taymour. Pour inscrire mon ami.

Il désigna le Palestinien qui se tenait discrètement au pied des marches.

— Mourad. Mourad Shahid. Tu te souviens de lui, n'est-ce pas ?

— *Hamdellah a'lsalama*. Bienvenue. Comment vont vos parents ? Venez, venez, entrez donc. Entrez.

En se dirigeant vers le salon, Amira poursuivit :

— Vous aviez une sœur, je crois ? Comment s'appelle-t-elle déjà ?

— Samia, madame.

Elle invita le Palestinien à s'asseoir dans l'un des fauteuils tapissés de velours pourpre. À l'image de la ferme de Basse-Égypte, le mobilier frisait l'outrance. Dorures et stuc, rideaux de satin et table de marbre, abat-jour de soie. C'était la mode. On retrouvait quasi le même décor dans la plupart des appartements bourgeois du Caire où les bergères, imitation Louis XVI, flamboyaient sous les lustres en faux ou vrai cristal de Baccarat.

— Vous boirez bien quelque chose ?

Avant que Mourad n'ait eu le temps de répondre, elle saisit une clochette qu'elle fit tinter à plusieurs reprises. Un domestique nubien apparut aussitôt sur le seuil.

— Quatre limonades, Ahmed. Bien glacées.

Taymour objecta :

— Pour moi, ce sera un café turc. *Mazbout*[1].

— Nous parlions de vos parents, reprit Amira. Ils habitent bien Jérusalem, n'est-ce pas ?

— Non, madame. Nous vivons à Haïfa. Ce sont mes grands-parents qui vivent à Jérusalem.

— Arrête d'appeler maman madame, protesta Taymour. Tu es de la famille !

— Il a raison, approuva Amira.

— Je vous remercie, ma tante[2].

Elle s'informa :

— La ville était calme, aujourd'hui ?

— Elle l'était, répliqua Taymour. Mais, à mon avis, ce n'est qu'un calme apparent.

— Apparent ? Tu cherches à m'inquiéter ? Ce sont tes chenapans d'amis qui vont encore semer le désordre ?

Elle leva un doigt menaçant vers son fils, en ajoutant :

— Ton père te l'a assez répété. Tu ferais bien de cesser de fréquenter ces fils de *zabbaline*[3] ! Ils mènent le pays à l'anarchie.

Elle prit Mourad à témoin :

— Vous ne pouvez imaginer les soucis qu'il nous donne. Vous qui êtes son ami, vous devriez essayer de le raisonner.

Le Palestinien faillit répondre, mais la silhouette féminine qui venait d'apparaître sur le seuil ne lui en laissa pas le temps.

— Bonjour mère !

La démarche gracieuse, Mona traversa le salon et embrassa Amira.

---

1. Café normalement sucré. *El riha*, à peine sucré. *Soccar ziada*, très sucré. *Sada*, sans sucre. Tout un rituel.
2. En Égypte, tous les enfants, jeunes gens, jeunes filles surnomment « oncle » ou « tante » les parents de leurs camarades.
3. Éboueurs, chiffonniers.

— Tu vas bien, ma chérie ?

Elle s'apprêtait à saluer son frère lorsqu'il lui lança, l'œil critique :

— Tu aurais pu te changer avant de revenir à la maison ! Une fille de bonne famille ne s'affiche pas en robe courte.

— C'est ma tenue de tennis ! Nous avons joué chez Salwa et son chauffeur m'a raccompagnée !

— Raison de plus ! Seule avec un homme en voiture ! Que vont dire les gens ?

— Dis-moi, Taymour, es-tu mon mari ? Mon père ?

— Je suis ton frère aîné. J'ai le droit…

— Droit ? Quel droit ? Je ne suis plus une gamine. J'ai dix-huit ans ! Quand vas-tu te décider à vivre au XX⁰ siècle ? Bientôt, tu me demanderas de porter le voile comme les paysannes qui montent à la ville ! C'est absurde !

— Ne me parle pas sur ce ton…

— Calmez-vous ! s'interposa Amira. Vous vous comportez comme des gamins ! Que va penser notre hôte ?

Elle indiqua à sa fille :

— Voici Mourad Shahid. L'ami de ton frère. Il arrive de Palestine et va passer quelques mois avec nous.

Mona tendit la main. Le Palestinien s'était déjà levé. Elle le fixa. Cet homme, le connaissait-elle ? Elle aurait juré que oui. Pourtant, elle était certaine ne l'avoir jamais vu auparavant. Il serra sa main. L'intensité de son regard la contraignit à baisser les yeux. Elle ne pouvait imaginer qu'à ce moment précis il était dévoré du même feu.

— Enchanté, mademoiselle.

Elle s'éclaircit la gorge et articula :

— Soyez le bienvenu.

6

Sous le nom de « Livre d'Histoire », nous enseignons à nos enfants le calendrier criminel du monde.

Oscar Wilde.

Bagdad, décembre 1918

Le soleil se noyait dans une mare d'or dont les gerbes tragiques rejaillissaient plus bas, sur les eaux du Tigre, sous la terrasse fleurie de la demeure de Nidal el-Safi.

Bagdad... La Ville ronde.

Si la cité avait perdu depuis des siècles sa splendeur légendaire de ville califale, elle avait su garder intact son prestige de ville sainte. Chaque année, les pèlerins accouraient par milliers pour faire leurs dévotions et apporter leurs offrandes aux sanctuaires célèbres. Les chiites de Perse et du Kurdistan, avant de continuer leur voyage vers Kerbala et Nadjaf, ne manquaient pas de s'arrêter à Kazmein, où l'on vénérait le tombeau de l'imam Moussa. Les Afghans, eux, honoraient particulièrement la tombe de la sultane Zobeïda, épouse du grand, du sublime, du merveilleux Haroun el-Rachid.

La nuit venue, il n'était pas rare de voir entrer dans la cité, par la porte de l'Est, de mystérieux cortèges de chameaux, guidés par des hommes vêtus de blanc : il s'agissait de grandes familles persanes qui faisaient transporter leurs défunts jusqu'à la ville sainte, enveloppés dans des tapis précieux, afin de procéder à leur inhumation tout près de Hussein[1] et des grands saints du mouvement chiite.

Un an et neuf mois s'étaient écoulés depuis l'entrée des troupes britanniques à Bagdad, sous le commandement du général Stanley Maude. Kirkouk était tombée, Mossoul aussi. Désormais, les Turcs vaincus et brisés ne possédaient plus un arpent de terre en Irak, nouveau nom de l'antique Mésopotamie. Après tous ces affrontements sanglants, c'était un miracle que le paysage fût redevenu aussi pacifique.

— Vos femmes ne sortent-elles donc jamais ? demanda d'un ton ironique sir Percy Cox à son hôte Nidal el-Safi.

— Sir Percy connaît trop bien l'Orient, rétorqua l'Irakien sur le même ton, pour ignorer les vers de notre poète ancien : « Ne montre jamais tes joyaux au soleil, un voleur ne tarderait pas à apparaître. » Mais si vous faites allusion à mon épouse, je suis au regret de vous dire qu'elle déteste les mondanités. Quant à mes enfants, je n'ai pas de fille, mais un fils, Chams, qui est absent.

Il avait prononcé ce prénom d'une voix nouée, mais l'Anglais n'eut aucunement l'air de le remarquer.

Drapé dans une *dichdacha*, une longue chemise ample, d'un bleu vif, le crâne couvert d'un igal et d'un foulard à damier, il se dégageait de l'Irakien quelque chose de juvénile. S'il n'y avait eu ces mèches blanches qui ornaient ses tempes, jamais on ne lui aurait donné son âge : quarante-cinq ans.

James Percy daigna sourire, aiguisa du pouce et de l'index la pointe de sa moustache d'argent, puis

---

1. Hussein (626-680), fils cadet d'Ali (compagnon de Muhammad) et de Fatima (fille du Prophète), considéré par les chiites comme le troisième imam de l'islam.

tourna son regard vers les salons où la fine fleur de la société irakienne et des représentants du corps diplomatique attendait de passer à table. Rien que des hommes, à part de rares femmes – dont la propre épouse de sir Percy – d'âge canonique.

Qu'espérait donc ce décati de vieux beau britannique ? songea Nidal el-Safi. Que les hommes irakiens allaient parer leurs filles et leurs sœurs pour les soumettre à sa concupiscence ?

— Si sir Percy veut bien se donner la peine, dit-il.

Il souligna ses propos par un geste courtois, invitant son hôte à le précéder.

Semant sur son passage un tourbillon d'effluves d'eau de lavande Yardley, l'Anglais honora le salon de son entrée et tendit une main à la fois raide et molle à ces anciens sujets ottomans que « la bravoure des soldats de Sa Majesté avait libérés du joug de la Sublime Porte ». Il se demanda d'ailleurs pour quelle raison les Irakiens n'étaient pas sortis accueillir les troupes britanniques avec des *youyous* et des banderoles de fleurs. Le jour même de son arrivée à Bagdad, le général Maude s'était pourtant empressé de déclarer haut et fort : « Aux habitants du *vilayet* de Bagdad. Au nom de mon roi et au nom des peuples qui sont ses sujets, je m'adresse à vous pour vous dire ceci : nos opérations militaires ont pour objectif de vaincre l'ennemi et de le chasser de ces territoires. Sachez que les Anglais sont venus en Irak en libérateurs et non en conquérants ou en ennemis ! Ils ne désirent pas imposer une domination étrangère au pays ! » Ingratitude…

Le dîner fut savoureux, riche. S'il n'y avait eu la présence de ce diplomate français, Jean-François Levent, c'eût été parfait. Que diable faisait-il chez l'Irakien ? Nidal el-Safi était l'une des personnalités les plus en vue de Bagdad, un riche commerçant, un notable. L'envoyé du Quai d'Orsay cherchait sans doute à s'attirer ses bonnes grâces. Dans quel but ? Ne savait-il pas que l'on avait jeté les dés depuis longtemps et qu'il était hors de question de rejouer la partie ?

Mais il n'y eut pas que Levent qui lui avait déplu. Cet individu, ce jeune arrogant que l'on avait placé en face de lui, comme par provocation, comment s'appelait-il déjà ? El-Galarni ? El-Galali ? Pour quelle mystérieuse raison les Arabes étaient-ils toujours affublés de noms imprononçables ? Percy n'avait retenu que le prénom du persifleur : Rachid. À l'instar de leur hôte, lui aussi était vêtu *à l'arabe*, mais la tête protégée par un turban noir.

— Envisagez-vous de rester longtemps parmi nous ? lui avait lancé l'Irakien.

— Non, malheureusement. Je repars dans une huitaine de jours pour Londres.

— Seul ?

Sir Percy avait froncé les sourcils.

— Seul ?

— Je veux dire, emmenez-vous dans vos bagages vos *boys* ou allez-vous les abandonner sur les berges du Tigre ?

Le jeune homme – il devait avoir vingt-cinq ou vingt-six ans – s'était tout de suite empressé d'ajouter : *Private joke*[1].

— Vous avez de l'humour, monsieur... ?

— El-Keylani. Rachid Ali el-Keylani.

C'était bien cela : imprononçable, avait songé sir Percy.

Comme s'il avait lu dans ses pensées, l'autre avait concédé :

— Mais vous pouvez m'appeler Rachid.

L'Anglais avait hoché la tête.

— Occupez-vous une fonction officielle à Bagdad ?

— Pas pour l'instant. Je termine ma dernière année de droit.

Et de conclure avec un sourire appuyé :

---

1. Expression anglaise signifiant littéralement « blague privée ».

— Ensuite, je me consacrerai au *non-droit*.

Sir Percy n'eut pas le temps de s'interroger sur le sens de la phrase ; l'Irakien questionna à nouveau :

— Comment se porte notre commissaire ? Sir Arnold Wilson ne se sent-il pas trop dépaysé loin du Clifton College, des Lanciers du Bengale, du département indien ? Se retrouver du jour au lendemain à devoir gérer des pays comme l'Irak doit être quelque peu (il hésita sur le terme)... déconcertant ?

— *Des* pays *?* s'était étonné sir Percy.

Rachid avait gloussé, imité par le diplomate français qui, de toute évidence, jubilait. Ce dernier prit d'ailleurs la parole et expliqua :

— Je ne vous ferai pas l'affront de vous rappeler que l'Irak est une mosaïque, sir Percy. Vous avez d'abord des races : Arabes, Kurdes, Turkmènes, Turcs et même des Persans. Ensuite, des sectes : sunnites, chiites, chrétiens, nestoriens[1] et Juifs. Les sunnites vouent une haine farouche aux chiites ; les Kurdes aux deux camps ; les Turkmènes se débarrasseraient bien des Kurdes. Les chrétiens et les Juifs sont à la rigueur tolérés et se tolèrent. Vous secouez le tout et vous obtenez une nation. Vous, les Anglais, appelez cela, je crois, un *melting-pot*. Un creuset. Entrer en Irak sans connaître les méandres de son passé et de son présent, c'est comme pousser un aveugle dans un labyrinthe envahi de scorpions. On finit par en sortir, mais les pieds devant.

Voulait-on lui infliger une leçon d'histoire ?

Sir Percy répliqua avec une pointe de dédain :

— Cher monsieur Levent, dois-je vous rappeler les propos du général Maude ? « Les Anglais sont venus ici en libérateurs, non en conquérants. Nous nous sommes engagés (il marqua une pause volontaire

---

1. Le nestorianisme est une doctrine qui se réclame du christianisme et qui affirme que deux *personnes*, l'une divine, l'autre humaine, coexistaient en Jésus-Christ.

pour appuyer ce qui allait suivre) *aux côtés de la France*, votre pays, à instituer un gouvernement national et une administration locale librement élus et à assister les habitants dans cet objectif. Ensuite nous nous retirerons. »

— Quelle générosité ! ironisa El-Keylani.

Le diplomate anglais afficha une moue condescendante et se tourna ostensiblement vers son hôte, mettant fin à cet échange exaspérant.

Le dîner achevé, il assura – pour la forme – ses commensaux qu'ils seraient les bienvenus à la résidence de sir Arnold Wilson, s'ils désiraient émettre leur opinion sur le projet de référendum qui devait se dérouler dans le pays.

— Tout dépendra de la question, lança un invité.

— Il y en aura trois. Primo : Êtes-vous favorable à la constitution d'un État arabe sous contrôle britannique et comprenant les *vilayets* de Mossoul, Bagdad et Bassorah ? Deusio : Si oui, désirez-vous qu'un émir arabe dirige cet État ? Et enfin, dernière question : Qui est cet émir que vous appelez de vos vœux ?

Un silence tendu succéda aux propos de l'Anglais. Personne n'était dupe : ce référendum servirait uniquement à légitimer la présence anglaise. De plus, la population des *vilayets* évoqués ne constituait pas une entité politique et sociale cohérente, mais une multitude de groupes sociaux disparates.

Rachid el-Keylani rompit le silence.

— Votre référendum, sir Percy, est voué à l'échec. À l'heure où nous parlons, les ulémas[1] chiites ont déjà menacé d'anathème ceux qui voteraient en faveur des Britanniques.

Piqué par la tournure que prenait la discussion, l'Anglais se leva, invitant son épouse à lui emboîter le pas.

---

1. Docteur de la loi, dans la religion musulmane

— C'est ce que nous verrons, dit-il d'une voix glaciale. Je ne possède pas comme vous, hélas, de boule de cristal.

Au moment où il allait franchir le seuil de la demeure, il entendit la voix du jeune arrogant qui l'apostrophait :

— Sir Percy ! À propos de *melting-pot*, savez-vous comment les gens d'ici ont baptisé le haut-commissaire ?

L'Irakien avait pris tout son temps pour annoncer, l'œil malicieux :

— *The despot of the mess-pot*[1].

Empoignant le bras de son épouse, l'Anglais s'engouffra dans la Rolls-Royce pourpre mise à sa disposition par les autorités de Sa Majesté. Il grommela : *Ass hole*[2] !

*

Songeur, campé sur la terrasse qui dominait le Tigre, Jean-François Levent suivit la Rolls des yeux jusqu'au moment où elle fut avalée par les ténèbres. Pendant quelques secondes, il se demanda dans quel bourbier Stephen Pichon, le ministre des Affaires étrangères, l'avait envoyé. Un honnête diplomate, Pichon, mais guère efficace. « Vous allez partir, mon cher Jean-François. Vous allez vous rendre au Proche et au Moyen-Orient. Vous observerez, vous tendrez l'oreille, et vous nous dresserez un rapport détaillé de la situation. Tenez les Anglais à l'œil ! » Deux semaines que Levent les « tenait ». Il commençait à trouver le temps long.

— Alors, monsieur Levent ! On médite ?

Le diplomate sursauta. Plongé dans ses pensées, il n'avait pas entendu approcher son hôte.

---

1. Que l'on pourrait traduire librement par : « Le dictateur du merdier. »
2. Littéralement : trou du cul.

— J'ose espérer, ajouta Nidal el-Safi avec un sourire complice, que Son Excellencene s'est pas trop ennuyée à ce repas.

— Pour être franc, mon ami, *Son Excellence*, qui, à propos, n'en est pas une, s'est royalement enquiquinée. Heureusement qu'il y avait la présence de votre ami El-Keylani pour animer l'atmosphère.

Il enchaîna :

— Qui est-il précisément ?

— Rachid appartient à l'une des plus importantes familles sunnites d'Irak. Comme vous avez pu le constater, le personnage est un bouillant nationaliste. Il est aussi le neveu d'Abdel Rahman el-Keylani, le *naquib el achrâf* de Bagdad. Qui est, ainsi que vous le savez peut-être...

— Le chef des notables, reconnu comme faisant partie des descendants du Prophète. Je sais. Les *naquib* occupent une fonction prééminente dans la direction religieuse de chaque ville. Je parle l'arabe, l'auriez-vous oublié, et j'ai...

— ... Vous avez vécu au Caire dans votre jeunesse, du temps où votre père, hydrographe, travaillait pour la Compagnie universelle du Canal de Suez. N'ayez crainte : je me souviens de tout.

L'Irakien prit une brève inspiration.

— Revenons à Rachid et à son oncle. Lorsque vous saurez qu'il existe dans la capitale pas moins de vingt et un notables, issus de cinq familles seulement, dont seize pour les seuls El-Keylani, vous comprendrez quelle puissance ces gens détiennent. Néanmoins, il existe une différence de taille entre l'oncle et le neveu. Paradoxalement, le premier n'est pas trop hostile à la présence anglaise, qu'il voit comme un outil lui permettant de bâillonner les chiites ; des chiites qu'il vomit tout autant qu'il vomit les Juifs et... malheureusement pour vous, les Français aussi.

Levent haussa les épaules.

— Votre *naquib el achrâf* manque de discernement.

Nidal el-Safi gloussa.

— Et comment avez-vous trouvé sir Percy ? N'est-ce pas un homme charmant ?

Les yeux de Levent s'assombrirent.

— Écoutez-moi, Nidal. Je ne sais pas si vous en êtes conscient, mais vous êtes tombé dans la trappe anglaise. L'Irak est la chose de Londres, désormais.

— Si je ne m'abuse, les Français ne sont pas non plus très loin de Bagdad.

— Virtuellement, mon ami, virtuellement.

Il respira une goulée d'air et laissa tomber d'une voix sourde :

— Cocue, mon cher. La France est cocue.

Nidal el-Safi écarquilla les yeux.

— Je vous demande pardon ?

— Oui, je sais que je vous surprends. Si nous sommes ici, c'est en raison de ces fameux accords Sykes-Picot. Alors que nous nous battions contre les Allemands, les Anglais ont compris avant tout le monde que le sort de leur empire dépendait de l'issue de la guerre. Il leur fallait protéger la sacro-sainte route des Indes, la Méditerranée orientale, le canal de Suez. Au bout du compte, cet aventurier de Mark Sykes s'est avéré un bien meilleur marchand de tapis que ce pauvre Picot. Un marchand comme vous n'en aurez jamais dans vos bazars… Paix à son âme ! Une mauvaise grippe a vengé la France[1].

---

1. Pour l'anecdote, Sykes était décédé, un an auparavant, en 1918, à quarante ans, de la grippe espagnole (virus H1N1) et inhumé dans un cercueil de plomb. En 2007, un virologue de l'Hôpital royal de Londres a obtenu des descendants le droit d'effectuer des prélèvements sur la dépouille du diplomate, le virus (H1N1) étant très proche de celui de la grippe aviaire (H5N1). « Nous pouvons obtenir des réponses à des questions très importantes », affirma le virologue à la BBC. Des réponses qui auraient pu permettre d'affiner les traitements proposés aux malades et d'aider la communauté internationale à se préparer à une éventuelle pandémie. Aux dernières nouvelles, le corps du coauteur du traité le plus pervers de l'Histoire a gardé son secret.

Nidal el-Safi pouffa, tout en se disant que la franchise venait bien tard aux Français.

— Si vous vouliez bien nous faire resservir un verre de cet excellent vin d'Anatolie dont les Turcs vous ont laissé quelques bouteilles, je vous en serais obligé, maugréa Levent.

Nidal el-Safi claqua dans les mains et donna ses ordres. Se tournant ensuite vers le diplomate, il suggéra :

— Poursuivez, je vous prie.

— Sykes, donc, a promis monts et merveilles à Picot : que nous serions comblés de cadeaux en Orient. Que les Anglais fonderaient un grand Empire arabe embrassant tous les territoires entre la Méditerranée et la frontière perse. Mais que nous aurions notre part du gâteau. Nous obtiendrions ainsi ce qu'on appelait la zone bleue de l'ancien Empire ottoman, c'est-à-dire la Syrie, la Cilicie et le *vilayet* de Mossoul. Alexandrette[1] deviendrait un port franc dévolu au commerce anglais. À la Russie on offrirait les détroits mais, maintenant qu'elle a fait sa révolution, elle s'est exclue de la distribution des prix. Quant à la Palestine… c'est une autre affaire. Le pire nous y attend.

Le serviteur revint. Il regarnit le verre de Levent et se retira.

— Aujourd'hui, reprit le Français, nous voyons bien que nous avons été payés en monnaie de singe. Le *vilayet* de Mossoul, nous ne l'aurons pas, la Grande-Bretagne s'étant rendu compte qu'il y avait probablement du pétrole au nord. Elle exige donc cette adjonction pour soi-disant assurer la viabilité économique de son « mandat » sur l'Irak. Quant à la Syrie – où je dois me rendre bientôt –, nous aurons, à mon avis, bien de la peine à la conserver, si tant est que les Anglais daignent nous en remettre les clés.

---

1. L'ancienne Antioche. La région est toujours un sujet de discorde entre la Turquie (qui le revendique) et la Syrie.

Après des siècles d'influence et de protectorat religieux au Levant, nous avons vécu comme une humiliation l'entrée des troupes britanniques à Damas, puis celles de l'infortuné Fayçal. Un malheureux qui, par parenthèse, ne parle pas un mot d'anglais, à qui l'on a promis qu'il serait roi d'une confédération arabe indépendante. Si les Anglais se décident à respecter les accords Sykes-Picot, ils nous laisseront face à l'émir et ce sera à nous d'expliquer au pauvre homme qu'il s'est trompé d'histoire et qu'il lui faut déguerpir. Quelle pantalonnade !

Nidal baissa la tête et se voûta tout à coup.

— Une comédie… Une comédie qui a dévoré et dévorera longtemps encore de nombreuses vies humaines.

Au ton de sa voix, on sentait bien qu'il n'avait pas exprimé une généralité, mais quelque chose de plus personnel. La nuance n'échappa pas au diplomate français.

— Auriez-vous perdu quelqu'un dans cette guerre ?

— Je ne sais pas.

— Vous…

— Mon fils, Chams. Au début de la guerre, il a été enrôlé de force dans un bataillon turc. Il venait tout juste d'avoir vingt ans. Sa dernière lettre indiquait qu'il avait été promu officier, en poste à Damas. C'était il y a un an. Depuis, plus rien. Le silence. Entre-temps, il y a eu la débâcle ottomane et l'entrée de Fayçal dans la ville. Que lui est-il arrivé ? Soit il est mort, soit il a été fait prisonnier. Allah seul le sait.

— Voilà qui est infiniment triste. Je vais tenter d'obtenir quelques renseignements. Après tout, la Syrie n'est-elle pas promise à la France ? Comme je viens de vous l'annoncer, je dois me rendre à Damas dans les jours qui viennent. J'essaierai de savoir ce qui est arrivé à votre fils. Je vous le promets.

L'Irakien hocha la tête, masquant son émotion.

— Je vous remercie. Avant votre départ, je vous communiquerai les maigres renseignements en ma possession. Qui sait ? Nous croyons beaucoup au destin, nous, gens d'Orient. Peut-être est-ce lui qui vous a mis sur ma route ? À présent, revenons à notre affaire. Comment expliquez-vous que votre pays se soit fait damner le pion par les Anglais ?

— Face à la présence sur le terrain d'une force militaire considérable, un million d'hommes, qui témoigne de l'ampleur de l'engagement britannique en Orient, nos maigres effectifs n'ont pas pesé lourd. Et puis, n'oubliez pas : les Anglais sont passés maîtres dans l'art de diviser pour régner. Savez-vous ce que l'un de nos agents m'a rapporté, pas plus tard qu'hier ? Les propos que Mark Sykes aurait tenus *off the record*, comme disent les journalistes. Il aurait dit : « Nous dégoûterons les Français de la Syrie et les Syriens de la France. »

Il conclut d'une voix lasse :

— Cocue, vous disais-je...

La faconde du Français s'épuisait. Était-ce l'effet du vin ou de la mélancolie de ses propos ? Car la gaieté désertait aussi Nidal el-Safi. Levent avait raison. Les Irakiens étaient désormais aux mains des Anglais. Ses invités vinrent l'arracher à son tête-à-tête, pour prendre congé en le remerciant de cette soirée digne des fastes d'antan. Levent s'apprêtait à les imiter lorsqu'une voix féminine l'arrêta dans son élan.

— Auriez-vous du feu ?

Il se retourna. Tout près de lui venait d'apparaître une femme d'une trentaine d'années, cigarette à la main. Physique étonnant, presque androgyne. Cheveux roux, très courts. Elle avait un cou de cygne sur lequel flottait un visage au teint mat. Des seins d'adolescente perçaient sous une abaya noire, brodée de fils d'or.

Elle se pencha légèrement sur la flamme du briquet qu'il lui présentait.

— Je vous remercie, monsieur.

Il réprima un sursaut. Elle s'était exprimée dans un français parfait.

— Madame... ?

— Dounia est mon prénom.

— Dounia. *Le monde. L'univers.* Lequel des termes vous sied le mieux ?

— Je vous laisse juge.

Il la considéra un instant comme s'il la jaugeait, puis :

— Alors ce sera *l'univers*.

Elle annonça :

— Je suis la sœur de Nidal.

Il la détailla en plissant le front. Il y avait bien une quinzaine d'années d'écart entre le frère et la sœur. Elle dut percevoir son étonnement car elle précisa :

— Nidal et moi ne sommes pas nés de la même mère. La sienne est morte à sa naissance. Notre père – Dieu ait son âme – a attendu une douzaine d'années avant de se remarier.

Elle conclut avec une douceur inattendue :

— Il est des chagrins qui vous scellent le cœur.

— Où avez-vous appris à parler un français aussi admirable ?

— Chez vous, en France. Mon père était un amoureux de votre pays. Il a eu le courage de m'envoyer étudier le piano au Conservatoire de musique de Paris. Autoriser une jeune fille à partir seule à l'étranger, une Orientale qui plus est, représentait déjà un acte audacieux en soi ; l'encourager à apprendre la musique l'était bien plus encore. Je peux vous assurer que mon départ a fait l'effet d'un séisme. Mais lorsqu'on a la chance d'avoir comme directeur un être de la qualité de M. Gabriel Fauré et comme professeur de piano un génie comme M. Alfred Cortot, on se moque bien des séismes.

Une lueur admirative traversa les prunelles du diplomate.

— Il vous arrive de vous produire sur scène ?

— À Bagdad ? Vous plaisantez, monsieur Levent. Non. Je joue uniquement pour le plaisir ou le déplaisir de mes amis. Mais le plus clair de mon temps, je le consacre à l'enseignement.

— Il existe donc un conservatoire, ici ?

— Non. Mais figurez-vous que j'ai trouvé un poste à Alep, dans un collège arménien catholique, tenu par la Congrégation des frères maristes, le collège Champagnat.

Il répéta, en appuyant sur les mots, incrédule :

— Un collège arménien catholique tenu par des frères maristes ?

— Cela peut surprendre, en effet. Ils sont arrivés en Syrie il y a une douzaine d'années et, depuis peu, ils œuvrent avec les jésuites dans un autre établissement de la vieille ville.

— Vous êtes, je présume, musulmane.

— Parfaitement.

Il songea à la définition lancée par le bouillant El-Keylani durant le dîner : *un melting-pot* ! Un creuset.

Elle s'informa à son tour :

— Et vous, monsieur Levent ? Vous plaisez-vous en Orient ?

— Disons que je ne m'y sens pas étranger. Ce qui est une prouesse lorsqu'on connaît l'effroyable complexité de cette région. J'ai vécu quelques années au Caire. Par la suite, il m'a été donné de visiter la Syrie et la Palestine.

— Complexité de cette région ou richesse ? Tout dépend du regard que l'on pose. Lors de mon séjour en France, j'ai pu me rendre compte que l'erreur la plus répandue chez les Occidentaux est de penser qu'il existe *un* Orient. L'Orient est un visage aux mille facettes, une…

La voix de Nidal les interrompit.

— Je vois que vous avez fait connaissance.

Dans un élan affectueux, il attira sa sœur contre lui.

— Si vous saviez comme je suis jaloux d'elle. Elle a tous les dons. Elle joue admirablement du piano, au trictrac mieux qu'un homme et parle le français aussi bien qu'une Française.

Dounia surenchérit en riant :

— Et l'Anglais comme… une Française.

Elle tendit la main vers Levent.

— Je vous laisse entre hommes. Je tombe de sommeil.

Pris de court, le diplomate balbutia :

— Heureux de vous avoir connue. J'espère que…

— Mais oui, mais oui, monsieur Levent. Nous nous reverrons, n'en doutez pas.

Elle fit un petit signe de la main et s'évanouit au bout de la terrasse.

— N'est-elle pas étonnante ? commenta Nidal. Elle est ma seule famille ou presque, et réciproquement. Nos parents nous ont quittés il y a onze ans. Je lui ai servi de père et de grand frère. Je l'adore.

— Elle est charmante, en effet.

Charmante ? Un euphémisme, pensa Levent. Le souvenir de Dounia n'était pas près de quitter ses pensées.

— Vos parents sont donc décédés la même année ? se reprit-il.

— Dans des circonstances que je préfère ne pas évoquer.

Nidal changea de sujet :

— J'ai de bonnes nouvelles pour vous. Notre ami Rachid el-Keylani m'a autorisé à vous emmener à l'une des réunions politiques que lui et ses fidèles ont pour habitude de tenir.

Les traits du Français s'éclairèrent :

— Excellente nouvelle, en effet. Quand ? Où ?

L'Irakien secoua la tête, l'air mystérieux.

— Vous le saurez. Demain. Peut-être après-demain… Ou dans dix jours. *Inch Allah…*

Il s'approcha de Levent et chuchota à son oreille :

— Dans la nuit noire, sur la pierre noire, une fourmi noire. Dieu la voit…

II

7

Le Caire, le 10 mars 1919

Chers parents,

J'espère que cette lettre vous trouvera tous heureux et en bonne santé. La famille de Taymour est absolument adorable. N'en prenez pas ombrage, mais par moments j'ai l'impression de vivre ici dans un autre chez-moi. Tout le monde est d'une grande gentillesse, même si Loutfi bey est parfois un peu grognon. Malgré ses airs bourrus, je suis persuadé que le fond est bon. Son épouse, Amira, est une femme exquise. Si j'osais, je dirais qu'elle est presque aussi belle que maman. Presque. Attention, *mama*, la nuance est importante. Mona, la sœur de Taymour, est quant à elle un être rare. Je suis sûr que vous l'aimerez beaucoup. Elle m'a confié qu'elle rêvait de faire des études d'infirmière. Malheureusement, ses parents s'y opposent ; ils estiment que ce n'est pas là un métier pour une fille de famille. J'avoue que je ne sais que penser. Mais il faut bien que des femmes – d'où qu'elles soient issues – se dévouent pour soigner les malades. Et puis, surtout, a-t-on le droit de contrarier une vocation ? En vérité, Mona passe ici aux yeux de tous pour une femme moderne. Elle ne cache pas son admiration pour une personnalité qui, depuis quelque temps déjà, fait beaucoup parler d'elle en Égypte. Elle s'appelle Hoda Charaoui. À presque quarante ans, figurez-vous

qu'elle a fondé une revue dite féministe de langue française, qu'elle a intitulé *L'Égyptienne*, et a créé l'Union
féministe ! Cet être étonnant ne s'occupe pas uniquement des droits de la femme. Elle se bat aussi pour
l'indépendance de l'Égypte. Il y a quelques jours, plus
de trois cents femmes ont répondu à son appel à manifester dans les rues du Caire contre la mesure d'exil qui
a frappé le patriote Saad Zaghloul, une autre figure
emblématique du pays. On pouvait voir des musulmans et des coptes marchant côte à côte, unis dans le
même élan. Je faisais partie du mouvement.

Pour que vous compreniez mieux ce qui s'est passé,
vous devez savoir que les Anglais, lassés des récrimi-
nations du nationaliste égyptien, se sont emparés de
lui et de deux de ses compagnons et les ont exilés vers
l'île de Malte. Pouvez-vous imaginer un acte aussi
indigne ? Arrêter un homme qui réclame la liberté
pour son pays ? Le jeter aux fers, le chasser de sa terre
natale ? Maintenant, vous comprendrez mieux pourquoi je n'ai pas pu m'empêcher de réagir et de participer aux manifestations ; celles-ci d'ailleurs sont loin
d'être terminées. Elles se multiplient au Caire, à
Alexandrie et dans des villes de province. Loutfi bey
parle d'une « crise de nerfs du peuple », mais il se
trompe. C'est comme si une bombe avait fait sauter
un barrage et libéré un océan. L'Égypte entière est
submergée. Les émeutes, qui ont fait près de huit
cents morts, paralysent tous les jours un peu plus la
vie de quartiers entiers et les grèves se succèdent.

À Garden City, un détachement de policiers a été
contraint de protéger la résidence du haut-
commissaire, mais aussi l'ambassade de France, à
Guizeh, où des excités ont tenté de pénétrer pour
supplier l'ambassadeur de transmettre leurs doléances à la conférence de la paix qui s'est ouverte à Paris
il y a trois mois, sans la présence des représentants
de l'Égypte. Personne ! Aussi, les membres du parti
nationaliste ont adressé au gouvernement français
des dizaines de télégrammes, comme autant de sup-
pliques ; des télégrammes que les employés des
Postes égyptiennes ont refusé de leur faire payer.

Les ouvriers des filatures de Tall el-Kébir se sont eux aussi ralliés au mouvement, imités par ceux de la Compagnie d'électricité Lebon. Hier c'était au tour des Egyptian Railways. L'approvisionnement même de la capitale est devenu aléatoire. Non, Loutfi bey se trompe. Ce n'est pas une crise de nerfs, c'est la fin du monde ! Et les Anglais devront bien finir par céder !

Sur ce, il est tard. Près de 2 heures du matin et demain je dois me réveiller dès l'aube pour accompagner Mona et son frère devant les grilles du palais du sultan Fouad afin de crier notre colère. Nous serons, je l'espère, des milliers !

Votre fils qui vous aime et à qui vous manquez.

Mourad.

— Qu'Allah lui torde le cou ! hurla Hussein Shahid en jetant la lettre de son fils à terre.

Nadia se frappa aussitôt les joues à plusieurs reprises en signe de solidarité avec son époux.

— Que Dieu ait pitié de nous ! Des manifestations ? Des affrontements avec la police ? Notre fils est devenu un émeutier ! Veut-il notre mort ?

— Allons, intervint Soliman du haut de ses dix-sept ans qu'il venait de fêter la veille, calmez-vous ! Il ne s'est rien passé de grave. Il est en vie et en bonne santé, sinon vous n'auriez pas reçu cette lettre.

— Toi ! gronda Nadia. Mêle-toi de ce qui te regarde ! Ton frère est *majnoun* ! Il n'a plus sa tête.

— Mais non, mais non, c'est un passionné, voilà tout.

Cette fois, c'était le cousin El-Wakil qui s'était exprimé. Il ajouta néanmoins :

— Moi, ce qui me gêne le plus, ce sont ces histoires de droits des femmes. Vous vous imaginez ? Une femme qui organise des mouvements de protestation ! Heureusement que mon épouse n'assiste pas à cette discussion ! Et qu'est-ce que c'est que cette revue – il retroussa les lèvres pour marquer son dédain – *féministe* ? Il est là, le danger ! Ce sont des personnes de cet acabit qu'il faudrait exiler à Malte ou ailleurs, pas des patriotes !

Assise sagement par terre, une poupée de chiffons serrée contre elle, la petite Samia observait en silence le tumulte des adultes auquel elle ne comprenait pas grand-chose, si ce n'est qu'ils étaient décidément bien compliqués.

— Et ses études, vociféra Hussein. Il n'en dit pas un mot ! Rien ! Qui paie ? Moi ! Avec *mes* oranges.

— Vous n'avez rien remarqué ? fit observer Samia.

— Quoi donc ? questionna sa mère.

— Dans le contenu de la lettre, vous n'avez rien remarqué ?

— Que veux-tu remarquer de plus ? C'est une calamité !

— Il est amoureux.

— Quoi ?

— Il est amoureux, répéta la fillette avec un sourire espiègle. Il a écrit : « Mona, la sœur de Taymour, est un être rare. Je suis sûr que vous l'aimerez beaucoup. »

Nadia haussa les épaules.

— Et alors ?

— On ne dit pas : « Je suis sûr que vous l'aimerez beaucoup » si on n'a pas l'intention de présenter la personne à sa famille.

Latif se mit à rire.

— Elle n'a pas tort, cette petite.

Hussein balaya l'air d'un geste agacé.

— Qu'importe !

— Il faudrait que je lui écrive un poème pour sa bien-aimée, s'enflamma Soliman.

— Oui, bien sûr, se récria Hussein. Tu n'as vraiment rien de mieux à faire ! Tu...

Quelques coups frappés à la porte l'interrompirent.

— Qui est-ce ? s'étonna Nadia.

Latif se leva le premier et alla ouvrir. Il reconnut immédiatement l'homme qui attendait sur le seuil, allure gauche : il était le responsable de l'une des six orangeraies que possédait Hussein ; la plus importante ; celle qui se trouvait dans la vallée de Jezreel.

— Matin lumineux, monsieur Latif, le patron est-il là ?

— Matin de jasmin, Karam. Oui. Entre.

À la vue de son responsable, Hussein s'alarma. La présence de l'homme à Haïfa était inhabituelle. S'il avait parcouru tous ces kilomètres, c'est qu'il se passait quelque chose.

— Qu'y a-t-il, Karam ?

— Hussein *effendi*[1]. Il s'est produit des événements graves. J'ai tenu absolument à vous prévenir en personne. Je…

— Arrête de tourner en rond ! Explique-toi.

— Voilà. Vous savez que, non loin de votre orangeraie, se trouvent les champs d'Elias Sursock.

— Évidemment ! Voilà des années que je cherche à les acquérir, il a toujours refusé. Et ses associés beyrouthins, les Touéni, les Moudawar, m'ont opposé la même fin de non-recevoir. Vous rendez-vous compte ? À eux seuls, ces gens possèdent quelque 700 000 *dounoums*. Une fortune ! L'année qui a précédé la guerre, on m'a rapporté qu'ils avaient exporté de Jaffa plus de 1,6 million de caisses d'oranges, évaluées à près de 300 000 livres sterling ! C'est te dire comme je me sens petit…

Il soupira et invita son employé à poursuivre.

— Hier matin, une dizaine d'hommes ont débarqué dans la propriété des Sursock. Certains avec des fusils. L'un d'entre eux s'est présenté aux paysans. Il a dit qu'il s'appelait Ossovetsy ou Ossosty…

— Peu importe ! Poursuis !

---

1. Dans l'Empire ottoman, ce titre était habituellement donné aux savants, aux dignitaires, aux magistrats et aux gens instruits. Avec le temps, même après la chute de l'Empire, on l'attribua aux notables en général. Le terme perdure de nos jours en Égypte.

— Il a ajouté qu'il était avocat et qu'il représentait les nouveaux propriétaires.

— Les nouveaux propriétaires ?

— Oui. Des Juifs venus de Russie. Il a montré l'acte de vente signé en bonne et due forme. Mais, comme vous le savez, les *fellahin*[1] ne savent pas lire. Et en tout cas pas le russe.

— Elias Sursock a vendu ?

Hussein porta la main à sa poitrine, le visage frappé d'une incroyable pâleur. Il répéta :

— Il a vendu ? À des sionistes ?

— Ce n'est pas possible, murmura Nadia, atterrée.

— C'est, hélas, la vérité. Ensuite, ce monsieur avocat a exigé que les paysans quittent la propriété sur-le-champ parce qu'ils seraient remplacés par des ouvriers agricoles juifs. Vous imaginez dans quel état se sont trouvés ces malheureux. Au début, ils sont restés silencieux, comme si le ciel venait de rouler à leurs pieds. Ensuite, la colère a éclaté. Ils se sont jetés sur les étrangers et ont essayé de les chasser à coups de bâton et de pierres. Mais, comme je vous l'ai dit, les étrangers étaient armés. L'un d'entre eux a tiré. Un paysan est mort. Les autres, terrorisés, ont dû fuir. J'ai tout vu, j'étais là...

— Des hommes armés ? balbutia Nadia, affolée.

Latif el-Wakil expliqua :

— Ils font certainement partie du groupe Ha-Shomer, le « gardien ». C'est un mouvement paramilitaire sioniste chargé de monter la garde dans les champs des nouvelles colonies de Galilée où les colons ont reçu des autorités ottomanes la permission de s'armer. Ils ont pris la suite d'une autre organisation, Bar Giora[2], dont la devise était : « Dans le feu et le sang succomba le royaume de Juda ; dans le feu et le sang, il ressuscitera. »

---

1. Pluriel de *fellah*, paysans.
2. Créé le 28 septembre 1907.

Le cousin de Hussein garda un moment le silence avant de reprendre :

— Vous avez sans doute oublié. Une tragédie identique s'est déroulée il y a quelques années, avant la guerre, et presque dans les mêmes circonstances.

— C'est épouvantable, gémit Nadia. Si les armes se mettent à parler à la place des hommes, qu'allons-nous devenir ?

Elle répéta :

— Qu'allons-nous devenir ?

Hussein leva la main en signe d'apaisement.

— Calmons-nous. L'ensemble de ces ventes ne représente même pas un pour cent de toutes les terres. Les vendeurs sont des marchands arabes qui, pour la plupart, n'ont jamais mis les pieds en Palestine. De vulgaires spéculateurs. Ce ne sont pas leurs agissements qui feront pencher la balance démographique en faveur des nouveaux arrivants.

— Il n'en demeure pas moins que nous devons nous battre, avertit Latif. C'est pourquoi, il y a quelques jours, à Jérusalem, au cours d'une réunion, un programme d'action a été décidé. Nous allons fonder des associations pour la défense des intérêts matériels et moraux communs à tous les Arabes de Palestine. Il y aura un conseil d'administration avec un président, un trésorier et un secrétaire. La cotisation annuelle sera de 10 piastres. Nous allons aussi créer une banque arabe. Tout souscripteur de 5 000 livres d'actions aura le droit de siéger au conseil d'administration. Grâce aux fonds que nous récolterons, nous créerons deux universités. L'une pour les garçons, l'autre pour les filles. L'éducation, vois-tu, sera aussi une forme de résistance. Ces gens qui arrivent d'Europe savent non seulement manier les armes, mais ils ont fait des études. Comment veux-tu que nos paysans, qui, dans leur majorité, sont illettrés, puissent rivaliser ? Certains d'entre eux n'ont même jamais visité la ville la plus proche de leur village !

Latif saisit la main de son cousin, une flamme d'enthousiasme dans le regard.

— Tu verras. Nous gagnerons.

Hussein garda le silence, mais dans ses yeux se lisait une tristesse infinie. Dès qu'il le pourrait, il irait voir Josef Marcus.

*

Le Caire, fin mars 1919

Bâillonnée, ligotée, la jeune femme fut jetée par ses ravisseurs en travers de la voie ferrée. Elle roulait des yeux blancs. La fumée d'une locomotive s'éleva au-dessus des arbres, à quelques centaines de mètres de là.

Mona poussa un gémissement.

Soudain, un homme bondit et, saisissant la jeune femme par les aisselles, la tira à l'écart. Une seconde plus tard, le monstre d'acier passa, entraînant un interminable convoi.

Les doigts de Mona étreignirent le bras de son voisin.

L'homme défit le bâillon de la prisonnière et lui délia les chevilles et les mains. Ils se regardèrent longuement. Puis elle défaillit dans les bras de son libérateur.

La fin de l'histoire s'afficha en lettres blanches sur fond noir, avec sous-titres en arabe : « Ils se marièrent et ils eurent beaucoup d'enfants. »

Des applaudissements fusèrent. La lumière se ralluma dans la salle du cinéma Métro. Les spectateurs se regardèrent et poussèrent un soupir de soulagement. Que le film fût muet n'avait en rien altéré la tension dramatique et le rythme de l'action.

Mourad retira discrètement la main qu'il avait posée sur celle de Mona Loutfi. Le geste n'échappa pas au regard de Taymour, assis à la droite de la jeune femme. Voilà un certain temps déjà qu'il épiait le couple. Mona ne regardait pas Mourad. Elle le dévorait des yeux et lui ne se privait pas d'en faire autant. Voilà bientôt six mois que ces deux-là se tournaient autour comme les pigeons du jardin de l'Ezbequieh. Paradoxalement, ce n'était pas de son ami que Taymour se méfiait, mais de sa sœur. Avec ses idées « modernes », allez savoir ce dont elle pouvait se montrer capable !

— Je vous invite à souper chez Sofar, proposa Taymour, quand ils se retrouvèrent dans la rue.

Il s'agissait d'un restaurant syrien à une centaine de mètres de là. Les trois jeunes gens remontèrent l'avenue bordée d'immeubles de style haussmannien[1]. Un marchand de colliers de jasmin s'approcha du trio, présentant la marchandise qui embaumait sur son poignet d'ébène. Mourad lui acheta l'un de ces bijoux éphémères et l'offrit à Mona qui baissa la tête en rougissant.

Taymour se pinça les lèvres, partagé entre moquerie et agacement.

Une vingtaine de minutes plus tard, le trio s'attablait devant des *mezzés* et des brochettes d'agneau.

— Alors, s'informa Mourad, que penses-tu des derniers rebondissements de l'affaire Zaghloul ? Les choses semblent se calmer, avec la nomination de ce nouveau haut-commissaire, le général Allenby.

— En apparence. C'est pour nous apaiser que l'homme a ordonné la libération de notre héros et de ses compagnons et les a autorisés à se rendre à la conférence de la paix qui s'est ouverte à Paris. C'est là-bas que va se jouer le destin de toute la région. Peut-être aussi celui de la Palestine.

— À la différence que pas une seule délégation palestinienne n'a été invitée à la table des négociations.

---

1. Lors de sa visite en France pour l'Exposition universelle de 1867, le khédive Ismaïl fut fortement impressionné par les travaux entrepris à Paris sous la direction du baron Haussmann. À peine rentré en Égypte, il s'en inspira pour lancer au Caire des travaux de grande envergure. Aujourd'hui encore, bien que tristement délabrée, on peut retrouver dans la capitale égyptienne des traces de cette architecture « parisienne ».

— Je suis quand même optimiste. Observe ce qui se passe en Syrie. Les Anglais s'apprêtent à quitter le pays.

— C'est vrai. Mais tu n'es pas sans savoir que, selon les fameux accords Sykes-Picot, Damas doit tomber dans l'escarcelle de la France. Tôt ou tard, les Français viendront prendre leur dû.

— Non. Les Français ne feront rien. La Syrie sera gouvernée par Fayçal. Patience…

— Mon frère a raison, murmura Mona. Patience…

Mourad laissa échapper un rire ironique.

— De la patience ? A-t-on vu un ennemi vaincu par la patience ?

Ce fut Mona qui rétorqua :

— La patience est la clé de toutes choses. Pour avoir des poussins, doit-on écraser les œufs ou les couver ? Peut-on bâtir une maison tant que le sol n'est pas affermi ?

— Tu n'as pas tort. Seulement, la patience exige des limites ; quand on accepte de les dépasser, patience devient lâcheté.

La jeune femme se contenta de sourire tendrement.

— Rassure-toi, Mourad Shahid : lâcheté n'est pas de ton sang.

Quand ils regagnèrent la villa de Guizeh, il n'était pas loin de 1 heure du matin. Taymour s'endormit en pensant au prochain voyage de la délégation égyptienne à la conférence de la paix à Paris. Quant à Mourad, il lutta sans succès contre l'insomnie. Il sentait son corps brûlant, alors que la baie vitrée était grande ouverte sur le jardin et la chambre emplie des fraîcheurs de la nuit.

Dans son esprit, ce n'était pas la libération de Zaghloul ni les interrogations liées à son départ qui bataillaient ; c'était le visage d'une femme, celle qui dormait un étage plus haut. D'ailleurs, dormait-elle ? Il se leva, au bord de l'étouffement, et se rua dans le jardin. Mille et une senteurs s'engouffrèrent dans sa poitrine, portées par le chant des grillons.

Il leva la tête. Un vol de pigeons blancs traversa un champ d'étoiles.

— Mourad ?

La voix le pénétra comme une dague.

— Mona ?

Il avait posé la question tout en connaissant la réponse.

Elle était à quelques mètres de lui. Elle fit un pas de plus.

— C'est curieux ; sens-tu ces parfums ?

Il mentit.

— Oui.

Comment lui avouer que le sien venait de détrôner tous les autres ?

Elle expliqua :

— Ce sont les freesias que mon père a fait planter cet automne. Il a fait venir spécialement les bulbes de Hollande. Une folie.

Il se tenait si près d'elle qu'il percevait son souffle tiède et régulier. Il eut envie de le respirer, de l'échanger contre le sien et d'en mourir. Il pria pour qu'elle s'écarte. Il pria Allah et les autres dieux. Mais, ce soir-là, le Tout-Puissant devait être occupé ailleurs. Aucun dieu n'écouta la supplique de Mourad. Alors il osa le geste impensable. Il posa sa paume tremblante sur la joue de la jeune femme. Dans son émoi, il ne se rendit pas compte qu'elle avait fait de même. Ils basculèrent l'un vers l'autre dans un même élan. Et ce fut l'embrasement. Dans une demi-brume, il l'entraîna vers la gloriette – une autre fantaisie de Loutfi bey – érigée au centre du jardin. Il s'agenouilla et elle en fit autant. Deux corps en prière. Elle se mit à boire aux lèvres de Mourad. Il but à ses lèvres, conscients l'un et l'autre qu'aucune eau n'eût pu assouvir leur soif. Il la renversa sur le sol et remonta fébrilement sa robe en organdi jusqu'à mi-cuisse, dévoilant une peau blanche que la lumière lactaire rendait plus blanche encore. Elle chuchota, haletante : « Mourad, Mourad. »

Il se contracta, alerté. Affolé. Ce prénom soufflé pouvait avoir une autre signification que l'expression du désir. C'était peut-être une supplique. Le refus d'aller plus loin. Mona n'était-elle pas née comme lui dans cet Orient où l'interdit avait pour devoir de bâillonner le rêve et tous les plaisirs de la chair hors du cadre conjugal ? Avait-il le droit d'outrepasser les principes séculaires et les traditions ? Elle était sous lui, bouche entrouverte, offerte comme un fruit. Il avait emprisonné son visage. Soudain, pris de panique, il desserra son étreinte.

Elle cria aussitôt :

— Ne me laisse pas !

Elle referma ses bras autour de la taille du jeune homme, comme une naufragée perdant pied dans une mer en furie.

— Mon amour. Nous ne devons... Il ne faut...

— Ne me laisse pas... Non. Ne me laisse pas.

Elle retroussa alors vivement sa robe et, saisissant la main de Mourad, la posa sur son bas-ventre. Son sexe battait comme un pouls, fiévreux.

Elle supplia. Non. Elle intima :

— Prends, mon cœur. Prends mon âme. Prends ce qui te revient.

Dans l'instant qui suivit, il s'enfonça en elle et, tandis qu'elle gémissait, se mordant les lèvres pour ne pas hurler, lui voyait défiler la vie, la mort, le paradis et l'enfer.

La dernière vision qui lui traversa l'esprit fut celle des eaux du Nil qui, au moment de la crue, se déversent et ensemencent les berges.

8

Dieu nous donne des mains, mais il ne bâtit pas les ponts.

Anonyme.

Kibboutz Degania, avril 1919

Hussein Shahid examina le groupe d'agriculteurs qui s'affairaient dans les champs et poussa un sifflement admiratif.

— Décidément, Josef, vous apprenez vite.

Il montra le bétail rassemblé non loin.

— Et vous ne vous contentez pas de semer. C'est bien, mon ami. Je reconnais que vous êtes doués.

— Nous faisons de notre mieux. Mais ce n'est ni plus ni moins qu'un village collectif. L'essentiel est de conserver un esprit communautaire afin que chacun travaille pour le bien-être de tous.

— Combien de familles vivent ici ?

C'était Latif qui avait posé la question. Hussein ne s'était pas senti le courage de parcourir seul, à bord de sa calèche, la cinquantaine de kilomètres qui séparaient Haïfa de Tibériade. Il avait insisté pour que son cousin lui tînt compagnie, sachant aussi que Latif se révélait bien plus au courant que lui de ces histoires de sionistes et d'immigration qui, il devait l'avouer, le dépassaient.

— Combien de familles ? répéta Josef. Une vingtaine environ.

Il versa du thé dans deux petits verres et les présenta aux Palestiniens.

— Alors, que me vaut le plaisir de votre visite ?

— Il se passe des choses graves, Josef. Très graves.

— Un homme a été tué, annonça Latif el-Wakil. Dans la vallée de Jezreel, sur le terrain des Sursock.

— On m'a informé. C'est une catastrophe. Le monde est devenu fou.

— Il ne s'agit pas du monde, monsieur Marcus, objecta Latif, mais des sionistes. Vous souvenez-vous de ce qui s'est passé il y a deux ans ? Des membres de votre communauté ont tenu à célébrer ce qu'ils appelaient l'« anniversaire de la Déclaration Balfour ». Le 2 novembre étant jour de shabbat, ils ont décidé d'organiser le lendemain des manifestations monstres à Jérusalem. Des rumeurs ont couru, laissant entendre qu'ils voulaient s'emparer du Haram d'Hébron[1]. Vous savez comment l'affaire s'est terminée : affrontements, batailles rangées. Le mufti[2] s'est précipité dans le bureau du gouverneur anglais et lui a lancé que...

— Oui. Je sais. Il a vociféré que jamais vous n'accepteriez que la Palestine soit donnée aux Juifs.

— Oui. Et que ce pays était un pays saint et...

— Latif, calmez-vous. Vous dramatisez la situation. Vous imaginez que les sionistes – dont je ne fais

---

1. Connu aussi sous le nom de Haram el-Khalîl, ou caveau des Patriarches. C'est là que se trouverait le tombeau familial d'Abraham, père des trois grandes religions monothéistes. Il est considéré comme le centre spirituel de la vieille ville d'Hébron.
2. Un *mufti* est un religieux musulman sunnite qui a l'autorité d'émettre des avis juridiques ou *fatwas*. Chez les chiites, ce sont les *mollahs*.

pas partie, je vous le rappelle – cherchent à prendre vos terres de force ?

— Évidemment ! Comment en serait-il autrement, puisque leur mouvement a pour principe de bâtir une réalité nationale sur les ruines d'une autre ?

Il allait poursuivre, lorsqu'un homme d'une trentaine d'années apparut, taillé comme un roc, un visage de lutteur. Il tenait une pelle dans la main droite, qu'il planta dans la terre, et prit appui sur le manche.

— Permettez-moi de m'immiscer dans votre conversation. C'est un peu malgré moi que je vous ai entendu. Mon nom est Dan Levstein. Comme vient de vous le dire mon ami Josef, vous n'avez rien à craindre parce que le nombre de Juifs émigrant en Palestine ne dépassera pas deux cent mille tout au plus. L'idée de créer une nation juive ici est utopique, ne serait-ce que parce que les Juifs savent que le pays ne pourra jamais les contenir tous.

— Alors pourquoi viennent-ils ? Pourquoi les encourager ?

— Question de vie ou de mort. Question spirituelle, aussi. Les Juifs qui reviennent sur la terre de leurs pères et de leurs ancêtres le font parce que celle-ci est toujours restée ancrée au tréfonds de leur mémoire. C'est aussi pour fuir l'Europe où ils ont été massacrés, pourchassés.

Dan lâcha sa pelle et s'assit en face des deux Palestiniens.

— Essayons d'être objectifs. Depuis que ce pays appartient aux Arabes, il est devenu stérile et aride, vous…

— Aride ! Stérile ! protesta Hussein. Comment osez-vous affirmer une chose pareille ! Nous avons planté des centaines de milliers d'orangeraies, d'oliveraies que nous exportons, nous produisons des produits laitiers, nous…

— Je n'en disconviens pas, mais vous êtes loin des richesses extraordinaires que vous auriez pu tirer de cette terre. Laissez-moi aller au bout de mon raisonnement. Toutes les nations qui ont colonisé ce pays y ont laissé des vestiges qui rappellent leur présence. Toutes. Sauf les Arabes. Si l'on vous demandait de quel droit vous possédez ce pays, que répondriez-vous ? De nombreuses générations d'entre vous s'y sont succédé et vous n'y avez rien fait. Que vous le vouliez ou non, la nation juive est en spiritualité au-dessus des autres nations et elle a offert à ce pays une histoire. C'est cette histoire des Juifs et leur nostalgie permanente de ce pays qui leur accordent le droit d'y retourner. Quant à vous, vous n'avez qu'un seul droit, celui que vous donne le fait d'y avoir habité pendant de nombreuses générations. Suffit-il pour nous interdire d'y revenir vivre à vos côtés ? La réponse pour moi est non.

— Monsieur Levstein !

— Laissez-moi finir, je vous prie. Je *dois* vous convaincre. Les Juifs ne veulent pas vous expulser, ils veulent *coexister* avec vous. Bien plus, ils sont dans la nécessité de se mélanger avec vous. Malgré la tendance à l'isolement que les Juifs ont toujours manifestée dans leur histoire, ils seront inévitablement amenés à l'avenir à adopter vos mœurs et à parler votre langue. Demain, les Juifs parleront l'arabe et les Arabes la langue hébraïque. Vous comprenez ?

Latif el-Wakil plissa les yeux et braqua sur son interlocuteur des pupilles embrumées de colère.

— Je vais vous répondre, monsieur Levstein. Vous demandez aux Arabes quel droit ils possèdent sur ce pays ? Ils vous répondront que c'est une *partie naturelle des pays arabes*. C'est vrai qu'il ne fut pas le berceau de la civilisation arabe, même s'il en a eu sa part. Cependant, notre sanctuaire religieux et nos écoles sont les preuves éloquentes que ce pays est aujourd'hui *majoritairement arabe et musulman*.

Permettez-moi de relever un autre point : si vous réclamez le droit au retour, c'est que *vous êtes partis*. Contraints, forcés, vous êtes tout de même partis. Alors que nous, *nous n'avons jamais quitté ce sol*. Nous y habitons depuis plus de mille cinq cents ans. Si ce pays est le berceau de votre spiritualité, le lieu d'origine de votre histoire, les Arabes ont un autre droit que l'on ne peut méconnaître : ils y ont propagé leur langue et leur culture.

Latif passa une main nerveuse sur son front et conclut sèchement :

— Votre droit, monsieur, est tombé en désuétude avec le passage du temps, alors que le nôtre est vivant et inaliénable.

Dan Levstein prit un air affligé.

— Vous devriez aller écouter la conférence que va donner prochainement l'un de nos coreligionnaires. Elle vous éclairera peut-être sur nos intentions mieux que je n'y parviens. Il s'appelle Weizmann. Haïm Weizmann.

— Le chimiste… ironisa Latif.

— Figurez-vous que c'est aussi un grand homme politique.

— Un chimiste ? s'étonna Hussein.

Le cousin du Palestinien confirma.

— Un chimiste de talent. La découverte qu'il a mise au point n'est probablement pas étrangère à la très grande influence qu'il a exercée et exerce toujours sur les Britanniques. Elle lui a même permis d'inspirer à lord Balfour la fameuse déclaration qui ouvre la porte à un foyer juif en Palestine.

— Quelle découverte ? interrogea Marcus qui paraissait tomber des nues.

— Le docteur Weizmann a conçu un procédé révolutionnaire de fermentation qui permet de fabriquer de très grandes quantités d'acétone, élément essentiel dans la fabrication des explosifs, le TNT entre autres, avantage majeur en temps de guerre. Vous imaginez bien qu'il y a eu entre Weizmann et les Britanniques un pacte « donnant-donnant ». Mon brevet contre la Palestine.

Dan Levstein se mit à rire.

— Vous ne croyez pas que vous exagérez un tout petit peu, monsieur…

— Latif. Je n'invente rien. Il m'arrive parfois de discuter avec des officiers de Sa Majesté, à Haïfa. Et où M. Weizmann va-t-il donner sa conférence ?

— À Jérusalem. J'ignore encore le lieu. Je ne doute pas que vos amis officiers vous préviendront.

Levstein pivota sur les talons.

Après un court silence, Josef Marcus reprit la parole.

— Tu ne m'as toujours pas expliqué la raison de ta présence, dit-il à Hussein Shahid.

Le Palestinien soupira.

— J'étais venu pour que nous trouvions ensemble une solution afin que de nouveaux drames ne se produisent plus, qui se révéleraient plus tragiques encore. Hier, un Arabe est mort. Demain, ce sera un Juif. Hier, c'était un anonyme. Demain, ce sera peut-être toi ou moi. Il faut que nous mettions fin à cet engrenage, Josef. Tu dois essayer de raisonner tes compagnons et, de mon côté, j'userai de mon influence auprès des miens.

— Je vais faire de mon mieux, Hussein. Je t'en fais le serment. Mais sache que je ne suis qu'une voix.

— Je ne suis guère plus, moi-même. Mais deux voix, c'est déjà mieux qu'une seule et encore mieux que le silence.

Hussein continua, à l'intention de son cousin.

— Toi aussi, Latif, fais-en autant. Nous ne pouvons laisser ce pays se transformer en une mare de sang, ce serait criminel.

Josef rectifia, la gorge nouée :

— Pire. Ce serait un blasphème contre Dieu.

*

Le Caire, 14 avril 1919

Taymour et Mourad s'étaient joints aux milliers d'étudiants qui marchaient, poings levés, vers le palais Abdine. Les troupes anglaises postées aux alentours commencèrent par tirer en l'air mais, prises de panique devant le déferlement, elles visèrent la foule. Cinq étudiants tombèrent, des dizaines d'autres furent blessés. En quelques instants, la situation devint apocalyptique.

Vers 3 heures de l'après-midi, les domestiques rapportèrent à Amira Loutfi la tragédie. Taymour ! Elle imagina le cadavre de son fils piétiné par la foule et éclata en sanglots. Elle tremblait d'informer son époux, jusqu'au moment où celui-ci fut tiré de sa sieste par un coup de téléphone. Une voix lui conseilla de ne pas sortir, en raison des troubles.

Il rejoignit sa femme et sa fille réunies dans le salon. Amira lui confia alors ce qui s'était passé et lui qui ne priait jamais se retrouva en train d'exhorter le Très-Haut.

L'heure tournait. Que faire, sinon attendre ? Attendre la visite d'un émissaire qui viendrait leur apprendre la terrible nouvelle. Ou alors le retour de Taymour blessé, peut-être grièvement.

Vers 6 heures du soir, la grande porte d'entrée claqua ; tous se précipitèrent dans le vestibule. Taymour et Mourad étaient là. En piteux état. Le visage baigné de larmes, Amira se jeta dans les bras de son fils.

Murmurant des mots de gratitude à l'égard de la bonté divine, les domestiques s'empressèrent d'apporter du thé aux rescapés.

— Peste soit des Anglais et de la politique ! cria Amira Loutfi, à bout de nerfs.

— « Peste soit des Anglais » suffira, rectifia Taymour en un sourire las.

Loutfi bey avait l'impression que le sol se dérobait sous ses pieds. Voilà que tout à coup, à son corps défendant, il se trouvait entraîné dans ce maelström. Comment tout cela allait-il finir ?

Le soir, Le Caire était livré au chaos. Plus aucun véhicule ne circulait et la capitale grondait des cris de : « Mort aux Anglais ! »

Le lendemain, les voies ferrées furent sabotées et la gare de Bab el-Hadid mise hors d'usage, guichets saccagés ou fermés. On apprit que des francs-tireurs avaient pris pour cibles les sentinelles des casernes anglaises de Kasr el-Nil. Les étrangers se terraient chez eux. Les militaires anglais patrouillaient dans les rues, devant les commerces aux rideaux de fer baissés. La ville se retrouvait quasi en état de siège.

Soudain, sans doute sous la pression du sultan Fouad, les Britanniques décidèrent de lâcher du lest. Le haut-commissaire, sir Reginald Wingate, fut rappelé à Londres. Mais le choix de celui qui lui succédait n'augurait rien de bon. Il s'agissait du célèbre général Allenby, celui-là même qui était entré à Damas pour y installer Fayçal.

*

Bagdad, 20 avril 1919

Aux premières heures de l'après-midi, Nidal el-Safi, accompagné par Jean-François Levent, franchit le seuil d'une demeure imposante. Un vieux domestique les introduisit dans un vaste salon. La pièce était maintenue dans une discrète pénombre, tandis que deux braseros tenaient en respect le froid qui s'obstinait, malgré la saison.

Nidal chuchota :

— Vous êtes conscient, n'est-ce pas, de la faveur que l'on vous a accordée ? Normalement, personne ne participe à ces réunions sans montrer patte blanche, et encore moins les étrangers. Croyez qu'il m'a fallu faire preuve d'un grand talent de persuasion pour qu'ils acceptent.

— Je vous remercie, Nidal. J'avoue que j'espérais, sans vraiment y croire. Il ne me reste plus que quelques heures ici. Demain, je pars pour Damas.

— Ne vous avais-je pas promis ?

Tout en parlant, Nidal fit apparaître un chapelet d'ambre de la poche de sa *dichdacha*. Les grains défilèrent entre son pouce et son index.

— J'imagine, poursuivit-il, que vous avez bien compris le rôle de chaque personnage que nous allons rencontrer et les buts que poursuit l'organisation ?

Le Français articula :

— *Haras el-Istiqlal*, les « Gardiens de l'indépendance ». C'est bien le nom du mouvement ? Pourquoi ?

— Pourquoi ? s'étonna Nidal.

— Pour quelle raison avez-vous accepté de m'introduire auprès de ces gens ? Vous n'avez certainement pas oublié que je suis un représentant de la France. Donc un ennemi potentiel de votre pays.

L'Irakien adopta une moue énigmatique.

— Qui sait ? Je vous trouve peut-être moins arrogant que les Anglais.

Levent ouvrit la bouche pour exprimer son scepticisme, mais n'en fit rien. Quatre hommes venaient d'entrer dans le salon. Parmi eux, le Français reconnut immédiatement le jeune Rachid el-Keylani, l'impétueux qui avait osé moucher le diplomate anglais quelques semaines auparavant. Il marchait à côté d'un personnage nettement plus âgé. Presque un octogénaire. Ce dernier donna l'accolade à Nidal, qui s'empressa de faire les présentations :

— M. Jean-François Levent, Abdel Rahman el-Keylani, le *naquib el achrâf*, notre hôte, mais aussi l'oncle de Rachid que vous avez déjà rencontré.

— Enchanté de faire votre connaissance, *effendi*, déclara le vieil homme. Asseyez-vous, je vous en prie.

Tandis que les autres prenaient place à leur tour, Levent en profita pour étudier discrètement le maître de céans. Physique dense, visage ridé, tanné par le soleil, mais regard perçant et gestes comptés. Il ne ressemblait aucunement à son jeune neveu, le bouillant Rachid, mais, malgré son âge avancé, donnait lui aussi l'impression d'être à chaque instant prêt au combat.

— Alors ? demanda-t-il en se penchant vers Levent. Si j'en juge par les confidences que vous avez bien voulu faire à notre ami Nidal, les Anglais ne vous facilitent pas la tâche.

— Disons que ces *gentlemen* n'en sont pas.

— Que voulez-vous, la France a perdu la main. Elle n'aura pas le *vilayet* de Mossoul. Et je ne vais pas vous plaindre. On a dû vous le dire : je n'aime pas la France, ni les Juifs, mais ceux que j'exècre le plus, ce sont les chiites.

Levent demeura de marbre.

L'autre poursuivit :

— Tout porte à croire que c'est désormais aux Anglais que nous allons devoir nous frotter. L'Angleterre est maintenant maîtresse de l'Orient, et nous, les Arabes, sommes désunis.

Le jeune Rachid s'empressa d'approuver :

— Mon oncle a raison : nous sommes nos pires ennemis.

Le Français fit mine de s'étonner.

Abdel Rahman leva le bras.

— Il y a presque cinquante ans – cinquante ans ! – que les nationalistes arabes essaient de se rassembler pour rejeter les étrangers qui prétendent nous gouverner. Cela a commencé sous les Turcs. Mon père m'a raconté les événements, et il m'a fait jurer de ne jamais les oublier. En 1908, lors de la révolte des Jeunes-Turcs, nous avons cru avoir atteint notre but. Le sultan serait renversé, nous pourrions enfin reconquérir notre liberté. Un ratage sur toute la ligne. Que voulez-vous ? Nous devons admettre que nous sommes encore au stade tribal !

Vous savez bien qu'en tant que nation les Arabes n'existent pas. Ils ne sont qu'un agrégat de tribus. D'ailleurs, si nous nous y prenons correctement, ils resteront ceux qu'ils sont : un tissu de petites factions jalouses les unes des autres et incapables de cohésion.

Ces propos, tenus trois ans plus tôt par le ministre anglais lord Grey, rejaillirent à l'esprit de Jean-François avec une acuité fulgurante.

Abdel Rahman enchaînait :

— Avant de mourir, mon père nous a dit, à mon frère et à moi : « Mes enfants, la vie sans la liberté ne mérite pas d'être vécue. Elle est encore plus insupportable quand on est riches et instruits comme vous l'êtes. Il y a d'autres hommes qui pensent comme moi, comme nous. Alliez-vous avec eux. Si vous êtes unis, vous serez plus forts ! » C'est la raison pour laquelle nous avons réuni les chefs de ce pays et fondé une alliance nationale.

— Les Gardiens de l'indépendance, commenta Jean-François Levent.

Rachid s'immisça dans la discussion avec une pointe de véhémence :

— Je sais que mon oncle, que je respecte et vénère, n'est pas opposé à la présence anglaise, parce qu'il est convaincu que non seulement les Anglais réduiront nos rivaux chiites à l'impuissance, mais qu'ils ne résisteront pas longtemps dans notre pays. Or, nous sommes nombreux à penser le contraire. De quoi est fait le cerveau de ces gens ? Comment peuvent-ils imaginer que nous ayons cru un seul instant au discours de leur général Maude ?

Il cita avec une emphase volontaire :

— « Sachez que les Anglais sont venus en Irak en libérateurs et non en conquérants ou en ennemis ! Ils ne désirent pas imposer une domination étrangère au pays ! » Nous prennent-ils vraiment pour des ânes ? Ils s'attendaient à ce que nous les recevions avec des youyous ?

Quelqu'un ironisa :

— Ce discours me rappelle celui que votre général Abounaparte prononça en envahissant l'Égypte. Vous vous en souvenez, monsieur Levent ?

Avant que le diplomate eût le temps de répondre, l'Irakien déclamait :

— « Égyptiens ! On vous dira que je viens pour détruire votre religion ; c'est un mensonge, ne le croyez pas ! Je viens vous restituer vos droits, punir les usurpateurs ! » Avouez que c'est risible. Les Anglais vous plagient !

Levent commençait à s'impatienter. Il comprenait de moins en moins la raison de sa présence ici. Si c'était pour tancer la France par le biais de son représentant, l'affaire allait vite être entendue. Il répliqua sèchement :

— Il n'en est pas moins vrai que nous, les Français, avons ouvert une civilisation au monde et que nos savants ont fait parler des mots qui étaient emmurés dans le silence depuis des millénaires. En moins de trois ans, *notre* Bonaparte a fait gagner plusieurs décennies à l'Égypte. On ne peut pas en dire autant des Britanniques qui l'occupent depuis quarante ans !

Abdel Rahman el-Keylani plongea ses yeux dans ceux du diplomate.

— J'en conviens. Alors, pourquoi diable avoir tout gâché depuis ? M. Picot est bien français ! Comment a-t-il pu concevoir, avec son collègue M. Sykes, que l'on pouvait manger une partie du monde comme on avale un plateau de *ataiefs*[1] ? Erreur. Ils sont tombés sur des figues de barbarie et les épines vont leur rester en travers de la gorge.

— Permettez-moi de vous rappeler tout de même les termes du traité. Ni la France ni l'Angleterre n'ont l'intention de « manger » vos pays, qu'il s'agisse de l'Irak, de la Syrie, de l'Égypte ou de la Palestine. Le traité Sykes-Picot se limite à placer ces États sous mandat, le temps de leur permettre officiellement d'accéder à l'indépendance et à la souveraineté, une fois qu'ils auront atteint un niveau suffisant de maturité politique et de développement économique.

Le neveu d'El-Keylani éclata d'un rire tonitruant.

— Monsieur Levent ! Je n'en suis qu'à ma deuxième année de droit, mais je sais déjà ce que signifie le terme « mandat » ! C'est un contrat par lequel une personne, le mandant, donne à une autre personne, le mandataire, le pouvoir d'agir en son nom et pour son compte.

Le jeune homme balaya l'assistance du regard.

— Avons-nous accordé ce pouvoir ? Ou l'Égypte ? Ou la Syrie ? Ou la Palestine ? Et qui décide du moment où un pays a atteint « un niveau suffisant de maturité politique et de développement économique ? » Le mandataire ? Le mandant ? Allons, c'est une plaisanterie !

— De toute façon, lança quelqu'un, les Anglais ont déjà appris à leurs dépens qu'il existe un autre sens au mot mandat.

Il frappa dans ses mains et commanda du thé pour tout le monde.

---

1. Pâte farcie de noix ou d'amandes, frite et trempée dans le sirop.

— Vous êtes, j'imagine, au courant de ce qui s'est passé à Najaf, il y a un an ?

— L'assassinat d'un officier de Sa Majesté ?

— Le capitaine Marshall, oui. Nos frères l'ont liquidé pour l'exemple dans le Khan Atiyya, où il avait élu domicile. L'ensemble de la ville de Najaf, avec ses quatre quartiers, s'est soulevé contre l'occupant, et les représentants de la chère Grande-Bretagne ont été expulsés. Les Britanniques ont vite compris leur malheur. Nous leur avons cloué le bec !

— Ils auraient pu donner l'assaut, ils ne l'ont pas fait. Preuve de retenue, vous ne pensez pas ?

Ce fut Rachid qui répliqua, toujours aussi fougueux :

— Un assaut militaire contre une ville sainte ? Vous plaisantez ! Il aurait eu pour effet immédiat le soulèvement généralisé de l'ensemble du pays chiite.

Le *naquib* reprit :

— Ils ont préféré soumettre Najaf à un blocus total et exigé la reddition des chefs des insurgés, le paiement à titre de dédommagement de cinquante mille livres sterling en or ou l'équivalent, et, enfin, l'exil de cent Najafis aux Indes en tant que prisonniers de guerre !

Une voix s'exclama :

— Aucun homme digne de ce nom n'aurait accepté de telles exigences !

— Le capitaine Balfour, enchaîna Rachid el-Keylani, un homonyme de l'autre imbécile qui prêche pour un foyer juif en Palestine, informa lui-même les ulémas. Que croyez-vous qu'il se passa ? Nous avons résisté, monsieur Levent. Tous les habitants de Najaf ont pris les armes pour défendre leur cité. Le siège a duré quarante-six jours au cours desquels les Britanniques ont perdu sept cents hommes ! De notre côté, nous n'avons enregistré qu'une quarantaine de morts. Évidemment, cette lutte du pot de fer contre le pot de terre ne pouvait s'éterniser. La famine, l'épuisement, la soif ont eu raison de la résistance de nos combattants. Treize d'entre eux ont été condamnés à la peine capitale. Cent soixante-dix autres ont été exilés aux Indes. Quelle importance ! Nous avons prouvé à ces *gentlemen* que, s'ils veulent continuer à occuper notre pays, ils devront payer le prix fort.

Le silence retomba.

Abdel Rahman but d'une seule traite son verre de thé noir.

Nidal continuait imperturbablement de faire rouler entre ses doigts les grains de son chapelet.

Finalement, Jean-François Levent demanda :

— Pour quelle raison avez-vous accepté de me rencontrer ?

Abdel Rahman el-Keylani écarta les bras :

— Les Français doivent savoir que nous ferons tout pour que le traité qu'ils ont signé avec les Anglais ne soit pas applicable. Passe encore que les Britanniques demeurent quelque temps sur notre sol, mais la France, non !

Le *naquib* leva son index vers le ciel :

— D'ailleurs, un autre problème vous attend qui sera bien plus complexe à régler. Vous voyez de quoi je parle, monsieur Levent ?

— Pas le moins du monde, mentit le diplomate.

— La Syrie !

Levent réagit par un haussement d'épaules. Dans son for intérieur, il savait que son interlocuteur avait visé juste. Entre les Anglais qui tenaient à conserver Damas, l'émir Fayçal à qui l'on avait promis le trône et les nationalistes syriens qui ne cachaient pas leur intention de mettre tout ce monde à la porte, la Syrie promettait au gouvernement Clemenceau quelques belles insomnies.

Le Français fit remarquer :

— Je vais vous étonner, cheikh El-Keylani : je comprends vos motivations. Malheureusement, je crains que vous n'ayez pas les moyens de vos aspirations. Vous avez déclaré tout à l'heure que vous haïssiez les Français, les Juifs, mais plus encore les chiites. Croyez-vous que vous serez en mesure de rallier ces derniers à votre cause durablement avec ou sans l'appui des Anglais ? J'en serais fort surpris. Et vous oubliez les Kurdes. Ces Kurdes qui ne veulent pas démordre de leur espoir d'un Kurdistan indépendant !

Levent toisa l'assistance :

— Je vous l'accorde. La France n'aura probablement pas Mossoul. Mais les Anglais, eux, à cause des divisions internes que vous avez mentionnées, sauront vous enlacer pour mieux vous étouffer. Ils vont manœuvrer, diviser, temporiser, ergoter, marchander, finasser. Ils vous mettront à genoux. À moins que...

Tous attendirent la suite.

Le Français tonna :

— À moins que les Arabes ne s'unissent et ne fassent fi de leurs différences ! Une prouesse que vous n'êtes pas en mesure, hélas, de réaliser. Ainsi que vous l'avez reconnu au début de notre conversation : vous en êtes encore au stade tribal.

Il se tut.

Un bruit de bottes brisa le silence. C'était un détachement de soldats britanniques qui remontait la rue.

9

Si tu veux faire rire Dieu aux éclats, parle-lui de tes projets.

Anonyme.

Tantah, début octobre 1919

Au-dessus de la ferme, le ciel était d'un bleu métal et l'air empli du parfum des orangers en fleur. On eût dit que la nature tout entière avait décidé de s'associer à la gloire de Zaghloul qui tentait de négocier en ce moment même, à Paris, l'indépendance de l'Égypte. Mais la délégation égyptienne, qu'il avait baptisée le Wafd[1], pèserait-elle face à des personnalités telles que le Français Georges Clemenceau, l'Anglais David Lloyd George, Woodrow Wilson, vingt-huitième président des États-Unis d'Amérique, ou Vittorio Orlando, le président du Conseil italien ? Même les esprits les plus optimistes ne se faisaient guère d'illusions. Depuis quand une conférence organisée par les vainqueurs pour négocier avec les vaincus avait-elle quelque chance d'aboutir à des gestes magnanimes ?

À l'heure du couchant, alors qu'une tendre brise courait parmi les cotonniers, une pensée traversa

---

1. Terme qui signifie « délégation ».

l'esprit de Loutfi bey. Une pensée qu'il ne se serait jamais cru capable de concevoir. Cette ferme avait été bâtie avec des pierres d'Égypte. Le parfum des fleurs était issu de la terre d'Égypte. Le coton aussi. Sa fortune provenait de cette même terre. Était-il possible que tout cela fût soumis à la volonté d'étrangers arrogants ? Même son contremaître – pourtant si loin des ambitions nationalistes des « gens éduqués » – avait semblé ému par la fièvre qui s'était emparée du pays après la déportation de Zaghloul. Il avait osé lui demander s'il n'y aurait pas d'autres clients que les filateurs de Manchester, parce qu'il se sentait meurtri à l'idée de vendre du coton égyptien à l'ennemi britannique. Non. Contrairement à ce que Farid Loutfi avait cru, les manifestations des partisans de Saad Zaghloul ne relevaient en rien d'une simple crise de nerfs. Non. L'Égypte était peut-être en train de lever la tête.

Il regarda vers son épouse. Elle tricotait et paraissait bien lointaine. Leur fille, Mona, était allongée sur une chaise longue, absorbée par la lecture d'un journal. Il se pencha pour lire le titre, *L'Égyptienne*, et ne put s'empêcher de demander sur un ton sarcastique :

— Madame la féministe va bien ?

La jeune fille éluda la question et lut à voix haute :

— « Malgré les obstacles, malgré l'attitude de despotisme adoptée par l'homme à l'égard de la femme dont il veut confiner la fonction aux simples travaux de la maison… »

— Arrête, Mona !

— « … l'histoire de l'humanité a retenu des pages sublimes aux rôles joués par la femme, à l'image de Catherine II impératrice de Russie, que M. Voltaire avait surnommée "le seul grand homme de l'Europe"… »

— Il suffit ! Un mot de plus et tu vas comprendre ce qu'est la vraie condition féminine !

Il interpella son épouse :

— Elle est belle, ton éducation !

Amira lui décocha un regard indifférent et replongea le nez dans son tricot.

Taymour s'arrêta près d'une noria et examina Mourad avec ferveur.

— Tu me jures que c'est la vérité ? Jure-le-moi !

— Pourquoi te mentirais-je, mon ami ? Oui, c'est la vérité. Néanmoins, permets-moi quand même de te dire mon chagrin : comment as-tu pu imaginer un seul instant que je cherchais à dévoyer ta sœur ? Ou, pire, à abuser d'elle ? Tu m'as fait une peine immense.

L'Égyptien baissa les yeux, tandis que son ami poursuivait :

— La semaine passée, alors que j'étais à Haïfa, j'ai parlé à mes parents et leur ai fait part de mes intentions.

— Comment ont-ils réagi ?

— Ils ont pleuré de joie. Ma mère, surtout.

— Je te demande pardon. Ce n'est pas de toi que j'ai douté, mais de Mona. Ces idées « modernes » lui tournent parfois la tête. À vrai dire, j'ai craint autant pour toi que pour elle.

— Es-tu rassuré à présent ?

Dans un élan chaleureux, Taymour donna l'accolade au Palestinien.

— Je le suis, mon frère. Je le suis. Pardonne-moi encore d'avoir douté. Maintenant, le plus dur reste à faire. Affronter le dragon ! Viens !

À mesure que le Palestinien parlait, les pupilles de Farid Loutfi se dilataient au point que, lorsque le silence retomba, on eût dit deux soucoupes. Amira avait arrêté de tricoter. Mona, elle, tremblait un peu et des larmes coulaient le long de ses joues.

Finalement, Farid réussit à bredouiller :

— Épouser ma fille ?

Mourad, droit comme un i, dans un garde-à-vous respectueux, se contenta d'incliner la tête en avant.

L'Égyptien se tourna vers son épouse.

— Tu as entendu ?

La femme leva les yeux au ciel avec une moue fatiguée qui voulait dire : « Évidemment ! Suis-je sourde ? »

— Où est le problème ? questionna Taymour. Mourad n'est-il pas digne d'épouser ma sœur ?

— Au cas où cette évidence te serait sortie de l'esprit, rétorqua Loutfi bey, je te rappelle que ta sœur est avant tout ma fille.

Il fixa le Palestinien et conclut :

— Je regrette. La réponse est non.

— Quoi ?

L'exclamation, presque un cri, avait été lancée par Mona.

La jeune fille bondit de son fauteuil et vint se camper devant son père, poings sur les hanches.

— Tu as dit non ?

— J'ai dit ce que j'ai dit.

— C'est impossible !

— Ce qui est impossible ce sont les prétentions de ce jeune homme. Comprends que je n'éprouve aucune animosité envers toi, précisa Loutfi en regardant Mourad. Tu as de bonnes manières. On voit que tu es un enfant de bonne famille. Si j'en juge par les résultats que tu as obtenus et, d'après ce que mon cousin, le recteur de l'université, m'a confié, tu es sérieux dans tes études. Seulement, toutes ces qualités ne sont pas suffisantes pour faire un mari. En tout cas pas celui de la fille de Farid Loutfi bey.

Mona protesta :

— Comment peux-tu savoir ce dont j'ai besoin ? Et quelles sont les qualités que je recherche chez un homme ? Peux-tu me dire, papa ?

— Du calme, ma fille. J'ai bien expliqué clairement que j'appréciais notre ami. Lorsque j'affirme que ses qualités sont insuffisantes, je veux dire qu'il ne possède pas les moyens de subvenir aux besoins d'une famille.

Il posa sa main sur l'épaule de Mourad.

— Devant Dieu, est-ce que je me trompe ? Tu as tout juste vingt ans. Tu as encore trois ans d'études et pas de travail. Alors ? Comment feras-tu pour nourrir ma fille et les nombreux enfants que le Très-Haut ne manquera pas de vous accorder ? Peux-tu me répondre ?

— Je n'ai jamais entendu pareilles niaiseries ! s'exclama soudain Amira. Et tout l'argent qui dort dans tes coffres, Loutfi bey ? Toutes ces liasses de livres sterling et tes lingots d'or et tes terres ? Ils doivent servir à quoi ? À nourrir les rats ? Tu ne peux pas aider ces jeunes gens à démarrer dans la vie ? Quelle importance si pendant trois ou quatre ans tu subviens à leurs besoins ? Tu vas en tomber malade ? Hein ?

— *Ya rabb erhamni* ! Mon Dieu, épargne-moi ! Qui parle de tomber malade ! Ou de ne pas les aider ! Mais il faut quand même que ce garçon commence à gagner sa vie avant de se marier, non ? C'est la moindre...

— Pardonnez-moi, ma tante, intervint Mourad d'une voix posée. Je crois que Loutfi bey a raison. J'avoue que mon amour pour votre fille a non seulement brouillé mon cœur, mais aussi mon esprit. En effet, il serait plus sage que nous attendions la fin de mes études. Car il est impensable et indigne que je sois entretenu par ma belle-famille. Vous avez mentionné les enfants. Comment pourrais-je regarder mon fils ou ma fille dans les yeux sachant qu'il est nourri par des tiers, même si ces tiers ne sont pas des étrangers ? Non. Je ne le supporterais jamais. Néanmoins, j'implore une faveur : autorisez-nous à nous fiancer. Ce gage d'union nous donnera le courage de patienter.

Il prit délicatement la main de Mona et murmura :

— Loutfi bey, je vous en prie.

— Accordé ! s'écria Amira sans hésiter.

— Accordé ! reprit Taymour en écho.

Loutfi faillit s'étrangler.

— Mon avis ? Quelqu'un peut-il me demander mon avis ?

— À quoi bon ? répliqua Amira. On ne demande pas à un sourd s'il aime ou non la musique de la noce.

*

Damas, au même moment, 20 octobre 1919

Frappé de plein fouet par le soleil, l'imposant moucharabieh qui obturait la fenêtre fut contraint de céder le passage à la lumière. Brisés, réduits en losanges par le maillage, les rayons achevèrent leur course aux pieds du bureau derrière lequel avait pris place le haut-commissaire de la République de Syrie et de Cilicie, le général Henri Joseph Gouraud. Lorsqu'il avait fait son entrée dans la ville, plusieurs vieux Damascènes lui avaient trouvé la moustache aussi avantageuse que celle du Kaiser Guillaume II quand, une vingtaine d'années auparavant, celui-ci s'était présenté comme le héros de l'islam – encore un –, le protecteur des trois cents millions de musulmans dans le monde et qu'il avait paradé en grand uniforme dans les rues de Damas.

Assis à la droite du militaire, un personnage fumait la pipe avec une certaine solennité. Il s'appelait Robert de Caix, investi, peu de temps auparavant, des fonctions de secrétaire général pour l'Orient.

Voilà près de vingt minutes que le militaire exposait à Jean-François Levent la situation à laquelle la France était confrontée maintenant que les Britanniques avaient finalement accepté de se retirer de Syrie et de transmettre au gouvernement Clemenceau les clés du pays. L'encre de la signature posée au bas de l'accord n'était pas encore sèche, que déjà les oppositions à l'arrivée des Français s'élevaient de toutes parts.

Quel sac de nœuds ! songea Jean-François tandis que le général concluait :

— Voilà. Je vous ai tout dit.

— Une affaire bien complexe, n'est-ce pas ? nota Robert de Caix.

— Complexe et surtout dangereuse, surenchérit Jean-François.

Il prit de sa poche un paquet de cigarettes, en offrit une au général Gouraud qui la saisit de sa main gauche. Non qu'il fût gaucher, mais son bras droit était resté sur le bateau hôpital qui le ramenait des Dardanelles alors qu'il commandait le corps expéditionnaire français parti mourir là-bas sur une fausse bonne idée de Winston Churchill[1]. Touché par un obus, le membre du général avait dû être amputé. Toutefois, les dieux de la guerre sont connus pour leur générosité : Raymond Poincaré[2] en personne était venu décorer Gouraud de la médaille militaire sur son lit d'hôpital.

Levent tira une bouffée, puis :

— Résumons. Au terme d'un bras de fer entre Clemenceau et Lloyd George, le Premier ministre de Sa Majesté, l'Angleterre s'est enfin résignée à nous remettre le contrôle de la Syrie, du Mont-Liban et de la Cilicie. En échange de quoi nous avons accepté de renoncer au *vilayet* de Mossoul.

— Exact. Mais il s'en est fallu de peu. Certains dirigeants britanniques commençaient à se demander s'il était vraiment sage de tenir les promesses faites à la

---

1. Alors premier lord de l'Amirauté.
2. Président de la République entre 1913 et 1920.

France dans le cadre de l'accord Sykes-Picot. Pour Lloyd George, ce traité se révélait « inapplicable », voire obsolète, vu que la Grande-Bretagne avait fourni le plus gros de l'effort de conquête. Ces messieurs estimaient que les forces françaises n'étaient finalement intervenues que marginalement dans la « révolte arabe ». En réalité, nos amis anglais, fidèles à leur habitude, cherchaient à nous doubler pour consolider leur emprise sur le Moyen-Orient.

— Vous les connaissez, crut bon de préciser Robert de Caix. Ils font exprès d'être anglais.

— À présent, où en sommes-nous ? reprit Gouraud. Premier point : nous avons quasi achevé la relève des Britanniques au Liban et, ici, sur le littoral syrien. Dans quelques semaines, nos troupes occuperont toute la région. Deuxième point : l'émir Fayçal se considère toujours comme le roi de Syrie et du Liban. Troisième point, c'est peut-être le plus ennuyeux : les nationalistes radicaux, rendus furieux par notre arrivée, n'aspirent qu'à nous mettre à la porte.

— Vous avez parfaitement résumé la situation.

— Savez-vous où se trouve l'émir actuellement ?

— En France, répondit Robert de Caix, où il a été emmené par le capitaine Lawrence pour tenter de négocier avec Clemenceau. C'est d'ailleurs moi qui me suis occupé de tout organiser.

Robert de Caix fit une moue agacée avant de poursuivre :

— À bien y réfléchir, ce Lawrence a fait preuve d'une incroyable légèreté. Promettre aux Arabes monts et merveilles ! Fallait-il qu'il fût naïf !

— Peut-on lui jeter la pierre ? objecta Jean-François. Il avait la bénédiction de ses supérieurs et, indirectement, la nôtre. Après tout, nous avons laissé faire, n'est-ce pas ?

— C'est exact, admit à contrecœur Gouraud. Vous imaginez bien qu'il n'était pas question de nous opposer. C'eût été suicidaire ! Ne le répétez pas, mon cher, mais la politique est parfois, hélas, l'art d'arriver par n'importe quel moyen à une fin dont on ne se vante pas.

— Ce n'est pas moi qui vous contredirai, mon général. À propos de Lawrence... je vais peut-être vous étonner. À mon avis, son erreur la plus grave n'est sans doute pas celle que l'on croit. Il en a commis une autre qui, tôt ou tard, aura des retombées incalculables.

— Vous m'intriguez. De quoi parlez-vous ?

— Il a misé sur le mauvais personnage.

Gouraud sourcilla.

— Expliquez-vous, Levent.

— Voyez-vous, ont toujours coexisté deux visions stratégiques au sein de l'état-major britannique. L'une revendiquée par un major du nom de St-John Philby, l'autre par le capitaine Lawrence. Philby a défendu bec et ongles la fameuse route *terrestre* des Indes, si précieuse à l'Empire britannique. Par conséquent, il n'a pas ménagé ses efforts pour que son pays soutienne l'homme qui, actuellement, règne sur la région centrale de la péninsule Arabique[1] : l'émir Ibn Séoud. Inversement, Lawrence, lui, estimait que, hors la route *maritime*, point de salut. D'où son acharnement à défendre Ibn Hussein, le chérif de La Mecque, maître du littoral le long de la mer Rouge et... ennemi juré d'Ibn Séoud. Le hic, c'est que le prestige de ce dernier n'a fait que croître, tandis que celui de Hussein s'est réduit comme peau de chagrin.

— Ibn Séoud ? répéta Caix, pensif. N'est-il pas apparenté à un autre Séoud qui, dans un lointain passé, s'acoquina avec un prédicateur qui rêvait d'établir la doctrine d'un islam pur et dur ?

— Absolument. Le prédicateur en question s'appelait Abdel Wahhâb et sa doctrine, le « wahhabisme ». Si Ibn Séoud l'emporte, ce qui semble acquis, toute

---

1. Appelé le Nedjd.

la région va basculer dans cet islam ultra-orthodoxe. Je ne donne alors pas cher de l'avenir du protégé de Lawrence.

— Vous croyez vraiment que Séoud sortira vainqueur ?

— Comment peut-il en être autrement ? Vu la façon dont les Anglais et nous-mêmes avons traité son rival et avec quel mépris nous agissons à l'égard de son fils, Fayçal…

— Si nous revenions à l'essentiel ? proposa Gouraud. Vous avez bien cerné la situation. À présent, vous allez devoir agir. J'ai une mission à vous confier. Si Fayçal et Clemenceau ne parviennent pas à un accord, ce sera tout naturellement la guerre. De gré ou de force, les troupes arabes devront quitter ce pays. Et nous n'en ferons qu'une bouchée. En revanche, une fois cette affaire réglée, nous allons nous retrouver face à un ennemi plus retors que les guerriers de Fayçal : les nationalistes radicaux. Ceux-là risquent de nous causer de gros ennuis.

— Je comprends. Qu'attendez-vous de moi ?

— Que vous les rencontriez. J'ai ici certains noms. Je souhaite que vous tentiez de les raisonner. Tâtez le terrain. Voyez s'il n'existe pas de points d'accord possibles. Vous me comprenez, bien entendu.

— Parfaitement. Mais permettez-moi, mon général, d'ajouter un élément de plus à vos soucis.

— Ah !

— Les chrétiens du Mont-Liban, les maronites. Vous avez pu vérifier par vous-même avec quel enthousiasme ils ont accueilli nos troupes à mesure que celles-ci prenaient position autour de Beyrouth. À leurs yeux, nous sommes des libérateurs. Désormais, ils songent à un État libanais indépendant, qui serait protégé par les liens privilégiés avec la France. Ils ont même délégué leur patriarche pour les représenter et demander l'indépendance de leur région.

116

— Ils veulent être protégés ? Mais de quel ennemi ? questionna Robert de Caix.

— Des Druzes.

— Les Druzes ?

— Je ne vais pas vous assommer avec des explications théologiques. Disons que les Druzes pratiquent un islam marginal, basé sur l'initiation philosophique. Tout le temps qu'a duré l'occupation ottomane, le Mont-Liban, peuplé essentiellement de familles de notables chrétiens et Druzes, a bénéficié d'un pouvoir autonome. Il y régnait une sorte de régime féodal. Tout ce monde semblait plus ou moins s'entendre jusqu'en 1858, où des paysans druzes, sans doute encouragés par les Turcs, se sont révoltés contre les prétendus abus d'un gouverneur maronite. Ce qui commença par une jacquerie se transforma en un bain de sang. On a compté plusieurs milliers de victimes maronites dans la montagne, à quoi il faut ajouter des tueries de chrétiens, ici même, en Syrie. On a parlé de 5 000 morts dans la seule journée du 9 juillet de cette année-là.

— Et aujourd'hui, ces maronites réclament un État ? C'est insensé ! Si toutes les minorités devaient en faire autant, où irions-nous, que diable ! Ces gens n'ont-ils pas appris que l'on est toujours la minorité de quelqu'un ?

— Monsieur de Caix, nous avons chassé le grand méchant loup ottoman. Nous l'avons remplacé. Ce faisant, nous avons soulevé un immense espoir parmi ces peuples qui vivaient dans la servitude depuis des siècles. N'est-il pas dans leur logique qu'ils réclament leur dû ?

Tout en parlant, Levent jeta un coup d'œil à sa montre de gousset. Son cœur s'emballa. Plus que quelques heures. Il avait rendez-vous avec Dounia, la sœur de Nidal el-Safi, demain, à Alep. L'Irakienne l'aiderait à se laver l'esprit de ce méli-mélo géopolitique et du cynisme du monde.

— Ces nationalistes, vous avez dit posséder certains noms. Puis-je les avoir ?

Le général lui confia une note pliée en deux.

— Vous nous tiendrez au courant, bien entendu.

— Bien entendu, mon général.

Levent hésita un instant, puis sortit de sa poche intérieure une enveloppe qu'il déposa sur le bureau.

— Qu'est-ce que c'est ?

— Une faveur que je vous demande. Il s'agit du fils d'un ami irakien. Au début de la guerre, il faisait partie d'un bataillon turc. Sa dernière lettre indiquait qu'on l'avait muté à Damas. Vous trouverez dans cette enveloppe son nom, les informations concernant ce bataillon. Si vous pouviez essayer de savoir ce qui lui est arrivé…

— Je vous promets de faire de mon mieux. Toutefois, je préfère vous mettre en garde : ne vous faites aucune illusion. Ici, c'est le foutoir. Entre les prisonniers turcs faits par les Anglais, ceux capturés par les Arabes, et enfin par nous… Mais, je vous le répète : je ferai de mon mieux.

Levent s'apprêtait à prendre congé lorsque Robert de Caix lui demanda :

— Honnêtement, vous qui connaissez bien l'Orient, croyez-vous être en mesure d'apprivoiser ces gens ? Je veux parler des nationalistes syriens.

Levent médita quelques secondes.

— Je crois parfois que Dieu, en créant l'homme, a quelque peu surestimé ses capacités. Mais, comme vient de le dire le général : je ferai de mon mieux.

10

La vie est tout ce qui nous arrive alors que nous sommes affairés ailleurs.

Anonyme.

Alep, octobre 1919

— La ville aux mille visages, murmura Dounia le regard fixé sur le paysage qui filait jusqu'à l'horizon.

D'ici, vue de la citadelle, la « Rousse », comme certains se plaisent à la surnommer, n'était qu'un grand champ de terrasses ocre et gris.

L'Irakienne se retourna vers Jean-François Levent et ajouta :

— Saviez-vous qu'ici cohabitent Turcs, Arabes, Kurdes, Druzes, Turcomans, Juifs ? À qui il faut ajouter des maronites, des Grecs, des Arméniens, des Syriaques, des coptes. Une vraie tour de Babel. Pourtant, ces gens vivent en harmonie.

— Vous n'idéalisez pas un peu trop ? À quelques kilomètres d'ici, des milliers de cadavres d'Arméniens victimes de la folie des Turcs jonchent le désert de Deir-el-Zor. Sans oublier qu'il y a une soixantaine d'années les musulmans s'en sont donné à cœur joie en massacrant des milliers de chrétiens.

— Les Druzes, rectifia Dounia. Pas les musulmans !

— Que je sache, les Druzes *sont* des musulmans. Pas très orthodoxes, j'en conviens, mais…

— Parce que vous croyez que chez vous, en Occident, les communautés n'ont pas traversé des crises ? Catholiques contre protestants, chrétiens contre Juifs et j'en passe ! C'est tout de même incroyable, cette manie que vous avez, vous, les Occidentaux, de nous jeter constamment au visage nos dérives, comme si vous étiez de purs anges. Je trouve que…

— Oh là ! s'exclama le Français. Je ne faisais que citer un fait, c'est tout. Aucun reproche de ma part. Je le jure !

Elle le dévisagea, lèvres entrouvertes, comme si elle s'apprêtait à répliquer, mais elle n'en fit rien et un sourire un peu penaud apparut sur ses traits.

— Je vous demande pardon. Dès qu'on touche à certains sujets, je deviens incontrôlable.

— Un pardon inutile. Vous ne m'avez rien dit d'irréparable, Dounia.

Il respira à pleins poumons.

— Il y a dans cet air d'Orient un parfum que je n'arrive pas à déterminer. Ici, tout particulièrement. Comme si les caravanes chargées d'encens, d'épices et de soies qui traversaient jadis l'horizon continuaient de nourrir l'atmosphère. Bizarre.

— Non, pas tant que ça. À la différence que le train Damas-Bagdad-Istanbul a remplacé les caravanes.

— Je sais. Je l'ai testé. Je me demande si le voyage en chameau n'est pas plus confortable. Douze jours dans un wagon poussiéreux ! Même en première, c'est éreintant. Je ne vous parle pas de la nourriture.

Le soleil commençait à décliner derrière le minaret de la Grande Mosquée.

Il ajouta :

— À propos de nourriture, vous m'aviez parlé de ce petit restaurant où l'on mangeait un agneau comme nulle part ailleurs.

Quelques minutes plus tard, ils s'engouffraient dans un enchevêtrement de souks, d'interminables galeries le long desquelles s'amassaient des centaines de produits incroyablement hétéroclites ; des étals surchargés ; de vraies fausses antiquités, objets de la vie quotidienne, bijoux, quincailleries, odeurs et couleurs déclinées à l'infini. Finalement, ils débouchèrent sur une cour inattendue, une fontaine et, sur la droite, un minuscule restaurant aux chaises en paille.

Ici aussi, l'air était chargé de senteurs mêlant épices et fruits secs, ambre, myrrhe, safran et musc.

Elle commanda le plat principal. Du *frikeh*, de l'agneau accompagné de blé vert et de pignons.

— J'imagine que vous ne buvez pas de vin ? demanda Jean-François.

— Cela m'arrive, figurez-vous. N'ai-je pas vécu en France ? Mais je préfère un verre de *laban*[1].

— Dans ce cas, je vous accompagne. Ainsi je garderai les idées claires. Je me suis laissé dire que le vin du Hauran cognait.

— Ne craignez rien. Je peux être lucide pour deux.

Elle lui décocha un regard espiègle qu'il prit pour de la moquerie.

Il rétorqua :

— Rassurez-vous, je perds rarement la tête.

Le sourire de Dounia se transforma en un rire franc.

— Je vous taquinais ! Il est agréable, parfois, de laisser sa tête ailleurs. L'essentiel est d'être capable de la retrouver.

— C'est vrai. Le problème ne s'est posé pour moi qu'une seule fois. J'étais fou amoureux.

— Et ?

— Une histoire impossible. Elle avait huit ans. Moi, douze.

— Dommage. C'est l'âge où l'on croit que tout est encore envisageable. Après on se méfie. On jauge.

_____
1. Yaourt liquide.

— Alors je n'ai pas dû grandir. Et vous ?

— Moi ?

— Avez-vous grandi ?

— Si votre question sous-entend : « Avez-vous aimé, ou êtes-vous toujours capable d'aimer ? » la réponse est oui deux fois. Cependant, j'y glisse un bémol. Je ne veux plus vivre d'histoire médiocre. Je préfère de loin un amour bref, mais qui serait beau au sens esthétique du terme, que de me faner dans une relation passable uniquement parce qu'elle m'apporterait quelques assurances ou une forme de sécurité.

— « Une forme de sécurité ». Vous parlez de mariage ?

— Oui. Une tradition absurde et inepte. Contraindre deux êtres à passer toute une vie sous le même toit, dans le même lit et à la même table est proche de l'hérésie.

— C'est bien la première fois que j'entends pareils propos dans la bouche d'une femme. Généralement, ce sont les hommes qui les profèrent !

— Encore un lieu commun. C'est comme pour le désir. Oui, répéta-t-elle, le désir. Une femme bien élevée ne devrait pas en éprouver. Les hommes si. Quelle idée saugrenue !

Il ne sut quoi répliquer tant il était pris de court.

— Vous êtes certainement la femme la plus surprenante que j'aie rencontrée, dit-il enfin, en la fixant.

Elle soutint son regard. Il eut la certitude qu'elle essayait de lui dire quelque chose. Comme si elle cherchait à lui transmettre un message. Presque à son insu, il avança sa main vers celle de Dounia et la frôla du bout des doigts. La peau était chaude. Elle continua de le fixer, pensive. Puis lointaine.

Brusquement, elle retira sa main, se rejeta en arrière et demanda :

— Êtes-vous parvenu à recueillir quelques informations sur le fils de Nidal ?

Déstabilisé, il mit quelques secondes avant de répondre :

— J'ai parlé au général Gouraud. Il m'a promis qu'il essaierait de savoir ce qui lui est arrivé.

— Merci. Mon frère est très affecté par cette tragédie. Je crois qu'il préférerait savoir mon neveu mort plutôt que d'être torturé par le doute. Avez-vous eu l'occasion de faire la connaissance de son épouse, Salma ?

— Je l'ai vue deux ou trois fois. Elle m'a fait l'effet d'une femme courageuse. Mais on sent bien que la souffrance est là.

— Comment pourrait-il en être autrement ? Il s'agit de leur fils unique. Il n'existe pas de pire malédiction pour des parents que d'enterrer leur enfant.

— Attendez ! Rien ne dit que Chams soit mort.

— Oui, oui… vous avez raison. Il faut garder l'espoir.

Elle glissa les doigts dans ses cheveux dans un geste nerveux.

— Toutes ces atrocités. Pour qui ? Pourquoi ? Les Turcs ont occupé mon pays pendant deux siècles, aujourd'hui ce sont les Anglais, demain ce sera Dieu sait qui ! Et ici, regardez ce qui se passe. Hier, j'ai aperçu de ma fenêtre un convoi anglais sans doute en route pour le port de Lattaquié. Venant en sens inverse, des soldats français montaient vers le nord. Pendant ce temps, les troupes de Fayçal observent le va-et-vient, consternées, et se demandent à quel moment vous, les Français, allez leur tomber dessus. Et les Syriens impliqués dans toute cette affaire ? N'est-ce pas hallucinant ?

Elle inspira et reprit :

— Je suis convaincu que si Noé avait eu le don de lire dans l'avenir, nul doute qu'il se fût sabordé.

La boutade ne le fit pas rire tant elle était lourde de sens.

— Vous avez parlé des Syriens. Justement. Je suis chargé de leur parler.

— Ah ! Enfin ! On s'intéresse à eux. Qui comptez-vous voir ? Les membres du parti El-Istiqlal je suppose ?

— Vous êtes bien informée.

— Je suis à bonne école avec un maître comme Nidal. Lorsque vous étiez à Bagdad, ne vous a-t-il pas présenté certaines personnalités irakiennes de ce réseau, Rachid el-Keylani, entre autres ?

— Oui. Quel personnage !

— Qui devez-vous rencontrer ici ?

— Le docteur Abdel Shahbandar et El-Atassi. Le premier est la figure dominante du mouvement nationaliste ; l'autre est président du Congrès national syrien. Je vais vous confier un secret que je n'ai même pas partagé avec le général Gouraud : c'est Nidal qui m'a conseillé d'entrer en rapport avec eux lorsque je me trouvais à Bagdad. Il les a même prévenus de mon arrivée. Du moins, je l'espère.

Alors que le serveur alignait les mezzés sur la table, elle interrogea :

— Nous avons parlé des Irakiens, des Syriens, des Arabes, des Turcs, mais vous ? Pourquoi ?

Il n'eut pas l'air de comprendre. Elle répéta :

— Vous, Jean-François. Où vous placez-vous ? Du côté des gentils ? Des méchants ? Dans lequel des deux camps vous sentez-vous à l'aise ?

Il ne s'était jamais posé la question jusque-là. Cambon, qui l'avait toujours considéré comme son fils, avait contribué à son avancement au Quai d'Orsay. Il obéissait aux ordres, c'est tout.

Il déclara :

— Je suis tout simplement du côté de la France.

— Une position honorable, en effet. Serez-vous prêt à la conserver si la France se fourvoyait ?

— Même si la France se fourvoie, oui. Rien ne m'empêche d'exprimer des réserves, voire des critiques.

— Exprimer n'est pas condamner.

— Ce n'est pas mon rôle.

— Vous fermerez donc les yeux lorsque votre armée chassera Fayçal et prendra la Syrie de force ?

Il préféra le silence. La voix d'un muezzin appelant à la prière déchira le ciel et fila vers les étoiles naissantes.

— Dounia.

— Oui ?

— Je vais vous paraître odieux, présomptueux même, mais je détiens les clés qui gèrent ce monde. C'est mon père qui me les a remises. Elles sont au nombre de deux : le cynisme et la voracité des puissants. L'une étant indissociable de l'autre. Croyez-vous que si la France ne prenait pas la Syrie, l'Angleterre ne le ferait pas ? Et si ce n'est pas l'Angleterre, un autre pays ne se mettra-t-il pas sur les rangs ? Alors ? Non, Noé ne s'est pas sabordé. Il a fait pire : il a laissé ses enfants construire d'autres arches. Au fil des siècles, ces arches ont changé de nom. On les appelle aujourd'hui des nations. Et moi je tiens à ce que l'arche où je suis né continue de flotter.

— C'est donc ainsi que va le monde ? Mené par le cynisme et la voracité. Une évidence qui, manifestement, n'éveille en vous aucun état d'âme.

— Vous connaissez la définition d'Oscar Wilde à propos du cynisme : « Le cynisme consiste à voir les choses telles qu'elles sont et non telles qu'elles devraient être. » C'est ainsi que je vois le monde, hélas, ou tant mieux, et je suis parfaitement conscient de mes contradictions. Le jeu actuel auquel se livrent les puissances, qu'il s'agisse de la France ou des autres, me donne la nausée. Seulement je n'y peux rien. J'ai choisi d'être diplomate au service de mon pays. Si, demain, les règles planétaires venaient à changer, alors, croyez-moi, je serais le premier à les appliquer. Pour l'heure, c'est encore loin d'être le cas.

— Vous n'êtes donc pas de ceux qui voudraient faire de ce monde un lieu plus fréquentable, plus juste...

— À mon échelle ? Je suis un Lilliputien. Un grain de sable.

— Non, Jean-François, vous n'êtes ni l'un ni l'autre. Vous êtes seulement un algébriste.

Il sourcilla.

— Pardon ?

— Les algébristes possèdent leur propre alphabet, leur propre langage et s'expriment dans un code formel, immuable, et dépourvu de poésie.

Levent resta de glace.

— Je vous ai peiné ? reprit Dounia avec un sourire innocent.

Il éluda la question, la mine sombre, et montra le plat qui venait d'être servi.

— Si vous m'expliquiez la recette du *frikeh* ?

*

Jérusalem, novembre 1919

La salle de la mairie grouillait de monde.

Au premier rang, le mufti de Jérusalem, Hajj[1] Amin el-Husseini, reconnaissable entre tous grâce à sa longue robe et au bonnet écru qui ornait son crâne. À sa droite, Nachachibi, le maire de Jérusalem, et, à la droite de ce dernier, sir Ronald Storrs, le gouverneur de la ville.

Latif et Hussein Shahid s'étaient glissés à quelques mètres des personnalités. Soliman avait insisté pour les accompagner.

— Tu ne veux donc plus être poète ? s'était étonné son père.

Le jeune homme rectifia les lunettes de myope qu'il portait depuis peu.

---

1. Titre qui désigne toute personne qui a fait le pèlerinage à La Mecque. Ce qui était le cas de Husseini, qui s'était rendu là-bas à l'âge de seize ans.

— Pourquoi être poète serait-il incompatible avec l'intérêt que l'on éprouve pour son pays ?

La réplique avait laissé Hussein sans voix. Il pensa à part soi que, décidément, la politique ressemblait parfois à une maladie hautement contagieuse ; à moins que ce ne fût cette autre chose que d'aucuns appellent l'amour de son pays.

Il jeta un regard en coin vers le mufti, récemment promu « grand mufti de Palestine » par le haut-commissaire, Herbert Samuel. Un titre honorifique sorti du chapeau melon anglais. Par cette « promotion », Herbert cherchait à amadouer l'une des familles les plus riches et les plus puissantes de Jérusalem, dont les membres avaient exercé la fonction de mufti pendant la majeure partie des deux siècles précédents. Encore une manigance des *British*.

La dernière fois qu'Hussein avait croisé le « grand » mufti, celui-ci venait tout juste de rentrer du Caire après avoir achevé des études coraniques à l'université d'El-Azhar. Depuis ce jour, le jeune homme – il avait aujourd'hui vingt-deux ans –, était devenu *la* voix incontournable de la résistance palestinienne. On l'avait surtout remarqué cinq mois plus tôt, en juin, lors du passage de la commission King Crane, mandatée par les Alliés pour recueillir l'avis des populations locales sur le mode de gouvernement qu'elles souhaitaient.

Brusquement, un brouhaha s'éleva, qui arracha le Palestinien à ses pensées. Le docteur Chaïm Weizmann venait de faire son apparition.

Taille moyenne. Quarante-cinq ans. Vêtu d'un costume sombre. Il marcha jusqu'au pupitre qu'on lui avait aménagé. En l'observant, Latif se dit que le bouc et la moustache ornant son visage lui donnaient un faux air de Lénine ; une ressemblance issue sans doute de ses origines biélorusses.

Le Juif salua l'assemblée, en anglais d'abord, en yiddish ensuite, eut un regard appuyé en direction du gouverneur Storrs, posa quelques feuillets devant lui et entama la lecture de son discours.

« Il y a vingt siècles, en ce même lieu, mes ancêtres avaient leur capitale, et c'est d'elle qu'ils ont envoyé au monde le grand message, tel un pain qu'ils auraient jeté aux ondes et que les ondes rapporteraient de nos jours à leurs descendants...

« Bien que je sois né dans les régions lointaines du Nord, je ne suis pas en Palestine un étranger à l'étranger. Il en est de même de tous mes frères dispersés. Nos ancêtres ont héroïquement défendu leurs droits à cette cité sacrée, et ce n'est que vaincus par un sort plus cruel et plus sanguinaire encore que celui qu'éprouve aujourd'hui l'Arménie qu'ils perdirent leurs droits politiques sur la Palestine. Néanmoins, nos ancêtres n'y ont pas renoncé. Privés de la Palestine, leur foyer national, ils surent se créer une Palestine intellectuelle qui a résisté victorieusement pendant deux mille ans aux assauts de tous les ennemis.

« Aussi peut-on dire que nous ne venons pas en Palestine, mais que nous y rentrons. Nous y revenons pour rattacher les glorieuses traditions du passé à l'avenir, pour y développer une fois de plus un grand centre moral et intellectuel d'où peut-être surgira le nouvel ordre des choses auquel aspire le monde éprouvé.

« Le sionisme cherche à instaurer des conditions qui permettent l'essor de cette terre. Un essor qui ne saurait se réaliser au détriment des grandes communautés déjà établies dans ce pays ; il doit au contraire tourner à leur avantage. Il y a, en Palestine, assez de place pour faire vivre une population bien supérieure à la population actuelle. Les appréhensions, secrètes ou exprimées, des Arabes n'ont donc pas lieu d'être ; leur crainte de se voir évincés de leur position actuelle est dictée par une fausse interprétation de nos visées et de nos intentions, inspirée par les menées insidieuses de nos ennemis communs. Moralement, matériellement, il est de l'intérêt mutuel des Israélites et des Arabes de vivre dans la paix et la fraternité.

« Ne croyez pas ceux qui vous diront que le but des Israélites est de s'emparer, après la guerre, du pouvoir politique. L'autonomie est une science compliquée et qui ne s'acquiert pas en un jour.

« Au nord, la nation arménienne qui, à l'heure actuelle, paie le plus grand des tributs à un ennemi cruel, se lèvera un jour, triomphalement, pour réclamer justice et le droit de vivre libre sur un sol sanctifié par le sang de ses ennemis. Ces trois peuples, Arabes, Juifs et Arméniens, qui ont le plus souffert au monde, méritent une vie indépendante, une vie de paix.

« Les massacres arméniens au Turkestan devraient servir d'avertissement à tous. Arabes, Juifs, Arméniens doivent s'unir afin de résister par tous les moyens aux forces d'oppression. Si elle sait être unie, un avenir aussi grandiose que son passé s'ouvre pour la Palestine. Elle deviendra le lien entre l'Orient et l'Occident. »

Et Weizmann de conclure par ces mots : « Envoyons, ce soir, un message de bonne volonté de Jérusalem, il portera aux masses souffrantes de nos peuples l'espoir d'un monde meilleur[1]. »

Le discours fut ensuite traduit en arabe pour le mufti et le cadi de Jérusalem. Ce dernier remercia le docteur Weizmann d'avoir défini les intentions des sionistes et termina par la phrase préalablement utilisée devant la Commission Crane :« Nos droits et nos devoirs sont aussi les leurs ».

Latif el-Wakil échangea alors un regard sans joie avec son cousin.

— La bonne entente entre le chat et la souris ruine l'épicier.

— Que veux-tu dire ? l'interrogea Soliman.

— La souris est anglaise. Le chat est sioniste. L'épicier, malheureusement, sera palestinien...

---

1. In *Le Retour des exilés*, Henry Laurens.

III

11

Vous avez beau ne pas vous occuper
de politique, la politique s'occupe de vous
tout de même.

Charles de Montalembert.

Bagdad, mars 1920

Quatre mois avaient passé.

Les braseros ne rougeoyaient plus dans les maisons,
le printemps rayonnait. Glorieux et terriblement chaud.

Le papier beige du télégramme frémissait dans les
mains de Salma, l'épouse de Nidal el-Safi. La feuille
était parsemée de taches sombres qui commençaient
à sécher ; les larmes d'une mère. Elle lisait pour la
seconde fois les mots sans arriver à se convaincre de
leur sens. Pourtant, ils existaient : son fils Chams,
que l'on croyait définitivement perdu, était en route
pour Bagdad.

Alors qu'il se trouvait en poste à Damas, il avait été
fait prisonnier lors de l'entrée de l'armée du prince
Fayçal, puis relâché et réengagé avec le même grade
dans les forces de celui-ci. Les agents recruteurs du
prince avaient jugé que, Irakien de naissance, il ne
pouvait qu'être hostile à ses anciens chefs ottomans.
En quoi ils n'avaient pas eu tort. Et demain, il serait

là. Il arriverait par le train Damas-Bagdad. Les dernières heures d'attente seraient les plus longues.

Assis dans son bureau, Nidal essayait de maîtriser la tension qui n'avait cessé de monter en lui depuis quelque temps. C'est que les événements ne se bousculaient pas seulement dans son cœur, ils s'accéléraient aussi dans le pays. Comme il fallait s'y attendre, les Anglais étaient revenus sur leurs promesses d'assurer à l'Irak un gouvernement autonome, et la question se posait maintenant de savoir si l'heure avait sonné de passer à l'offensive armée contre l'occupant, puisque la résistance pacifique ne donnait aucun résultat. Nidal avait été chargé de tâter le terrain auprès des chefs des anciens *vilayets*, Kirkouk, Mossoul, Basra et autres, et les tendances qui se dégageaient ne laissaient plus planer de doute : les armes ! Plus question de tergiverser avec ces renards d'Anglais. Les armes et le feu !

*

Le train Damas-Bagdad arrivait à 3 heures de l'après-midi. À 2 heures, la famille El-Safi au grand complet se retrouva devant la gare. Personne ne manquait à l'appel. Tous étaient là, même des cousins, des oncles et des tantes perdus de vue. Le convoi ralentit. Chams se penchait à l'une des fenêtres. À peine l'eut-elle aperçu que toute la famille fit de grands bonds en hurlant de joie. Et le ciel s'enflamma de youyous frénétiques. Seule Salma gardait le silence, le visage inondé de larmes. Tous les passagers avaient quitté la gare que les El-Safi étreignaient encore le voyageur. Il avait maigri. Il paraissait fatigué, un peu plus âgé que ses vingt-deux ans.

La famille prit place dans l'Oldsmobile récemment acquise par Nidal, direction le nord de la capitale.

Le reste de l'après-midi se passa en questions-réponses. Comment Chams avait-il vécu les combats ? L'emprisonnement ? Avait-il été bien traité par les Anglais ? Et Fayçal ? Son armée ? Avait-il mangé à sa faim ?

Ce fut seulement en début de soirée qu'un certain calme reprit possession de la maison.

Nidal et son fils s'étaient installés sur la terrasse qui dominait la ville. La plupart des chefs du mouvement El-Istiqlal les avaient rejoints, parmi lesquels bien évidemment le *naquib el Achrâf*, Abdel Rahman el-Keylani et son bouillant neveu Rachid. Une légère brise soufflait. Les premières étoiles commençaient à moucheter le ciel.

Abdel Rahman posa sa main sur l'épaule de Chams :

— Tu es absolument certain de ce que tu avances ?

— Oui. Nous sommes faits comme des rats. Fayçal est ni plus ni moins un paltoquet.

Un silence incrédule figea l'assistance.

— Je m'explique, reprit Chams. Fayçal doit tout aux Anglais. Il est devenu leur poupée et fait illusion à l'étranger parce qu'il est le fils de l'émir Hussein, le chérif de La Mecque, et parce qu'il est un *chérifi*, un descendant du Prophète ; mais son caractère est trop hésitant.

— Il s'est pourtant battu bravement contre les Turcs.

— Entendez-moi bien. Je ne dis pas que c'est un mauvais homme, je dis qu'il est faible.

Le jeune homme fixa son père et demanda :

— Connais-tu un dénommé Jean-François Levent ?

— Bien sûr. Pourquoi ?

Avant que Chams n'eût le temps de répondre, le *naquib* s'exclamait :

— Levent ? N'est-ce pas ce diplomate français que tu nous as amené un jour ?

Nidal confirma et poursuivit à l'intention de son fils :

— Alors ? Qu'en est-il ?

— Figure-toi que j'ai été approché par des officiels français qui avaient été chargés de me retrouver par le général Gouraud en personne.

— Gouraud ? questionna une voix. Le représentant de la France en Syrie ?

— Exact. J'ai appris, plus tard, que ce Levent l'avait prié de retrouver ma trace.

Un sourire de satisfaction éclaira les traits de Nidal.

— Il a donc tenu sa promesse.

— Quel rapport avec Fayçal ? s'enquit Rachid.

— Les émissaires de Gouraud ont parlé pendant le trajet qui nous amenait jusqu'au quartier général des Français. Je les ai entendus dire que l'accord signé en janvier entre Fayçal et Clemenceau avait déclenché la fureur des patriotes syriens. Des manifestations antihachémites[1] ont éclaté un peu partout dans le pays. Personne ne veut de ce texte. J'ai cru deviner qu'il accordait l'indépendance aux Syriens, mais sous tutelle française. Et cela, les nationalistes s'y refusent. En conclusion : pris entre l'enclume française et le marteau nationaliste, Fayçal est perdu.

Le *naquib* partit d'un éclat de rire et son neveu en fit autant.

— Dis-moi, mon fils, quand as-tu quitté la Syrie ?

Chams hésita devant la mine soudain moqueuse de son interlocuteur.

— Il y a environ quinze jours.

— Tu n'es donc pas au courant des dernières nouvelles.

Abdel Rahman opéra une volte-face vers son neveu, Rachid.

— Dis-lui… Dis à Chams.

Rachid s'exécuta.

— Pas plus tard que la semaine passée, le Congrès syrien a adopté une résolution rejetant les accords Fayçal-Clemenceau et proclamé unilatéralement

---

1. La dynastie des Hachémites ou Banû Hâchim désigne traditionnellement un clan de la tribu des Quraychites auquel appartenaient le chérif de La Mecque et ses enfants. Honnis par la dynastie des Séoud, ils règnent aujourd'hui sur la Jordanie.

l'indépendance de la Syrie dans ses frontières naturelles, Palestine incluse. Dans la foulée, Fayçal s'est fait couronner roi constitutionnel de cette Grande Syrie. Il a désigné Hachem el-Atassi comme Premier ministre et le docteur Abdel Rahman Shahbandar ministre des Affaires étrangères. Tu vois que tu es en retard, mon ami.

Chams resta bouche bée.

— Vous êtes sérieux ? Je veux dire est-ce que...

— Oui. L'information a été diffusée dans tous les journaux.

Le jeune homme médita un moment avant d'observer :

— Je ne partage pas votre optimisme. Je vois mal les Français en rester là. Ils ne lâcheront pas leur proie. On leur a refusé Mossoul : ils prendront la Syrie.

Un nouveau silence retomba.

Un serviteur tout vêtu de blanc posa discrètement sur des plateaux de cuivre ciselé des jus et des *mezzés* et se retira comme un fantôme. En contrebas, les eaux du Tigre continuaient de couler, indifférentes aux tourments des hommes.

— Tu as peut-être raison, reconnut Rachid. Mais les Français ne pourront gouverner durablement le pays. Vois-tu, Chams, on peut mener un cheval à l'abreuvoir, mais on ne peut le forcer à boire. Et les Syriens ne boiront pas l'eau que les Français leur offrent.

Il ajouta avec passion :

— Nous non plus, d'ailleurs. Sache que depuis le premier du mois, l'ayatollah Shirâzi a promulgué une fatwa interdisant à tous les musulmans d'accepter des fonctions au sein de l'administration anglaise. Et ce n'est qu'un début. Hier, après consultation, nous avons décidé de déclencher un soulèvement général contre la présence de ces infidèles. Garde bien les yeux ouverts, Chams. L'Irak va se transformer en une immense flamme que l'on verra jusqu'à l'Oural.

12

*Ne faut-il pas que vous soyez bien impru-
dents d'avoir fourni vous-mêmes la conviction de votre mensonge.*

Pascal.

Paris, avril 1920

L'hôtel de Sauvigny, non loin du bois de Boulogne, brillait de tous ses feux. Le comte et la comtesse Lelieu de Sauvigny donnaient un grand dîner en l'honneur des fiançailles de leur fille cadette.

Jean-François Levent, fraîchement promu premier secrétaire aux Affaires orientales du Quai d'Orsay, avait été convoqué par son nouveau ministre de tutelle, Alexandre Millerand, pour lui présenter son rapport sur la situation. Voilà deux semaines qu'il était de retour à Paris et l'Orient lui manquait déjà. Le renverrait-on dans la région ? Pour l'instant, il n'en savait rien.

L'actualité ayant poussé la Question d'Orient[1] au-devant de la scène, les convives masculins réunis au

---

1. La Question d'Orient est le terme habituellement utilisé pour qualifier l'implication des diverses puissances européennes en Méditerranée orientale et en Europe balkanique, au moment de l'agonie de l'Empire ottoman.

fumoir après le dîner évoquèrent, entre deux volutes de fumée, l'accès de fièvre qui secouait ce qu'ils appelaient ces « contrées lointaines » et l'agitation anti-occidentale qui y régnait.

— Alors, mon cher ! lança quelqu'un à l'intention de Levent. Que pensez-vous de ce remue-ménage ?

Le diplomate médita un instant avant de répondre :

— Ce remue-ménage, pour reprendre votre expression, est la conséquence de nos politiques occidentales. Ces peuples avaient espéré l'indépendance après la défaite de leur suzerain turc. Or ce n'est pas le cas. Mais j'imagine qu'avec le temps les choses rentreront dans l'ordre. Il leur faudra bien plier devant la réalité.

— Vous êtes-vous posé la question de savoir pourquoi on ne leur a pas accordé l'indépendance ? s'enquit un septuagénaire du nom d'Henri Briard, philosophe à ses heures.

La question ne surprit pas Levent. Au cours des derniers mois, il ne s'était pas passé un seul jour sans que lui-même se la pose ; surtout depuis son déjeuner à Alep avec Dounia.

Vous, Jean-François. Où vous placez-vous ? Du côté des gentils ? Des méchants ? Dans lequel des deux camps êtes-vous à l'aise ?

Où se trouvait Dounia en ce moment ? La dernière lettre qu'il avait reçue d'elle laissait entendre qu'elle avait l'intention d'aller passer quelques jours à Bagdad. C'était il y a deux mois. Depuis, plus rien.

Après ce déjeuner d'Alep, il avait vivement souhaité la revoir. Le refus fut courtois mais ferme. Qu'avait-il pu dire ou faire qui l'eût blessée ? Ce jour-là, ils avaient marché le long des ruelles de la ville, elle lui avait montré des trésors insoupçonnés. À un moment donné, elle manifesta le souhait d'aller se recueillir quelques instants dans la mosquée des Omeyyades. Il l'avait accompagnée. Et ils étaient restés là, tous deux, face au *minbar*[1] de bois sculpté, chacun dans ses pensées. Au couchant, lorsqu'il l'avait laissée devant le seuil de la maison qu'elle occupait à quelques mètres du marché des parfumeurs, il avait tenté de déposer un baiser chaste sur ses joues, mais elle s'était esquivée puis, sur une pirouette gracieuse, éclipsée. Aujourd'hui, sept mois plus tard, il arrivait à Jean-François de s'interroger sur la réalité de cette femme. Peut-être n'avait-elle été qu'une apparition ? Un fantasme.

— Alors, monsieur Levent ? s'impatienta le philosophe. Cette question vous trouble tant ?

Il se décida à répondre.

— Parce que l'indépendance de ces pays ne s'accorde pas avec nos intérêts. Ni l'Angleterre ni la France ne peuvent laisser des régions stratégiques aux mains de roitelets sans expérience et sans armée. La route des Indes est cruciale pour les Anglais, le canal de Suez et notre influence dans la région exigent notre présence. De plus, la Perse, l'Irak, la péninsule Arabique sont riches en pétrole dont la civilisation moderne a des besoins croissants.

— Si je vous entends bien, répliqua Briard, notre politique étrangère est également étrangère aux principes hérités du siècle des Lumières ?

Levent fit mine de s'étonner.

— Lesquels ?

Manifestement l'homme avait planté ses crocs et n'était pas prêt à lâcher sa prise.

— L'égalité des humains et le droit des peuples à disposer d'eux-mêmes, rétorqua Briard. C'est l'évidence, non ?

Les autres conversations s'interrompirent dans le fumoir. Tous tendirent l'oreille pour ne rien perdre du dialogue. D'ailleurs, il ne s'agissait plus d'un dialogue, mais d'une passe d'armes.

---

1. Le minbar est la chaire d'où l'imam fait son sermon lors de la prière du vendredi.

Levent se pinça les lèvres. Pourquoi la voix de Dounia était-elle tout à coup si présente ?

C'est donc ainsi que va le monde ? Mené par le cynisme et la voracité. Une évidence qui, manifestement, n'éveille en vous aucun état d'âme.

Il dut faire un effort pour rétorquer :

— Le problème de ces peuples est justement qu'ils ne sont pas en état de disposer d'eux-mêmes. Ils ont été affaiblis par des siècles de tutelle ottomane. Nous les aidons à devenir des États modernes.

— En leur imposant nos volontés au mieux de nos intérêts et en captant leurs ressources naturelles. Ah, quelle belle leçon de démocratie républicaine !

Quelques rires étouffés jaillirent.

— Il est juste que nous retirions quelque dédommagement de nos efforts ! s'énerva Levent en se demandant à quoi servait cette joute, alors qu'au tréfonds de lui il partageait les arguments de son interlocuteur.

Mais comment celui-ci aurait-il pu s'en douter ? Il attendit la salve suivante. Elle ne tarda pas.

— Les récents événements au Moyen-Orient, reprit Briard, démontrent en tout cas que ce n'est pas ainsi que les Arabes perçoivent les efforts de la France et de l'Angleterre. Non seulement vous les humiliez publiquement, mais, contrairement à des promesses solennelles réitérées au cours de je ne sais combien de conférences internationales, vous leur refusez le contrôle de leurs territoires. On dit même que l'Angleterre aurait l'intention d'installer en plein cœur d'une terre arabe un foyer juif.

— La Palestine fut autrefois un royaume juif, si je ne me trompe, observa Levent.

— Vous voulez dire que les Juifs l'avaient conquise sur les Philistins, d'où le nom du pays jusqu'aujourd'hui.

— Conquête équivaut à possession.

— Eh bien, Saladin l'avait reconquise et je vous renvoie votre argument ! J'ajouterai aussi un exemple plus frappant encore qui nous concerne.

— Nous concerne ?

— Nous, la France. Nous affirmons que l'Alsace-Lorraine nous appartient, alors que nous ne l'avons annexée que depuis à peine deux cents ans et qu'auparavant cette région était allemande. Alors, de quel droit les Juifs peuvent-ils prétendre effacer un règne, celui des Palestiniens, qui dure depuis plus de deux mille cinq cents ans ?

— Là n'est pas la question, objecta Levent qui commençait à être lassé non du débat, mais de sa propre mauvaise foi. Les Juifs serviront de tête de pont à la politique européenne.

À nouveau les propos de Dounia jaillirent.

Je suis un Lilliputien. Un grain de sable.

Non, Jean-François, vous n'êtes ni l'un ni l'autre. Vous êtes seulement un algébriste.

— Alors, poursuivons cette politique aveugle, lança Briard, mais ne nous étonnons pas si un nouveau Saladin se lève un jour.

Levent se contenta de fixer Briard un long moment, puis éteignit méticuleusement son cigare.

— Cher maître, si les Arabes cherchaient un jour un défenseur en Europe, je vous demanderais la permission de suggérer votre nom.

— Oh, rassurez-vous ! Je ne crois pas qu'ils aient besoin d'un défenseur. Ce siècle ne s'achèvera pas qu'ils auront trouvé le moyen de vous faire entendre eux-mêmes leurs arguments.

Levent resta silencieux.

Cette fois, ce ne furent pas les mots de Dounia qui frappèrent son esprit, mais ceux que lui-même avait prononcés, à Londres, dans le bureau de lord Grey, au Foreign Office.

Ce plan Sykes-Picot, sauf votre respect...

Il va nous exploser à la gueule...

*

Haïfa, juillet 1920

Hussein et son fils Soliman observaient les quais par la fenêtre du bureau. À quelques dizaines de mètres sur la droite, les passerelles d'un paquebot turc, le *S.S. Erzeroum*, déversaient des flots d'arrivants. À l'évidence, ceux-ci n'étaient pas des touristes ; ils traînaient des valises fatiguées, des ballots informes, des boîtes de carton que certains portaient même sur la tête. On y comptait des gens de tous âges. Il y avait dans leurs yeux quelque chose d'indicible qui ressemblait à des promesses de bonheur.

Une fois sur le quai, des organisateurs les regroupaient criant des ordres dans des porte-voix. Ils défilaient ensuite devant des équipes qui notaient leur identité sur la foi de papiers usés, dérisoires. Ensuite, ils étaient embarqués dans des bus, parfois même des camions, et emmenés vers des foyers d'accueil en attendant de rejoindre des exploitations agricoles, les *kibboutzim*. Ni le père ni le fils Shahid ne comprenaient les mots échangés, et pour cause : c'était soit du yiddish, soit du polonais.

Sur la gauche, un autre paquebot, italien celui-là, le *S.S. Vittoria*, de Trieste, venait de se ranger le long du môle. Des centaines de voyageurs ressemblant aux précédents se pressaient au bastingage. Quand ils furent descendus, d'autres moniteurs crièrent des mots tout aussi incompréhensibles que leurs collègues, mais en roumain et en bulgare cette fois.

Les Shahid en avaient assez vu. Ils rentrèrent dans le bureau.

Financièrement, Hussein ne tirait aucun bénéfice de l'arrivée de ces bateaux : ils étaient pris en
charge par des organisations sionistes et, tôt ou
tard, finissaient par traiter avec son rival, *Brohnson
Shipshandlers*.

— J'aurais mieux fait de vendre mon affaire quand
les *Brohnson* voulaient l'acheter, gémit-il, démoralisé. Bientôt, elle ne vaudra plus rien.

À peine eut-il prononcé ces mots qu'il se ravisa.

— Allah me pardonne. C'est le dépit qui me fait
parler. Jamais, mon fils, jamais je ne vendrais ne fût-
ce qu'un grain de terre de nos biens ! Jamais !

Soliman ne savait que dire. Il ne voyait aucun
recours contre ce péril que nul n'avait imaginé : un
flot ininterrompu et grossissant d'immigrés. Ils arrivaient chaque mois par centaines. Ils trouvaient
mystérieusement un gîte pendant les premiers
jours, puis ils disparaissaient dans les profondeurs
du pays.

Tel-Aviv était certainement la plus étonnante des
créations de ces gens venus d'ailleurs. La ville avait
été fondée dix ans auparavant par une soixantaine de
familles juives rebutées par les difficultés matérielles
à Jaffa. Au départ, l'endroit se résumait à de misérables dunes désertiques où ne poussait pas un cactus,
d'où sans doute le nom que, par dérision, ils avaient
choisi pour baptiser la ville : la « colline printa-
nière ». Soixante familles. Aujourd'hui, Tel-Aviv
comptait environ trois mille habitants, avec leur tri-
bunal, leur police.

À qui se plaindre ? Et de quoi ? D'un envahisse-
ment progressif de la terre palestinienne ? De la peur
de se réveiller un matin, dos au mur ou chassé du pays
par les nouveaux arrivants ? La plus haute autorité du
pays, le haut-commissaire, sir Herbert Samuel, n'était-
il pas juif ? Comme il fallait s'y attendre, sa nomination
avait déclenché une liesse indescriptible au sein du

Yichouv[1]. D'ailleurs, quelle autorité y avait-il au-dessus des Anglais, sinon Dieu ?

Soliman ôta ses lunettes, s'approcha de son père et le serra contre lui.

— Ne te fais pas de souci, *baba*. Nous allons nous en sortir. N'oublie pas que je suis là, qu'il y a Mourad aussi. Il va se marier bientôt, et il reviendra vivre parmi nous. À nous trois, nous tiendrons. Tu verras. Aucun Polonais, aucun Roumain ou je ne sais qui ne nous chassera.

Hussein Shahid lui lança un regard maussade.

— Peut-être que toi et ta sœur devriez rejoindre votre frère en Égypte ? Je crains que bientôt il n'y ait plus d'avenir pour vous, ici. Nous risquons de devenir des étrangers sur notre propre terre.

Soliman ne fut ni choqué ni surpris par la suggestion. Lui-même y avait pensé. Il venait d'avoir dix-huit ans et, depuis le départ de Mourad, c'est sur lui que reposait le poids de l'entreprise familiale défaillante. S'il partait, son père fermerait boutique et sombrerait dans le découragement, puis la pauvreté.

— Pas question, père. Jamais je ne te laisserai, jamais je ne quitterai la Palestine.

Soliman rentra dans sa chambre, prit sa plume, une feuille blanche et écrivit :

Où irons-nous, après l'ultime frontière ? Où partent les oiseaux, après le dernier ciel ? Où s'endorment les plantes, après la dernière nuit ?

Dis-moi... Où ?

La voix de sa petite sœur, Samia, le fit sursauter :

— Tu es au courant ? dit-elle sur un ton neutre.

— Quoi donc ?

— Les Français ont tué Fayçal.

---

1. On distingue l'« Ancien *Yichouv* », ensemble des Juifs qui vivaient en Palestine sous l'Empire ottoman avant 1880, et le « Nouveau *Yichouv* », qui désigne les populations juives qui immigrèrent à partir des années 1880, dans le cadre du projet sioniste. Son appellation complète étant *Hayishouv Hayehoudi bèEretz Yisraël* « l'implantation des Juifs en terre d'Israël ».

13

Puisque le peuple vote contre le gouverne-
ment, il faut dissoudre le peuple.

Bertolt Brecht.

Le Caire, 25 juillet 1920

— Non, Fayçal est vivant, expliqua Taymour, qui
venait d'apparaître au côté de Mourad sur le seuil de
la salle à manger. Il est sain et sauf, mais en fuite.
D'aucuns le disent en Palestine, d'autres à Londres.
En vérité, personne n'en sait rien.

Farid Loutfi examina son fils avec incrédulité. Il ne
pouvait imaginer pareille fin pour cet émir qui avait
tant donné, qui s'était tant battu pour l'indépendance
des terres arabes.

Il invita les deux hommes à les rejoindre à table.

— Viens, mon fils, viens t'asseoir avec nous. Toi
aussi, Mourad. Vous avez vu l'heure ?

Amira se précipita à la cuisine.

— Patientez cinq minutes, les enfants. Je vais
réchauffer la *kobeba*[1] et les feuilles de vigne. Vous
allez vous lécher les doigts.

---

1. Plat à base de viande hachée, de bourghoul et de pignons, le tout
passé au four.

— On ne vous attendait plus, fit remarquer Mona. Je m'inquiétais.

— Nous avons été retenus chez Zulficar, le neveu de Zaghloul. Depuis que son oncle est rentré de Paris, vaincu, il broie du noir. Zaghloul lui-même ne va guère mieux. Le vieil homme ne supporte pas d'avoir été humilié à la Conférence de la Paix. Il en est physiquement malade, même si le parti qu'il a fondé, le *Wafd*, commence à faire trembler jusqu'au sultan Fouad.

— Si ce n'est pas malheureux, commenta Loutfi bey. Traiter de la sorte un héros ! Ah ! Ces maudits Anglais !

Il leva le poing au ciel.

— *Inch Allah ye moutou koullohom*[1] !

Mourad s'assit près de Mona. Taymour, lui, s'installa à la droite de son père.

Ce dernier reprit :

— Tu parlais de Fayçal. Alors ?

— Alors les Français, par la voix de leur général, un militaire du nom de Gouraud, ont lancé un ultimatum à l'émir, lui ordonnant de déposer les armes. Fayçal semblait à deux doigts de céder, mais son chef d'état-major, El-Azmeh, a refusé catégoriquement. Il a réuni en toute hâte une armée de partisans, composée de soldats irréguliers, de volontaires et même de Bédouins, pour s'opposer aux forces françaises et les a affrontées dans la vallée de Maysaloun[2]. Comme il fallait s'y attendre, Azmeh et son armée de pacotille furent balayés en moins d'une heure.

— Et lui ? Que lui est-il arrivé ? questionna Mona.

— Il est mort au cours de la bataille. Abattu.

— En héros, souligna Taymour. Voilà la splendide, l'astucieuse, la triomphale politique des imbéciles de l'Empire britannique ! Ils intriguent pendant des

---

1. J'espère qu'ils mourront tous.
2. Non loin de la frontière actuelle du Liban et de la Syrie.

années pour installer Fayçal sur le trône et le laissent mettre à la porte par leurs alliés français !

Amira revenait de la cuisine un plateau à la main qu'elle posa au centre de la table.

— Allez, mes enfants, oubliez quelques instants toutes ces ignominies et savourez ce repas.

Elle montra un bol à moitié rempli de concombres au yaourt parfumés à la menthe.

— Croyez-vous que ce sera suffisant ?

— Oui, maman. Bénies soient tes mains. Assieds-toi maintenant, je t'en prie. Tu devrais…

On frappa violemment à la porte de la villa.

— Qu'est-ce que c'est ? s'étonna Mona.

Un tumulte s'éleva de l'entrée.

— Loutfi bey ! Nous voulons voir Loutfi bey ! L'Égyptien qui enrichit les Anglais avec le coton de notre pays !

Les trois hommes se dressèrent d'un seul coup.

— Les femmes ! Ne bougez pas d'ici et fermez la porte à double tour ! ordonna Loutfi.

Suivi de Mourad et de Taymour, il se précipita hors de la salle à manger. Malgré les protestations des domestiques, une dizaine de jeunes gens en *galabieh*[1] avaient fait irruption dans le vestibule.

L'un des hommes, le meneur sans doute, désigna l'opulence du décor d'un geste méprisant.

— Regardez donc où vous vivez ! Vous n'avez pas honte ?

— Honte ? se récria Loutfi bey. De quoi aurais-je honte ? Crois-tu que j'ai volé ce que je possède ? Non, *ya ostaz*[2], je l'ai gagné à la sueur de mon front !

— Oui, bien sûr ! Et la sueur des paysans alors ? Que fais-tu de la peine des malheureux qui triment dans tes champs de coton pour ton seul bien-être et éviter aux petits lords anglais d'attraper froid !

---

1. Longue robe traditionnelle.
2. Mon professeur.

148

— Tu as tort, protesta Taymour. S'il est vrai que mon père s'enrichit en vendant du coton à l'Angleterre, il enrichit aussi l'Égypte. Si nous n'avions pas de champs, où vos frères trouveraient-ils du travail ? Répondez !

Une voix vociféra :

— Vous n'avez donc pas honte de vous goberger alors que notre pays souffre et que le peuple a faim !

Loutfi bey répliqua, outré :

— *Kalam fadi !* Des mots vides ! Comme vient de vous le dire mon fils, ce sont des hommes comme moi qui participent à l'essor de l'Égypte.

— Et pour nous ? s'écria le meneur. Pour ceux qui luttent pour la liberté, que fais-tu ?

Taymour avança d'un pas et fixa le jeune homme.

— Tu te trompes de cible. Ce sont les autres que vous devriez combattre. Ceux qui oppriment notre pays. Pas des gens comme mon père. Pas vos frères.

— Combattre ? Avec quelles armes ? Les mains nues ?

— Saad Zaghloul est-il armé ? Pourtant, regardez ce qu'il fait pour notre pays !

Une voix ricana.

— C'est cela ! Le brave, notre héros national. Voyez comme ils l'ont traité à Paris !

Mourad intervint à son tour.

— Je ne suis pas égyptien, mais palestinien. Vous, au moins, vous avez un héros. Humilié, peut-être, mais vous en avez un. Alors que nous, pour l'instant, nous sommes orphelins. Alors, par pitié, remerciez Allah de ses bienfaits.

Les jeunes émeutiers se dévisagèrent. On les sentait d'un coup déstabilisés. La voix de Loutfi bey s'éleva. Grave, presque solennelle.

— Écoutez-moi. Vous avez raison. Oui, il est infamant que je continue à entretenir les filatures anglaises. À partir de demain, je vous en fais le serment devant Dieu : plus une seule fibre de coton égyptien ne partira pour Manchester.

Le silence enveloppa le vestibule.

— Tu... tu es sérieux, père ? s'informa Taymour, incrédule.

— C'est ta question qui ne l'est pas.

Loutfi bey toisa le groupe de jeunes gens.

— Allez ! Rentrez chez vous à présent. Qu'Allah vous accompagne. Et souvenez-vous : jamais furieux ne trouva chemin de son village.

Le dos légèrement voûté, il se retira vers la salle à manger.

Mourad chuchota à Taymour :

— Sois fier, mon ami. J'ai vu ce soir un autre Zaghloul.

*

Bagdad, août 1920

Des coups de feu montaient des ruelles avoisinantes.

Miss Gertrude Bell, un crayon à la main, la tête penchée sur la carte de la région, étouffa un juron. Ce vent de violence ne retomberait donc jamais ?

Depuis quelques jours, la résistance à la présence anglaise connaissait une extension sans précédent. Les signes annonciateurs d'un affrontement généralisé s'étaient multipliés au cours des dernières semaines pour finalement atteindre leur apogée lors de l'attaque d'une garnison britannique. La conférence réunissant les puissances alliées à San Remo, en avril, fut certainement l'un des éléments déclencheurs de cette insurrection, car ses conclusions n'avaient fait que confirmer les craintes des ulémas des villes saintes : le Moyen-Orient se voyait définitivement et officiellement divisé entre la France et la Grande-Bretagne. L'Irak allait aux Anglais. Dès l'annonce de ce fait accompli, l'évacuation des forces britanniques et l'indépendance devinrent le cri de ralliement de tous les opposants.

Inquiète de cette montée en puissance des résistances, Gertrude Bell avait fait part de ces craintes au haut-commissaire, sir Arnold Wilson : « Comment pouvons-nous nous entendre avec les habitants des villes saintes chiites et leurs dirigeants, alors que nos relations sont limitées à quelques personnalités qui nous sont majoritairement hostiles ? » Son interrogation n'avait recueilli aucune réponse.

Jour après jour, les grandes mosquées de Bagdad devenaient le lieu de ralliement des manifestations en faveur de l'indépendance.

Gertrude ôta ses lunettes et se massa doucement le sommet du nez. Elle se sentait épuisée. Elle alla jusqu'à la fenêtre qui ouvrait sur la ville. Les coups de feu avaient cessé. Elle respira à pleins poumons comme si elle avait voulu imprégner tous ses pores de cet Orient qu'elle aimait passionnément. Pourtant, née une cinquantaine d'années plus tôt au cœur de l'Angleterre victorienne, dans une région aussi froide que rigide, rien ne la destinait à vivre ailleurs qu'en Angleterre et certainement pas aux confins de la Perse ou de l'Inde ou, comme aujourd'hui, en Irak.

Ce fut sa connaissance du persan et de l'arabe, sa formation d'archéologue et de cartographe qui lui valut d'être embauchée, en 1915, par l'Intelligence Service. Par la suite, Churchill en personne exigea qu'elle fût aux côtés du capitaine T. E. Lawrence au bureau arabe du Caire, afin de le seconder en lui indiquant les emplacements et l'état d'esprit des tribus arabes susceptibles de s'allier aux Britanniques contre l'Empire ottoman. Ces informations, ô combien précieuses, servirent à Lawrence dans ses négociations avec les Arabes, et tout particulièrement avec le chérif de La Mecque.

Nul doute qu'elle avait pris goût et hautement apprécié l'existence qu'on lui avait offerte : voyager, monter à cheval ou à dos de chameau, parcourir les immensités désertiques, vivre au milieu des Bédouins, quel autre bonheur eût été plus parfait ? Aujourd'hui, ce qu'on attendait d'elle lui paraissait moins excitant et affreusement plus compliqué : tracer les frontières d'un nouveau pays qui porterait le nom d'« Irak ». Elle s'était déjà fait son idée de cet État. Il serait à majorité chiite au sud, et à minorité sunnite et kurde au centre et au nord. Il était hors de question d'accorder un État séparé aux Kurdes si l'on voulait conserver le contrôle des réserves pétrolières qui sommeillaient dans leurs sous-sols. Tant pis pour les Kurdes ; ils attendraient leur tour. D'ailleurs, ce serait un moindre mal.

Gertrude avait encore en mémoire la note dans laquelle Churchill recommandait l'utilisation des gaz moutarde sur ces tribus. « Je ne comprends pas cette délicatesse exagérée à propos de l'utilisation du gaz, écrivait le secrétaire d'État aux Colonies. Nous avons définitivement arrêté la position, à la Conférence de la paix, argumentant en faveur du maintien de cette arme comme un instrument permanent de guerre. C'est pure affectation que de lacérer un homme avec les fragments pernicieux d'une explosion d'obus et d'éprouver des velléités à lui faire pleurer les yeux par le moyen de gaz lacrymogène. Je suis fortement en faveur de l'usage de gaz empoisonné contre des tribus non civilisées [*sic*]. L'effet moral devrait être tel que la perte de vie humaine devrait être réduite au minimum. D'ailleurs, il n'est pas nécessaire d'utiliser seulement les gaz les plus meurtriers ; il en est qui répandraient une terreur vigoureuse, et cependant ne laisseraient pas de séquelles permanentes sur les personnes atteintes[1]. »

Un point de vue comme un autre, que Gertrude ne partageait pas. Sa seule certitude, c'est qu'il fallait

---

1. Note adressée au War Office en date du 19 mai 1919. Reproduite *in* Martin Gilbert, Winston S. Churchill, Londres : Heinemann, 1976, volume IV, part 1.

désigner les sunnites pour gouverner le pays. Sa connaissance de l'islam lui avait enseigné que les chiites demeuraient de sombres fanatiques religieux, pervers et incontrôlables. Dans le cas contraire, on aurait un pays théocratique et infiniment dangereux.

On frappa à sa porte.

Elle invita l'inconnu à entrer.

Un soldat lui remit un pli en claquant des talons.

— Urgent, fut son seul commentaire.

À son Excellence, le résident royal permanent à Bagdad,

Constatant la poursuite des raids meurtriers que commettent vos avions en maints endroits de notre pays, anticipant la réponse à la lettre que nous vous avons adressée, nous considérons que la publication de celle-ci dans *El-Iraq*, en ces circonstances, appelait une réponse de notre part. Il est étrange de voir que les événements aient déjà parlé sans même attendre notre réponse. Vous avez remplacé vos promesses par la menace, l'espérance par la tromperie. Utilisant la force, vous avez exilé, tué, emprisonné des patriotes et poussé le peuple à se soulever.

Mon prédécesseur, le défunt ayatollah Shirâzi, paix à son âme, a souvent réitéré son appel aux Irakiens, afin qu'ils respectent l'ordre public et qu'ils revendiquent leurs droits légitimes de façon pacifique, appel que j'ai repris à mon compte et que vous auriez dû apprécier. Or, par votre attitude, vous avez blessé non seulement nos sentiments mais ceux de tous les musulmans.

Vous avez soumis le pays à la destruction, vous avez enfreint toutes les règles et vous avez violé ses lois. Votre justice se traduit par l'assassinat et l'exécution des innocents sans procès. Concernant votre tolérance religieuse, elle consiste à faire donner les avions et les blindés contre nos femmes et nos enfants, ou à proclamer l'état d'exception contre ceux qui récitent des prières pour le Prophète.

Vous êtes responsables du désastre actuel et nous ne voyons pas d'autre solution pour nous, Irakiens, que de conquérir notre entière indépendance et de rejeter toutes les formes d'ingérence et de lien avec l'étranger. Quant à votre souhait de négociation, son but ne me semble pas être clair et je n'ai pas confiance dans vos intentions. Nous n'y donnerons pas suite.

La lettre était signée cheikh El-Isfahani. La personnalité religieuse la plus écoutée du moment.

Elle glissa la missive dans son enveloppe et retourna s'asseoir à son bureau. Ces écrits démontraient l'urgence d'en finir avec son découpage. Bien sûr, il était tout aussi vital de calmer le jeu. Or, pour ce faire, il manquait un élément essentiel. Trouver un maître pour ce futur pays, un personnage qui serait accepté, voire plébiscité par les Irakiens et qui, dans le même temps, se montrerait assez « coopératif » avec le gouvernement britannique. Une marionnette, en somme.

Aux yeux de Gertrude, un seul homme réunissait ces critères. Elle devait soumettre l'idée au haut-commissaire, sir Arnold Wilson, sans plus tarder.

Emportant la future carte de l'Irak, elle quitta le bureau.

*

Chez Nidal el-Safi, au même moment

— Chams, mon fils, à quoi penses-tu ? Depuis ton retour de Syrie, je te trouve soucieux. Toi, que j'ai toujours connu plein d'exubérance, facétieux par moments, tu ne parles presque plus. Tu t'es glissé dans une coquille et ne sembles plus vouloir en sortir.

Chams but une rasade de jus de grenade et garda le silence.

Alors Dounia s'autorisa à intervenir :

— As-tu un problème ?

Elle osa une pirouette.

— Si tu ne veux pas en parler avec ton père, tu sais que ta tante adorée est là, n'est-ce pas ? À moi tu peux tout dire.

Le jeune homme grommela et changea de sujet.

— Comment les choses se passent-elles en Syrie, maintenant que les Français ont écrasé tout le monde ?

— Lorsque j'y étais, c'est-à-dire voilà deux semaines, le pays était en pleine ébullition. Le haut-commissaire a menacé les nationalistes des pires représailles, mais, à mon avis, ils vont lui mener la vie dure.

— Tu comptes retourner à Alep ?

— Bien sûr. D'ailleurs, si tu as envie de venir passer quelques jours, tu es le bienvenu.

— Non, ma tante, enfin… je ne sais pas. Je veux seulement me rendre utile.

— Qu'est-ce qui te prend ? s'enflamma Nidal. Te rendre utile ? Tu ne crois pas que tu t'es assez rendu utile en combattant dans les rangs des Turcs, puis de Fayçal ? Tu aurais pu mourir.

— Utile ? Moi ? J'ai surtout été contraint de me battre dans des rangs ennemis, qu'il s'agisse des Turcs ou de l'émir.

— L'émir, un ennemi ?

— Évidemment ! Autant il a soulevé en nous un élan d'espoir, autant il s'est révélé n'être rien qu'un pantin entre les mains de son ami Lawrence et des Anglais. Non ! Ne me dis plus jamais que je me suis rendu utile.

— Calme-toi, gronda Nidal. Inutile de te mettre dans ces états.

— Allons, Chams. Ton père a raison.

— Mais j'étouffe ! Je crève de rester enfermé ici alors que tous les jours mes frères tombent sous les balles. J'en crève ! En Égypte, en Syrie, en Palestine, partout des gens se sont levés et refusent de vivre en esclavage. Et moi ? Moi, je suis ici, dans le confort d'une magnifique demeure, à siroter un jus de grenade et à compter les rides du fleuve. Est-ce digne d'un homme ?

— Reprendre tes études, travailler à mes côtés ne te paraît pas suffisamment digne ? Toi, Dounia, dis-lui, explique-lui. Il a déjà risqué sa vie. C'est un miracle qu'il soit encore parmi nous. Dis-lui...

Dounia ouvrit la bouche, prête à défendre la cause de son frère, mais Chams partait déjà dans sa chambre.

— Il a perdu la tête, souffla Nidal, consterné. Qu'est-ce qu'il imagine ? Il n'est pas donné à tout le monde d'être Gilgamesh[1] !

Dounia leva les yeux sur son frère.

— Tu as raison. Il n'est pas donné à tout le monde de l'être.

Elle ajouta à voix basse :

— Sauf à ton fils.

---

1. Personnage appartenant à la mythologie mésopotamienne. Héros de plusieurs récits épiques dont le plus célèbre est l'Épopée de Gilgamesh.

IV

14

Les hommes de haine restent en vie, les conciliateurs sont morts.

Proverbe africain.

Jérusalem, décembre 1920

Soliman et sa sœur venaient d'arriver en vue de l'esplanade du Temple, le *El-Haram el-Charif* des musulmans, que les chrétiens appelaient le mont du Temple et les Juifs *Har Habait*. Jérusalem, troisième lieu saint de l'islam après La Mecque et Médine. Jérusalem, fille de toutes les déchirures, matrice du monde. C'est après la conquête arabe de 638 que l'esplanade du Temple était devenue l'esplanade des Mosquées et qu'on y avait érigé ce dôme du Rocher qui scintillait semblable à une boule d'or.

Soliman leva les yeux vers le ciel de midi comme s'il cherchait à y apercevoir Buraq, le coursier fantastique qui, un soir d'il y a longtemps, était venu chercher le Prophète qui résidait alors à La Mecque pour l'emmener ici, à Jérusalem, puis de Jérusalem au ciel avant de lui faire effectuer le voyage de retour. Mais Soliman avait beau scruter l'azur, point de coursier ni de Prophète. Peut-être verrait-il apparaître au détour d'un nuage le roi David, ou alors, mieux encore, Salomon ?

— Je suis fatiguée, soupira Samia. On ne peut pas s'arrêter un peu ? Et puis, j'ai trop mangé. J'ai mal au ventre.

— Écoute, gronda son frère, tu as quinze ans et tu te comportes comme un bébé. Un peu de courage, bon sang ! On est presque arrivés. La maison de grand-père n'est plus très loin. Et…

— Fais attention, l'Arabe ! Un peu de respect ! Ne vois-tu pas que je suis en train de prier ?

— Et moi, ne vois-tu pas que je suis en train de passer, étranger !

— Étranger ? Mais à qui parles-tu ?

Soliman jeta un regard affolé sur les deux hommes qui s'invectivaient.

— Alors, répéta le Juif, en ajustant ses lunettes, à qui parles-tu ?

— À toi ! Voleur de terres ! É-tran-ger !

— *Gai in drerd arein*[1] ! Je suis chez moi, ici ! Tu m'entends ? Chez moi ! Mes ancêtres vivaient dans ce pays alors que les tiens n'étaient que poussière !

Une pâleur effrayante recouvrit les traits de l'Arabe. Il se jeta sur son interlocuteur et le plaqua contre le mur des Lamentations. Son poing s'abattit. Il frappa l'homme encore et encore et encore. Ses lunettes volèrent. Il hurla.

Terrorisée, Samia se blottit contre son frère.

— Viens, viens, éloignons-nous.

Trop tard.

Ils n'avaient pas fait un pas que l'endroit se trouva envahi par deux marées humaines, semblables et opposées. Ce fut le choc.

Pour un esprit neutre, les raisons de cette folie soudaine paraissaient incompréhensibles. Se battaient-ils pour un mur de pierres ? Pour un dôme ? Une mosquée ? Incompréhensibles, certes, mais pour un esprit neutre seulement.

---

1. Va en enfer !

Pendant des décennies, voire des siècles, la rue longeant le Mur n'avait été qu'une impasse. Personne ne s'y aventurait sans une bonne raison, sauf quelques rares Juifs qui venaient y faire leurs dévotions. Avec le flot des nouveaux arrivants, ce lieu avait revêtu une valeur symbolique ; il figurait le temps où Jérusalem était le centre du judaïsme.

Or, depuis quelques mois, les Palestiniens avaient dégagé le fond de l'impasse pour la transformer en une rue passante, et ne se privaient pas d'y entretenir un trafic de charrettes et d'ânes, intrusion ressentie par les fidèles en prière comme une offense.

Maintenant, *galabieh* et keffiehs s'entremêlaient avec kippas et chapeaux noirs. Gourdins, pierres, les mains cherchaient tout ce qui pouvait servir d'armes. *Ecce homo.* L'homme revenu au temps des cavernes. Éclats, hurlements, vociférations en yiddish, en polonais, en ukrainien ou en russe, imprécations en arabe.

Les rares Juifs qui saisissaient un peu la langue arabe crurent comprendre qu'on les traitait de « voleurs de patrie » et d'« infidèles ».

Des femmes se mirent à hurler, d'autres prirent la fuite pour avertir la police anglaise. L'empoignade devenait générale. La noble esplanade des Mosquées n'était plus que le théâtre de la folie humaine.

Samia poussa un cri et porta la main à son front. Du sang giclait, maculant sa robe et les vêtements de Soliman de taches pourpres.

— Vous êtes fous ! hurla le garçon.

Prenant la main de sa sœur, il essaya de se frayer un chemin à travers la meute déchaînée. Mais à peine eurent-ils franchi quelques mètres qu'ils se retrouvèrent jetés à terre. À quel moment des mains se tendirent vers eux, les aidant à se relever ? Il n'aurait su le dire.

— Suivez-moi ! N'ayez pas peur ! Suivez-moi ! Vite !

Soliman reconnut Josef Marcus. Serrée contre lui, Irina, sa fille, tremblait. Jouant des coudes, bataillant, le Juif ouvrit aux enfants un chemin dans la masse des ombres en furie.

En passant à hauteur d'un étal chargé d'épices, Samia aperçut comme dans un brouillard un enfant assis par terre, les prunelles dilatées par la peur, les genoux relevés sous son menton, qui les observait. Il portait de petits bouts de laine, comme des franges, au coin de ses vêtements.

Une voix cria : « Samuel ! Où es-tu, Samuel ? Samuel ! »

L'enfant ne broncha pas. Il avait les bras et les jambes ensanglantés.

*

Vers 12 h 30, la police britannique intervint.

À 14 heures, on se battait dans tout Jérusalem.

À 15 heures, le couvre-feu fut déclaré. Mais on ne décrète pas le couvre-feu sur les esprits.

— Ça va mieux ? demanda Marcus.

Allongée sur un canapé, Samia fit oui de la tête. Elle loucha sur le médecin qui venait de poser le pansement sur son front et songea qu'il ressemblait à un ourson.

Assis à ses pieds, Soliman avait du mal à calmer les battements de son cœur ; pourtant, voilà plus de trois heures qu'ils étaient à l'abri dans cette maison du quartier de la Hourba. Irina s'approcha de lui et lui prit la main.

— Il ne faut plus avoir peur.

Soliman s'efforça de sourire.

— Elle aura encore un peu mal à la tête dans la soirée, dit le médecin, mais demain ce ne sera qu'un mauvais souvenir. Si j'ai un conseil à vous donner, c'est de passer la nuit ici.

— Merci, Jacob.

— Et mes parents ? s'affola Soliman. Et mon grand-père, ma grand-mère qui nous attendent !

— Ne t'inquiète pas. Je vais les prévenir. Quant à Hussein et Nadia, ils ne sauront rien puisque vous êtes supposés vous trouver chez vos grands-parents.

— *Bist meshigeh !* Tu es fou ! s'alarma Jacob. Tu comptes sortir malgré le couvre-feu ?

— Voilà longtemps déjà qu'en bon juif j'ai appris à me faufiler entre les gouttes !

Se tournant vers Soliman, il demanda :

— Où vivent tes grands-parents ? Pas trop loin, j'espère.

— Non. Ils sont à cinq cents mètres. Juste derrière la Hourba. Rue Ibn el-Khattab. La porte à droite du marchand de lanternes.

— Parfait. J'y vais. Vous êtes en sécurité avec le docteur Mahler.

— Sois prudent, Josef, recommanda Jacob. Les Anglais ne plaisantent pas !

Le médecin vint s'asseoir près de Samia et vérifia l'absence de saignement sous le pansement. Rassuré, il lui caressa doucement la joue.

— Tu l'as échappé belle, *maideleh*. J'espère qu'on aura attrapé le sale bonhomme qui t'a fait ça.

— *Maideleh ?*

— C'est du yiddish, expliqua Irina.

— Du yiddish ? s'étonna Soliman. Vous venez donc du même pays que M. Marcus ?

— Non, expliqua Jacob. Lui est né en Pologne. Moi, à Leipzig. Une ville d'Allemagne.

— Et vous parlez la même langue ?

Jacob Mahler se mit à rire.

— Pas vraiment. Je parle l'allemand, et lui, le polonais. Le yiddish, c'est notre dialecte commun. Un mélange d'allemand, d'hébreu et de slave.

— Et vous êtes nombreux à parler ce... dialecte ?

— Oh oui ! lança Irina. Plusieurs millions !

Soliman répéta, comme abasourdi :

— Elle dit vrai ?

163

— Peut-être huit ou neuf millions. À vrai dire, nous n'en savons rien. Pourquoi cet étonnement ?

— Heu... Enfin, je ne pensais pas qu'il y avait autant de Juifs dans le monde. Vous croyez qu'ils vont tous s'installer ici, en Palestine ?

— Qu'est-ce que tu vas imaginer ! Pourquoi viendraient-ils ? Ils ont leur pays. La plupart n'ont aucune envie de le quitter. Ils sont très bien chez eux.

L'adolescent faillit rétorquer : « Pourtant, vous et M. Josef êtes bien venus ? », mais pensa que ce serait discourtois. D'ailleurs, comme le lui avait expliqué son père, les immigrés qui choisissaient de s'installer en Palestine avaient de « sérieuses raisons ».

— Docteur Mahler, questionna Samia, pourquoi les enfants Juifs portent-ils des bouts de laine sur leurs vêtements ?

— Des bouts de laine ? Ah ! oui, je vois. On les appelle des tsit-tsit. Ce sont... (il chercha l'explication la plus simple)... disons que ce sont des sortes de « pense-bêtes » que l'Éternel a recommandé de porter aux enfants d'Israël afin qu'ils se souviennent de ses commandements.

La fillette opina. Ses yeux se fermèrent. Elle se sentit gagnée par le sommeil. La dernière pensée qui l'effleura fut : « Pourquoi les petits musulmans ne portent-ils pas eux aussi des "pense-bêtes" ? »

*

Le lendemain, on annonça quatre musulmans et dix-huit Juifs tués, et quatre-vingt-un blessés. Telles que filtrées par l'occupant britannique, les informations donnaient à penser que de « modestes accrochages avaient opposé quelques excités à Jérusalem, à l'occasion de dévotions juives au mur des Lamentations ». Des voyageurs de passage confirmèrent cependant les intuitions : l'affaire avait été beaucoup plus violente que les journaux le prétendaient.

Lorsque Josef ramena Soliman et Samia à Haïfa, il y régnait une tension presque palpable.

— Ah ! Josef. Quel malheur ! se lamenta Hussein. Sais-tu que les Anglais ont décidé de mettre des postes de contrôle en place aux portes de la ville pour interdire l'entrée et la sortie des habitants ? On ne pourra plus circuler après 6 heures du soir.

Il répéta :

— Ah ! Josef. Quel malheur !

Josef se contenta de lever les yeux au ciel avec un air catastrophé.

— De plus, reprit Hussein, j'ai entendu dire que les Juifs se plaignent d'avoir été mal protégés pendant les affrontements, et les musulmans affirment que la police anglaise a fait preuve de partialité parce qu'elle compte dans ses rangs de nombreuses recrues juives.

— Mon ami, je suis aussi déboussolé que toi. Si ces deux communautés commencent à s'entre-tuer sur une terre aussi sainte que celle où nous vivons, que reste-t-il de bon dans cette humanité ? *Gornisht* ! Rien !

*

Le Caire, 17 janvier 1921

Mourad emprisonna la main de Mona et déposa un baiser au creux de sa paume.

— Je t'aime.

Elle garda le silence, mais la réponse était dans ses yeux. Nue, elle s'étira langoureusement sur le lit et revint se blottir contre le corps de Mourad.

— Tu m'as manqué, mon amour.

— Pourtant, je ne me suis absenté qu'une semaine. Je devais voir mes parents, tu le sais bien.

— Je sais. Mais chaque fois que tu pars, j'ai l'impression que tu ne reviendras plus. Je t'aime tellement.

Elle s'enroula sur le corps de son amant.

— Embrasse-moi, j'ai envie.

Il allait prendre ses lèvres lorsqu'un bruit les fit sursauter.

— Qu'est-ce que c'est ?

— Ne t'inquiète pas. Sans doute les voisins qui rentrent chez eux.

— Es-tu sûr que personne d'autre ne possède la clé de cet appartement ?

— Personne et même pas mon ami, puisque nous lui déposons la clé sur le linteau lorsque nous repartons. Depuis le temps qu'il nous prête l'endroit, tu aurais dû être rassurée.

— C'est vrai. Je n'y peux rien. Imagine si mes parents venaient à apprendre…

— *Hayati*, ma vie, arrête de t'angoisser. Ils ne sauront rien. D'ailleurs, ne sommes-nous pas fiancés ? N'es-tu pas ma femme ?

— Je le suis. Mais pas aux yeux de la société, et encore moins à ceux de mes parents. Je peux…

Elle n'acheva pas sa phrase. Mourad avait glissé sa main entre ses cuisses et elle ne résista pas. Insensiblement, ses seins, son ventre, ses bras se transformèrent en une forêt bouillonnante au-dessus de laquelle un orage sublime s'apprêtait à éclater.

Dans un élan fiévreux, elle échappa à l'étreinte de son amant et se hissa sur lui. Emprisonnant le sexe de Mourad entre ses doigts brûlants, elle l'introduisit en elle, geste fait avec un naturel déconcertant, masculin, directif.

Ils étaient encore à chercher à assouvir leur désir lorsque l'adhan résonna du haut des minarets. C'était le troisième appel à la prière de la journée ; il n'était pas loin de 6 h 30 du soir.

— Oh là ! s'exclama Mourad, affolé. Tes parents vont se demander où nous sommes passés.

Il bondit hors du lit à la recherche de ses vêtements, tandis que Mona demeurait immobile, le
visage tourné vers la fenêtre, fixant le ciel.

— Ma chérie, que fais-tu ? Nous devons rentrer.

Elle ne répondit pas.

— Qu'y a-t-il ? Tu ne vas pas bien ?

— Je vais bien. Mais nous avons un problème,
Mourad.

— Oui ?

Elle annonça :

— J'attends un enfant.

*

Paris, 28 janvier 1921

Jean-François Levent examina une dernière fois les
documents et leva les yeux vers celui qui, depuis
quarante-huit heures, occupait la fonction de ministre
des Affaires étrangères de la France : Aristide Briand.

Un personnage intéressant, ce Briand. Cinquante-
neuf ans, le front large, la lèvre supérieure masquée
derrière d'énormes bacchantes, il émanait de son
visage un sentiment de force et de générosité.

— Alors, Levent, qu'en pensez-vous ? questionna-
t-il en croisant les mains sur la surface de son bureau.

— Je pense que, si nous voulons maîtriser la situation, une division de la région en unités administra-
tives s'impose.

— Avez-vous une idée du découpage ?

— Oui. J'en ai parlé au général Gouraud. Nous
pourrions concevoir trois États qui feraient passer la
Syrie d'une superficie de 300 000 km² à 185 000 km²,
donc un territoire plus facile à contrôler. En nous
appuyant sur la communauté chrétienne maronite, le
premier État serait composé d'un « Grand Liban ».

Outre le pays chrétien traditionnel, il comprendrait la région de Beyrouth, la plaine de la Bekaa, Tripoli, Sidon et Tyr, conformément aux souhaits émis par les chrétiens, soucieux de la « viabilité » du futur État libanais. Ce découpage territorial garantira une légère majorité à la population maronite.

— Il sera évidemment contesté par les musulmans sunnites, attachés pour leur part à l'idée d'une « Grande Syrie » incluant naturellement la minorité chrétienne libanaise.

— Nous ne pouvons pas contenter à la fois le diable et le Bon Dieu.

— Cet État, nous lui accorderions l'indépendance ?

— Pas dans l'immédiat. Laissons lui le temps de mûrir. Cinq ou six ans me paraissent un délai acceptable.

— Vous avez mentionné trois États.

— Le deuxième serait l'État d'Alep, constitué principalement de la ville d'Alep et de sa région. Et le troisième, l'État de Damas, qui reposerait principalement sur la ville de Damas et sa région. Ainsi, la Syrie serait dépossédée du Liban et de la Palestine, donc plus aisée à gérer par notre administration.

— La Palestine, grommela Aristide Briand. Parlons-en. Vous avez comme moi, j'imagine, suivi les dernières évolutions. Votre avis ?

— Une poudrière.

— C'est aussi mon opinion. Si nos amis anglais persistent dans leur volonté de créer ce foyer national juif, je n'ose imaginer ce qui se passera là-bas.

La voix du ministre avait légèrement tremblé en prononçant ces derniers mots. Secrètement, il rêvait de mettre fin à tous les conflits en s'appuyant sur la nouvelle organisation créée lors de la Conférence de la paix de 1919, baptisée Société des Nations[1]. Utopie !

---

1. La SDN. Elle sera remplacée en 1945 par l'Organisation des Nations unies.

Pourtant, l'homme avait déjà accompli certaines actions que d'aucuns jugeaient irréalisables. Il était parvenu, entre autres, à mettre en place un accord de fait entre la République laïque et l'Église, mettant ainsi un terme à l'affrontement qui avait duré presque vingt-cinq ans opposant deux visions de la France : l'une catholique royaliste et l'autre républicaine et laïque.

Onze ans plus tôt, bien que socialiste convaincu, il avait aussi eu le courage de s'opposer aux fonctionnaires sur la question du droit de grève et brisé une importante mobilisation des chemins de fer de l'Ouest.

Il reprit la parole.

— J'aimerais que vous retourniez en Syrie. Exposez à Gouraud votre vision des choses. Dites-lui surtout que je la partage. Je vous ferai une lettre dans ce sens. Ensuite, il serait bon que vous alliez faire un tour en Irak. Voyez s'il n'est pas possible de court-circuiter les Anglais dans cette affaire de pétrole. Vous êtes au courant, bien entendu, de leurs tractations.

Levent répondit par la négative.

Briand expliqua :

— L'*Anglo-Persian Oil,* qui avait déjà négocié avec le Shah une concession cédant à la Grande-Bretagne le contrôle des réserves iraniennes pour une durée de soixante ans, contre la somme de 10 000 livres sterling, l'*Anglo Persian* donc, envisage la création d'une société pétrolière réunissant plusieurs sociétés rivales qui remplaceraient la TPC, la *Turkish Petroleum Company*, afin d'exploiter les gisements au nord de Kirkouk. Vous comprendrez, mon cher, qu'il n'est pas question que nous nous fassions doubler une nouvelle fois ! La conférence de San Remo ayant accordé un contrôle britannique permanent de toutes les compagnies établies afin de développer le pétrole irakien, nous avons réclamé les parts allemandes de la *Turkish Petroleum* saisies comme propriétés de l'ennemi il y a deux ans. Il est vital que, ces parts, nous les obtenions.

Les 23 % qu'elles représentent seront attribuées à la Compagnie française des pétroles[1].

Levent ne put qu'approuver.

Le seul motif de satisfaction qu'il retenait de cette discussion était pourtant bien loin des sujets traités : de retour en Orient, il aurait l'occasion de revoir Dounia.

---

1. Ancêtre de Total.

15

Le monde ne sera pas détruit par ceux qui font le mal, mais par ceux qui les regardent sans rien faire.

Albert Einstein.

Le Caire, 1ᵉʳ février 1921

— Enceinte ! Ma fille est enceinte ?

— Tu sais, *mama*, à vingt et un ans ce sont des choses qui arrivent.

— Quoi ?

Les yeux d'Amira se révulsèrent.

— Comment oses-tu plaisanter ? Tu as encore le courage de faire de l'humour ? Mais quelle sorte de fille ai-je enfantée ! Tu vas me tuer, tu m'as tuée !

Elle croisa les mains sur sa poitrine, renversa la tête en arrière, faisant mine de suffoquer. Ou bien suffoquait-elle vraiment ?

— Allons, *mama*, où est le problème ? Nous allons avancer la date du mariage, voilà tout ! Pourquoi te mets-tu dans cet état ?

— Pourquoi ?

Elle se gifla à plusieurs reprises.

— Pourquoi ? Pourquoi je me mets dans cet état ? Ton père ! Les amis ! La famille ! Tu crois qu'ils ne savent pas compter ?

— Que veux-tu dire ?

— Je veux dire que tu es... enceinte (elle hoqueta une nouvelle fois, à peine le mot prononcé) depuis un mois. Même si tu te mariais ce soir, tu accoucherais dans huit mois ! Comment nous l'expliquerons ? Hein ? Dis-moi ?

— Je ne serai ni la première ni la dernière femme qui n'accouchera pas à terme. Il n'y a là rien d'extraordinaire.

— Non ! Évidemment ! Mais seulement, tu ne vas pas te marier ce soir. Pas avant trois à quatre semaines dans le meilleur des cas.

— Quatre semaines ? C'est absurde ! Nous pouvons parfaitement nous marier dans une huitaine de jours.

— *Enti magnouna !* Tu es une malade mentale ! Un mariage, ça se prépare ! Il faut réserver la salle, l'orchestre, la danseuse, commander la nourriture, les bonbonnières, imprimer les cartons d'invitation et...

— Non ! Nous ferons un mariage dans la plus stricte intimité. Ni danseuse, ni orchestre !

Cette fois, la défaillance d'Amira ne fut pas feinte. Elle s'affaissa sur sa chaise et s'évanouit.

*

Bagdad, 20 mars 1921

La demeure de Nidal el-Safi ressemblait à une ruche. Il y avait bien là une cinquantaine de personnes et, sur toutes les lèvres, le même prénom revenant comme un leitmotiv : *Fayçal, Fayçal, Fayçal...*

Deux jours plus tôt, au terme d'une Conférence sur le Proche-Orient convoquée au Caire par Churchill dans le seul but d'organiser la région au profit de l'Angleterre[1], une nouvelle était tombée, faisant l'effet d'un coup de tonnerre : l'émir Fayçal avait été désigné par les Anglais roi d'Irak, tandis que son frère aîné, Abdallah, s'était vu offrir le titre d'émir de Transjordanie, la partie de la Palestine située à l'est du Jourdain.

L'émir Abdallah se révéla bien plus fin que les Anglais ne le soupçonnaient. Il accepta ce royaume, proche de celui de son frère, fût-ce avec une flopée de conseillers anglais qui prétendaient tout régenter. Il l'accepta, mais à une seule condition : que ce territoire fût interdit à l'immigration juive. Et Churchill y consentit. La Palestine venait d'être coupée en deux et les sionistes crièrent à la trahison.

Depuis cet instant, à travers tout le pays, notables, ulémas, imams, gens de la rue n'en finissaient pas de débattre.

Jean-François Levent, arrivé la veille, n'avait pas imaginé qu'il se retrouverait aussi vite plongé dans un chaudron en ébullition.

— Ils pratiquent toujours leur vieille politique de la division, tonna un chef sunnite assis à sa droite.

Des murmures d'approbation et de consternation suivirent la déclaration. Plus d'un Irakien se méfiait de ce roi qui allait débarquer à Bagdad dans les fourgons anglais.

Chose curieuse, Levent nota que l'un des rares à conserver son calme et même à afficher un certain optimisme était Abdel Rahman el-Keylani, le *naquib*. Installé près de son neveu, Rachid, il se contentait d'écouter, de dodeliner ou d'émettre de temps à autre un grognement dont on n'aurait su dire s'il traduisait son approbation ou l'inverse.

---

1. Conférence que Churchill lui-même baptisa la « Conférence des 40 voleurs. »

Un uléma apostropha tout à coup le diplomate français :

— Vous y comprenez quelque chose, au choix des Anglais ? Pourquoi avoir préféré Fayçal à une personnalité irakienne ?

— Après tout, ironisa Levent, ils lui devaient bien ça après les efforts qu'il a fournis contre les Ottomans et l'humiliation subie à Damas.

— Est-ce la seule raison ? s'informa Rachid el-Keylani. J'en serais étonné.

— Il en existe une autre, en effet. Le prince entretient de bonnes relations, aussi bien avec les Britanniques qu'avec nombre d'entre vous, par conséquent il pourra – du moins l'espère-t-il – gagner l'appui de la population tout en veillant aux intérêts de l'Angleterre.

— C'est donc un otage que l'on s'apprête à hisser sur le trône ! se récria Chams, le fils de Nidal el-Safi.

— N'a-t-il pas été à la fois choisi par Churchill, par la créature de ce dernier, Mrs. Gertrude Bell, et par Lawrence ? C'est triste, mais vous devrez faire votre repas avec les fèves qui vous restent. D'ailleurs, ce cher Churchill estime l'affaire entendue. À l'heure où nous parlons, il séjourne à Jérusalem pour tenter de régler à sa manière un autre dilemme. Autrement plus compliqué, celui-là.

Un brouhaha couvrit les dernières paroles du Français, et il fallut l'intervention du *naquib* pour ramener le calme.

— Écoutez-moi, dit le vieil homme. J'ai une nouvelle importante à vous annoncer. Je ne pensais pas le faire tout de suite, mais devant votre émoi, j'estime l'heure venue.

Il marqua un temps, comme pour sonder l'impact de ses paroles, puis :

— J'ai rencontré, à leur demande, Mrs. Bell et le haut-commissaire, sir Percy Cox. Nous avons longuement parlé, et en toute franchise, de l'avenir. Je dois admettre que leurs nouveaux projets qui ont le soutien de Fayçal ne m'ont pas déplu.

Un flottement se produisit.

— Leurs projets ?

— Quels projets ?

Le *naquib* articula en détachant solennellement les syllabes :

— *Da-ma-qrâ-tiy-ya.*

Les hommes se dévisagèrent, perplexes.

— Oui, répéta Abdel Rahman, *damaqrâtiyya.*

Levent suggéra timidement :

— Vous voulez dire « démocratie ? »

— Parfaitement. Mrs. Gertrude Bell et sir Percy Cox m'ont rassuré quant à l'avenir de notre pays. L'Angleterre n'a aucunement l'intention de placer à notre tête un monarque tout-puissant. Non. L'Irak sera *État constitutionnel démocratique.* (Il avait buté sur ces trois derniers termes). Et j'en serai le Premier ministre.

Il pointa son index vers l'un des personnages présents, un chef bédouin de la tribu des Shammars :

— Dis-moi, mon frère ! Es-tu *damaqrâtî* ?

Le Shammari afficha un air offusqué.

— Par Allah, non ! Je ne suis pas *magrâtî*[1]. Qu'est-ce que c'est ?

— Je vais être le cheikh de la *damaqrâtiyya !* Je m'en remets à Dieu.

— Si tu vas être le cheikh de la *damaqrâtiyya*, alors je dois aussi y appartenir, car ma personne est tout entière à ton service.

Le chef bédouin réitéra sa question :

— Mais qu'est-ce que c'est ?

— *Damaqrâtiyya*, c'est l'égalité.

— L'égalité ?

Les hommes échangèrent des coups d'œil décontenancés.

—————————————————
1. Déformation bédouine de « *damaqrâtî* ».

— Mrs Bell m'a expliqué. En *damaqrâtiyya*, il n'y a pas de grands hommes et de petits, tous sont égaux et sur le même plan.

— Égaux ?

Le Shammari était devenu blême.

— Dieu m'en est témoin, dit-il, sentant son autorité sur sa tribu lui échapper, si c'est cela, alors je ne serai jamais un *magrâtî*[1] !

Levent étouffait. Il sortit sur la terrasse.

Ainsi, les Anglais avaient sorti le mot magique de leur chapeau melon : *démocratie*. Ils essayaient de vendre à ces gens sachant tout juste lire et écrire l'art suprême de gouverner une nation.

Pourquoi tout à coup repensa-t-il à cette citation stupide : « Dans un monde sans mélancolie, les rossignols se mettraient à roter. »

De qui était-elle ? Pas de Mrs. Bell, tout de même.

*

Jérusalem, le lendemain,
siège du Haut-Commissariat

Impeccablement vêtus, Hussein Shahid et son cousin Latif avaient pris place parmi la délégation de Palestiniens, musulmans et chrétiens confondus.

Assis près de sir Ronald Storrs, le gouverneur, Winston Churchill trônait derrière une immense table rectangulaire recouverte de feutre vert pour l'occasion. Gros visage poupin, yeux bleus globuleux, cigare entre les lèvres et le cou prisonnier d'un nœud papillon, l'homme présentait un contraste saisissant avec les personnalités alignées devant lui :

1. *Letters of Gertrude Bell*, tomes I et II, publié en 1927, à Londres aux Éditions E. Benn. Cette discussion a été rapportée dans le tome II, à la date du 21 août 1921.

176

Mgr Sayyour, le Chaldéen, Mgr Audo, le maronite, et Mgr Amezian, le patriarche arménien. À leur droite se trouvait le mufti, Hajj Amine el-Husseini. Visage de glace. Impassible. Deux imams, et enfin, Nachachibi, le maire de Jérusalem.

Hussein, qui n'avait pas arrêté de fixer le secrétaire d'État aux Colonies depuis son arrivée dans la salle, se demanda à quoi il pouvait bien penser à ce moment précis. À l'avenir de cette terre ? À abandonner le projet de création du foyer national juif ?

En vérité, si le Palestinien avait pu décrypter les pensées de leur hôte, il aurait sûrement lu : « Une autre race. Jamais nous ne pourrions nous mélanger à ces gens-là. »

Après les salutations d'usage et les discours de bienvenue, le doyen des patriarches, Mgr Sayyour, prit la parole.

— Votre Excellence, sachez que nous n'éprouvons aucune animosité à l'égard des Juifs. S'ils souhaitent venir en Palestine en tant qu'hôtes ou réfugiés, ils sont les bienvenus, mais c'est l'idée de voir notre terre transformée en un foyer national juif qui nous est intolérable. Nous ne pourrons jamais l'accepter.

Churchill hocha la tête tout en mâchonnant son cigare.

— Dois-je comprendre que les chrétiens de Palestine se considèrent comme des Arabes ?

Mgr Sayyour répondit sans se lever :

— Monsieur le ministre, il n'y a pas d'hostilité entre les chrétiens et les musulmans. Les siècles passés l'ont démontré. Il n'y en a jamais eu non plus entre les Juifs et les Arabes. Dois-je vous rappeler les temps bénis de Cordoue et Grenade ?

Churchill haussa les sourcils, se demandant sans doute ce que l'Espagne venait faire dans cette histoire.

Le mufti se leva d'un seul coup :

— Monsieur le ministre, si vous en doutiez, il est dit dans la sourate de l'Araignée du Très Saint Coran, verset 46 : « Nous croyons en ce qu'on a fait descendre vers nous et descendre vers vous, tandis que notre Dieu et votre Dieu est le même, et c'est à Lui que nous nous soumettons. »

Sa voix frémit tandis qu'il ajoutait :

— Permettriez-vous que nous, les Palestiniens, décidions du sort de l'Angleterre en lieu et place des Anglais ? Permettriez-vous que nous, les Arabes, décidions d'accorder une partie de votre royaume à des étrangers ?

Il n'y eut pas de réponse.

Le mufti poursuivit :

— Ni les flottes ni les armées ne peuvent conquérir le cœur d'une nation mais l'Angleterre pourrait conquérir celui des Arabes en leur garantissant l'intégrité de leur pays ; elle épargnerait ainsi à ses contribuables tous les millions de livres que réclame l'entretien de ses immenses armées. Si les sionistes venaient en Palestine en simples visiteurs, il ne serait pas question de Juifs ou de non-Juifs. C'est contre l'idée de transformer la Palestine en une patrie pour les Juifs que nous nous insurgeons. Le fait que le Juif est juif n'a jamais excité l'animosité de l'Arabe. Avant la guerre, les Juifs jouissaient de tous les droits et privilèges du citoyen. La question n'est donc pas religieuse.

Churchill se pencha discrètement vers le gouverneur Storrs et demanda :

— Quelle sourate a-t-il mentionnée ?

— L'Araignée, monsieur. Je crois qu'il a parlé d'araignée.

Le titre parut déconcerter Churchill. Il ordonna au gouverneur : « Notez-le, à toutes fins utiles. » Il ajouta discrètement : « J'en parlerai avec le colonel Lawrence dès mon retour à Londres. À propos, savez-vous qu'il a été décoré de l'Ordre du Bain ? »

Storrs secoua la tête. Il l'ignorait.

Comme il ignorait qu'à son retour à Londres Lawrence avait provoqué un scandale en refusant la décoration que lui présentait le roi George V, laissant le monarque pantois, l'écrin entre les mains. *Shocking !* s'étaient exclamées la cour et les autorités. Le soleil du désert avait donc consumé l'esprit de cet aventurier ?

Ni la cour ni les autorités ne pouvaient savoir le tumulte qui grondait dans la tête de l'infortuné lieutenant-colonel qui avait estimé que la seule chose à faire était de refuser toutes les récompenses qu'avait pu lui valoir son rôle d'« escroc à succès[1] ». Avant son retour en Angleterre, il avait même dû affronter une ultime humiliation. Il s'était rendu à Djeddah, chargé d'assurer à l'émir Hussein, chérif de La Mecque, qu'il pourrait conserver son royaume du Hedjaz à condition toutefois qu'il renonçât aux droits qu'il prétendait faire valoir sur les pays musulmans. Dans un accès de ferveur illuminée, le père de Fayçal s'était proclamé en effet Commandeur des croyants, titre prestigieux qui fut celui de Haroun el-Rachid, mais proclamation téméraire car elle lui avait valu la vindicte des wahhabites et du clan Ibn Séoud. La proposition s'était donc heurtée à un mur. Hussein ne voulait plus rien entendre de la bouche de cet Anglais plus inventeur de mirages que le désert lui-même et l'avait chassé de sa tente.

Lawrence était revenu dans la capitale anglaise le cœur en pièces. Le grand royaume arabe qu'il avait tant œuvré à fonder et espéré confier à Fayçal s'était réduit à l'Irak. Les Anglais avaient cédé la Syrie aux Français, et la Palestine irait tôt ou tard aux sionistes. Des années durant, il s'était voué aux Arabes, avait gagné leur confiance, donné sa parole. Mais les Anglais l'avaient reprise. Son honneur était souillé. Comment avait-il pu être aussi naïf ? Non. Jamais, à aucun moment, il n'avait été dupe. Il écrira plus tard : « Dès le début, il était évident que, si nous gagnions la

---

1. *Les Sept Piliers de la sagesse*, T. E. Lawrence.

guerre, nos engagements resteraient lettre morte, et il aurait été honnête de conseiller aux Arabes de rentrer chez eux, de ne pas risquer leur vie pour des promesses en l'air ; mais je me consolais avec l'espoir qu'en conduisant éperdument ces gens à la victoire finale j'allais les placer, les armes à la main, dans une position si assurée, sinon dominante, que les grandes puissances jugeraient plus politique de réserver une solution équitable à leurs revendications. À ce jour, il m'apparaît clairement que rien ne m'autorisait à les lancer à leur insu dans une aventure aussi incertaine. J'ai pris le risque de les tromper, convaincu que l'aide des Arabes était nécessaire à notre peu coûteuse et prompte victoire au Moyen-Orient, et que mieux valait l'emporter et manquer à notre parole que de perdre[1]. »

Le lieutenant-colonel Lawrence avait donc décidé de disparaître. Changé d'identité. L'agent de Sa très Gracieuse Majesté n'existerait plus désormais. Il avait cédé la place à un dénommé John Hume Ross, de la Royal Air Force.

Le mufti s'était rassis.

Le gouverneur sir Ronald Storrs toussota pour tirer le ministre de sa torpeur.

Churchill sursauta. Souleva ses cent vingt kilos et déclara d'une voix lente :

— Je vous ai bien entendu, gentlemen. J'estime que vous exagérez quelque peu les tensions à venir entre vos deux communautés. Vous verrez. Tout va bien se passer. Après tout, Juifs et Arabes… Vous êtes un peu cousins, non ? En tout cas, il n'est pas question que l'Angleterre mette fin à l'immigration juive et renonce à la fondation du foyer national juif prévue par la déclaration de Balfour du 2 novembre 1917.

Il se tourna vers le gouverneur et lança :

— *Tea time, Storrs, is'nt it ?*

---

1. T. E. Lawrence, *op. cit.*

16

*Le bonheur s'écrit trop souvent à l'encre
blanche sur des pages blanches.*

Le Caire, 2 avril 1921

La noce battait son plein. Non, pas la noce. La fin
du monde, car un mariage en Orient est toujours proche de la fin du monde. D'ailleurs, les funérailles
aussi. D'un côté les youyous à déchirer les tympans,
de l'autre les cris des pleureuses ; d'un côté la danse
du ventre ; de l'autre les contorsions figurant la douleur. La démesure, toujours et en tout. Amira Loutfi
était parvenue à organiser *son* mariage. L'expression
« stricte intimité » avait donc été bannie de la maison
pour céder la place au mot « faste ». Bien évidemment, elle avait gardé pour elle l'aveu de Mona. Après
tout, comme sa fille le lui avait fait remarquer, ce ne
serait pas la première fois qu'une femme accouche-
rait avant terme. Mais il était temps. Les courbes de
la jeune femme commençaient à trahir sa grossesse.

Le matin même, la *fatiha*[1], la cérémonie au cours
de laquelle l'imam avait uni le couple, s'était déroulée

---

1. Sourate d'ouverture du Coran, toujours récitée lors de la cérémonie du mariage. La tradition veut que ce soit la première sourate complète qui ait été révélée à Mahomet.

dans la villa de Guizeh en présence des parents. Ceux de Mourad, accompagnés de Soliman et Samia, étaient arrivés une semaine plus tôt de Haïfa et vivaient l'événement dans un état second. Lorsque Hussein avait reçu la lettre de son fils lui annonçant son mariage, il était resté muet, incapable de proférer un seul mot ; quant à Samia, elle s'était transformée en fontaine de larmes avant de pousser des youyous enflammés comme si elle avait voulu partager son bonheur avec toute la Palestine.

Et ce soir, le bonheur avait pris ses quartiers dans les somptueux salons coloniaux de l'hôtel Shepheard's que Loutfi bey avait loué pour l'occasion.

Au centre de la salle, on avait érigé une *kosha*, une estrade sur laquelle on avait installé deux trônes pour les mariés, afin que tous puissent les contempler, alors qu'autour d'eux une danseuse, le nombril frémissant, ondulait sur le rythme de la mesure et demie, la *wahda ou noss*, ce tempo très particulier qui intriguait tant les musiciens étrangers.

Dans une salle contiguë étaient exposés les cadeaux. Services d'argenterie et de cristallerie, horloges et pendules, tapis de soie, un Coran enluminé, de la porcelaine (anglaise, bien entendu), des nappes de dentelle… une véritable débauche de richesses, pas toujours de très bon goût. Parallèlement à la soirée, Loutfi bey avait organisé un souper pour les gens du quartier de Guizeh et distribué de larges aumônes aux œuvres de bienfaisance de sa mosquée favorite.

La seule note de tristesse concernait le sort de l'infortuné Saad Zaghloul. Quelques semaines auparavant, les Anglais semblaient avoir pris conscience des résistances du peuple. Une commission avait conclu qu'il était temps de mettre fin au régime du protectorat et suggéré que les gouvernements égyptiens et britanniques s'entendent afin de préserver leurs intérêts respectifs.

Le cœur rempli d'espoir, Zaghloul et certains responsables de son parti s'étaient donc rendus à Londres pour jeter les bases des termes du futur traité. Malheureusement, les discussions tournèrent court. La Grande-Bretagne ne consentait à renoncer au protectorat que contre la reconnaissance des intérêts britanniques en Égypte et un droit de regard sur la nomination des ministres. « Dans ce cas, avait protesté le nationaliste, quelle différence avec le protectorat ? » Les négociateurs anglais, le poupon rose Churchill en particulier, ne voulurent rien savoir. Zaghloul et ses compagnons claquèrent la porte.

À son retour au Caire, le brave fut accueilli en héros, et un peu partout dans le pays des manifestations de soutien se formèrent. Émeutes, embrasements. Les troupes anglaises répliquèrent en ouvrant le feu sur les manifestants, provoquant des dizaines de morts et de blessés. Furieux, le général Allenby, toujours haut-commissaire, décida de défouler sa frustration sur celui qu'il avait baptisé « l'empoisonneur », responsable de tous les maux de Sa Majesté : Saad Zaghloul. La police britannique débarqua à son domicile et on lui intima l'ordre de faire ses bagages pour la seconde fois : direction Aden. Cependant, estimant sans doute que c'était encore trop proche de l'Égypte, il fut expédié aux… Seychelles. Au moins, se dit Allenby, emprisonnée là-bas, la harangue du nationaliste n'atteindrait pas l'Égypte. L'avenir prouverait à l'Anglais qu'il se trompait.

Vers 1 heure du matin, Soliman vint réciter des vers fleuris sur le bonheur conjugal, arrachant des frissons aux mariés et des sanglots aux parents.

Ah ! songea Hussein Shahid, en contemplant tous ces miracles, les larmes aux yeux. Son fils s'était bien marié, Loutfi bey était un seigneur ! Et l'Égypte un grand pays.

Alep, 10 avril 1921

— Dounia, qu'ai-je fait qui méritait tant de désintérêt ?

— Désintérêt ?

— Je vous ai écrit. Dix fois, vingt fois, je ne sais
plus. Avant de quitter la Syrie, c'était il y a deux ans
déjà, n'ai-je pas tenté à plusieurs reprises de vous
revoir ? J'ai trouvé porte close. Alors ? Quel nom donner à cette attitude, si ce n'est l'indifférence ?

Elle quitta le canapé où elle était assise depuis la
venue du Français et se dirigea vers la véranda. L'air
était doux et le ciel d'un bleu admirable. Des senteurs
de pins venus de l'horizon s'engouffraient dans le
salon.

Elle répondit, dos tourné, fixant le paysage.

— Détrompez-vous, Jean-François. L'indifférence,
c'est la mort des sentiments. Les miens n'ont jamais
été aussi vivants.

Elle se retourna brusquement.

— Qu'attendiez-vous de moi ? Vous avez du
charme, de la prestance, vous êtes indiscutablement
brillant, et je connais peu de femmes capables de
vous résister. Mais, et je le déplore, vous et moi
n'appartenons pas à la même famille.

— Je pensais que…

— Que j'étais attirée par vous ? Bien sûr. Dès le
premier instant et je le suis encore. Que vous avez
occupé tous les recoins de mon esprit pendant des
semaines ? C'est exact. Que j'ai cru mourir un peu de
votre absence ? Oui. Qu'en lisant votre mot m'annonçant votre retour, je me suis précipitée devant le premier miroir pour vérifier si, en deux ans, les rides ne

m'avaient pas trop enlaidie. C'est aussi la vérité, mais...

— Vous n'avez jamais été aussi belle.

Il voulut lui prendre la main ; elle se déroba.

— Attendez, poursuivit-elle. Vous devez comprendre que je fais malheureusement partie de ces êtres qui estiment que cette alchimie étrange que d'aucuns appellent l'amour ne nous permet de grandir que si le sentiment passe par le reniement de soi. Le bonheur est exigeant. Vous me comprenez ?

Une ombre envahit les traits du Français.

— Je m'en doutais. Je veux dire que je me doutais que vous condamniez ma façon de voir la vie. Je me souviens parfaitement de vos mots : « Vous n'êtes donc pas de ceux qui voudraient faire de ce monde un monde plus fréquentable. » Pourtant, je vous ai expliqué ma position. Je suis au service de mon pays. Comment pourrais-je envisager de le trahir ?

— Le trahir serait une hérésie. Mais vous pouvez comprendre aussi ma position. Je suis irakienne. Et mon peuple est dans la souffrance. Je suis arabe, et mes frères sont dans la souffrance. Alors ? Comment me partager entre eux et vous ? Vous qui, dans les coulisses, quand ce n'est pas au grand jour, contribuez à faire notre malheur. Vos raisons sont honorables. Je les respecte. Mais ne me demandez pas de faire comme si elles n'existaient pas.

— Dounia...

— Vous tricotez et détricotez nos pays comme s'il s'agissait de vulgaires pelotes de laine. Vous placez des roitelets pantins, à l'instar de ce pauvre Fayçal, sur des trônes pour mieux les renverser ensuite.

Le ton de sa voix se fit plus âpre :

— Saviez-vous que M. Churchill ne verrait aucun inconvénient à gazer les Kurdes ?

La surprise le laissa muet.

— Oui, mon ami. Je tiens l'information de Nidal qui l'a reçue du *naquib* qui, lui-même, la tenait du haut-commissaire, sir Percy Cox.

— Gazer les Kurdes ?

— Absolument. Estimant sans doute impressionner le vieil El-Keylani, le haut-commissaire lui a montré le courrier signé de la main de Churchill, recommandant – si besoin était – d'user de gaz empoisonné à l'encontre de ce qu'il appelle « des tribus non civilisées ».

Jean-François se prit la tête entre les mains.

Était-ce possible ?

— Donc, tout est perdu entre nous, lâcha-t-il d'une voix sourde. Tant que je défendrais les intérêts de la France, vous me refuserez le droit de vous aimer. En deux mots, vous m'offrez une alternative insoluble : vous ou mon devoir.

— Non, Jean-François, vous vous méprenez à nouveau. Jamais je n'oserais vous proposer un choix aussi pervers. Je viens de vous le dire : vos motivations sont honorables.

— Ainsi, à cause des obligations que nous impose notre conscience, nos cœurs devraient se taire.

— Il n'y a pas que notre conscience, il n'y a pas que nos pays. Il y a aussi les hommes. Tous les hommes. Je suis naïve, je l'admets. Je suis convaincue que nous devons apprendre à vivre ensemble comme des frères, sinon, tôt ou tard, nous mourrons ensemble comme des idiots.

Il baissa les yeux et secoua un peu la tête comme s'il confessait son impuissance.

— Vous êtes une rêveuse émouvante. Une rêveuse tout de même.

Il emprisonna les épaules de l'Irakienne.

— Vous me parlez de vos frères qui souffrent. Qu'imaginez-vous ? Qu'ils seront éternellement des victimes ? Un jour viendra, soyez-en sûre, où, de victimes, ils se transformeront en bourreaux. C'est ainsi.

La roue tourne. Le monde tourne. Les faibles d'aujourd'hui sont les puissants de demain. On appelle ce mouvement l'Histoire. En attendant, nous n'avons pas d'autre choix que d'essayer de retarder le jour où nous, les puissants d'aujourd'hui, passerons à la trappe. Permettez-moi au passage de vous rappeler que M. Churchill n'est pas français et que, dans cette région du monde, la France a été reléguée au second plan. Tout ce que nous tentons de faire, c'est de grappiller quelques gouttes de pétrole pour que notre économie ne meure pas de soif. Si vous estimez que ce que nous éprouvons l'un pour l'autre mérite de mourir aussi, alors, comment pourrais-je vous convaincre qu'il s'agit d'un gâchis ? Je vous aime, Dounia. Malgré vous, malgré nos différences, je vous aime. Et contre cette fatalité non plus je ne peux rien. (Il se tut et la considéra un moment, donnant l'impression de vouloir lire en elle.) Moi aussi, je suis un rêveur, figurez-vous. Je me plais à croire que mon amour, ajouté au vôtre, et à celui de tous les êtres qui s'aiment, serait une manière de vivre et – pour reprendre vos termes – ne pas mourir ensemble comme des idiots...

L'espace d'un instant, elle eut l'air déconcerté. Elle sentit les mains de Jean-François qui emprisonnaient ses hanches. Il l'attira violemment contre lui. Elle ne résista pas. Elle murmura seulement :

— Ce sera la première fois...

*

Le Caire, 15 avril 1921

Confortablement installés dans le salon, les pères des mariés, le Palestinien et l'Égyptien, fumaient chacun son narguilé dans des senteurs de mélasse et d'essences de pomme.

Loutfi bey inspira une longue bouffée qui fit danser sur les braises incandescentes une langue de feu. Savourant son plaisir, il ferma les yeux avant de reprendre :

— La villa dont je te parle fera parfaitement l'affaire. Elle se trouve à un quart d'heure d'ici et, une fois rénovée, agrandie et décorée, elle sera parfaite pour nos enfants.

Hussein Shahid leva la main en guise de protestation.

— Il n'en est pas question. Tu sais bien que c'est à l'époux d'apporter en dot la maison que devront occuper les jeunes mariés. Dans ce cas, au père de l'époux. Donc, à moi.

— C'est insensé ! Puisque cette maison existe et que personne n'y habite ! Je peux donc en disposer à ma guise. Laissons tomber ces coutumes dépassées, je t'en prie, mon frère. Toi, moi, c'est la même chose !

— Dans ce cas, je te prends au mot. Je t'achète ta villa et je la leur offre en dot. D'accord ?

L'échange se poursuivit encore longtemps, aussi animé que dans un souk, pour s'achever finalement sur un accord que l'un et l'autre jugèrent enfin équitable : Hussein offrait la maison ; Loutfi bey les meubles.

— À présent, reprit l'Égyptien, si nous parlions de l'avenir professionnel de ton fils.

— Son avenir professionnel ? Ne doit-il pas terminer ses études de droit ?

— C'est bien ce qui était prévu en effet. Mais à présent qu'il est marié, il va être obligé de subvenir aux besoins de son couple et de nos futurs petits-enfants.

— Il n'y a pas de problème. Ils pourront compter sur moi pour les aider jusqu'à ce que Mourad soit en mesure de gagner sa vie par lui-même.

— Impossible.

Hussein eut un geste de surprise.

— Oui, impossible. Je lui ai fait la même proposition lorsqu'il a demandé la main de Mona. Il a refusé catégoriquement.

— Il a eu raison ! J'aurais eu honte de lui s'il avait agi autrement.

— Donc...

— Il acceptera de son père ce qu'il n'a pas accepté d'un étranger.

— Un étranger ? Moi ?

— Tu m'as compris, Farid. Je t'en prie, ne te sens pas offensé.

L'Égyptien eut un haussement d'épaules sceptique.

— J'aimerais partager ton optimisme. Toutefois, j'ai appris à connaître Mourad. Je le connais même aussi bien que s'il était mon propre fils. Il refusera ton aide.

— Ce serait un âne... Comment se débrouillera-t-il sans...

— Je ferai comme beaucoup d'étudiants qui n'ont pas de parents riches, c'est tout !

La voix de Mourad avait retenti par-dessus les glouglous.

Le Palestinien traversa le salon et se campa devant son père.

— J'ai d'ailleurs trouvé un travail. Bien sûr, le salaire est mince, mais il suffira dans les premiers temps. Un an. Dans un an, je serai diplômé et je pourrai accéder au barreau.

— Un travail ? se récria Hussein Shahid. Lequel ?

— Pour le Wafd. Des travaux de secrétariat.

— Le Wafd ? Le parti de Saad Zaghloul ?

— Absolument. J'ai obtenu le poste grâce à l'intervention de son neveu, Zulficar. Bien que le brave soit exilé aux Seychelles, la lutte continue. De surcroît, la politique laïque et libérale que défend ce parti est conforme à mes idées. Me voilà donc pleinement heureux. D'ailleurs, Taymour fait lui aussi partie de notre équipe.

Les deux pères levèrent les yeux au ciel presque de concert.

— Taymour est fou, fit remarquer Farid. Mais toi ?

— C'est inepte, mon fils, surenchérit Hussein Shahid. Pour quelques livres, tu vas gaspiller un temps précieux que tu pourrais consacrer à tes études. *A'lek fen ?* Où est ton cerveau ?

— Sans compter, ajouta Loutfi, que pendant que tu organiseras la paperasserie du Wafd, tu négligeras ton épouse, bien évidemment,

— Ne vous inquiétez pas. Mona ne souffrira aucunement. De toute façon elle est d'accord avec ma décision.

— Ah bon ! grommela l'Égyptien. Parce que tu lui as demandé l'autorisation ?

— Oui, Loutfi bey. Aujourd'hui, les femmes sont émancipées, tu sais.

Le beau-père de Mourad fit mine d'approuver mais on sentait qu'il n'en pensait pas moins.

— Si c'est ton choix, mon fils, reprit Hussein Shahid, fataliste. Néanmoins, puis-je te demander quel métier tu envisages d'exercer une fois ton diplôme en poche ?

L'Égyptien anticipa la réponse de Mourad.

— Président ! Il sera le président-directeur général de la société que je vais fonder spécialement pour lui. La *Hosni Cotton Trading Co. Ltd.*

— Ah... s'étonna Hussein Shahid.

Mourad s'éclaircit la gorge.

— Je vais vous décevoir, Loutfi bey... je...

— Écoute, mon fils, arrête de m'appeler Loutfi bey. Je suis ton beau-père maintenant ! Et mon prénom est Farid. D'accord ?

— Si vous m'y autorisez.

— Tu parlais de me décevoir...

— Eh bien... Je n'ai pas l'intention de rester en Égypte après la fin de mes études.

— Quoi ?

— Je compte rentrer dans mon pays, en Palestine.

— Ton pays ? Mais il n'existe pas, ton pays !

Loutfi chuchota à Hussein :

— *Ebnek bi kharraf walla é ?* Ton fils radote, ou quoi ?

— Pas du tout, s'insurgea Hussein, piqué au vif. La Palestine existe bel et bien ! J'en viens ! J'y suis né !

— Farid, lança Mourad, puis-je vous poser une question ? Comment appelle-t-on un territoire qui porte le même nom depuis des centaines de siècles, où des générations entières d'individus se sont succédé, qui pratiquent la même religion, partagent la même culture et les mêmes mœurs ? Comment l'appelleriez-vous ?

— *Ya Allah !* Ce n'est pas pareil ! Vous n'avez jamais existé en tant que pays, vous n'avez pas de capitale, pas de président ni de monarque, pas de Constitution. Aucun des symboles qui figurent une nation.

Hussein Shahid leva la main en signe d'apaisement.

— D'accord. Nous n'avons pas de capitale, pas de président...

Mais Mourad insista :

— Pardonnez-moi, Loutfi bey...

— Farid ! Mon prénom est Farid.

— Farid. Pardonnez-moi. J'aimerais seulement vous faire remarquer que nous avons été occupés pendant des siècles. Entre les Perses, les Grecs, les Romains, les Assyriens, les Arabes, les Croisés, les Turcs, et maintenant les Anglais, vous croyez que nous avons eu beaucoup d'opportunités pour mettre en place les structures d'une nation ? Allons... Un peu d'indulgence ! Et n'oubliez pas ceci : ce n'est que lorsqu'il y a un autre que l'on sait qui l'on est.

— D'accord, d'accord, n'en parlons plus. C'est donc en Palestine que tu souhaites vivre ?

— Si Dieu le veut.

— Et moi ? Et la mère de Mona ? Tu nous as demandé notre avis ? C'est notre fille, tout de même ! Notre enfant !

Mourad ne put s'empêcher de sourire.

— Votre enfant, oui, Farid. Et, depuis douze jours, mon épouse.

*

Bagdad, 5 juillet 1921

— Des esclaves ! Des eunuques ! Voilà ce que nous sommes devenus !

Ni le temps ni le nouveau visage politique de l'Irak n'avaient apaisé la fougue de Chams, le fils de Nidal el-Safi.

Son père accueillit ses propos avec fatalisme. Le seul parti à prendre lorsque son fils piquait ses colères était de laisser passer l'orage. Une fois calmé, Chams redevenait un interlocuteur plus ou moins supportable.

— Je ne te comprends pas, maugréa Nidal. Au lieu de te réjouir, tu passes ton temps à protester ! Nous avons un roi arabe. Notre ami, Abdel Rahman el-Keylani, a été promu chef du gouvernement et s'apprête à participer à la négociation d'un traité, qui assurera à l'Irak une indépendance formelle. Et moi-même, n'ai-je pas été nommé au ministère de l'Éducation ?

— Bien sûr, père. Tu es ministre et je suis fier de toi. Nous avons un roi arabe et les membres du gouvernement irakiens ; la seule différence, c'est que chacun d'entre vous est flanqué d'un « conseiller » britannique qui vous interdit de tousser sans autorisation ! Fayçal lui-même n'est-il pas arrivé en Irak accompagné de son « conseiller personnel », sir Kinahan Cornwallis, ancien membre de l'Arab Bureau, source de tous nos maux ? Cornwallis, âme damnée de ces chers Lawrence et Gertrude Bell ! Mais que fait donc Abdel Rahman el-Keylani et ses idées de *damaqrâtiyya* ? Maintenant qu'il est chef du gouvernement, va-t-il se contenter de subir toutes les humiliations ?

— Allons, mon fils ! Sois raisonnable. Le gouvernement vient à peine d'entrer en fonction. Quant à Fayçal, laissons-lui le temps. Il a pris des engagements à notre égard. Il doit les tenir. Nous lui avons clairement expliqué que nous étions d'accord pour faire acte d'allégeance envers lui, mais en tant que roi d'un Irak indépendant, libéré de tout lien avec l'étranger.

— Et qu'a-t-il répondu ?

— Il a pris un Coran qu'il a placé entre lui et nous et s'est engagé solennellement à respecter son serment. Il a même ajouté que, si la tâche se révélait impossible, il abandonnerait toute fonction. J'ai confiance.

— Père, ne soyons pas dupes, si les Anglais l'ont choisi, c'est pour qu'il serve leurs intérêts. Il est leur créature, leur agent, leur obligé. (Il rappela d'un air sombre :) N'est-ce pas toi qui m'as dit un jour : « Jamais un peuple ne doit croire en celui qui le gouverne, si celui qui le gouverne n'a pas été légitimé par le peuple ? »

17

L'avenir n'est plus ce qu'il était.

Paul Valéry.

Jaffa, le 5 mai 1921

— Mort aux Juifs ! Mort aux Juifs !

Le soleil rougeoyait au-dessus du port.

Une cinquantaine d'hommes, le crâne couvert par des keffiehs, visage plein de colère, armés de pelles, de gourdins, d'armes à feu, dévalaient la rue au bout de laquelle se dressait la tour de l'horloge, vestige de l'ancienne présence ottomane.

De toutes parts, des dizaines de Palestiniens sortaient de chez eux en vociférant : « Musulmans, défendez-vous ! Défendez-vous ! Les Juifs tuent vos femmes ! »

Un couple de passants affolé se jeta dans un angle de la rue. L'un des Palestiniens, qui tenait un revolver, arriva à leur hauteur et cracha au sol :

— *Yahoudi, ibn kalb* ! Juif, fils de chien !

Il brandit son arme. Visa calmement la tête de l'homme. Le crâne explosa. L'Arabe visa une nouvelle fois. La femme s'affaissa sur le corps de son compagnon.

Les Juifs témoins de la scène se lancèrent alors dans une fuite éperdue. Trop tard. Un autre groupe d'émeutiers arrivait en sens inverse. Craquements d'os, crânes fracassés, hurlements d'effroi...

À quelques mètres, un rabbin se laissa tomber sur le sol et attendit la mort en récitant d'une voix forte le *Chémâ Israël*[1]. Dans sa mémoire fusèrent presque instantanément les images terrifiantes des pogroms de Kichinev, de Jitomir et de Bialystock, en Russie. À cette époque – c'était il y a moins de vingt ans –, le meurtre d'un jeune chrétien avait mis le feu aux poudres et les Juifs avaient été accusés de crime rituel. Le dernier souvenir du rabbin se figea. Un coup de pelle lui avait brisé la nuque.

Dans le quartier de Nevi Chalom, le vol et la mise à sac des boutiques juives se poursuivaient. Une maison aménagée pour accueillir à leur arrivée les nouveaux immigrants, située entre la banque ottomane et l'hôpital français, venait d'être encerclée. Cent cinquante personnes, hommes, femmes, enfants, se trouvaient à l'intérieur.

Une heure de l'après-midi sonna à l'horloge de la tour ottomane. Les Arabes lancèrent des pierres sur la façade de la maison.

— La police ! hurla une jeune fille qui tremblait de tous ses membres, tapie derrière une persienne. La police arrive !

Dans un crissement de pneus, une brigade venait de faire irruption, matraque au poing.

— Nous sommes sauvés, soupira une voix d'homme.

— Mais que font-ils ? cria la jeune fille soudain livide. C'est... ce n'est pas possible. C'est à nous que la police en veut ?

---

1. Le Chémâ est considéré comme la profession de foi et l'une des plus importantes prières du judaïsme.

Contre toute attente, au lieu de refouler les Arabes, les agents attaquaient la porte d'entrée à coups de crosse. Le battant se brisa. Des hommes armés s'engouffrèrent dans la maison, entraînant dans leur sillage le flot de Palestiniens en furie. En quelques minutes, les chambres furent mises à sac. Mobilier, vaisselle, tout fut saccagé. Lorsque les agresseurs se retirèrent, la cour de la maison et les chambres du rez-de-chaussée baignaient dans le sang.

À la nuit tombée, on compta onze Juifs tués et vingt-cinq blessés. Ces derniers, transportés à l'hôpital français Saint-Louis, furent soignés avec un admirable dévouement par les sœurs, alors que le consul de France, M. Durieux, se démenait auprès des autorités anglaises pour qu'elles mettent fin à la tragédie. En vain. Plus tard, il devait se dire que, tout compte fait, l'attitude des agents de sécurité britanniques avait été pour le moins ambiguë.

Sur la route de Jérusalem se déroulaient les mêmes scènes d'horreur. À quelques centaines de mètres de l'entrée de la ville, une famille d'immigrants installée dans une maison isolée au milieu des orangeries fut prise à partie par des paysans arabes. Quand les Palestiniens quittèrent les lieux, six cadavres jonchaient le sol. Une heure plus tard, au pied de la porte de la Miséricorde, un jeune ingénieur, originaire de Riga, fut retrouvé la tête traversée d'une balle.

Dans toute la Palestine, un ouragan de feu et de sang s'était mis à souffler. Et cette terre qui, il y a peu encore, semblait proche du paradis, venait de s'affubler d'un masque haineux et grimaçant.

*

Haïfa, 6 mai 1921

Cloîtrée dans leur maison, la famille Shahid était réunie autour de la table pour le déjeuner. On avait fermé les portes à double tour, muré les fenêtres et Hussein – geste inimaginable – avait récupéré un vieux fusil, un Lebel, dont on se demandait quand et comment il avait atterri là. De toute façon, l'arme paraissait tellement rouillée qu'on pouvait douter de son efficacité.

— *Baba*, chuchota Samia, pourquoi les gens se battent ?

— Parce qu'ils ont perdu la raison, ma fille.

— Mais qui a commencé ? questionna Soliman. Les Juifs ou nous ?

— Quelle importance ! soupira sa mère. Eux, nous, les morts font-ils la différence ?

Hussein avala une bouchée de fèves.

— C'est à Tel-Aviv que l'affaire a éclaté. D'après les voisins, un parti ouvrier juif aurait organisé un cortège à l'occasion du 1er mai. La manifestation se déroulait dans le calme, jusqu'au moment où une poignée d'extrémistes, enfreignant l'accord signé avec les Anglais stipulant que le cortège ne devait en aucun cas sortir des limites du quartier juif, ce groupe a pénétré, brandissant des drapeaux rouges et des symboles communistes dans les rues où vivent de nombreux Arabes.

Hussein leva les yeux au ciel.

— L'intrusion de ces énergumènes criards, composés exclusivement d'immigrés de récente date, ignorants de la langue arabe, a créé chez les Palestiniens un mouvement d'affolement. Semblables à des loups affamés, ils se sont jetés sur les manifestants. En intervenant, la police n'a fait qu'aggraver la situation. Les agents, pour la plupart des chrétiens et des musulmans, trop heureux sans doute de créer l'incident dont les Juifs ne pouvaient que pâtir, se sont mis à tirer des coups de feu. C'est ainsi que tout aurait commencé.

Il conclut, la voix rauque :

— Pourvu qu'il ne soit rien arrivé à Josef.

— C'est vrai ! s'inquiéta Samia. M. Marcus vit toujours à Degania avec sa fille, n'est-ce pas ?

Il opina.

— Quand donc cette histoire s'arrêtera-t-elle ? gémit Nadia. Il y a encore quelque temps, nous vivions en paix.

— Je crains malheureusement que la situation ne s'aggrave.

Hélas, il ne se trompait pas.

Le lendemain matin, à l'aube, des fellahs, armées de fusils, de sabres, de piques, de bâtons s'élancèrent contre la colonie de Petah Tikva[1], au nord-est de Tel-Aviv. Le lieu avait été fondé par une soixantaine de pionniers venus d'Europe centrale, à l'instigation d'un dénommé Stampfer, émigré hongrois, débarqué en Palestine quelque quarante ans auparavant et qui, toute sa vie durant, avait rêvé de voir renaître *Eretz Yisrael*, la Terre d'Israël dans son intégrité, telle que Dieu l'avait promise à son peuple.

Cette fois les colons résistèrent et réussirent à mettre en fuite leurs assaillants. Mais le prix fut lourd : quatre colons morts, douze blessés. À Hedera, à Rehovoth, en Galilée, la région sombrait dans le feu et le sang.

Jérusalem n'était pas épargnée. Une simple querelle entre deux gamins avait déclenché un mouvement de terreur irraisonné. En quelques instants, on vit des gens courir dans tous les sens, des boutiquiers abandonner leurs magasins sans prendre la peine de les fermer. Il fallut que des crieurs publics vinssent rassurer la population.

---

1. Petah Tikva est devenue aujourd'hui la septième ville d'Israël.

Dieu merci, la démence n'avait pas gagné tous les Arabes. C'est ainsi qu'à Ramlh les trois ou quatre familles juives de la ville furent sauvées grâce à la protection d'amis musulmans qui plaidèrent leur cause.

À l'inverse, à Naplouse, les Palestiniens exigèrent des cent quarante familles de Samaritains[1] qui vivaient dans la région depuis des centaines d'années qu'ils quittent la ville, menaçant de les massacrer s'ils tentaient de résister.

Hussein Shahid se leva de table et se rendit sur la terrasse. Le soleil déclinait lentement, jetant des reflets mauves sur la mer.

Pourquoi, Allah ? Avant que se lève ce vent de folie, tout était si paisible sur cette terre. Pourquoi, Allah ? Que s'est-il donc passé pour que le rejet de l'autre se mette à couler dans les veines des hommes ?

Les yeux du Palestinien se brouillèrent. Le paysage avait disparu derrière ses larmes.

*

Le Caire, 20 mai 1921

Mourad se prit la tête entre les mains. Effondré.

— Ce n'est pas possible ! Je ne peux plus rester ici. Je dois rentrer en Palestine. Ma place est auprès de mes parents.

Taymour n'émit aucun commentaire. Il paraissait aussi désespéré que son ami.

---

1. Les Samaritains ne se considèrent pas comme Juifs, mais comme des descendants des anciens Israélites du royaume antique de Samarie. À l'inverse, les Juifs orthodoxes les considèrent comme des descendants de populations étrangères (des colons assyriens de l'Antiquité) ayant adopté une version « polluée » de la religion hébraïque, et à ce titre refusent de les considérer comme Juifs.

— Tu as entendu les nouvelles, comme moi, reprit le Palestinien. C'est la guerre !

— Non, mon ami, non. Pas la guerre. Ce ne sont que des escarmouches entre extrémistes. D'ailleurs, le calme est revenu. Les Anglais ont renvoyé les deux camps dos à dos.

— Tu plaisantes, Taymour ? Les Anglais ? Sais-tu ce que m'a confié Ahmed qui est, comme tu t'en doutes, toujours parfaitement informé ?

— Ahmed ? De quel Ahmed parles-tu ?

— Ahmed Zulficar. Ouvre grandes tes oreilles : selon certaines sources, ce seraient les Britanniques eux-mêmes qui auraient encouragé les Palestiniens à attaquer les Juifs. Quelques jours avant que n'éclatent les émeutes, un colonel du nom de Waters Taylor, qui n'est autre que le conseiller financier de l'Administration militaire de Palestine, a rencontré en secret le grand mufti Hajj Amin Hussein et lui a dit qu'il devait saisir une occasion pour démontrer au monde combien le sionisme était impopulaire, non seulement auprès de l'Administration anglaise de Palestine, mais aussi auprès de Whitehall. Il a ajouté que si des troubles suffisamment violents se produisaient, le général Bols[1] ainsi que le général Allenby recommanderaient d'abandonner le projet d'instauration d'un foyer national juif. Et le colonel de conclure que la liberté ne pouvait s'obtenir que par la violence. Et tu me parles des Anglais ? Je les hais !

— Mourad, mon cœur, que t'arrive-t-il ?

Attirée par les éclats de voix, Mona les avait rejoints dans le salon.

— Pardonne-moi. Je me suis laissé emporter. Je suis désolé.

Taymour lui lança sur un ton de reproche :

1. Administrateur en chef de la Palestine entre 1919 et 1920.

— Tu vas être père, désormais, dois-je te le rappeler ? Tu n'as donc plus le droit de te laisser guider par des pulsions.

— Tu as raison. Mais mettez-vous à ma place !

Mona vint près de son mari.

— De quoi parliez-vous ?

— Il s'est passé des choses graves en Palestine.

— Tes parents ?

— Non. Ils vont bien. Mon cousin Latif, qui est arrivé hier au Caire, m'a rassuré.

— Ton cousin ? Ici ?

— Oui. Il est venu rencontrer des nationalistes syriens et irakiens. Je pense qu'ils veulent tenter de créer un bloc unitaire.

Mona prit la main de son époux.

— Alors, ces choses graves dont tu parlais...

— Des affrontements ont opposé les Juifs et nous. D'après Latif, ce fut d'une incroyable violence. Il y a eu des dizaines de morts de part et d'autre. Et, toujours d'après Latif, nous n'en serions qu'au début.

Il essaya de maîtriser sa nervosité et enchaîna :

— Latif, nommé président d'un Congrès arabe qui s'est déroulé à Haïfa, a rédigé une déclaration au nom de tous les participants qu'il a expédiée à de nombreux ministres des Affaires étrangères, en France, en Angleterre, en Italie. Il dit clairement que, s'il n'y avait pas eu la Déclaration Balfour, jamais nous n'en serions arrivés là.

Le Palestinien arpenta le salon de long en large.

— Mais qu'ont-ils donc à vouloir vivre sur notre terre ? Le monde n'est-il pas assez vaste ! Si encore il n'y avait que les sionistes !

— Que veux-tu dire ? s'étonna Mona.

— Latif m'a raconté aussi qu'on voit un peu partout des illuminés, il m'a parlé de millénaristes allemands et américains.

— Des millénaristes ?

— Ce sont des hurluberlus qui soutiennent l'idée d'un règne terrestre du Messie, après que celui-ci aura chassé l'Antéchrist ou le diable, que sais-je ! Il paraît qu'on voit surgir ici et là des missionnaires venus du Maine, des colons lumériens, ou luthériens, je ne sais plus ! Ce sont les mêmes ou d'autres. Sans oublier les membres d'une secte, la Communauté du Temple, dont j'avais déjà aperçu le quartier à quelques mètres de notre maison, à Haïfa. Mais qu'ont-ils tous ?

— Allons, calme-toi, insista Mona. Je t'en prie.

Mourad s'immobilisa, parut méditer un instant et s'affala sur le divan, épuisé.

*

Alep, même jour

À mesure que le soleil montait entre les minarets, la chambre à coucher se remplissait d'aube et de rumeurs.

Dounia effleura de ses lèvres le front de Jean-François et quitta le lit, offrant sa nudité à la lumière.

— Je vais faire du thé.

Irréalité. C'était bien le mot. Un mois et dix jours qu'il partageait la vie de Dounia et pas un instant où il ne s'était dit : « Je suis dans le rêve. Cela ne se peut pas. » Étrange comme un bonheur devient brûlure lorsqu'on a la prescience qu'il sera peut-être le dernier. Le jour où elle lui avait murmuré : « Ce sera la première fois », il n'avait pas saisi tout de suite le sens de la phrase. La première fois qu'elle ferait l'amour ? C'était vrai pourtant. Pour des raisons qu'il ne s'expliquait toujours pas, elle lui avait fait ce don, alors qu'elle avait pensé les semaines précédentes à le fuir. Il était l'envers de son miroir, et elle s'était donnée.

Il avait perçu quelque chose de désespéré et de bouleversant dans cet acte. Gauche et tendre, louve et moineau. À un moment, alors qu'il entrait lentement en elle, son cœur s'affola et il eut la certitude de n'être plus homme, mais enfant, fœtus, la vie revenue à la vie dans le ventre de celle qu'il aimait.

Dans quelques heures, il serait en route pour Damas, puis Beyrouth, d'où il embarquerait pour Marseille. Destination finale : Paris. Et après ? La situation syrienne étant plus ou moins stable, l'Irak empêtrée dans les mailles britanniques et les 23 % de parts de la *Turkish Petroleum* pratiquement acquises à la Compagnie française des pétroles, il y avait de fortes chances pour que le Quai d'Orsay juge inopportun un nouveau voyage pour l'Orient ; on allait probablement lui attribuer un joli bureau, au chaud. Loin de Dounia.

Il se redressa et se cala parmi les coussins. Dounia était revenue. Elle déposa sur le lit un plateau garni d'une théière et de deux minuscules verres à anses dorées.

— Mon maître et seigneur est servi, lança-t-elle, enjouée.

— Je ne sais lequel de nous deux est seigneur et maître de l'autre, s'amusa Jean-François. Tu me manques.

— Tu n'es pas encore parti.

— Tu me manques quand même. Tu m'as toujours manqué, Dounia. Même quand nous faisons l'amour, tu me manques.

Elle lui caressa la joue tendrement.

— Tu ne veux toujours pas me suivre en France, m'épouser ?

— Non, Jean-François. Je ne suis pas prête. Patiente. J'ai besoin de temps.

— Tu devrais le savoir : le temps passe vite pour celui qui réfléchit, il est interminable pour celui qui désire.

Elle versa du thé et lui tendit l'un des verres.

— Dis-moi la vérité. Nos visions différentes du monde te font toujours hésiter ?

Elle fit non de la tête.

— Ma religion ?

Elle sourit.

— Je crois en un seul Dieu, mais je ne sais pas si Mahomet est son Prophète. Et toi, que crois-tu ?

— Je crois en un seul Dieu, mais je ne sais pas si Jésus est son fils.

— Alors, tout va bien. Nous partageons la même religion.

Il but une gorgée de thé.

— Quand ? Quand sauras-tu si tu veux être ma femme ? Quand décideras-tu de me faire une ribambelle d'enfants irako-français, aussi irrévérencieux que leurs parents ?

— Je te dirai. Je te dirai.

— Tu n'as pas oublié ? Peu m'importe le lieu où nous vivrons. La France, Bagdad, Damas ou Jupiter. Je ne t'impose rien. Seulement de t'aimer.

— Je sais. Tu m'as tout dit. Je sais.

Un court moment de silence passa.

— M'accorderas-tu une ultime faveur avant mon départ ?

Il désigna le piano.

Elle sourit.

— Toujours le même morceau ?

— Toujours.

La voix du muezzin s'éleva au moment où Dounia faisait chanter les premiers accords de l'*Arabesque n° 1* de Debussy.

18

Aucune carte du monde n'est digne d'un regard, si le pays de l'utopie n'y figure pas.

Oscar Wilde.

Le Caire, 25 mai 1921

Voilà dix minutes que Latif, Mourad et Taymour étaient attablés chez Groppi, le salon de thé le plus couru du Caire, et aucun d'entre eux n'avait prononcé un seul mot. Ce n'était certainement ni l'endroit qui était cause de leur mutisme ni la qualité des pâtisseries, réputées pour être les plus exquises de tout l'Orient, mais l'humeur maussade de Mourad. Le Palestinien arborait un œil sombre.

Brusquement, une voix moqueuse les fit sursauter.

— C'est vrai que tu as une tête de moribond !

Les trois hommes levèrent la tête vers le nouveau venu. C'était Ahmed Zulficar. Gaillard d'environ un mètre quatre-vingt-dix, vingt-cinq ans, bâti en force avec un cou de taureau. Sur son visage carré, comme sculpté dans la pierre, une fine moustache irisait sa lèvre supérieure.

— Oui, répéta-t-il en pointant l'index sur Mourad, tu as une tête de moribond.

Il jeta un œil torve sur la clientèle essentiellement composée d'officiers anglais et lança d'une voix assez forte pour être entendu par la plupart des consommateurs :

— Vous n'avez pas trouvé un autre endroit ? Il y a ici comme une odeur de *bacaporte*.

Les militaires échangèrent des regards perplexes. Les camarades d'Ahmed pouffèrent. Eux savaient ce que signifiait ce mot bizarre, dérivé de l'italien : *bocca aperta*, bouche ouverte. L'expression était utilisée par de nombreux Égyptiens pour évoquer la « bouche d'égout ».

Zulficar occupa une chaise libre près de Mourad et enveloppa l'épaule de son ami d'un geste chaleureux.

— Il est temps que tu te ressaisisses ! s'exclama-t-il, usant de l'expression arabe *ched helak*, que l'on pourrait traduire littéralement par « soulève ton être ».

— Il a raison, commenta Latif. Depuis que je suis arrivé au Caire, tu me fais penser à un animal sauvage enfermé dans une cage.

Taymour de surenchérir :

— Pense à ta femme, à ton fils. Combien de fois faudra-t-il te le rappeler ?

Mourad fixa son beau-frère.

— Si quelqu'un peut me comprendre, Taymour, c'est bien toi. Je suis ici, à l'abri, grâce à vous, à ton père.

— Grâce au tien aussi, corrigea Latif.

— Bien sûr. J'ai une femme qui me comble et mon petit Karim est beau comme une pleine lune. Pourtant, je ne suis pas heureux parce que je me sens lâche et inutile. Je m'en veux de vivre dans le confort et l'aisance, alors que mon peuple souffre. Ne voyez-vous pas ce qui se passe ?

Il saisit fiévreusement la main de Latif.

— La Palestine saigne, ce sont bien tes propres mots ?

Latif soupira.

— C'est exact. Si l'hémorragie se prolonge, un jour viendra où il y aura plus de Palestiniens en Égypte qu'en Palestine. Nombre de nos frères commencent à s'exiler, découragés, inquiets de constater que l'immigration sioniste déstabilise chaque jour un peu plus leur vie quotidienne. Certains en viennent même à regretter l'occupant turc !

— J'ai remarqué, moi aussi, reconnut Ahmed Zulficar, que l'on commence à voir pas mal de ces déracinés reconnaissables à leur accent. Une nouvelle épicerie à Alexandrie ; un employé au casino de Chatby ; un chef comptable à la banque Misr ; un intendant d'une grande ferme du Fayoum, qui fournit le lait aux citadins ; un serveur de restaurant à Suez.

Mourad reprit :

— Nous ne pouvons laisser la situation se dégrader. Je dois retourner là-bas. Si tous se mettent à déserter, c'en sera fini de la Palestine.

— Tu dois d'abord terminer tes études, répliqua Latif. Ton père y tient. Il ne s'est pas saigné aux quatre veines pour rien. Résiste encore quelques mois. D'ailleurs, ce peuple, tu peux le défendre aussi de l'extérieur.

— Comment ?

— Nous devons réussir à mobiliser l'opinion arabe, voire celle du monde occidental. D'où la raison de ma présence ici. Ce n'est pas qu'une affaire palestinienne. Les Anglais sont en train de poser des bombes à retardement avec ce projet de foyer national juif ; une fois que la mise à feu sera enclenchée, tu peux être certain que ces pyromanes se retireront et nous laisseront face à face avec les colons qui, entre-temps, seront devenus dix fois plus nombreux qu'aujourd'hui.

— Latif, mon cousin, mon frère, crois-tu que je n'en sois pas conscient ? Souviens-toi, lorsque, il y a trois ans, dans le bureau de papa, je vous avais annoncé cette fameuse Déclaration Balfour et que je vous faisais part de mon pessimisme. Qu'as-tu répondu alors ? « Tant que l'équilibre démographique sera maintenu, je ne vois pas ce qui pourrait poser problème. »

— Je persiste. En revanche, nous devons préserver l'avenir. Et le faire avec la seule arme digne de cette mission : la non-violence.

Taymour parut dubitatif.

— La non-violence ?

— Parfaitement.

— Quand tous vous abandonnent à votre sort ?

— Oui. La non-violence. Ce qui s'est déroulé il y a quelque temps est inadmissible. Attaquer des Juifs innocents, les pourchasser, les tuer. ce n'est pas ainsi que nous gagnerons la sympathie du monde. Après tout, ces émigrés ne sont pas vraiment responsables. Mais ceux qui les manipulent et leur font croire qu'ils débarquent sur une terre sans peuple. Oui. Voilà les vrais coupables. Non. Pas de violence. Pas de sang sur nos mains. Pas…

— Je partage ton point de vue, coupa Mourad. Mais qu'envisages-tu concrètement ?

— La création d'un bureau de la Palestine. Au Caire, pour commencer. Nous devons communiquer !

— Ton cousin parle d'or, commenta Ahmed Zulficar. Dans ce domaine, reconnaissons que nous, les Arabes, sommes en dessous de tout.

— Exact, confirma Latif el-Wakil. Alors que les sionistes, eux, sont brillants, unis, éduqués, solidaires et, de surcroît, ils sont proches du pouvoir occidental parce qu'ils vivent en Europe, nous, nous sommes loin et passons notre temps à lancer des imprécations assis autour d'un plat de sucreries ! Il n'est qu'à voir le talent d'un homme comme Weizmann. Vous auriez dû entendre son discours, à Jérusalem. J'y étais. Un personnage remarquable ! Et il n'est pas le seul. Ils ont aussi des figures puissantes comme ce Ben

Gourion, le nouveau secrétaire général de l'Association générale des travailleurs d'*Eretz Israël*, la terre d'Israël.

Il répéta en plaquant sa paume sur la table :

— La communication.

— Ton idée est intéressante, reconnut Mourad. Toutefois, il nous faut des moyens. Des moyens financiers, bien évidemment.

— Je sais. Je me suis déjà mis en rapport avec des Palestiniens fortunés. Ils sont disposés à nous aider. Ton père aussi.

— Le mien ne sera pas en reste, surenchérit Taymour. Je lui ferai casser sa tirelire.

Ahmed Zulficar leva la main.

— Vous pourrez aussi compter sur le Wafd. Je me fais fort de convaincre nos instances. D'ailleurs, à ce propos, je vous annonce une bonne nouvelle : je viens d'accéder au poste de deuxième secrétaire délégué aux affaires économiques du parti. Ce qui me permettra de défendre votre cause avec plus d'efficacité.

— Tu oublies un détail, objecta Mourad. Votre sultan vous mettra des bâtons dans les roues.

— Notre sultan ? Ce fantoche ? Un Turco-Albanais italophone ?

Il expliqua à Latif :

— Tu savais que notre cher Fouad Ier ne parle pas un mot d'arabe ? L'Égypte est gouvernée par un individu qui ne connaît même pas notre langue !

Le Palestinien secoua la tête, consterné.

— Quelle tristesse !

— Reste à espérer, dit Zulficar, que son fils, Farouk, réparera cet outrage fait à un peuple !

Latif consulta sa montre.

— Mes amis, je vous rappelle que les délégués irakiens et syriens nous attendent. Le rendez-vous a été fixé dans une dahabieh qu'un membre de l'Istiqlal, a mis à notre disposition. Et il est déjà 16 heures !

— L'Istiqlal ? s'étonna Mourad.

— Les Gardiens de l'indépendance. C'est un parti fondé en Irak, il y a environ trois ans, et qui a établi des branches clandestines, à Bagdad bien sûr, mais aussi en Syrie et ici, en Égypte.

— Tu vois, murmura Taymour à l'oreille de Mourad. La toile d'araignée se tisse peu à peu. Rappelle-toi ce que disait le grand Ibn Khaldoun : « Il n'est rien sous le soleil qui ne change, même les montagnes. Les empires durent plus qu'une vie humaine, certes, mais ils connaissent le même sort. Ils sont mortels eux aussi. »

À l'extérieur de la pâtisserie, sur la place Soliman-Pacha, ils tombèrent nez à nez avec un groupe de manifestants qui brandissaient des calicots sur lesquels on pouvait lire en lettres noires : « Rendez-nous Zaghloul ! Ou la mort ! »

— Allah est grand ! s'exclama fièrement Ahmed Zulficar, le peuple ne baisse pas les bras. Si les Anglais persistent à maintenir mon oncle en exil, alors un jour viendra où c'est la moitié de l'Égypte qu'ils devront déporter !

*

Au-dessus de la dahabieh, le ciel avait pris une couleur presque ocre en raison des vents de sable venus du Mokattam, la colline qui surplombait Le Caire. Cette année, exceptionnellement, le *Khamsin*[1] s'éternisait. Assis dos au Nil, Rachid el-Keylani, le seul délégué irakien présent, roulait entre ses doigts les grains de son chapelet avec une dextérité impressionnante. De temps à autre, il prenait le temps de le faire tournoyer autour de son index, puis recommençait.

---

1. Vent sec, chaud et très poussiéreux. Son nom signifie « cinquantaine » parce qu'il est censé ne souffler que pendant une cinquantaine de jours au printemps.

À sa gauche, le Syrien Hachem el-Atassi paraissait ailleurs. Indiscutablement, l'éphémère Premier ministre de Fayçal avait de l'allure. Visage allongé, traits fins, bouc et moustache blanche, il aurait pu passer pour un aristocrate français du XIXᵉ siècle. Le comble pour un homme qui n'aspirait qu'à mettre la France à la porte de son pays. À l'image de nombreux nationalistes, il était entré en résistance au sein d'un groupe appelé El-wataniyyoun, les « Patriotes », dont la plupart des membres, influencés par les idées européennes, rêvaient d'instituer dans la région un État unitaire, multiconfessionnel, démocratique et indépendant.

Près d'El-Atassi avait pris place celui qui fut son ministre – éphémère, lui aussi –, des Affaires étrangères, le docteur Shahbandar.

Un domestique servit le café turc. Et la salle s'emplit de senteurs de cardamome.

Latif el-Wakil commença par saluer ses hôtes avec respect et dans un langage fleuri dont seul un Oriental eût été capable. Ensuite, il résuma avec une clarté suscitant l'admiration de Mourad la situation des trois pays représentés – l'Irak, l'Égypte et la Syrie – et conclut en évoquant le devenir de sa terre natale, la Palestine. À peine son exposé achevé, la voix de l'Irakien Rachid el-Keylani s'éleva. Depuis qu'il avait occupé la fonction de secrétaire de son oncle, toujours Premier ministre du roi Fayçal, l'homme paraissait assagi. Le jeune loup impétueux avait cédé la place à un personnage posé, de plus en plus politisé et donc de moins en moins spontané ; à moins que l'approche de la trentaine ne fût seule responsable de cette métamorphose.

Il énonça d'une voix sombre :

— Mes frères, souvenez-vous des paroles désabusées de l'émir Hussein ibn Ali, le chérif de La Mecque s'adressant aux cheikhs bédouins : « J'ai écouté l'Anglais sans foi, je me suis laissé tenter et abuser.

J'ai contribué à maintenir son empire. Grâce à nous, la route des Indes est restée ouverte, tout au long de la guerre. Grâce à nous, l'Orient tout entier a abandonné la cause turque. Hélas ! Je croyais travailler à la grandeur et à l'unité de l'Islam, alors que je travaillais à la gloire de l'Angleterre. »

Il se tut et leva un index menaçant :

— Ô Prophète, lutte contre les mécréants et les hypocrites, et sois rude avec eux ; l'Enfer sera leur refuge !

Une saute de vent soudaine fit frémir la maison flottante.

Mourad s'imagina qu'il s'agissait peut-être d'un signe d'Allah.

*

Haïfa, 1er juin 1921

Herbert Samuel, le haut-commissaire pour la Palestine, portait beau sa cinquantaine.

Après de brillantes études au célèbre Balliol College d'Oxford, l'homme, se découvrant une passion pour la politique, s'y était engagé dans le camp des conservateurs. Élu membre du Parlement, promu successivement sous-secrétaire et secrétaire d'État au Home Office, il avait manqué se retrouver derrière les barreaux, accusé de corruption.

Aujourd'hui, il devait affronter une tout autre forme d'accusation : sa partialité à l'égard de la communauté sioniste. Comment imaginer que les sympathies du haut-commissaire pussent se porter ailleurs que vers ses coreligionnaires ? N'avait-il pas adhéré au Congrès sioniste d'Angleterre ? Usé de son influence auprès du gouvernement britannique pour qu'il favorise l'immigration des Juifs en Palestine ?

N'avait-il pas été le soutien inconditionnel du docteur Weizmann alors que celui-ci tentait d'arracher au gouvernement de Sa Majesté la fameuse Déclaration Balfour ? Seulement voilà. Aujourd'hui, face aux émeutes et à la fureur montante des Palestiniens, la sagesse imposait aux Anglais que l'on calmât le jeu. C'est ainsi qu'en ce matin de juin 1921 on pouvait lire dans la quasi-totalité des journaux diffusés en Palestine le texte suivant :

« Je suis désolé de constater que la bonne harmonie, que j'avais le plus ardent désir de voir régner entre les adeptes des diverses religions et les différentes races de Palestine n'a pas encore été réalisée. Avant tout, je tiens à rappeler une fois de plus le déplorable malentendu auquel a donné lieu la phrase de la Déclaration Balfour : "Création en Palestine d'un Foyer national pour le peuple juif." J'entends dire que la population arabe de la Palestine n'acceptera jamais que son pays, ses Lieux saints, ses terres lui soient enlevés et livrés à des étrangers ; qu'elle ne consentira pas qu'un gouvernement juif s'établisse, qui fasse la loi à la majorité musulmane et chrétienne. On dit encore ne pouvoir comprendre que le gouvernement britannique, universellement réputé pour son esprit de justice, ait pu adopter pareille politique. À cela je réponds : le gouvernement britannique, qui place en effet la justice au-dessus de tout, n'a jamais ratifié et n'agréera jamais une politique de ce genre. Ce n'est pas non plus le sens de la Déclaration Balfour. Il se peut que la signification prête à confusion dans la traduction arabe[1]. Aussi, permettez-moi de vous la rappeler : les Juifs, peuple dispersé à travers le monde, mais dont le cœur n'a cessé de battre pour la Palestine, auront la faculté d'y établir leur foyer ; quelques-uns d'entre eux – dans les limites fixées par le chiffre et

1. Dans les textes arabes de l'époque, l'expression « Déclaration Balfour » était généralement traduite par « Promesse Balfour ». Cf. *Le Retour des exilés*, Henry Laurens.

les intérêts de la population actuelle – viendraient en Palestine pour contribuer par leurs ressources et par leurs efforts au développement du pays, et cela pour le plus grand bien de tous ses habitants.

Si des mesures sont nécessaires pour convaincre les populations musulmanes et chrétiennes que ces principes seront appliqués, et que leurs droits seront sauvegardés, ces mesures seront prises. Pour conclure : le gouvernement britannique chargé d'un mandat pour le bien de toute la population de la Palestine ne voudrait pas lui imposer un régime qu'elle aurait des raisons de juger en opposition avec ses intérêts religieux, politiques et économiques. L'immigration sera donc suspendue pendant le temps nécessaire à l'examen de la situation.

Signé : Herbert Samuel.

*

Kibboutz Degania, au même moment

— L'immigration suspendue ? pesta Dan Levstein. Il roula en boule le journal et le jeta à terre.

— C'est scandaleux !

Josef Marcus leva les mains en signe d'apaisement.

— Oh là ! Calme-toi !

— Dan a raison, coupa sèchement l'homme qui se tenait près de Levstein. Les Anglais sont des traîtres. Ils sont passés maîtres dans l'art du double jeu ! Regardez ce qu'ils ont fait de la Transjordanie qui nous était promise à l'origine ! Ils l'ont arrachée à *Eretz Israël* pour l'offrir à l'émir Abdallah. Si vous voulez mon avis, les Anglais sont prisonniers des Arabes. Ils vont renier toutes leurs promesses. Vous verrez !

Celui qui venait de s'exprimer s'appelait Vladimir Jabotinsky, l'un des plus farouches défenseurs du

Yishouv. Ukrainien d'origine, il était le leader de l'aile droite du mouvement sioniste et surtout l'instigateur d'un projet sans lendemain qui avait consisté, au début de la guerre mondiale, à mettre sur pied une armée juive susceptible de participer à la conquête de la Palestine au bénéfice des alliés occidentaux. Pour cet homme de droite pur et dur, l'avenir était limpide : un État juif devait naître sur la *totalité* des deux rives du Jourdain. Pas un pouce de terre en moins. Dans cet État, les Arabes se verraient octroyer des droits politiques à la rigueur, mais pas question de leur accorder des droits nationaux.

Il répéta, frappant du pied :

— Les Anglais sont prisonniers des Arabes !

Josef secoua la tête avec l'expression d'un père qui observe un enfant capricieux.

— Jabotinsky, tu ne changeras donc jamais ? Les Britanniques ne sont pas plus prisonniers des Arabes que nous des Anglais. Ils temporisent et ont raison de le faire. Que veux-tu ? La guerre civile ? Ne peux-tu imaginer un instant que les Arabes soient quelque peu déconcertés – et c'est un euphémisme – de nous voir débarquer ? Cette pensée ne t'a donc jamais traversé l'esprit ? Même ma petite Irina peut comprendre la situation.

Il répéta sur un ton de reproche :

— Tu ne changeras jamais.

— Je te reconnais bien là, Josef, critiqua Jabotinsky, toujours disposé à arrondir les angles. Je vais te dire ce que je pense de cette affaire. Si la Grande-Bretagne est incapable de tenir la promesse faite, nous nous inclinerons devant sa décision. Mais, dans ces conditions, qu'elle agisse comme tout mandataire qui se montre impuissant à remplir son mandat : qu'elle le rende ! Il faut permettre l'immigration de tous les Juifs qui vivent en Europe, tu m'entends, TOUS les Juifs pour les sauver de la destruction !

Dan Levstein décida de s'interposer.

— Écoute, Vladimir. Tu connais mes opinions. Je suis favorable à l'immigration et, à la différence de Josef, aussi à la création d'un foyer national, mais dans le strict respect des droits des Arabes. L'idée de créer une nation juive en Palestine où viendraient s'installer TOUS les Juifs d'Europe est non seulement absurde, mais utopique ! Le pays ne pourra jamais nous contenir tous !

— Évidemment qu'il le pourra ! Il y a suffisamment de place pour dix, voire quinze millions d'habitants !

— Je ne parle pas de capacité territoriale, mais morale ! Et les huit cent mille Arabes qui vivent ici ? Tu en fais quoi ?

— Ils vivront selon *nos* règles ou ils partiront !

L'Ukrainien s'approcha à un souffle de Levstein et enchaîna, la voix tremblante :

— Dis-moi ! Quand nous a-t-on ménagés, nous ? Hein ? Réponds-moi, Dan Levstein ? Et toi, Marcus ! Quand nous a-t-on ménagés ? Jamais ! Ni ici, ni en Angleterre, ni en Espagne, ni à Venise, ni à Varsovie, ni en Russie, ni ailleurs ! Nulle part au monde on ne nous a ménagés ! Cent mille de nos frères et sœurs massacrés par les armées tsaristes, rien que dans mon pays natal ! Les bûchers de la très catholique reine Isabelle ! Et les pogroms d'Elisabethgrad, les avez-vous oubliés ? Ceux de Kiev ! D'Odessa ! La destruction, le pillage de nos maisons, les viols, les assassinats à Varsovie ! Avez-vous perdu la mémoire ? Avez-vous déjà oublié l'effroyable menace proférée par ce cher tsar Alexandre III ?

Il se tut avant de s'écrier, le poing dressé :

— Un tiers des Juifs sera converti, un tiers émigrera, un tiers périra !

Il haletait. Ses traits avaient revêtu la pâleur de la mort.

V

19

*Dire que l'homme est un composé de force
et de faiblesse, de lumière et d'aveuglement,
de petitesse et de grandeur, ce n'est pas lui
faire son procès, c'est le définir.*

Diderot.

Haïfa, 10 juin 1925

Nul n'a jamais vu personne écrire de la poésie pour
devenir riche. Soliman Shahid ne faisait donc pas
exception. Il avait rédigé quelques vers en secret, quasi
clandestinement. Par amour. Elle s'appelait Heidi, elle
avait dix-huit ans, des joues mouchetées de taches de
rousseur, pas très belle, mais grassouillette, allemande, protestante et, comme le reste de sa famille,
elle appartenait à un mouvement d'évangélistes qui se
faisait appeler : les « chrétiens sionistes », mouvement
qui plaidait pour le retour des Juifs en Terre sainte.
    C'était la première fois que Soliman entendait par-
ler de « chrétiens sionistes », et la définition même
l'avait quelque peu déconcerté. D'après ce qu'on lui
avait enseigné, les Juifs ayant crucifié le prophète
Jésus, il était inconcevable que ses adeptes puissent
être à la fois chrétiens et… sionistes. Mais Heidi lui
avait alors expliqué qu'il ne s'agissait pas de sympathie

à l'égard des Juifs, qui, selon elle et ses parents, n'étaient que de misérables déicides, mais de l'accomplissement de la prophétie biblique.

— Prophétie ?

Heidi s'était lancée dans une explication qui avait tourneboulé l'esprit du jeune homme plusieurs jours durant.

— Voilà, avait déclaré l'Allemande. Il faut absolument que nous mettions tout en œuvre pour que les Juifs reviennent sur la Terre promise, car leur retour signifierait que la fin du monde est proche.

— La fin du monde ? Vous espérez la fin du monde ?

— L'avènement du Christ, Notre Seigneur. Ce qui n'est pas tout à fait la même chose. Alors les sacrifices rituels reprendront dans le Temple reconstruit et Jésus pourra enfin revenir dans toute sa gloire, au milieu de tout le peuple chrétien. Les non-croyants et les apostats, eux, resteront sur terre.

— Les musulmans aussi ?

Heidi avait hésité.

— Heu... oui.

— Ah ! Et ensuite ?

— Ensuite, la terre connaîtra sept années de catastrophes. Des forces sataniques conduites par l'Antéchrist la ravageront. Mais le diable sera combattu par tout le peuple juif converti au christianisme qui évangélisera également les non-croyants et les apostats.

— Et les musulmans, donc.

Heidi avait de nouveau hésité.

— Oui. Ensemble, tous affronteront les forces du mal au cours de la grande bataille d'Armaggedon et Jésus pourra enfin instaurer le royaume messianique. Tu as compris ?

En vérité, tout ce qu'il avait saisi, c'est que des chrétiens soutenaient les Juifs et Israël dans le seul but de convertir les deux autres religions au christianisme. Vraiment, quelque chose ne tournait pas rond dans la tête du monde. Privé de réaction, il s'était contenté d'emprisonner les fesses de Heidi et, l'attirant contre lui, il avait chuchoté : « Viens. »

— À quoi rêves-tu ?

Arraché à ses pensées, Soliman pivota vers Mourad.

— Je ne rêve pas. Je travaille.

— Tu travailles ? En fixant le paysage, assis sur le perron ?

— Quand un poète réfléchit, figure-toi qu'il travaille. Tu ne peux pas comprendre ; surtout depuis ton retour d'Égypte et maintenant que tu es devenu un homme d'affaires.

Il avait prononcé ces derniers mots en y mettant une pointe d'ironie.

Mourad haussa les épaules. Voilà bientôt trois ans que, son diplôme de droit en poche, il était revenu vivre à Haïfa avec Mona et leur fils Karim. Ils s'étaient installés dans une maison que Mourad avait tenu à acheter avec ses propres deniers, non loin de la demeure familiale. Comme il fallait s'y attendre, le départ du Caire ne s'était pas fait sans douleurs. Amira Loutfi avait versé des torrents de larmes en apprenant que sa fille adorée, sa petite (vingt-deux ans tout de même) acceptait de suivre son époux en Palestine, et Mona sanglotait tout autant à l'idée de se séparer pour la première fois de ses parents, de sa terre natale et de la ferme de Tantah, son paradis.

Farid Loutfi bey avait tout tenté pour retenir son gendre en Égypte. Il serait président-directeur général de la *Hosni Cotton Trading Co. Ltd*. Il lui offrirait une Wolseley, le dernier modèle, une villa à Alexandrie. Mourad n'avait pas flanché.

— Non. Ma décision est prise depuis longtemps. Je me dois de retourner là-bas.

Alors, la mort dans l'âme, son beau-père s'était résigné et, allez savoir pourquoi, avait offert à son gendre cinq costumes et autant de chemises du meilleur faiseur, ainsi qu'une douzaine de cravates. Quant à Amira Loutfi, elle avait glissé dans sa valise un flacon d'eau de Cologne impériale Jean-Marie Farina. Comme Mourad s'étonnait de ce choix, Amira lui avait soufflé à l'oreille : « C'est l'eau de Cologne que Loutfi met depuis des années. Ainsi, quand tu t'en parfumeras, Mona aura l'impression d'être dans les bras de son papa. » Mourad avait trouvé l'explication pour le moins singulière, mais s'était gardé de la discuter.

En embarquant à Alexandrie, un matin de septembre 1922, il n'avait pu s'empêcher d'éprouver un petit serrement de cœur. La Palestine était son pays, mais il s'était attaché à l'Égypte, à ses habitants, et avait fait siennes leurs aspirations. Au cours de ces trois dernières années, peu de choses avaient vraiment changé, si ce n'est que, sous la pression de la rue et des manifestations quotidiennes, l'Angleterre avait fini par renoncer au protectorat imposé à l'Égypte, tout en se réservant le droit de contrôler quatre de ses artères : ses lignes de communication avec l'Empire, la défense militaire du pays, la protection des étrangers et des minorités et le contrôle intégral du Soudan, pourtant partie de l'Égypte. En termes clairs, comme on les pratiquait chez El-Fishawi, le grand café du Khan Khalîl, le pays restait occupé par les troupes britanniques et le haut-commissariat, nommé depuis peu premier vicomte d'Allenby de Megiddo et de Felixstowe, continuait de détenir plus de pouvoir que le sultan Fouad. Un sultan Fouad qui, depuis le 13 mars 1922, avait troqué son titre contre celui de roi. Belle promotion ! Trois ans et dix-sept jours plus tard, le 30 mars 1925, lassés de subir des émeutes, Allenby avait décidé de libérer Zaghloul et de l'autoriser à rentrer en Égypte. Entre-temps, on avait transféré le pauvre homme des Seychelles à Gibraltar où – selon les médecins compassionnés de Sa Majesté – le climat était plus propice à sa santé déclinante. Dès que la nouvelle de son retour fut connue, une explosion de liesse secoua le pays. À l'exaspération des Anglais, même les trains qui revenaient d'Assouan arboraient de petits drapeaux verts frappés d'un croissant blanc aux trois étoiles, emblème du Wafd, le parti du nationaliste.

Il n'en demeurait pas moins que les Anglais continuaient d'occuper l'Égypte et ne semblaient pas décidés à la quitter de sitôt.

Comme disait Taymour, on ne pouvait qu'espérer que les prostituées outrageusement peintes de la rue Clot-bey contaminassent leurs clients britanniques, les *Tommies*, avec toutes les maladies vénériennes de la terre.

Maintenant que tu es devenu un homme d'affaires, venait d'ironiser Soliman. Son frère cadet n'avait pas tort. Mais Mourad avait-il eu le choix ? En revenant à Haïfa, il avait pris place tout naturellement aux côtés de son père à la direction de *Shipshandlers and Son*, consacrant toute son énergie à résister à la concurrence de plus en plus sévère de leur rival direct : *Brohnson Shipshandlers*.

Mourad avait découvert une Palestine plus bouleversée que le jour où il l'avait quittée. Au cours des dernières années, la tension n'avait fait que croître entre les communautés juives et arabes, tandis que les grands de ce monde discutaillaient de l'avenir de l'une et de l'autre à la Société des Nations. Le Vatican soutenait les revendications palestiniennes du bout des lèvres, la France campait sur sa réserve, Londres persistait dans son attitude. Herbert Samuel n'avait-il pas déclaré en septembre 1923 : « Le gouvernement de Sa Majesté s'est livré à une étude approfondie de la question de l'administration de la Palestine. À la suite de cette étude, il a pris certaines décisions très nettes. La Déclaration Balfour a été acceptée par tous les Alliés, y compris les États-Unis, approuvée à l'unanimité par les deux chambres. Elle fait partie intégrante du mandat qui a été définitivement ratifié par la Société des Nations. Le gouvernement considère qu'il ne saurait être question de la répudier. » Et le haut-commissaire d'asséner : « La Palestine reste jusqu'à nouvel ordre sous le régime d'une colonie de la Couronne d'Angleterre. »

— Puis-je me joindre aux hommes ?

Samia venait de retrouver ses frères sur le perron. Resplendissante, la petite fille était devenue une femme de vingt ans aux charmes envoûtants.

— De quoi parliez-vous ?

— D'affaires et de poésie, ironisa Soliman.

Mourad fit observer :

— Ton frère me reproche d'être devenu un *business man*. En adulte responsable, il pense sûrement que nous pourrions vivre de ses poèmes.

— Oh ! C'est un rêveur. Et un provocateur.

Elle ébouriffa affectueusement la chevelure de Soliman en ajoutant :

— N'est-ce pas, *habibi* ?

— Provocateur, rêveur ? Ces qualificatifs te conviendraient mieux qu'à moi.

La jeune fille sourcilla.

— Oui, reprit Soliman. Tu as eu vingt ans le mois passé et tu refuses toujours de te marier. N'est-ce pas de la provocation ?

— Me marier ? Mais avec qui ? Avec Mahmoud, notre voisin ? Il est tellement bête que même les ânes l'évitent quand ils l'aperçoivent. Avec ce patapouf de Obeïd ? Notre lit de noce s'écroulerait sous son poids ! Avec…

— Allons, allons, protesta Mourad. Dis plutôt que tu n'as aucune envie de prendre un mari, c'est tout.

— Faux ! Mais tout le monde n'a pas ta chance. Tu es tombé sur une perle. Tu sais ce que raconte Mariam, ma copine ? Elle dit que le mariage, c'est comme les melons : un sur dix tient ses promesses. Alors, j'attends de trouver le bon.

Soliman ricana.

— Tu risques d'attendre longtemps, ma chère, et, entre-temps, papa et maman mourront de désespoir.

— Pense plutôt à toi, tu veux bien ? Je me marierai bien avant que tes poésies ne soient éditées !

Elle adopta un air hautain et entra dans la maison.

*

Paris, 21 juillet 1925

Dépouillant les dépêches du jour, Jean-François Levent crispa la mâchoire. Sa secrétaire, Marie Weil, l'interrogea de ses yeux gris.

Il brandit un télégramme.

— Et maintenant, la Syrie qui plonge en pleine insurrection. Gouraud n'est plus aux commandes, il a été rapatrié à Paris définitivement et remplacé par un fou furieux : le général Maurice Sarrail, à qui on adjoint Gamelin pour pacifier la région. Pacifier ! Vous m'entendez, mademoiselle ? Pacifier à coups de canon !

Il pensa à part soi : Dounia... Si la guerre civile éclatait, qu'allait-elle devenir ? La dernière fois qu'ils s'étaient vus remontait à six mois. Depuis, ils avaient dû échanger quelques dizaines de lettres sans que jamais il parvienne à la convaincre de l'épouser. Elle l'aimait, mais pas au point de vouloir partager le même toit que lui.

En août 1924, elle avait accepté de venir passer l'été à Paris. Bonheur fou. Embrasement hélas retombé une fois qu'elle fut repartie.

Il alluma fébrilement une cigarette.

— Vous comprenez, mademoiselle, s'il n'y avait que cela ! Le grand protégé de ce couillon de colonel Lawrence, le chérif de La Mecque, a été jeté hors d'Arabie par son vieux rival, Ibn Séoud. Exilé, le chérif ! Viré ! À l'heure où nous parlons, il compte et recompte les grains de son chapelet sur les rivages chypriotes ! L'Arabie est désormais entre les mains des wahhabites. Vous, mademoiselle, vous ne savez pas ce que sont les wahhabites. Ce sont des musulmans rétrogrades, fanatiques et sectaires. De grands désaxés ! Chapeau bas, Mister Lawrence !

Dans le décor somptueux, compassé du Quai d'Orsay, les propos du diplomate prenaient des accents barbares.

Mlle Weil, elle, semblait rapetisser à mesure que Levent parlait. La voilà accablée de peuples qu'elle n'avait jamais vus et dont elle ne savait pas grand-chose : le plus loin qu'elle fût jamais allée était Trouville, pour ses congés estivaux.

— Ces Anglais sont fous, poursuivit Jean-François, du même ton enflammé. Vous...

Il s'interrompit, surpris par l'expression de sa secrétaire ; elle regardait la porte. Il se retourna : le ministre Aristide Briand se tenait dans l'embrasure. Voilà à peine huit jours qu'il était revenu aux Affaires étrangères. Apparemment, il n'avait rien raté de la tirade de son secrétaire aux Affaires d'Orient.

— Monsieur le ministre... Pardonnez-moi, je ne m'étais pas avisé...

— Continuez, je vous prie.

— Ces dépêches, monsieur le ministre. Une véritable guerre civile s'est enclenchée en Palestine. Hier, il y a eu des massacres de Juifs à Hébron, à Safed, dans d'autres localités. Cent treize Juifs ont été tués, trois cent trente blessés, et l'on ne sait encore combien d'Arabes.

Briand hocha la tête. Depuis qu'il avait repris ses fonctions, il mesurait chaque jour la tâche immense qui incombait à son ministère.

— Poursuivez...

— Avez-vous lu le rapport de M. Gaston Maugras, notre consul à Jérusalem ?

Le ministre croisa les bras dans l'attente de la suite.

Jean-François saisit un dossier, en extirpa un feuillet et le tendit à Briand, qui le repoussa aimablement.

— Je n'ai pas mes lunettes. Lisez, je vous prie.

— Monsieur Maugras écrit : « Au cours d'une conversation de fumoir, sir Gilbert Clayton, le haut-commissaire britannique par intérim, avec qui j'entretiens depuis plusieurs années des relations amicales, m'a parlé à bâtons rompus de la politique anglaise en Palestine. Quand j'ai assumé l'année dernière pour la première fois mes fonctions, m'a-t-il dit, je me suis amusé à écrire au Colonial Office pour lui demander quelle était sa politique en Palestine, dans quel sens je devais gouverner. Je n'ai jamais reçu de réponse, et pour cause. On ne peut pas définir sa politique quand on n'en a pas. Nous vivons au jour le jour, sans prévision, en tâchant seulement de louvoyer entre les écueils à mesure qu'ils se présentent. Mais où allons-nous ? Nul ne le sait. Les Juifs nous reprochent de favoriser les ambitions arabes, les Arabes protestent contre le Foyer juif que nous avons créé en Palestine, et bien des gens, devant le mystère de cette double politique, se demandent de quel dessein machiavélique nous poursuivons la réalisation. En vérité, ce n'est pas l'avenir qui nous attire, c'est le passé qui nous pousse, nous ne marchons pas vers un destin de notre choix, nous subissons celui dont la guerre nous a laissé l'héritage. Pendant la guerre, nous avons fait des promesses aux Juifs, nous en avons fait aux Arabes, nous avons éveillé des ambitions contradictoires auxquelles nous sommes tenus de donner quelque satisfaction et qui nous enserrent dans un réseau de complications et de difficultés. »

Levent s'arrêta pour s'enquérir :

— Je continue ?

— Faites donc.

— C'est toujours sir Gilbert Clayton qui s'exprime : « Le malheur, c'est l'existence à Londres de deux sortes de gens : les uns sont des théoriciens, obstinés à appliquer aux tribus bédouines, comme aux nations occidentales, leurs formules sur le droit des peuples à disposer d'eux-mêmes ; les autres, comme l'apprenti sorcier de la légende, ont peur maintenant du fantôme d'Empire arabe qu'ils ont suscité. D'ailleurs, il faut bien reconnaître que toute politique d'ingérence dans les affaires de peuples étrangers, si arriérés soient-ils, se heurte aujourd'hui aux plus graves difficultés. Nous avons enseigné aux indigènes le jargon des libertés politiques, ils s'en servent contre nous et chez nous-mêmes. J'ai l'impression que la politique coloniale – de quelque nom qu'on la décore – est chose périmée et en train de disparaître. Aussi suis-je bien convaincu que nous évacuerions la Palestine et ses champs de cailloux, que nous abandonnerions à elle-même sa population famélique et querelleuse, si nous le pouvions. Mais nous sommes prisonniers de notre Déclaration Balfour. Les Juifs tiennent notre gouvernement à la gorge et ne le lâcheront pas. En ce qui me concerne, a ajouté sir Gilbert Clayton, je suis décidé à vider les lieux en avril prochain et à rentrer dans la vie privée. J'en ai assez[1]. »

Levent se tut à nouveau et observa son ministre de tutelle dans l'attente d'une réaction.

Après un long temps de silence, celui-ci déclara :

— Rédigez-moi donc un mémoire, je vous prie. Exprimez vos craintes, sans détour. Je le lirai et, si je l'approuve, je le communiquerai à l'ambassadeur d'Angleterre à l'intention de son ministre. Mais je ne vous cache pas que je n'attends pas de résultats de sitôt. La politique orientale des Anglais est comme un paquebot lancé à toute vitesse. Elle ne s'arrêtera pas en un jour.

1. 2 août 1924. Levant Palestine, 1918-1929, vol. XXI, p. 201-202, in *Le Retour des exilés*, Henry Laurens, Éditions Robert Laffont.

— Je vous l'accorde, monsieur le ministre, mais pour ce qui est de la situation en Syrie, c'est notre propre paquebot qu'il nous faudrait freiner. Les dernières nouvelles sont extrêmement alarmantes. Je...

— C'est urgent, intervint timidement Mlle Weil en tendant un câblogramme à Jean-François. Ce dernier le parcourut et leva les yeux vers Briand.

— C'est bien ce que je craignais.

— Parlez donc !

— La révolution syrienne a commencé.

— Mais encore ?

— Des insurgés, commandés par un certain sultan El-Atrach, se sont soulevés dans le Djebel el-Druze[1]. L'insurrection se propage à Damas, Qalamoun, Hama, le Golan et dans le sud-est du Liban. La Syrie est en feu.

Le ministre hocha la tête avec componction.

— Hélas, le sort du monde est d'aller toujours mal. Cela a commencé avec le départ d'Adam et Ève du Paradis.

Jean-François Levent hocha la tête. Courtoisement. Il n'était, à tout prendre, qu'un fonctionnaire face à un homme politique de stature internationale. Mais ça ne changeait rien à la réalité dont il était cruellement conscient.

— Je vais réunir le Cabinet, enchaîna Aristide Briand. Nous jugerons des décisions à prendre. Vous partirez ensuite pour Damas rencontrer le remplaçant de Gouraud, le général Maurice Sarrail.

Levent acquiesça. Les mots que Dounia avait prononcés un jour à Alep lui revinrent en mémoire : « Je suis convaincue que nous devons apprendre à vivre ensemble comme des frères, sinon, tôt ou tard, nous mourrons ensemble comme des idiots. »

---

1. Montagne qui se trouve en Syrie méridionale, dont la plupart des habitants sont des Druzes.

20

*L'humanité est une vieille ivrognesse qui
passe son temps à cuver ses dernières guerres.*

Jules Romains.

Damas, 10 août 1925

Le général Maurice Sarrail, nouveau haut-
commissaire de la République française en Syrie,
lissa machinalement sa manche et poursuivit :

— J'ai bien compris les instructions du ministre,
monsieur Levent. À présent, si vous me parliez du sultan
El-Atrach ? Il commence à nous donner du fil à retor-
dre, ce bougre.

Levent prit le temps de jeter un regard circulaire
autour de lui, s'arrêtant tour à tour sur le lieutenant-
colonel Andréa, le général Gamelin, tout juste rentré
du Brésil, nommé commandant des troupes françaises du Levant et, enfin, le général Garnier du Plessis.
Une constellation d'étoiles.

— Les renseignements dont nous disposons sur
El-Atrach sont assez succincts. Il a environ trente ou
trente-cinq ans. Bel homme à ce qu'on dit. D'impo-
santes bacchantes à la polonaise. Il appartient à une
très importante famille druze qui a toujours régné en
maître absolu sur le Djebel. Déjà en 1910, son père

livrait bataille contre l'occupant ottoman. Il y a d'ailleurs laissé la vie. Son fils a pris la relève et combattu aux côtés des Anglais. C'est dire si l'homme s'est senti frustré lorsqu'il a compris que lui et son père avaient risqué leur vie pour rien.

— Maintenant, je comprends mieux sa hargne et son désir de nous humilier. Saviez-vous qu'il a lancé son offensive le 14 juillet ?

Levent répondit par la négative.

Sarrail quitta son bureau, saisit au passage une baguette qu'il plaqua sur une carte figurant la Syrie et sur un point précis : Damas.

— Lieutenant-colonel Andréa, les travaux d'embellissement sont-ils en bonne voie ?

— Oui, mon général. Cependant, c'est une entreprise qui demande du temps. Si le rythme est maintenu, nous aurons terminé d'ici à quelques semaines.

— Parfait.

Jean-François fit des yeux ronds.

— Vous avez bien dit les « travaux d'embellissement » ?

Le lieutenant-colonel Andréa laissa échapper un vague sourire.

— Le terme « embellissement » est celui que nous utilisons pour ne pas choquer les habitants. Il s'agit en vérité d'une barrière métallique d'environ douze kilomètres, constituée d'un réseau de fils de fer barbelés, protégée par des automitrailleuses.

— Et les habitants vous croient ?

— Est-ce important ? J'ai vu des alignements de canons qui n'étaient pas dépourvus de charme, savez-vous ?

C'était un point de vue.

— De combien d'hommes dispose El-Atrach ? interrogea le général Sarrail, en posant ses yeux sur Gamelin.

— Nous n'avons pas de chiffre précis. Certainement plusieurs centaines.

Levent questionna :

— Comment tout cela a-t-il commencé ? Une escarmouche ? Une bavure ?

Le général Garnier du Plessis prit sur lui de répondre :

— Je suis convaincu que la venue en juin de lord Balfour à Damas fut pour une grande part dans le soulèvement.

— Balfour ? Il a eu l'audace de se présenter ici, devant les Arabes ?

— Oui. À peine ont-ils appris qu'il traversait la ville que des jeunes gens, fous furieux, ont surgi de la mosquée des Omeyyades pour bloquer le passage de son véhicule en solidarité avec les Palestiniens et contre la politique anglaise de soutien au sionisme. Dans le même temps, pure coïncidence, à quelques mètres de là, des femmes manifestaient contre l'obligation du port du voile décrété par je ne sais quel crétin d'imam. Les deux manifestations se sont regroupées pour n'en former qu'une seule. Le lendemain, des mouvements identiques gagnaient Damas et ses faubourgs, tandis que dans le sud du Liban, au pied du Djebel Amel, l'atmosphère s'embrasait.

— Tout ceci est exact, confirma le lieutenant-colonel Andréa, mais il y a eu aussi le drame du 18 juillet. Deux de nos aviateurs en difficulté se sont posés près du village druze à Imtane et ont été faits immédiatement prisonniers. Une fois l'incident connu, nous avons envoyé le capitaine normand à la tête d'une colonne et d'un peloton de spahis pour délivrer nos hommes.

La voix du lieutenant-colonel baissa d'un ton pour annoncer :

— Ils se sont fait tailler en pièces : trente et un survivants. Normand fut tué. Ensuite, tout est allé très vite. Le général Michaud a réuni trois bataillons d'infanterie, composés d'Algériens et de Sénégalais, deux escadrons de spahis, qu'il a associés à un important convoi de munitions. Il faut savoir que, sur les routes du Djebel druze, les gens à pied et à cheval vont beaucoup plus vite que les camions. C'est ainsi qu'un écart important s'est creusé entre le convoi de munitions et les troupes censées le protéger. Les Druzes ont tout de suite vu le parti à tirer de cette erreur. En moins de deux, ils ont lancé leur attaque, pillé le convoi et se sont volatilisés dans la nature. Le drame ne s'est pas arrêté là. Le général Michaud, ne disposant plus que d'une quarantaine de cartouches par homme et de quelques obus par canon, a ordonné aux troupes de faire demi-tour.

Un nouveau silence. Andréa conclut. Cette fois, sa voix fut presque inaudible :

— Les Druzes, qui n'attendaient que ce mouvement, se sont jetés sur nos hommes. Un massacre. Nous avons laissé mille morts sur le terrain, et tout le matériel.

Sarrail ne laissa pas l'atmosphère s'alourdir.

— Messieurs, c'est du passé. Regardons l'avenir. Les rebelles sont en train de se concentrer dans les environs de Damas et préparent le soulèvement de la capitale à partir de l'oasis de Ghouta. J'ai donc décrété l'état de siège.

Il fixa Gamelin

— Général, vous avez carte blanche pour défendre la ville quel qu'en soit le prix. Il est hors de question que Damas tombe. Hors de question ! Suis-je clair ?

Il revint s'asseoir derrière son bureau en répétant :

— Hors de question...

Levent eut l'impression que le haut-commissaire cherchait à se convaincre lui-même. Il n'osa imaginer ce qui se produirait si les combats se déplaçaient dans les étroites ruelles de Damas ou d'Alep. Une véritable et effroyable boucherie.

*

Farid Loutfi bey écarta doucement son plat de *molokhiya*[1] inachevé et poussa un profond soupir :

— Je vais étouffer, les enfants. On mange trop. Beaucoup trop !

Taymour partit d'un éclat de rire :

— C'est toi, papa, qui te goinfres ! As-tu vu combien de portions tu t'es servies ? Quatre assiettes pleines à ras bord !

— Épargne-moi tes commentaires. Tu en as avalé autant que moi !

— C'est vrai, nota Amira, mais, à la différence que toi, tu vas avoir cinquante-trois ans alors que ton fils en a à peine vingt-sept !

Loutfi avait la réplique au bord des lèvres lorsqu'il fut interrompu par l'arrivée impromptue d'Ahmed Zulficar. Accompagné d'une jeune femme d'environ vingt-cinq ans. Taille fine, corps élancé, très brune.

— Toutes mes excuses, déclara le visiteur confus. Nous rentrions d'une balade aux Pyramides, et j'ai pensé que…

— *Etfaddal* ! Sois le bienvenu ! s'exclama Taymour en se précipitant vers son ami. Quel plaisir de te voir !

— Joignez-vous à nous, surenchérit Amira, il reste de la *molokhiya*, je vais demander qu'on vous la réchauffe. Il y a aussi du poulet.

Elle fit mine d'appeler le domestique, mais Zulficar l'arrêta de la main.

— Non, ma tante, ne vous dérangez pas. Nous avons déjeuné.

— Tu es sûr ? insista Amira. Sans façon ?

---

1. Soupe très prisée en Égypte, à base de feuilles de corète réduites en poudre, de bouillon de poulet, d'oignons, d'ail et de coriandre, généralement accompagnée de poulet et de riz. On la retrouve aussi en Tunisie et au Liban.

— Sans façon, ma tante. Je vous assure. Permettez-moi de vous présenter Nour. Ma petite sœur.

— Ta sœur ? s'exclama Taymour, interloqué. Cachottier ! Tu ne m'as jamais dit que tu avais une sœur !

— Sans doute parce qu'elle vivait, et vit toujours, à Alexandrie, avec notre mère. Comme tu le sais, mes parents sont divorcés.

— J'étais au courant du divorce, mais pas de l'existence de Nour.

Il s'inclina poliment devant la jeune fille.

— Vous avez illuminé notre journée, mademoiselle.

Nour baissa les yeux et articula un « Je vous remercie » intimidé.

— Allez, lança Loutfi bey, approchez ! Vous partagerez la *mehallabieh*[1] avec nous. Et ne dites pas non !

Taymour se hâta d'inviter la jeune fille à s'asseoir près de lui, laissant délibérément le neveu de Zaghloul se glisser de l'autre côté de la table.

— Avez-vous des nouvelles de Mourad et de Mona ? demanda ce dernier à peine installé. Et le bébé ?

— Karim grandit comme tous les bébés, répondit Amira. Mais lui, c'est une merveille. Il a eu quatre ans et, d'après sa maman, c'est un ange. Il…

— Maman, soupira Taymour, tu ne vas pas commencer. Nous savons que ton petit-fils est unique, sublime, le plus beau…

— Et alors ? Je n'ai pas le droit de le dire et de le redire si cela me fait plaisir ?

Elle mit les mains sur ses hanches et scanda :

— Oui, il est unique, sublime. Oui, c'est le plus beau des bébés. Une pleine lune ! Voilà !

Elle partit vers la cuisine.

---

1. Crème au lait et à la farine de riz, parfumée à la cannelle et à la fleur d'oranger et garnie de raisins secs et de pistaches.

— Pour répondre à ta question, dit Taymour, Mourad fait désormais partie d'un Comité arabo-palestinien fondé à l'initiative de quelques patriotes et de son cousin, Latif el-Wakil.

— Des comités, des comités, grommela Ahmed Zulficar. Nous, les Arabes, nous ne sommes bons qu'à créer des comités quand ce ne sont pas des mouvements politiques fantoches !

— C'est toi qui parles de la sorte ? se récria Taymour. Toi, le neveu de l'homme qui a fondé un parti qui, justement, n'a rien de fantoche ! As-tu oublié que, depuis le retour de Gibraltar de ton oncle, le Wafd a raflé toutes les élections et qu'aujourd'hui il fait peur aux Anglais au point que notre haut-commissaire, le général Allenby, celui que ses hommes surnommaient le « Bloody bull », le taureau sanguinaire, s'est vu contraint de retourner vivre dans son village du Nottinghamshire ? Il n'est pas près de remettre les pieds en Égypte de sitôt, crois-moi !

Taymour adopta une expression de reproche pour conclure :

— Pas toi, Ahmed. Ne dénigre pas les efforts de nos autres frères. Tout le monde n'a pas un Zaghloul dans ses rangs, hélas.

— Sans doute. Mais regarde un peu le résultat ! Le Wafd a remporté 195 sièges sur 214, mon oncle a été nommé Premier ministre. Et ? Devant l'impossibilité de modifier quoi que ce soit, le refus obtus des Anglais et la lâcheté du roi, il a fini par démissionner.

Taymour n'écoutait plus que distraitement.

Toute son attention s'était portée sur Nour. Il avait déjà connu des femmes, mais, à la différence de la plupart de ses camarades, pour ne pas dire la majorité, l'amour n'avait jamais été pour lui une priorité ; le sexe, encore moins. Il se serait interdit de le reconnaître tout haut, mais il n'avait guère éprouvé de plaisir ou si peu. Un jour qu'il s'en était ouvert auprès d'une amie d'enfance, elle avait ri et, pour le taquiner, lui avait soufflé à l'oreille qu'il devait préférer les hommes. Absurde ! avait rétorqué Taymour. Il se serait bien gardé de lui révéler qu'une fois, une seule, il s'était livré aux « amours grecques », comme les qualifiait pudiquement son professeur de philosophie, M. Abdel Meguid, helléniste invétéré. Taymour avait à l'époque vingt et un ans. Son partenaire était sensiblement plus âgé. Dire que cette séquence amoureuse ne fut pas concluante relevait de l'euphémisme. En tout cas, elle lui avait enseigné qu'à choisir, un corps de femme était ce qu'il préférait. Un corps de femme. Soit. Mais en Égypte, il eût été plus facile de trouver un flocon de neige au pied du sphinx qu'une jeune fille disposée à s'offrir hors des liens du mariage. Une jeune fille de bonne famille, entendons-nous. Prendre la main d'une amoureuse était déjà une forme d'engagement officiel et un premier pas vers la mosquée, l'église ou la synagogue. De toute façon, que faire de plus osé lorsque, dans la très grande majorité des cas, un chaperon, un frère, une sœur, un cousin était prêt à rugir au moindre effleurement discourtois ? Taymour lui-même n'avait-il pas joué ce rôle avec Mourad et Mona ?

— Pourquoi ne réponds-tu pas ?

La voix de Zulficar le tira de sa songerie.

— Pardon, tu disais ?

— Je disais : comment envisages-tu l'avenir ? Comment crois-tu que les choses vont évoluer dans notre pays ?

Il sentit le regard de la jeune fille posé sur lui et faillit répliquer : « Je me vois épouser Nour. » C'était grotesque. Il répondit :

— Je pense que l'âge colonial va vers sa mort. Quand mourra-t-il ? Je ne sais. J'aurais bien voulu être devin. Dans dix ans, dans vingt ans ? Tous ces gens qui occupent et exploitent des pays qui ne leur appartiennent pas et qui ne leur ont jamais appartenu se verront un jour ou l'autre forcés de rentrer chez eux.

— Dix ans ? Vingt ans ? s'offusqua Nour. C'est si loin. J'aurai quarante-cinq ans, dans vingt ans, et je serai vieille et laide !

— Ah ! Mon enfant, s'exclama Loutfi bey. Avant tout, tu ne seras jamais laide. Vieille sans doute, mais la laideur ne t'approchera pas ! Quant au temps qui passe, qu'est-ce que dix ans ou cent mille ans au regard de l'Histoire, sinon un pet de bufflesse. Mon fils dit souvent des bêtises, mais là, j'admets qu'il a raison : les intrus s'en iront.

— Pardonnez-moi, Loutfi bey, d'où tenez-vous cette certitude ?

— Écoute-moi bien, ma fille. Personne ne peut rester indéfiniment dans une maison qui n'est pas la sienne, dans une famille qui vous méprise et n'attend qu'une seule chose : vous étrangler dans votre sommeil. Alors, cent ans ou mille ans ? Quelle importance ? N'oublie jamais ceci : une horloge n'a pas conscience du temps qui passe. Et l'Histoire est une horloge.

La jeune fille se retourna vers Taymour avec un sourire.

— Votre père est un grand sage.

Le jeune homme fut à deux doigts de lui répondre : « Et vous, vous êtes adorable. » Mais il s'entendit plus banalement demander :

— Quand repartez-vous pour Alexandrie ?

*

Alep, le lendemain, 11 août 1925

Des coups de feu partaient des terrasses. Du sang coulait sur les marches qui conduisaient à la maison de Dounia et l'air empestait la poudre. Des gens couraient dans tous les sens. Le quartier ressemblait à une fourmilière qu'on aurait piétinée. Les canons français ripostaient du haut de la citadelle.

Jean-François se rua sur le marteau de la porte et frappa à plusieurs reprises. Il n'eut aucune réponse. Reculant d'un pas, il hurla en direction des fenêtres : « Dounia ! »

Où avait-elle disparu ? Était-elle repartie à Bagdad ? Sa dernière lettre indiquait pourtant qu'elle n'avait pas l'intention d'y retourner avant la fin du mois de septembre. Se pourrait-il que, devant la révolte qui avait éclaté en juillet, elle ait modifié ses plans ? Ce n'était pas improbable. Il regarda autour de lui, éperdu.

Tout à coup, il se souvint : le collège Champagnat. Le collège où elle donnait ses cours de piano ! Peut-être y avait-il une chance qu'elle se fût réfugiée là-bas.

Il fonça vers le khan El-Saboun. Il faillit se faire renverser par un couple qui fuyait. À l'entrée du souk, avisant un marchand en train de ranger fiévreusement sa marchandise – des savons, essentiellement – il l'apostropha :

— Le collège des frères maristes ? Sais-tu où il se trouve ?

L'homme ne répondit pas et s'apprêta à rentrer dans sa boutique.

Jean-François le retint par la manche.

— Le collège des frères maristes ! Où ?

— Lâche-moi !

— Réponds !

— Tout droit… tout droit.

— Tout droit ? Et ensuite ?

— Tout droit… Jusqu'à Bab el-Nasr. La porte de la Victoire.

Il y avait environ trois kilomètres du Khan à Bab el-Nasr. Une fois devant l'imposante porte, ou du moins ce qu'il restait de sa splendeur, du temps où Saladin promenait son triomphe à travers la ville,

Jean-François essaya d'appréhender quelqu'un parmi la foule des fuyards, mais en vain. Le vacarme continuait de retentir dans le ciel de la ville. Coups de feu. Obus. Hurlements.

Un vendeur des quatre saisons apparut tout à coup qui remontait la rue vers on ne savait où. Il arriva à hauteur de Jean-François, tirant sa charrette comme un damné.

— Au nom du Prophète, hurla le Français, le collège des frères maristes ? Quelle direction ?

La tête entrée dans les épaules, l'homme grommela, le souffle court :

— Après la fontaine, à gauche.

— Allah te bénisse !

Le Français s'engagea aussitôt dans la direction indiquée. Quelques minutes plus tard, il arrivait devant l'entrée du collège, tout près d'une vieille église grégorienne. Une petite cloche pendait au bout d'une chaîne rouillée. Il tira dessus à plusieurs reprises. Un bruit de pas. La porte s'entrouvrit à peine, laissant deviner un ecclésiastique, visage blême, le thorax orné d'un grand col blanc à rabat.

— Quoi ? Que voulez-vous ? s'exclama-t-il, empressé.

— Laissez-moi entrer, je vous en prie. Je recherche une amie. Dounia el-Safi, elle enseigne le piano chez vous.

Le prêtre eut un imperceptible temps d'hésitation avant de répliquer :

— Entrez, entrez... Vite.

Jean-François s'exécuta.

D'une main tremblante, le mariste verrouilla la porte.

*

La première chose qui frappa Levent fut la pâleur extrême de la jeune femme. Ses lèvres, étroitement serrées, ne révélaient rien. Seuls ses yeux noirs la

240

trahissaient ; des yeux dans lesquels se lisait une immense lassitude.

Spontanément, faisant fi de toutes les convenances, elle vint se blottir contre lui sous l'œil réprobateur du prêtre.

— Emmène-moi, chuchota-t-elle, emmène-moi… Où tu veux, mais emmène-moi.

Levent la serra de toutes ses forces.

On entendait au loin les déflagrations qui assourdissaient le ciel.

Toutes ces années passées à rêver de l'instant où Dounia prononcerait ces mots : « Emmène-moi », et il fallait qu'ils résonnent dans de telles circonstances.

Six ans. Six ans depuis leur première rencontre, depuis ce soir à Bagdad où elle lui avait lancé avec un sourire espiègle : « Mais oui. Mais oui, monsieur Levent. Nous nous reverrons, n'en doutez pas. »

VI

21

*Il n'est rien de plus réconfortant qu'un
reflet de son enfance dans les yeux de son fils.*

Tantah, 2 janvier 1937

« N'oublie jamais ceci. Une horloge n'a pas conscience du temps qui passe. Et l'Histoire est une horloge », avait dit Loutfi bey.

C'était il y a douze ans.

Taymour échangea un regard complice avec Nour.
Elle était resplendissante. Et lui, à trente-neuf ans,
avait pris de la prestance autant que du poids. Dire
qu'il avait épousé la jeune femme trois semaines à
peine après leur première rencontre ! D'aucuns
auraient parlé de coup de foudre, Taymour préférait,
lui, l'expression anglaise plus nuancée : « *Love at first
sight.* » L'amour au premier regard.

Douze ans de mariage. Deux enfants. Hicham,
onze ans, dont c'était l'anniversaire aujourd'hui, et
Fadel, huit ans. Qui aurait pu imaginer une heure
avant qu'Ahmed Zulficar ne débarque avec sa sœur
dans leur maison de Guizeh que l'existence de Taymour
se verrait à ce point et si vite bouleversée ?

Se penchant à l'oreille de son fils, il l'encouragea à
éteindre les bougies qui scintillaient sur le gigantesque gâteau au chocolat. Sa mère égrena le décompte :

un, deux, trois ! Mais, prenant tout le monde de court, au lieu de souffler, le petit Hicham enchaîna, espiègle : « Quatre ! » Fusions de youyous. Cris de joie et applaudissements saluèrent le petit-fils de Farid Loutfi bey. Ce dernier, un peu en retrait, essayait de masquer son émotion, mais son cœur n'en battait pas moins la chamade.

D'un geste furtif, il refoula une larme qui enflait dans l'angle des paupières et se retira discrètement vers la véranda. En passant devant la baie vitrée, il croisa son reflet et s'arrêta quelques secondes, surpris par l'image entrevue. Cet homme aux cheveux blancs, à la moustache blanche elle aussi, ce visage labouré de rides, était-ce bien lui ? Loutfi bey ? Soixante-six ans ? Il pensa : « Déjà ? » Hier, n'était-il pas ce petit garçon qui, à l'instar de Hicham, soufflait ses bougies avec fierté et insouciance sous les cris de joie de son papa et de sa maman ? Hier, ne recevait-il pas sa panoplie de chevalier des mains de Youssef, son grand-père adulé ?

Hier.

Un battement de paupières que la durée de nos vies ; le temps de s'y accoutumer et déjà une main nous indique la sortie. Injuste ? Non. Il était sain sans doute de céder la place une fois la mission accomplie. Loutfi partirait sans trop de regrets. Et s'il devait éprouver quelque pincement au cœur, ce serait pour l'Égypte.

En douze ans, peu de choses avaient changé. Le pays vivait plus que jamais sous la férule anglaise, et le Brave n'était plus là pour crier sa révolte. Épuisé, déprimé, Saad Zaghloul avait rendu l'âme un matin d'août 1927.

Neuf ans plus tard, le roi Fouad, la marionnette de Sa Majesté britannique, l'avait suivi dans la tombe, cédant la place à son fils unique, Farouk, un enfant de seize ans. On raconte que, dans ses derniers jours, le monarque, se sentant condamné, n'avait cessé de penser à cet adolescent, préoccupé par l'idée qu'il aurait à lui succéder sur un trône posé sur des sables mouvants et sans qu'il ait eu le temps d'acquérir une formation suffisante. Trop tard.

Le 15 mai 1936, sous les yeux de la cour réunie au grand complet, le jeune souverain avait débarqué à Alexandrie. « Daniel dans la fosse aux lions », aurait alors murmuré un journaliste anglais. La première démarche du garçon fut d'aller s'incliner devant la sépulture de son père, inhumé à la mosquée El-Rifaï. Une fois là, il était redevenu ce qu'il était : un enfant. Oubliant toutes les règles protocolaires, il s'était jeté sur le marbre fraîchement scellé et avait fondu en larmes.

L'héritier était beau. La presse avait étalé avec fierté ses photos en première page. Les deux illustrés *El-Moussawar* et *Images* publièrent des numéros spéciaux à la fois sur le deuil du pays et le retour du prince. À l'occasion, on diffusa aussi les portraits de ses quatre ravissantes sœurs et de sa redoutable mère, Nazli. De fait, on ne vit jamais tant Nazli qu'après la disparition de son époux, qui, pendant des années, l'avait tenue recluse dans le palais de Koubbeh. En coulisse, le nouveau haut-commissaire anglais, sir Miles Lampson, se frottait les mains : il ne ferait qu'une bouchée de ce petit roi. *The Kid*, l'enfant, comme il le surnommait déjà.

Un sourire mélancolique apparut sur les lèvres de Loutfi bey. Un roi de seize ans à la tête de vingt-deux millions de sujets, d'un héritage d'environ cent millions de dollars, propriétaire de six palais et d'innombrables propriétés agricoles. Un gamin face à des adultes avides, dans un monde en ébullition. Depuis plus d'un an, l'Espagne était en proie à la guerre civile. Les Japonais s'apprêtaient à envahir la Chine. Un dictateur italien, Benito Mussolini, avait fait main basse sur l'Éthiopie, alors qu'en août 1936, à Berlin, le chancelier Adolf Hitler, célébré comme le sauveur messianique de l'Allemagne, quittait la tribune officielle des

Jeux olympiques pour éviter d'avoir à serrer la main d'un champion noir américain dont les succès aux épreuves d'athlétisme ridiculisaient sous ses yeux ses doctrines sur la « supériorité » raciale des Aryens.

Que Dieu protège l'Égypte !

Mais, au cours des dernières années, il n'y avait pas eu que l'avènement d'un nouveau roi et la mort d'un patriote. Un autre événement s'était produit auquel personne n'avait prêté attention, mais qui, jour après jour, s'insinuait semblable à une maladie pernicieuse, dans le corps du petit peuple. Onze ans plus tôt, dans la ville d'Ismaïlia, un tout jeune instituteur de vingt et un ans, Hassan el-Banna, avait fondé, avec une douzaine de ses camarades, une association qu'il avait appelée la Confrérie des Frères musulmans. Le personnage affirmait haut et fort que le seul moyen de libérer la terre d'Égypte de la présence britannique passait par l'émergence d'un « islam social ». Pour y parvenir, il proposait de lutter par tous les moyens contre l'emprise laïque et de se référer à la doctrine wahhabite, cet islam pur et dur qui, depuis quelques années, s'activait en Arabie saoudite.

Selon certaines rumeurs, le mouvement des Frères musulmans constitué au départ de quatre cellules seulement, approchait désormais le nombre de trois cents. Aux yeux de Loutfi bey, ces gens n'étaient que des va-nu-pieds, des fanatiques, et l'Égypte bien trop laïque et tolérante pour que leurs préceptes puissent influencer un jour le pays. Non. La greffe islamique ne prendrait jamais !

— À quoi rêves-tu, père ?

Loutfi sourit.

— À ma vie, à nos vies.

Il s'empressa d'ajouter :

— Et toi, mon Taymour ? Es-tu heureux ?

— Quelle question ! J'ai une femme merveilleuse, deux enfants magnifiques et des parents exceptionnels. J'aurais mauvaise grâce à ne pas être heureux.

— Si tu le dis, c'est donc la vérité.

— Tu en douterais ?

Loutfi effleura sa moustache distraitement.

— J'entrevois de l'amertume en toi, un peu comme un mal silencieux qui aurait pris possession de ton être. Prends garde, mon fils, un homme amer passe volontiers pour un homme fini.

Taymour garda le silence.

Son père devinait bien. Depuis quelques semaines, il versait dans une névrose sourde. Après les années d'efforts que ses amis et lui avaient déployés, après avoir navigué sur des océans de mots et d'émotions, tous se retrouvaient au même point. La révolte n'aboutissait nulle part et l'Occident se souciait de l'Orient comme d'une guigne.

La veille, Ahmed Zulfikar et lui étaient attablés au café Le Bosphore, près de la place Bab el-Hadid, dégustant des *esh el saraya*, les « pains du palais[1] ». Dans le salon du fond, quelques clients plongés dans une torpeur reptilienne tétaient leurs narghilés. Et Ahmed Zulficar avait lui aussi deviné son état d'esprit.

— Taymour, avait-il fait remarquer, je sens une grande frustration en toi. Tu as tort. Il faut bénir l'épreuve que nous traversons et non se lamenter sur notre sort.

— Que veux-tu dire ?

— L'épreuve épuise les faibles, mais elle durcit les forts.

— Au diable la sagesse, Ahmed ! s'était-il emporté.

Zulficar avait secoué la tête.

— Rappelle-toi la parole du Prophète : « La patience est bonne. » La pâte est lourde, j'en conviens, mais nous sommes un bon levain.

— Ouvre les yeux, écoute, mon ami, Nous sommes, toi et moi, depuis quatre ans députés du Wafd

---

1. Pain cuit dans un sirop lourd, parfumé avec du miel, servi avec une crème fouettée.

mais n'avons jamais été foutus de faire passer la moindre loi.

— Tu as tout de même provoqué un sacré tollé à l'Assemblée, voilà quelque temps. L'aurais-tu oublié ?

En pleine session parlementaire, Taymour s'était en effet écrié : « L'état de fait qui se prolonge accuse dans le monde notre statut d'humains de seconde classe ! » Dangereusement éloquent, il était aussi écouté de ses collègues qu'exécré du palais, et ce coup de sang avait fait les manchettes. Mais, deux semaines plus tard, il était oublié.

— Un enfant règne à présent sur l'Égypte, reprit Taymour, et nous savons bien que, tout comme son père, il sera tenu en échec, bâillonné par une nuée de moucherons chamarrés. Même les cafards, dans ce pays, sont au service du palais et des Anglais ! C'est tout le temps la même sarabande infernale avec ces tyrans : un pas en avant, deux pas en arrière, à l'image du fox-trot que l'on danse dans les cercles occidentaux du Caire. Ce que je crains, c'est que dans cette espèce de *Pax britannica* imposée au monde arabe, nous finissions par trouver un certain confort et baissions la garde. Nous sommes maudits !

— Non, Taymour. Non. Aie confiance. Nous traversons une longue épreuve. Mon oncle, Dieu ait son âme, n'est plus. Mais demain d'autres surgiront de l'ombre.

— D'autres hommes ?

Taymour avait fait mine d'examiner les clients autour de lui.

— Où sont-ils ? Je ne vois ici que des endormis.

Oui. L'Égypte dormait...

— Alors ? grommela Farid. Tu veux bien me répondre ?

La question de son père ramena Taymour au présent.

— Non, bredouilla-t-il, tout va bien. Point d'amertume.

Son regard se perdit dans le paysage, parmi les champs de coton qui s'étendaient à perte de vue.

Ahmed Zulficar avait dit : « Demain d'autres hommes surgiront de l'ombre. »

Où ? De quel coin de la terre d'Égypte viendraient-ils ? L'un d'entre eux était-il déjà né ?

À quelque quarante kilomètres de là, au même instant, dans une modeste école du Caire, un jeune homme d'une vingtaine d'années s'enflamme, mais sans hausser le ton. Tous ses traits vibrent. La passion du sujet le dévore. La politique. La politique. L'Égypte. L'Égypte. Ses professeurs essaient tant bien que mal de calmer ses ardeurs. Il reste intraitable. On dit qu'il organise même des rencontres chez lui, dans le minuscule logement qu'il occupe rue Khamis el-Ads, ou dans le jardin de la mosquée Sidi el-Chaaraoui, où il a l'habitude de se rendre pour étudier, méditer.

L'homme est grand. Un mètre quatre-vingt-quatre. L'œil est noir de jais. Le sourire est à la fois enchanteur et carnassier. Tout en lui respire la force, la détermination et l'audace.

Il s'appelle Gamal Abdel Nasser…

*

Jérusalem, 4 janvier 1937

David Ben Gourion, de son vrai nom David Gryn, tapota affectueusement la main de Josef Marcus.

— Veux-tu que je te dise, mon ami ? La réponse à ta question est simple : le sort d'Israël dépendra de sa force et de son sens de la justice. Les deux éléments sont indissociables.

Josef approuva d'un hochement de tête.

Cet homme l'étonnerait toujours par sa vivacité, son intelligence, mais surtout son extraordinaire esprit visionnaire. Ni la faim, ni la pauvreté qu'il avait connue, ni ses crises de malaria qui s'emparaient de lui sans prévenir et le laissaient épuisé, cassé, rien ne semblait pouvoir dominer le personnage. À l'instar de Marcus, il était venu de Pologne vers 1906, à dix-neuf ans, originaire d'une petite ville industrielle, Plonsk, à une soixantaine de kilomètres de Varsovie. Fils d'avocat, il avait découvert le sionisme en épiant derrière la porte du bureau de son père les conversations des amoureux de la terre de Sion, seulement, à la différence de ceux qui se contentaient de discuter de sionisme, lui, David, voulait le vivre. Il avait donc plié bagage et s'était rendu en Palestine, troquant assez rapidement le nom de Gryn contre celui de Ben Gourion. En effet, à ses yeux, il n'y avait rien d'hébreu dans le nom de Gryn ; en revanche, celui de Ben Gourion – qui signifiait « fils de lion » – figurait un héros du siège de Jérusalem au temps des Romains. Voilà qui avait tout de même plus de panache.

— Pardonne-moi, David, intervint tout à coup Irina Marcus. Tous ici ne pensent pas comme toi. Tu le sais bien. Les Arabes se sentent volés, humiliés, dépossédés. Comment réussir à les convaincre de nous accepter ?

À trente-sept ans, la fille de Josef Marcus n'avait plus rien de la petite fille fragile d'antan qui partageait jadis les jeux des enfants de Hussein Shahid. Mariée depuis sept ans avec Samuel Bronstein, un Polonais natif d'Otwock ; mère d'Avram, un garçon de six ans, la gamine avait cédé la place à une femme d'une blondeur étincelante, grande, épaules carrées, dotée d'un caractère volontaire et d'une allure presque virile.

Ben Gourion passa sa main à plusieurs reprises dans sa chevelure grisonnante, considéra un instant Irina avant d'annoncer :

— En leur disant la vérité.

Elle fronça les sourcils.

— Oui. Le premier pas vers une entente entre les deux peuples est de ne pas cacher au peuple arabe la vérité pleine et entière : il existe un peuple juif de dix-sept millions d'âmes qui, en raison de son instinct de conservation, aspire, est obligé d'aspirer à rassembler le maximum possible de ses membres en Palestine. Tu as raison, Irina, lorsque tu fais observer que cet élan n'est pas partagé et encore moins souhaité par les Arabes de Palestine, lesquels veulent maintenir dans le pays un statu quo qui, lui, a un caractère de domination démographique nettement arabe. Seulement voilà, ils n'ont pas le choix. Il est indispensable qu'ils comprennent que notre retour à Sion est soutenu par un facteur puissant : l'impératif de vie, la volonté de vivre d'un peuple, légitimée par les souffrances de deux mille ans d'Histoire.

Le « fils de lion » marqua une courte pause avant de poursuivre :

— C'est seulement sur cette base – la reconnaissance par les Arabes de cette évidence – qu'il sera possible de parvenir à une entente mutuelle. Et...

Marcus ouvrit la bouche manifestement pour protester, mais n'en eut pas le temps.

— Patience, Josef ! J'ajoute et précise : cette entente ne sera pas possible sans la reconnaissance de notre part d'une autre évidence : nous trouvons installés en Palestine depuis des centaines d'années des masses arabes dont les ancêtres y sont nés et morts et qui considèrent cette terre comme leur pays, un pays où ils veulent aussi vivre aujourd'hui, comme dans le futur. Nous devons donc impérativement accepter cette réalité et en tirer toutes les conclusions qui en résultent. C'est la base même d'une compréhension véritable entre les Arabes et nous.

— Un vœu pieux, David, sourit Josef Marcus. Tu imagines bien que l'effort de compréhension que tu demandes ne viendra pas en premier lieu des Arabes, car ce qui est pour nous une vérité sans appel – la volonté du peuple juif d'avoir son propre pays – n'est pas compréhensible pour eux.

— C'est exact. Seule notre croissance en nombre dans le pays peut les amener à reconsidérer notre situation et à reconnaître qu'ils n'ont pas seulement affaire aux Juifs de Palestine, mais au peuple juif tout entier. C'est une question de temps.

— C'est donc le temps qui les contraindra, nota Irina. Le fait accompli. Comme le proclament les Jabotinsky, les Stern, les Begin et autres extrémistes de droite.

David Ben Gourion poussa un cri, presque un rugissement.

— Non ! Je n'ai jamais envisagé cela. Je suis parfaitement conscient qu'il y a parmi nous des personnes qui refusent de reconnaître l'existence de sept cent mille Arabes en Palestine et qui n'ont pas tiré les conclusions qui s'imposent de cette évidence. Mais, à mes yeux, il existe dans le monde un principe établi : c'est le droit à l'autodétermination. Nous-mêmes avons été toujours et partout de fervents défenseurs de ce principe. Nous sommes de tout cœur favorables à l'autodétermination pour tout peuple, pour toute partie d'un peuple, pour tout groupe humain et il ne fait aucun doute que le peuple arabe de Palestine a droit à cette autodétermination. Ce droit ne doit être ni limité ni conditionné par les conséquences que cela peut entraîner pour nous. Nous ne devons pas limiter la liberté d'autodétermination arabe par crainte que cela rende notre action plus difficile. Le fond moral qui est à la base de l'idéal sioniste, c'est la conception selon laquelle le peuple – tout peuple – représente une fin en soi et non un moyen dont disposent les autres peuples et dont ils se servent pour leur fin propre. Nous ne pouvons considérer les Arabes de Palestine comme un moyen, ni décider de leurs droits selon nos plans, même dans le cas où tout dépendrait complètement de notre volonté[1].

Il prit une courte inspiration et demanda :

— Ai-je été clair, mes amis ?

Irina opina avec un sourire.

— Espérons seulement que ces autres personnes que tu as mentionnées, celles qui refusent de reconnaître l'existence de sept cent mille Arabes en Palestine, partagent ta sagesse, David.

*

Paris, 5 janvier 1937

Accoudée au Pont-Neuf, Dounia se tut et l'allégresse qui la soulevait un instant plus tôt se mua en mélancolie. Le changement d'humeur n'échappa pas à Jean-François.

— Qu'y a-t-il, mon ange ? Tu t'éloignes.

Elle lui adressa un vague sourire.

— Je suis là. Et un peu ailleurs.

— Bagdad ?

Elle montra les eaux du fleuve qui roulaient sous les arcs de pierre.

— Douze ans que je vis à Paris et c'est un réflexe que je maîtrise toujours aussi mal : est-ce la Seine ou le Tigre ?

— Tous les fleuves se ressemblent.

— Je n'en suis pas certaine. En tout cas, ils n'ont pas la même histoire.

— Il est question que je parte en Palestine d'ici la fin de l'année. Veux-tu m'accompagner ? Ensuite, si

---

1. Propos tenus par Ben Gourion lors du premier Congrès d'*Eretz Israël Haovedeth*, la « Palestine ouvrière », à Berlin, en 1930. Cf. Ben Gourion, *Du rêve à la réalité*, éditions Stock, 1986.

tu le souhaites, nous pourrions aller rendre visite à Nidal, à Bagdad.

Une expression de joie presque enfantine illumina le visage de Dounia. Elle se lova contre lui. Dix ans de mariage sans qu'à aucun moment s'émousse la ferveur qui les liait. S'il n'y avait eu cette révolte syrienne, il est probable que Dounia serait toujours à Alep et, le temps passant, leur histoire se serait diluée dans la frustration et la lassitude. Une véritable tragédie d'ailleurs que cette révolte. Des villages incendiés, des rebelles pendus sans procès, dont les dépouilles avaient été exposées à la vue des habitants sur la grand-place de Damas, et la ville bombardée pendant trois jours et trois nuits par l'artillerie du général Gamelin puis ravagée par les flammes. Au fil des semaines, la répression menée par l'armée française avait eu l'effet contraire de celui escompté. Jour après jour, des volontaires de tous âges étaient venus grossir les rangs des insurgés et aucune cible n'avait échappé aux hommes du sultan El-Atrach. Deux ans. Deux ans d'un bras de fer acharné. Si des mésententes n'étaient apparues sur l'objectif à atteindre et la façon de l'atteindre entre les différentes familles et communautés syriennes, l'affrontement aurait duré beaucoup plus longtemps.

Levent saisit la main de Dounia et ils marchèrent lentement vers la rive gauche. L'air était fluide et pur et les toits se coloraient de rose aux abords du soir. L'hiver vibrait sur un Paris en proie aux tensions sociales de toutes sortes : chômage, crise agricole, paralysie du commerce, sans oublier les scandales politiques et financiers, l'affaire Stavisky n'étant pas des moindres. La IIIe République poursuivait cahin-caha son chemin vers l'abîme. Heureusement qu'une dizaine de jours plus tôt l'Exposition internationale universelle avait ouvert ses portes, prodiguant une bouffée d'oxygène à une société à bout de nerfs.

— Hier, dit Levent, tandis qu'ils remontaient le long du quai de Conti, j'ai fini de lire les Mémoires de Lawrence. Quel homme et quel destin ! Les deux m'ont paru aussi complexes l'un que l'autre.

Il sortit un bristol de la poche de sa veste et lut :

— « Tous les hommes rêvent, mais inégalement. Ceux qui rêvent la nuit dans les recoins poussiéreux de leur esprit s'éveillent au jour pour découvrir que ce n'était que vanité ; mais les rêveurs diurnes sont des hommes dangereux, car ils peuvent jouer leur rêve les yeux ouverts, pour le rendre possible. » Intéressant, n'est-ce pas ?

— *El-Aurence*, comme le surnommaient paraît-il les Arabes, s'est, hélas, trompé de rêve. Dommage. Et quelle fin stupide. Un accident de moto à quarante-six ans, alors que pendant des mois il a passé son temps à flirter avec la mort. Absurde !

Levent commenta avec une moue dubitative :

— Absurde et frustrant. Nous ne saurons jamais qui se cache derrière la mystérieuse dédicace imprimée que l'on trouve au début de l'ouvrage : « A S.A. » Un homme ? Une femme ?

— Que dit-elle ?

— Oh, mais c'est une véritable déclaration d'amour ! Des gens du Quai d'Orsay chuchotent que Lawrence aurait eu un penchant pour le sexe masculin et que S.A. correspondraient aux initiales de son amant, Selim Ahmed, un jeune Syrien dont il aurait fait la connaissance à l'époque où il se livrait à des fouilles archéologiques au nord de la Syrie.

— Amant ou non, quelle importance ! Si seulement il avait fait preuve de plus de prévoyance, peut-être n'en serions-nous pas arrivés là.

— Je vais te décevoir, mais je pense que même si Lawrence avait compris plus tôt qu'il était manipulé par ses supérieurs, il aurait néanmoins poursuivi sa mission.

— Alors, il a eu raison d'écrire : « Les rêveurs diurnes sont des hommes dangereux. »

*

Bagdad, 6 janvier 1937

À soixante-quatre ans, la lassitude du corps avait rejoint celle de l'esprit. Nidal el-Safi grimaça en se calant dans le fauteuil. Sa sciatique se rappelait à lui. Il jeta un regard circulaire sur l'assemblée réunie chez Rachid el-Keylani : trois députés, parmi lesquels Chams, son propre fils, qui, à défaut de prendre les armes, s'était lancé dans la politique.

Il éteignit la cigarette et essaya de se concentrer sur les propos de leur hôte.

Depuis que son oncle le *naquib*, ex-Premier ministre de Fayçal, était décédé, Rachid était devenu une figure de proue de la politique irakienne. Il avait occupé successivement les fonctions de ministre de la Justice, de l'Intérieur et même celle de Premier ministre. Puis les choses s'étaient envenimées en 1930, au moment de la nomination à ce poste d'un personnage à l'égard duquel on ne pouvait éprouver que mépris : Nouri el-Saïd. À coup sûr le politicien le plus honni du peuple, de la famille El-Keylani et de Rachid en particulier. Démoralisé, ce dernier avait claqué la porte et fondé son propre parti, la Confrérie nationale, qui devait favoriser les objectifs des nationalistes s'inspirant largement des options prises par le grand mufti de Jérusalem, Amin el-Husseini, lequel préconisait une alliance avec l'Allemagne nazie. Pour expliquer ce choix, le mufti affirmait que, s'il existait une chance, si infime fût-elle, pour que la Palestine fût libérée de ces pestiférés d'Anglais et des sionistes, elle viendrait de Berlin.

Rachid était parvenu à la même conclusion concernant l'avenir de l'Irak.

Aujourd'hui, à quarante-cinq ans, ses nouvelles convictions se reflétaient dans ses traits creusés et son regard incroyablement durci.

Le *naquib* était décédé, et le roi Fayçal aussi.

L'émir, à qui Lawrence avait promis de régner sur un empire arabe, s'était éteint à Genève, victime d'une crise cardiaque alors qu'il buvait une tasse de thé. Il était mort, le 7 septembre 1933, le visage tourné en direction de La Mecque où régnait à présent Ibn Séoud, l'ennemi héréditaire, gardien des deux mosquées et fondateur d'un royaume – l'Arabie saoudite – qui semblait voué à un fabuleux destin grâce à la manne pétrolière découverte dans ses sous-sols et que nul n'avait vue ou pressentie, pas même le colonel Lawrence.

Fayçal disparu, son fils, Ghazi Ier, jeune homme timide, sans grande expérience, fervent défenseur du nationalisme arabe et opposant farouche à l'Angleterre, était monté sur le trône. Nul doute qu'au tréfonds de lui il souhaitait la naissance d'une grande nation arabe, sous l'égide d'un Irak libre et indépendant. Peu après son accession au pouvoir, il avait inauguré une station de radio : Kasr el Zouhour, le Palais des fleurs, qui se voulait un véritable outil de propagande dédié à la cause arabe. Et puis… brusquement, un coup de théâtre avait tout bouleversé.

Le 19 octobre 1936, aux premières lueurs de l'aube, sous l'influence d'un politicien d'une cinquantaine d'années d'origine turque, Hikmet Süleyman, le général kurde, Abou Bakr Sidqi, avait lancé une attaque surprise sur Bagdad et renversé le Premier ministre d'alors, Yassin el-Hashimi. C'était le premier coup d'État militaire dans l'histoire du pays, et aussi le premier du monde arabe moderne.

Le roi ? Ghazi Ier se réfugia dans son palais, terrifié.

Les Anglais ? Pétrifiés.

Les parlementaires ? Cloués sur leurs bancs.

L'opinion publique ? Muette, attendant la suite des événements.

Abou Bakr Sidqi avait convoqué le cabinet et sommé de démissionner sur-le-champ.

Dans toutes les capitales orientales, on suivit d'heure en heure les événements de Bagdad. Les discours de Sidqi galvanisèrent une bonne partie de l'opinion arabe : « L'arabisme, déclara-t-il, est parti de bonnes intentions qui se sont diluées dans des flots de paroles et n'ont inspiré aucune action décisive. » Hikmet Süleyman, lui, annonçait au contraire des réformes, la lutte contre la corruption, le renforcement de l'armée, l'augmentation de l'impôt sur le revenu et l'héritage, le développement de l'enseignement, une législation sociale avancée, la création de monopoles économiques... Bref, l'application du modèle turc créé par Atatürk.

Toutefois, assez rapidement, le château de cartes s'effondra. Le groupe qui avait soutenu Sidqi après le putsch n'obtint que 11 % des voix aux élections. Insensiblement, les électeurs s'étaient écartés de celui qu'ils considéraient désormais comme un banal dictateur.

En ce matin de mai 1937, El-Keylani pouvait donc annoncer :

— Mes amis, tout est consommé. Sidqi a démissionné. Ghazi Ier est sur le chemin du retour. Demain au plus tard, le fils du défunt Fayçal réintégrera sa place sur le trône.

— Quel fiasco ! s'exclama un député. Tout ce chamboulement aura duré dix-neuf mois et pour quel résultat ? Comme aurait dit notre ami Shakespeare : *Much ado about nothing*. Beaucoup de bruit pour rien.

— C'était prévisible, déclara El-Keylani.

— Ah bon ! Personnellement, j'étais certain que Sidqi avait encore de beaux jours devant lui.

— C'était prévisible, parce qu'il lui a manqué l'essentiel : l'appui d'une véritable armée. Avouez que, pour un général, voilà un faux pas impardonnable.

— L'armée ? ricana le député. Quelle armée ? La nôtre ne ferait pas peur à une mouche. Pendant toutes ces années, les Anglais l'ont entretenue dans un état si pitoyable qu'elle ressemble à tout sauf à... une armée.

— Vous l'aurez donc compris, mes amis, rétorqua El-Keylani avec un sourire énigmatique : désormais, tout devient possible.

— Ce qui signifie ? interrogea Nidal el-Safi.

— Ce qui signifie que, sans le vouloir, Bakr Sidqi et ses acolytes ont lancé une idée qui risque de faire des émules. Je suis convaincu que d'autres, ici ou ailleurs, ne manqueront pas de s'en inspirer.

— Tu veux dire que des coups d'État risquent de se produire dans le monde arabe ?

— Je le pense, en effet. Tôt ou tard, des militaires arracheront le pouvoir aux hommes politiques. Ici. Ou ailleurs. Il suffira d'un homme providentiel.

Rachid avait prononcé ces mots avec un imperceptible sourire au coin des lèvres ; celui d'un gamin s'apprêtant à se livrer à une farce.

L'heure du déjeuner avait sonné : ils se levèrent tous et se dirigèrent vers la salle à manger.

22

Entre rois, entre peuples, entre particuliers, le plus fort se donne des droits sur le plus faible, et la même règle est suivie par les animaux et les êtres inanimés : de sorte que tout s'exécute dans l'univers par la violence.

Vauvenargues.

Le Caire, 1ᵉʳ février 1937

Sur les pelouses du Gezireh Sporting Club, une douzaine de cavaliers, de jeunes princes, des garçons de bonne famille et quelques Anglais, tous montés sur des chevaux arabes impeccablement pansés et lustrés, tapaient la balle avec de longs maillets, sous un ciel sans reproche ; version anglicisée d'un vieux jeu afghan. Les *mounadis*, les voituriers, couraient rattraper la balle quand elle s'égarait dans les fourrés.

Les épouses des joueurs observaient les prouesses en sirotant des Tom Collins ou des Singapore Slings et en échangeant le récit de leurs récentes vacances qui à Nice, qui à Rapallo, qui à Istanbul, Brighton ou Agami.

— Ah, voilà Bettie ! s'écria l'une de ces dames.

Compliments, sourires, Bettie, de son vrai nom Miranda Lampson, la propre nièce de Miles Lampson, le haut-commissaire, consentit à s'asseoir, puisque la compagnie comptait deux Anglaises. Les recommandations tacites de la Résidence étaient, en effet, de ne pas trop frayer avec *the local society*, à moins que des Britanniques fussent présentes.

— Qui gagne ? demanda-t-elle en tournant ses yeux vers les joueurs de polo.

— Victor Simeïka et le prince Toussoun, je crois, répondit Josie Brinton.

Bettie Lampson lança à brûle-pourpoint :

— Est-ce que l'une de vous va à la réception du mariage ?

Le mariage ! Tout le monde savait la jeune fille follement éprise de bals et de parties ; quand même, la noce n'aurait pas lieu avant le 20 janvier prochain ! Cette cérémonie – qui faisait déjà vibrer toute l'Égypte – devait unir le jeune Farouk à la toute jeune Safinaz Zulficar, alias « Fafette », quinze ans à peine, née à Alexandrie d'un haut magistrat et d'une dame d'honneur de la reine Nazli.

— La liste n'est pas encore établie, je crois, observa Mme Elham Ratib.

— Quand le sera-t-elle ?

— Cinq semaines auparavant, je pense.

— Oh *dear* !

— Quel est le problème ? s'enquit Josie Brinton.

— Mon oncle n'est pas sûr de vouloir m'y emmener. Je voudrais que quelqu'un m'y fasse inscrire.

— Ça ne devrait pas être trop difficile, il suffira de demander à Gertie Wissa, qui connaît beaucoup de monde au palais.

— Oh, pourriez-vous intercéder pour moi ?

— Certainement.

Puis la jeune fille se leva et s'en fut, sans s'être avisée des légers sourires que suscitait sa pétulance.

Qu'est-ce qu'elle croyait ? Qu'on danserait à Abdine ?

Assis en retrait, le trio, formé de Taymour Loutfi, de Nour, son épouse, et du frère de celle-ci, Ahmed Zulficar, n'avait pas perdu une miette de la scène.

— Tu vois, observa Taymour avec un sourire désabusé, nous avons sous nos yeux l'autre Égypte : celle qui vit dans l'inconscience et le luxe. Celle qui se fout de savoir que le peuple crève de désespoir et qui poursuit son chemin parmi les mondanités et les paillettes. Quand tu penses que les rares Égyptiens présents ici, et dont nous faisons partie, ont dû bénéficier d'une autorisation exceptionnelle pour obtenir ce privilège...

Il n'avait pas tort. Créés en 1882 par les autorités anglaises soucieuses de bénéficier d'un lieu de rendez-vous digne de leurs uniformes, de leurs jeux de polo et autres parties de cricket, les soixante hectares du Gezireh étaient strictement réservés aux officiers de Sa Majesté et aucun autochtone n'avait le droit d'en franchir le seuil.

Il désigna l'allée qui conduisait à l'extérieur du club.

— Derrière ces haies, à quelques mètres d'ici, agonise une autre Égypte. Comment veux-tu que ce nouveau mouvement, les Frères musulmans, ne gagne pas tous les jours un peu de terrain ? Son chef, El-Banna, promet à tous les malheureux des lendemains qui chantent. Il leur assure que la loi coranique est la panacée. Et ces miséreux y croient. Comme si le port du voile avait jamais empêché une femme de mourir de faim.

Il demanda à Nour :

— Tu te vois vêtue de la sorte ? Déambulant comme un fantôme tout noir dans les rues du Caire ?

— Tu veux rire, mon chéri ! Ma mère, pourtant bonne musulmane et pratiquante de surcroît, ne s'est jamais voilée, ma grand-mère non plus ! Tu oublies aussi que, grâce à notre grande Hoda Charaoui, nous vivons dans un pays où le mouvement féministe est l'un des plus puissants de tout l'Orient. Souviens-toi de l'extraordinaire geste que cette pasionaria a accompli il y a bientôt quinze ans, alors qu'elle rentrait d'Italie, où elle avait participé au Congrès féministe mondial. Une fois le train en gare, elle est apparue sur le marchepied et a ôté son voile en s'écriant : « Plus jamais ! » Ce jour-là, elle a soulevé un véritable espoir parmi nos consœurs brimées. Après un tel exemple, comment imaginer que les femmes de notre pays choisissent de se transformer en momies ? C'est impensable, mon chéri. Impensable ! D'ailleurs...

— Pardonnez-moi...

Le trio leva les yeux vers celle qui venait de couper la parole à Nour et reconnut Elham Ratib, l'Égyptienne qui discutait quelques instants plus tôt avec la nièce du haut-commissaire.

— Oui, madame ? questionna Ahmed Zulficar.

— Êtes-vous au courant de ce qui s'est passé ce matin à Midan Ismaïlia ? C'est terrible !

— Qu'est-il arrivé, madame ?

Des jeunes étudiants ont organisé un rassemblement pour protester contre la présence anglaise ! Vous vous imaginez ? Des collégiens ? Des gamins !

— Et alors ?

— La police est intervenue. On a tenté de les faire évacuer à coups de bâton, mais ces jeunes fous n'ont pas fui. Ils ont résisté et continué à vociférer des slogans vindicatifs à l'égard de l'Angleterre.

— Madame, pourquoi cet étonnement ? Des émeutes, l'Égypte en a déjà connu. Ce n'est pas nouveau.

— Oh ! monsieur Zulficar, je sais ! Mais figurez-vous que cette fois les policiers ont rangé leurs matraques et – vous n'allez pas le croire – se sont rangés du côté des étudiants en criant : *Yahia Masr !* Vive l'Égypte ! N'est-ce pas indécent ? Où allons-nous si nos enfants se permettent de descendre dans la rue et si les forces de l'ordre se font leurs complices ! Dites-moi : où allons-nous !

Nour fixa la femme avec un sourire teinté d'ironie :

— Nous allons vers la fin des bals au palais Abdine.

*

Le Caire, même instant

Le jeune homme était attablé au Café Ma'aloum, sur la place de l'Ezbéquieh. Dans l'arrière-salle, des joueurs de trictrac claquaient leurs pions, ponctués d'exclamations et d'éclats de rire. Le jeune homme, lui, préférait les échecs, mais le seul jeu disponible était accaparé par deux effendis ressemblant à des chats devant un trou de souris.

Il compta l'argent dans sa poche : six piastres et huit millièmes. Même pas le salaire quotidien d'un journalier. Le mandat mensuel que lui envoyait son père, à peine de quoi payer sa chambre et quelques maigres repas, n'était pas encore arrivé. Peut-être n'avait-il pas été expédié ? Peut-être attendaient-ils, là-bas à Beni-Morr, qu'il rentre au pays muni d'un diplôme qui ferait la fierté de la famille ? Beaucoup de peut-être, en somme. De toute façon, il n'avait même pas l'argent nécessaire pour se payer le voyage et mourait de faim. Après mûre réflexion, il commanda un pain plat et rond fourré de *foul*[1], « avec des oignons », précisa-t-il, et un thé noir.

Il observa le rond-point envahi par le grincement des tramways, les marchands de quatre saisons qui poussaient leurs voitures à bras. Un homme en amples culottes blanches claquait ses cymbales de cuivre pour signaler sa présence aux Cairotes assoif-

---

1. Fèves.

fés et leur vendre la boisson qu'il véhiculait dans un tonnelet de verre accroché à l'épaule par des lanières de cuir : du jus de tamarin.

Le jeune homme ne pensait à rien, ou plutôt s'efforçait de ne penser à rien. Il se trouvait au carrefour de sa vie et ce n'était pas à la terrasse du café Ma'aloum qu'il méditerait sur son avenir.

C'était bien beau d'avoir un diplôme de langue arabe.

Mais après ? Comment gagner sa vie ? Dans quel domaine ?

Il évoqua un moment l'allégresse furieuse de la manifestation du Midan Ismaïlia à laquelle il avait participé dans la matinée, et sa fierté d'être égyptien en constatant que les policiers eux-mêmes s'étaient rangés du côté des étudiants.

Dans un geste fébrile, il sortit un stylo de sa poche, une feuille de papier, et écrivit :

« Dieu a dit : Il faut se préparer et rassembler contre eux toutes nos forces. Ces forces, où sont-elles ? Aujourd'hui, la situation est critique et l'Égypte est dans une impasse. Il me semble que le pays agonise. Le désespoir est grand. Qui peut le dissiper ? Où est celui qui peut recréer le pays, pour que l'Égyptien faible et humilié puisse se relever, vivre libre et indépendant ? Où est passé l'élan magique de la jeunesse ? Tout cela a disparu et la nation s'endort comme les gens de la Caverne. Qui peut les réveiller, ces misérables qui n'ont pas la moindre conscience de leur état ?

Mustapha Kamel[1] a dit : "Ce n'est pas une vie que de vivre dans le désespoir." Actuellement, nous sommes en plein désespoir. Nous reculons, mon vieux, nous allons en arrière, cinquante ans en arrière. On dit que l'Égyptien est lâche, qu'il craint le moindre bruit. Il faut un leader qui l'encourage à lutter pour

_____

1. Homme politique égyptien. Il fut le leader du Parti nationaliste égyptien. Décédé en 1908.

son pays. Cet Égyptien deviendra alors un tonnerre qui fera trembler les édifices de la persécution.

Nous avons affirmé plusieurs fois que nous allions œuvrer en commun pour arracher la nation à son sommeil et débusquer les forces cachées qui sommeillent au tréfonds des individus. Mais, hélas, jusqu'à présent, rien n'a été fait. Mon cher, je t'attends chez moi, le 5 novembre à 4 heures de l'après-midi, pour discuter de tout cela. J'espère que tu ne manqueras pas ce rendez-vous. »

Et il signa d'un geste nerveux : Gamal.

Tout à l'heure il posterait la lettre à son fidèle ami, Omar. Concentré sur sa rédaction, il n'avait pas vu que quelqu'un s'était installé sur la chaise voisine. Il tourna la tête :

— Aziz !

Les deux hommes s'administrèrent des claques dans le dos, visiblement contents de se retrouver.

Aziz Mouharram s'était montré l'un de ses plus ardents défenseurs à l'école. Comme il appartenait à une famille de notables – un Mouharram avait été député du Caire –, ses protestations comptaient double.

Il jeta un coup d'œil sur les reliefs de pain et d'oignons. Et le verre de thé : plus qu'un fond.

— Je t'invite à déjeuner.

— Tu es gentil, mon ami. Mais je viens de finir…

— Allons, allons ! Tu prendras bien autre chose ?

Gamal essaya de masquer son embarras : une fois le thé et le sandwich de foul payés, il lui resterait tout juste trois piastres. Il secoua la tête.

— Je n'ai vraiment plus faim.

— Je t'en prie. Pas de ça entre nous ! Je te le répète : tu es mon invité.

Gamal céda. Va pour un pigeon grillé ! Les délices du paradis ! Et une salade de cresson, des falafels aussi. Oui.

Aziz appela le serveur et commanda ce qui parut à son invité digne d'un banquet.

— Alors, mon ami ! Quels sont tes projets ? Raconte.

C'était justement la question qu'il éludait depuis l'obtention de son diplôme de fin d'études secondaires.

— Je ne sais, avoua-t-il. Je n'ai pas beaucoup de choix.

— Faux. Tu en as un : l'armée.

L'armée ? Lui, Gamal Abdel Nasser, le fils du facteur de Beni-Morr ?

— Je t'ai vu à Midan Ismaïlia. Tout le monde t'a vu.

— Et alors ?

— Alors, tu es un chef ! Un meneur !

Gamal se mit à rire. Pourtant, Aziz Mouharram parlait. Sa famille avait le pouvoir et l'expérience. Il méritait d'être écouté.

— Je te le jure, Gamal, reprit Aziz, fais-moi confiance. L'armée.

Gamal fut secoué d'un nouveau rire homérique.

L'armée ? Au fond, pourquoi pas ?

Aziz commanda comme dessert des *kounafas*[1] et du café. Il paya tout. Trente-sept piastres. Trente-sept piastres !

L'armée. Oui. Pourquoi pas ?

*

Bloudan, en Syrie, 6 février 1937

Dounia jeta un coup d'œil en coin vers Jean-François. Il épongeait discrètement son front. Elle-même étouffait. Pourtant, la ville se situait à mille cinq cents mètres d'altitude, et les hautes fenêtres de

---

1. Pâtisserie qui se présente sous la forme de cheveux d'anges, composée d'une pâte croustillante imbibée de sirop de sucre. Elle se déguste fourrée de crème pâtissière ou de fruits secs, ou fourrée avec de la noix de coco et des raisins secs.

la salle du gouvernorat ouvraient sur le couchant. On eût dit que tout était figé : le temps, le paysage, et même la Barada, la rivière qui serpentait au cœur de la vallée de Zabadani.

Levent se pencha vers sa femme et chuchota :

— Tu ne m'en veux pas trop de t'avoir entraînée dans ce guet-apens ?

— Ne suis-je pas ton épouse orientale et donc soumise ?

Il sourit et reporta son attention sur le conférencier. Bien que non gouvernemental, ce Congrès, dit de Bloudan, ne manquait pas d'intérêt puisqu'il réunissait un certain nombre de notables et d'activistes arabes. Parmi les faits dominants, il y avait eu l'entrée en scène de l'Égypte, absente l'année précédente. D'ailleurs, celui qui s'exprimait n'était autre que l'ancien ministre égyptien de l'Instruction.

L'homme se racla la gorge pour la troisième fois et reprit :

— Après l'exposé du secrétaire du Comité de défense de la Palestine et le discours de M. le Président, j'estime n'avoir plus rien à ajouter. Néanmoins, pour remplir un devoir, je me permets de proposer que le Congrès adresse un salut d'estime et d'admiration à ce héros et militant arabe qu'est le grand mufti de Jérusalem, Hajj Amin el-Husseini, sachant qu'il se porte toujours à l'avant-garde lorsqu'il s'agit du bien de la Palestine et de la Patrie arabe. J'ignore – et je tiens à ignorer – les objections qui ont été soulevées contre sa venue parmi nous. Je voudrais cependant que le Congrès le proclamât, quoique absent, son président d'honneur. Je vous serais reconnaissant si vous vouliez bien accepter cette proposition.

Les applaudissements crépitèrent.

— Je me plais aussi à souligner un mot du comité, à savoir que la Palestine n'appartient pas aux Palestiniens, mais aux Arabes. Ainsi donc, les Palestiniens sont préposés à la garde des Lieux saints. Les Arabes ont le devoir de les aider à assurer cette défense et ce devoir incombe en premier lieu à l'Égypte. Voilà pourquoi je demande dans ce congrès que le gouvernement et le peuple d'Égypte s'accordent pour défendre la Palestine. Si, pour des raisons que je ne veux point indiquer, le gouvernement méconnaissait ce devoir, il appartiendrait au peuple égyptien lui-même de le remplir.

Nouvelle salve d'applaudissements.

— La présence d'une nation étrangère en Palestine équivaudrait à celle d'une gangrène dans le corps arabe !

Des murmures d'approbation fusèrent ici et là.

— Messieurs ! Le partage de la Palestine consisterait à offrir à des Juifs un territoire où les Arabes sont en majorité. Un tel partage forcerait donc ces derniers à l'exode. Sous prétexte que les Juifs ont une histoire dans cette région, les Occidentaux, qui ont passé des siècles à les terroriser, cherchent aujourd'hui à les réintégrer dans leur patrie d'origine. C'est une démarche que l'honneur et la dignité se refusent à accepter !

Discrètement, Jean-François fit signe à Dounia qu'il était temps de partir.

À l'extérieur, l'air était toujours immobile. La lune, pleine, éclairait incroyablement le paysage. Ils marchèrent le long d'une allée bordée d'amandiers. Là-haut, dans le ciel nocturne, la constellation de la Croix du Sud était fixée dans l'infini.

— Pourquoi ce départ précipité ? s'étonna l'Irakienne.

— Parce que j'ai le cœur tellement serré qu'il m'arrive de ne plus l'entendre battre. Nous sommes à la veille de nous retrouver avec deux communautés qui n'aspireront qu'à s'entre-tuer. Tu as entendu le discours de l'Égyptien : « La présence d'une nation étrangère en Palestine équivaudrait à celle d'une gangrène dans le corps arabe. » Je ne suis pas devin, mais je suis convaincu que les Arabes passeront les décennies futures à essayer d'amputer ce qu'ils considéreront toujours comme un corps malade.

Il changea de sujet et prit Dounia entre ses bras.

— Je repense souvent à ce que tu m'as dit un jour, à Alep, sous forme de boutade : « Si Noé avait eu le don de lire dans l'avenir, nul doute qu'il se fût sabordé. » Je lui en veux de ne pas avoir eu ce don.

Elle se blottit contre lui. Elle ressemblait tout à coup à une enfant apeurée.

— Je t'aime, Dounia. Le sais-tu ?

Elle afficha un faux air boudeur.

— Oui. Mais pas suffisamment. Pas assez à mon goût.

Il hocha la tête d'un air entendu, lui saisit la main et l'entraîna vers la voiture garée près de l'édifice du gouvernorat. Deux militaires français louchèrent vers eux, suspicieux.

Lorsque Jean-François fit démarrer le moteur, les soldats les observaient toujours. La Chevrolet Sedan s'ébranla dans un nuage de poussière. À la lueur des phares, la route descendait en serpentant vers la plaine de Zabadani et ses forêts.

Brusquement, alors qu'ils arrivaient devant une avancée de roches en saillie, Jean-François se rangea sur le bas-côté et immobilisa le véhicule.

— Que se passe-t-il ? s'inquiéta Dounia.

En guise de réponse, il effleura de ses lèvres le creux de son cou.

Elle laissa échapper un petit rire.

— L'hôtel n'est pas loin, tu sais ?

— Pas assez à mon goût. C'est bien ce que tu as dit ?

— Je...

Elle n'acheva pas sa phrase.

Les lèvres de Jean-François avaient scellé les siennes. Leurs langues se cherchèrent. Se trouvèrent, pour se reperdre.

Elle portait des escarpins à hauts talons. Un chemisier noir. Il entrouvrit le chemisier. Elle ôta les escarpins en frottant un talon contre l'autre, se débarrassa de sa jupe. Écartant les cuisses, elle les souleva, prenant appui sur le tableau de bord. Il se coucha partiellement sur elle, glissa ses mains sous les fesses de Dounia, la forçant à se cambrer pour mieux l'accueillir. Elle poussa un cri. Ses pupilles se dilatèrent au moment où il entra en elle. Un nouveau cri, un autre plus violent encore, comme si chacun nourrissait le plaisir de l'autre qui montait inexorablement.

*

Bagdad, 18 février 1937

Nidal el-Safi mangeait un melon sous le regard navré de son épouse. La veille, il avait été démis du dernier poste qu'il occupait encore : secrétaire aux Communications. Raison officielle : son âge. Soixante-quatre ans. Celui de la retraite. Raison officieuse : son appartenance au clan El-Keylani.

— Il ne faut pas t'en faire, dit Salma d'un ton désolé. De toute façon, il était temps que tu prennes du repos.

Nidal opina faiblement.

— Ma vie, je l'ai accomplie. Bien ou mal. Elle est derrière moi. Non. Je me fais du souci pour mon pays. Nous courons au désastre. Certes, hier encore, Ghazi s'en est pris avec violence, dans un discours radiophonique, à la politique anglaise dans la région. Mais autant donner du foin à un âne mort, car que peut-il faire sans armée ?

— Ne disais-tu pas, il y a peu, que l'armée se constituait lentement, mais sûrement ?

— Oui. Mais beaucoup trop lentement. Les Anglais freinent des quatre fers et...

On sonnait à la porte.

Un domestique alla ouvrir.

Quand il revint, il était accompagné d'un homme en civil, le visage grave.

— C'est votre ami, Rachid el-Keylani, qui m'envoie, monsieur. Il m'a prié de vous informer.

— Que se passe-t-il ?

— Alors que le général Abou Bakr Sidqi était en déplacement à Mossoul, il est tombé dans une embuscade dressée par des officiers. Il a été abattu.

Nidal réagit d'un haussement d'épaules, songeant que le Kurde avait décidément tout raté : son coup d'État comme sa mort.

Il alla vers un coffret de bois incrusté de nacre et d'argent, en sortit une bouteille de cognac et en versa un petit verre à son visiteur.

— Tiens, dit-il, considère ce breuvage comme un médicament.

Il se servit également.

En trempant ses lèvres, il pensa : « Qui sera le prochain ? »

*

Palestine, 2 mars 1937

Le premier témoin fut un cultivateur nommé Omar Farahan, des environs de Naplouse.

Réveillé comme d'habitude au chant du coq, il écarquilla les yeux : à une centaine de mètres de sa maison, une clôture barrait l'horizon. Une clôture ? Mais elle n'était pas là hier soir ! Derrière, s'élevaient des maisons blanches, neuves. Rêvait-il ? Il s'approcha. Des équipes d'ouvriers érigeaient des carcasses en bois sur lesquelles ils vissaient des planchers et des cloisons. D'autres maisons ! Omar Farahan tendit le cou : là-bas, des plombiers installaient des canalisations, les unes menant à une grande fosse qu'une excavatrice achevait de creuser, les autres, en cours d'ensevelissement, à un grand pavillon où bourdonnaient déjà des pompes. Des femmes, oui, des femmes, vissaient des fenêtres sur les murs de bâtiments sortis des sables.

À l'évidence, ces gens avaient travaillé toute la nuit, à la lumière de projecteurs alimentés par un groupe électrogène monté sur camion.

Des femmes, encore, plantaient des arbrisseaux…

Rien de tout cela n'existait la veille encore !

Mais ces gens… ces gens lui barraient l'accès à son puits !

Il cria. Quelques personnes de l'autre côté de la clôture levèrent les yeux ; elles le désignèrent du menton.

— Vous m'empêchez d'accéder à mon puits ! protesta-t-il.

Ils répondirent dans une langue inconnue.

Il revint sur ses pas, raconta à sa femme et à ses enfants ce qu'il avait vu, enfourcha son âne sans même boire son thé matinal et trotta jusqu'à la ville. Et il se rendit chez le maire.

Il y trouva deux autres cultivateurs, racontant la même histoire.

— Il y a de quoi perdre la raison ! On se couche dans un pays et on se réveille dans un autre !

— Ils n'achètent même plus les terres, ils s'en emparent ! s'exclama le maire. Ils ont déjà créé comme ça, en une nuit, trois villages dans la région !

Comment pouvaient-ils savoir que venait de débuter l'opération *Homa Oumigdal*, « Murailles et tour », qui prévoyait l'implantation de cinquante et une nouvelles localités sionistes sur une durée de trois ans ? Elle devait s'accomplir par surprise et très rapidement, afin de mettre les Anglais et les Arabes devant le fait accompli.

Les autorités anglaises levèrent les bras au ciel : que voulez-vous, on n'allait quand même pas démolir ces villages ?

Les armes, qui n'avaient cessé de parler depuis un an, reprirent de plus belle leur langage de mort, et la nuit, dans les campagnes, le bruit des détonations devint aussi familier que le coassement des crapauds.

*

Jérusalem, le lendemain

Le léger sourire qui transparaissait à travers sa barbe se voulait rassurant. Mais il était loin de l'être.

Dans sa somptueuse maison de la vieille ville, à Jérusalem, Hajj Amine el-Husseini avait pris place dans un grand fauteuil de bois précieux, incrusté de nacre, face à son visiteur, Mourad Shahid, venu le consulter sur les moyens de faire pression sur les Anglais afin qu'ils mettent fin aux flots de réfugiés qui continuaient de se déverser dans le pays. Depuis la création de la Hapa'alah, organisation d'immigration illégale, la déferlante humaine semblait incontrôlable. L'étau se refermait sur la Palestine.

Après en avoir bu une longue gorgée, le mufti reposa son verre de thé noir près de la théière en cuivre, sur un plateau ouvragé.

— L'homme droit discute avant le combat, dit-il, afin d'éviter de verser du sang. Mais si l'adversaire refuse de l'entendre, l'honneur lui commande de dégainer son sabre. Nous avons parlé. Ils n'ont pas entendu. Nous dégainons.

— Nous ne possédons pas d'armée, fit remarquer Mourad.

De nouveau ce sourire radioactif.

— C'est exact. C'est pourquoi nous sommes tous des soldats. Tous, répéta le mufti. Les femmes, les enfants, les vieillards et même les infirmes. Nous nous battrons avec les armes dont nous disposons. Quel homme ne possède pas de bâton ? Sinon, il nous restera les pierres.

Il demanda d'un air lointain :

— As-tu déjà entendu le cri des pierres ?

Puis il reprit son verre et sirota le breuvage aromatique.

— Nous sommes moins organisés que les Juifs, rappela Mourad.

Le sourire se fit ironique.

— Connais-tu la vésicule biliaire ? C'est une toute petite poche sous le foie. Elle ne représente même pas la cinq centième partie de ton corps. Mais quand elle se crispe, c'est tout le corps qui souffre, qui est obligé de se coucher et ne peut faire le moindre effort.

Il observa une pause.

— Tu proposes de faire appel à l'Amérique ? Je doute qu'elle t'écoute. Et qui l'appellera au secours ? Avec quelle autorité ? Et que leur proposeras-tu en échange ?

El Husseini écarta les bras et les laissa retomber, désabusé :

— Nous n'avons pas de pétrole, mon fils. Nous n'avons rien à offrir.

Mourad ne put qu'acquiescer. À un moment, il avait espéré que l'Istiqlal ferait retentir la voix du monde arabe parmi les nations. Mais, depuis la mort de Fayçal, l'Istiqlal ressemblait à une tente de fête déserte, battue par le sable et le vent. Comment survivre avec ce sentiment d'impuissance ? Comment ?

Tout récemment, les Anglais avaient publié un rapport détaillé de la situation et l'un de leurs experts, lord Peel, avait proposé un plan. Un plan ? Non, une injure ! Une ignominie ! Il préconisait ni plus ni moins un partage de la Palestine : les Arabes perdraient le littoral, à l'exception de Jaffa et de Gaza. La Galilée et surtout Jérusalem resteraient sous le contrôle des Britanniques. Céder un morceau de son pays était déjà une humiliation, mais accorder à des étrangers la région la plus riche économiquement signait l'arrêt de mort des paysans, des agriculteurs, des pécheurs palestiniens. D'ailleurs, les Arabes n'étaient pas les seuls à juger ce plan Peel inadmissible : le mouvement révisionniste juif le refusait aussi. Selon eux, et leur leader Jabotinsky, la Grande-Bretagne avait déjà amputé la terre d'Israël de la Transjordanie. Les grands rabbins catastrophés criaient leur vindicte : « Le peuple d'Israël n'a pas renoncé au cours de milliers d'années d'exil à son droit sur la terre de ses ancêtres et ne renoncera pas à un seul pouce du pays d'Israël. »

Comment survivre avec ce sentiment d'impuissance ?

Le mufti avait-il lu dans les pensées de Mourad ? Il déclara :

— Par le sacrifice du sang.

Mourad garda le silence tandis qu'El-Husseini poursuivait :

— Depuis avril 1936, n'ai-je pas appelé à une grève générale dans toute la Palestine ? Cette grève n'est-elle pas respectée à ce jour ? N'avons-nous pas annoncé que nous ne paierons plus d'impôts aux Britanniques ? La consigne n'est-elle pas appliquée ? Nos cibles ne sont-elles pas atteintes ! Qu'il s'agisse du pipeline passant de Haïfa à Kirkouk, des lignes de chemin de fer, des trains ?

Le mufti disait vrai, voilà un an qu'à son instigation la grande révolte arabe avait éclaté. Et ni les vingt mille soldats britanniques arrivés en renfort, ni les vingt et un mille combattants de la Haganah[1], ni les mille cinq cents de l'Irgoun[2] ne parvenaient à l'endiguer. Mais était-ce une solution, la violence appelant la violence, se nourrissant d'elle ? Une centaine d'Arabes condamnés à mort ; plus de trois mille Palestiniens tués ; des centaines de Juifs ; des Anglais. Était-ce une solution ?

Le mufti se leva d'un seul coup et arpenta la pièce tout en poursuivant :

— Il n'est pas admissible de livrer notre pays à des gens sous prétexte qu'ils ont été expulsés ou qu'ils sont harcelés dans d'autres parties du monde. Que ceux qui les harcèlent les hébergent ! Que ceux qui les expulsent paient le prix !

Allant vers Mourad, il conclut :

— Par le sang ! Ai-je répondu à tes questionnements ?

Mourad Shahid fit oui, mais sans conviction.

— Je vais me rendre au Caire et en Syrie, dit-il d'une voix sourde.

— J'imagine que c'est pour réunir de nouveaux fonds pour votre bureau, celui de la Palestine indépendante ? Si ma mémoire est bonne, n'a-t-il pas été initié par ton grand-cousin Latif el-Wakil ?

— Absolument. D'ailleurs nous partons ensemble.

— Vous faites fausse route, mes frères. Je te répète, le langage des armes est le seul qui pourra être compris par ces gens.

— Peut-être. Mais je crois aussi au langage des mots. Nous allons lancer un appel aux peuples arabes

---

1. « Défense » en hébreu. Organisation clandestine sioniste qui avait pour mission de protéger les Juifs ayant émigré en Palestine.
2. Organisation militaire juive fondée en 1931. L'Irgoun fut considéré comme étant le premier mouvement sioniste « dissident », recrutant ses troupes parmi les membres du Bétar, mouvement de jeunesse du Parti révisionniste, opposé au sionisme lent et « économique » du mouvement ouvrier et partisan.

pour les mettre en garde contre les conséquences désastreuses et les résultats funestes qui les menacent si ce partage de la Palestine est confirmé.

Le mufti partit d'un grand éclat de rire.

— Dis-moi, mon frère, quel âge as-tu ?

— Trente-huit ans.

— J'en ai six de plus. Seulement, en t'écoutant, j'ai eu l'impression d'en avoir cent. Tu es encore un enfant. Je suis un vieillard. Pars. Va donc mendier chez nos amis syriens, égyptiens, libanais… Moi, j'ai opté pour une autre sébile. Et, crois-moi, ce ne sont pas des pièces sonnantes et trébuchantes que l'on va m'offrir. Mais du feu. Un feu qui consumera nos ennemis plus sûrement que les flammes de la géhenne. Pars, mon ami… J'aurai une pensée affectueuse pour toi et ton cousin.

Il récupéra une lettre de son bureau qu'il montra à Mourad. Il s'agissait d'une invitation à se rendre en Allemagne.

La lettre était signée Adolf Eichman.

Le lendemain, le sang continua de se répandre.

Un autobus sur la route Naplouse-Jaffa fut attaqué. Trois voyageurs qui se trouvaient à bord – des Juifs – furent immédiatement fusillés à bout portant, les autres passagers détroussés.

Le soir, on retrouva les cadavres de deux Arabes égorgés près d'une bananeraie juive. Presque simultanément, le bruit courut que quatre Hauranais avaient été lapidés à Tel-Aviv. Les Hauranais étaient des ouvriers d'origine syrienne, pour la plupart des clandestins, qui travaillaient ordinairement comme débardeurs dans les ports. Apprenant l'assassinat de leurs compatriotes, un groupe se présenta au gouvernorat de Jaffa réclamant justice et protection. Le *district commissioner* eut beau essayer de leur faire entendre raison, de leur expliquer qu'il s'agissait de fausses nouvelles, rien n'y fit ; les Hauranais se répandirent à travers les rues en hurlant que les sionistes massacraient les Arabes. En quelques minutes, des bandes déchaînées se jetèrent sur les passants juifs, matraquant les plus âgés. Les coups portés furent d'une si grande violence que deux cadavres ne purent être identifiés.

Sur les routes proches de Jaffa, les paysans jetaient des pierres sur toutes les automobiles qui passaient ; le fils du consul de Suède et de hauts fonctionnaires, des touristes britanniques, furent gravement blessés. À Jénine, un pèlerinage français fut accueilli par une pluie de cailloux. De leur côté, les Anglais n'étaient pas en reste : amendes collectives, destruction de maisons soupçonnées d'héberger des « terroristes ». Certains témoignages faisaient même état de meurtres et de viols commis par les militaires de Sa Majesté.

Par le sang, avait affirmé le mufti. Le sang coulait à flots.

À Jaffa, dans la journée du lundi 4 mars, cinq Juifs et deux Arabes furent tués, vingt-six Juifs et trente-deux Arabes blessés. Un peu partout à travers le pays, des maisons et des récoltes juives furent incendiées.

Le 9 mars, les cinq chefs de parti, parmi lesquels Latif el-Wakil, lancèrent un appel à la grève générale.

Le même jour, le grand mufti Hajj Amin envoya des émissaires dans les villages demandant aux musulmans de venir en masse à la prière du vendredi à la mosquée d'Omar afin de protester contre l'attitude de la puissance mandataire. Tous les fidèles entrant dans la vieille ville furent désarmés et El-Husseini convoqué au *District Office*, où on l'informa que plus aucun discours n'était autorisé, que le gouvernement le tenait pour personnellement responsable et que les officiers de police avaient ordre d'ouvrir immédiatement le feu en cas de résistance à leurs injonctions.

La menace dut porter, car la prière se déroula sans heurts.

Le 15 mars, la révolte entra dans une nouvelle phase. À Nazareth, le commissaire du district de Galilée, Lewis Andrews, fut assassiné par des Arabes alors qu'il se rendait à l'église pour la messe du dimanche. La coupe débordait. Les autorités anglaises promulguèrent un mandat d'amener à l'encontre du grand mufti. Mais lorsque les policiers débarquèrent à son domicile, Hajj Amin n'y était plus. On devait apprendre par la suite qu'il avait réussi à s'enfuir pour le Liban.

Le 17 mars, une charge explosive fut lancée sur des Palestiniens attablés pour l'*Iftar*, le repas de rupture du jeûne de ramadan.

Le 18, peu avant 7 heures du matin, un militant juif tira sur trois passants arabes dans une rue de Rehavia, un quartier chic de Jérusalem. Bilan : un mort, un blessé. Peu de temps après, des coups de feu retentirent non loin de là, près d'un chantier où travaillaient une quarantaine d'ouvriers arabes. L'un d'entre eux fut tué. Les autres réagirent en attaquant la quinzaine de Juifs qui œuvraient sur un chantier voisin : Deux morts. Un Arabe ; un Juif. Œil pour œil. Dent pour dent. Jamais la loi du Talion n'avait été appliquée avec autant de célérité.

*

En cette fin du mois de mars 1937, on eut l'impression que le calme revenait.

Mourad Shahid était assis sur le divan du salon et contemplait amoureusement son fils, Karim, qui lisait allongé sur le tapis, la nuque posée sur un coussin.

De temps à autre, sans aucune raison apparente, un grand éclat de rire saisissait le garçon. Et Mourad se mettait à rire à son tour. Quel bienfait que le rire ! Quel pouvoir magique ! Il étudia attentivement les traits de son fils. Le plus surprenant était bien entendu ses yeux vairons. Un iris bleu et l'autre marron. Ce qui lui conférait un regard tout à fait singulier. Impressionnant, même. À qui devait-il le plus ? À en croire Mona, il était le portrait craché de son grand-père. Oui. Mais lequel ? Hussein Shahid ou Farid Loutfi bey ? Là commençaient les divergences. La seule certitude, c'est qu'il n'avait rien de Mourad. Tant pis. Si Dieu leur accordait un autre enfant, qui sait ? Celui-ci lui ressemblerait. Autant croire aux miracles. Mona allait avoir trente-six ans. Un âge où être enceinte devenait périlleux. Qui sait ?

— Qu'est-ce qui t'amuse autant ? demanda Mourad.

— Goha !

— Goha ? Le simplet ?

— Oui. C'est sûrement le personnage le plus stupide de la littérature[1] ! Écoute : « Oh ! Fatima chérie, dit Goha, la boisson te rend si belle ! » « Mais je n'ai rien bu, dit sa femme. » « Bien sûr, rétorque Goha, c'est moi qui ai bu ! » Stupide, non ? Il est...

La voix de Hussein Shahid l'interrompit.

— Il n'est pas plus stupide que les hommes en chair et en os !

Le grand-père de l'adolescent s'affala dans un fauteuil et pointa son index vers Karim.

— Quel âge a-t-il maintenant ? Je n'ai plus la notion du temps.

— J'ai seize ans, et bientôt dix-sept.

— Oh ! Ne te presse pas trop. À un moment donné, la vie se chargera d'accélérer les jours pour toi. À seize ans, tout va lentement. À trente, le train s'accélère. À soixante, une année passe plus vite qu'une heure.

---

1. Nombreuses sont les communautés qui revendiquent celui que l'on nomme Djeha ou Goha. C'est un personnage mythique du folklore traditionnel arabo-musulman, personnage moitié fou moitié sage, dont on dit qu'il est « tellement intelligent qu'il en devient bête ou il est si bête qu'il finit par dire des choses intelligentes ».

Il répéta :

— Ne te presse pas. Fais comme ton grand-père : je ne me souviens plus du tout de mon âge, tellement il a changé !

Le garçon eut un rire espiègle.

— *Geddo*[1] ! Tu as soixante-sept ans ! Soixante-sept !

— Si tu le dis.

Hussein fixa Mourad.

— Où est ta mère ?

— Au marché, avec Mona.

— Ce n'est pas très prudent, avec tous ces fous en liberté. Je leur avais recommandé de ne pas sortir !

— Rassure-toi. Soliman les accompagne. La situation est calme à Haïfa.

— Soliman ? Notre poète ? Je le vois mal en garde du corps.

— Détrompe-toi, mon fils est un faux tendre. Sous son caractère pacifique, je le sens capable de grandes colères.

— Alors, tu connais mon neveu mieux que moi.

Hussein changea brusquement de sujet. Ses traits s'assombrirent.

— Je suis inquiet, Mourad. Je ne sais pas comment nous allons nous en sortir.

— Tu veux parler des affaires, je suppose. Oui. La situation n'est pas rose. Mais ne te fais pas de soucis. Je pars avec Latif en Égypte et en Syrie la semaine prochaine afin d'essayer de récolter un peu d'argent au bénéfice de notre Bureau de la Palestine. J'en profiterai pour trouver de nouveaux débouchés à nos produits. Ne t'inquiète pas.

Hussein secoua la tête. Il avait l'air exténué. Sur son front vieilli, les rides formaient des creux.

— Un jour, il y a longtemps, alors que je constatais que nos rivaux, *Brohnson Shipshandlers*, avaient tri-

---

1. Grand-père, dans le langage familier.

plé leur chiffre d'affaires en moins de deux ans, pendant que nous végétions, je me suis écrié devant ton frère : « J'aurais mieux fait de vendre mon affaire quand les Brohnson voulaient l'acheter ! Bientôt, elle ne vaudra plus rien. » Eh bien, c'est fait. Elle ne vaut plus rien !

— Allons, *geddo*, protesta Karim. Ne t'énerve pas. Tu sais que ce n'est pas bon pour ta santé. D'ailleurs, papa a raison. Les affaires vont reprendre dès que les Juifs repartiront de là où ils sont venus. Inch Allah !

Hussein sourit. Mais son sourire faisait plutôt penser à une grimace.

— Inch Allah, *habibi*, inch Allah !

Il tendit les bras vers son petit-fils :

— Viens ! Viens m'embrasser.

Karim se leva aussitôt et saisit la main de son grand-père qu'il porta à ses lèvres.

— Tu es un brave garçon. Que Dieu te garde, et…

Soudain, le reste de la phrase demeura comme suspendu dans l'air. Un hoquet secoua le corps de Hussein. Il libéra sa main et la posa sur sa poitrine. Son souffle se figea. Sa main retomba mollement. Un soupir. Le silence.

— *Geddo !* hurla Karim en se jetant à genoux devant son grand-père. Vite, papa ! Il est mal. Grand-père ! Grand-père !

Mourad, qui s'était précipité, crut entendre le vieil homme balbutier : « J'aurais mieux fait de vendre mon affaire… »

Mais c'était sans doute une illusion. Les morts ne parlent pas.

VII

23

La mouette, par ses cris et ses mouve-
ments d'ailes, s'efforçait en vain de nous
avertir de la proximité possible de la tempête.

Lautréamont.

Haïfa, 2 avril 1937

La chevelure des palmiers oscillait sous le vent
venu de la mer.

Mourad et Soliman soutenaient leur mère ou, plutôt, ils la retenaient pour l'empêcher de rejoindre la
dépouille de son mari que l'on venait de déposer dans
la fosse. Pas une larme ne baignait les joues de Nadia.
Elle avait tellement pleuré...

Près d'elle, Samia avait le visage fermé. Elle aurait
dû fêter aujourd'hui ses trente-deux ans et profiter de
l'occasion pour présenter son futur mari à tous. Voilà
deux mois qu'elle fréquentait Abd el-Kader el-Husseini,
à l'insu de tous, cousin éloigné d'un dénommé Yasser
Arafat, lui-même parent de sa meilleure amie, Khadija.
C'est au domicile de cette dernière que le couple avait
fait connaissance. Sitôt qu'elle avait croisé Abd el-
Kader, Samia s'était remémoré la boutade lancée
autrefois à ses frères : « Le mariage, c'est comme les
melons : un sur dix tient ses promesses. Alors,

j'attends de trouver le bon ! » Elle sut, ce jour-là, qu'elle l'avait trouvé.

L'homme était originaire d'une grande famille. Après avoir effectué ses études secondaires à Jérusalem, il avait rejoint l'université américaine de Beyrouth. Guère longtemps, puisqu'au bout d'un an, on l'avait expulsé à cause de ses engagements nationalistes. Inscrit à l'université américaine du Caire, il en était ressorti titulaire d'un diplôme de chimie et, dès son retour en Palestine, il était entré en résistance. Samia avait gardé secrète leur relation, parce que Abd el-Kader l'avait exigé : depuis l'éclatement de la révolte arabe, il avait pris la tête de l'Armée du djihad sacré, une organisation de résistants fondée par le mufti peu de temps avant son exil pour le Liban. Réfugié dans le maquis de la région d'Hébron, Abd el-Kader était activement recherché par les Britanniques. Sa présence aujourd'hui, au cimetière, démontrait non seulement son grand courage, mais surtout l'amour qu'il éprouvait pour Samia. Malheureusement, en raison du deuil qui venait de frapper la famille, le mariage envisagé allait devoir être reporté d'au moins quarante jours.

Un peu plus loin se trouvaient Latif el-Wakil et sa femme Leïla, cette dernière pleurait à chaudes larmes, incapable de se maîtriser. Josef Marcus était là lui aussi, de même qu'Irina et son époux, Samuel Bronstein. Marcus ne parvenait pas à détacher ses yeux de la tombe où son vieil ami reposait. Et si c'était dans la mort que l'Arabe et le Juif étaient voués à se retrouver ?

« Josef, hoqueta Nadia quand il lui présenta ses condoléances, qu'allons-nous devenir ? Dites-moi, Josef… »

Il resta silencieux, comprenant le sens de la question. Nadia ne s'interrogeait pas sur l'avenir de sa famille, ni sur le sien, mais sur celui de leurs communautés.

*

Bagdad, le même jour

Dounia but une gorgée de karkadé en fermant les yeux pour mieux la savourer.

— Voilà longtemps que je ne t'ai vue aussi heureuse, constata Jean-François. L'air du pays, sans doute ?

— Non. C'est seulement le plaisir de nous voir tous réunis. Par les temps qui courent, se retrouver auprès de ceux qu'on aime frise l'exploit. Alors je savoure l'instant.

Chams approuva.

— Ma tante a raison. J'imagine que vous avez suivi comme moi les dernières nouvelles. Il semble que la guerre soit aux portes de l'Europe. Et donc, à nos portes. On raconte que ce nouveau chancelier, Hitler, serait même à deux doigts d'envahir l'Autriche et la Pologne. J'imagine que la France et l'Angleterre ne resteront pas les bras croisés ?

— Je ne sais pas ce que fera la France, dit Jean-François. Pour l'heure, en tout cas, elle semble impuissante face aux bouleversements qui sont en train de se produire.

— Quant à l'Angleterre, intervint Nidal el-Safi, elle ne se porte guère mieux. Certains conservateurs, tels que Winston Churchill ou Anthony Eden, passent leur temps à manifester leur opposition au Premier ministre, Neville Chamberlain. Bel exemple d'unité.

— Non sans raison, rétorqua Chams. Ce bonhomme est dépourvu de vertèbres. Prêt à plier à la moindre chiquenaude.

— Que Dieu nous préserve, soupira Salma el-Safi. Vous me donnez la chair de poule. Si je comprends bien, la paix n'est pas pour demain, ni en Irak ni ailleurs.

— Alors, profitons de l'instant ! s'exclama Jean-François.

Il tendit sa coupe vers Nidal.

— Vous voudriez bien me resservir de votre nectar, mon ami ? Ensuite, je vous annoncerai une nouvelle qui vous surprendra et qui, je crois, ne laissera pas ma douce épouse indifférente.

Dounia fronça les sourcils.

— Une nouvelle ?

Le Français attendit que Nidal eût fini de verser le vin pour déclarer sur un ton solennel :

— Voilà, mes amis. J'ai l'intention de quitter les Affaires diplomatiques.

Un silence stupéfait succéda à son annonce.

— Tu veux dire… que tu vas… démissionner ? bredouilla Dounia.

— Parfaitement ! Je me donne encore un an. J'aurai alors cinquante ans. L'heure sera venue de mettre un terme à près de trente ans de bons et loyaux services et de consacrer les années à venir à vivre, tout simplement.

Nidal leva son verre.

— Je bois à cette sage décision !

— Et puis, je vous l'avoue, je suis las. L'affaire syrienne a été la goutte de trop. Pendant des mois je me suis battu pour que mon gouvernement ouvre des négociations avec les nationalistes. Blum a accepté. Mieux : un traité a été signé entre les deux partis, qui stipule que la France rendrait à la Syrie son indépendance dans un délai de cinq ans en échange, bien entendu, de divers avantages politiques économiques et militaires. Or, à ce jour, rien n'a été fait dans ce sens. Et tout porte à croire qu'avec la crise qui se profile le traité sera définitivement enterré.

Jean-François vida son verre d'un trait et reprit en fixant Dounia :

— Un jour, tu m'as posé une question : « Vous, Jean-François. Où vous placez-vous ? Du côté des gentils ? Des méchants ? Dans lequel des deux camps êtes-vous à l'aise ? »

— Oui. Et tu m'as répondu : « Du côté de la France. » Aurais-tu changé d'avis ?

— Aucunement. Mais j'apporte une nuance : je ne veux plus obéir aux ordres et subir. Je veux essayer – avec mes très modestes moyens – d'influer sur la politique étrangère de mon pays.

— Ainsi, vous ne démissionnerez pas vraiment, observa Nidal dans un sourire. Vous occuperez une autre case sur l'échiquier, c'est tout.

Levent médita un moment avant de laisser tomber :

— Oui. Mais nul ne me déplacera plus jamais à sa guise.

*

Beyrouth, 5 avril 1937

Nous étions au printemps. Mais rarement printemps libanais n'avait paru aussi frais.

Mourad Shahid emprisonna violemment la main de Latif el-Wakil.

— Je ne comprends pas ! Aurais-tu perdu la tête ? Cette rencontre n'était pas prévue ! Toi qui as toujours été partisan de la non-violence ! Qu'est-ce qui t'a pris ? Réponds-moi ? Pourquoi, pourquoi Latif ?

— Parce que nous n'avons plus le choix ! Parce que nous sommes dos au mur. Pendant tout ce temps, moi aussi j'ai cru que la non-violence était la plus juste des attitudes. Je me suis trompé !

— As-tu oublié les propos que tu tenais au Caire chez Groppi ? Tu disais : « Attaquer des Juifs innocents, les pourchasser, les tuer. Ce n'est pas ainsi que nous gagnerons la sympathie du monde. » Tu...

— Oui, Mourad ! Mais ces propos remontent à quinze ans ! Les choses ont changé depuis !

— Tu m'as donc fait venir à Beyrouth sous un faux prétexte. Il ne s'agissait pas de récolter des fonds, mais de rencontrer ce bonhomme. Tu n'es qu'un manipulateur !

Latif el-Wakil eut un mouvement de recul sous l'injure et son visage devint blanc.

— Prends garde, Mourad ! Surveille ton langage. Feu ton père ne t'a pas éduqué pour que tu manques de respect à tes aînés.

— Mon père, paix à son âme, ne m'a pas éduqué non plus pour que je succombe aux plus bas instincts.

Il fixa Latif, lèvres tremblantes.

— La loi du Talion. C'est elle que tu veux appliquer ? Une vie juive pour une vie arabe ? Un enfant juif contre un enfant arabe ? Mon fils contre la fille de Josef Marcus ? Ne vois-tu pas où cette loi nous a menés depuis vingt ans ?

— Écoute-moi, Mourad. Écoute-moi bien. Ensuite, tu seras libre de me suivre ou non. Depuis cette maudite Déclaration Balfour, notre terre file entre nos doigts comme du sable entre les doigts de la main. Le plan Peel sera appliqué envers et contre tout. Ne vois-tu pas que les Juifs ne sont plus simplement des colons, mais des combattants ? Ils ont formé des unités militaires : l'Irgoun, la Haganah. D'autres groupes suivront. Ils sont dirigés par des hommes éduqués qui n'ont pas tes états d'âme. Des Biélorusses, comme ce Yitzhak Shamir, qui a fomenté la plupart des attentats ayant coûté la vie à nos frères ; des Polonais, comme cet Avraham Sternou ou ce Jabotinsky, qui prêche pour des représailles aveugles contre la population arabe. Ces gens achètent des armes à l'étranger. Ils ont mis au point des réseaux d'une efficacité redoutable ! Munitions, mitrailleuses, grenades, fusils, dynamites... Et nous ? Tu voudrais que nous luttions les mains nues ? C'est cela que tu souhaites ? Tu as un enfant, un fils unique. Qu'attends-tu ? Qu'il meure d'une balle en pleine tête parce que toi, son père, tu auras refusé de t'armer ?

À bout de souffle, Latif ferma les yeux, comme écrasé par la tragédie qu'il venait d'évoquer.

Après un silence qui parut interminable, Mourad prit la parole.

— Très bien. Je vais t'accompagner. Mais que le Tout-Puissant me pardonne.

Ils traversèrent en silence la « Place des martyrs », là où, une vingtaine d'années auparavant, les Ottomans pendaient haut et court des résistants libanais. Ils n'eurent pas un regard pour le monument qui représentait deux femmes, l'une musulmane, l'autre chrétienne, se serrant la main sur une urne – tout un symbole –, et atteignirent le port. Une vingtaine de minutes plus tard, ils arrivaient devant l'entrée d'une grande maison de pierre. Une Horch battant pavillon rouge à croix gammée stationnait devant la porte. On introduisit les deux Palestiniens dans un salon saturé de senteurs d'ambre et d'encens.

Un homme marcha à leur rencontre. Il se présenta : Georg Kielhof, attaché militaire allemand, et les invita à s'asseoir tandis que lui-même se laissait choir dans un divan.

Après quelques secondes d'observation, le visage pâle du diplomate se détendit imperceptiblement et les yeux bleu délavé derrière les lunettes cerclées d'acier se plissèrent.

— Puis-je vous offrir à boire ?

Les deux hommes déclinèrent la proposition.

L'Allemand n'insista pas.

— Monsieur El-Wakil, dit-il dans un anglais gut-tural, coupé de mots allemands, la politique du IIIᵉ Reich en ce qui concerne l'Orient a été claire-ment définie. L'Allemagne n'a aucune visée colonia-liste sur cette région. Au contraire, elle aspire à la complète émancipation des peuples opprimés et consa-cre tous ses efforts à ce but.

Mourad Shahid battit des cils, mais demeura impassible. Il n'en pensait pas moins que les louables efforts du IIIᵉ Reich correspondaient à une politique antianglaise sans nuances.

— Des amis communs m'ont exposé vos souhaits qui, si j'ai bien compris, consistent à procurer des armes à vos concitoyens. J'en ai parlé à la Chancelle-rie à Berlin. J'ai le plaisir de vous confirmer que la réponse est oui. Mille cinq cents fusils Mauser et des munitions adaptées vous seront expédiés…

— Où ? coupa Latif.

— À la destination de votre choix. De plus, un cré-dit de vingt-cinq mille marks vous est ouvert à la Banque ottomane d'Ankara. J'ajouterai, déclara-t-il sur un ton confidentiel, que la recommandation de monsieur le mufti de Jérusalem, Hajj el-Huzéni – il avait massacré le nom, mais peu importait – vous aura été d'un grand secours. Soyez convaincu que nous soutenons totalement le combat des Palesti-niens contre l'intolérable occupation de votre pays par les sionistes !

— Monsieur, dit Latif, je vous prie de bien vouloir accepter mes sincères remerciements et de les trans-mettre à votre chancelier.

Il jeta un coup d'œil vers Mourad qui affichait une expression glaciale.

— Bien entendu, conclut Herr Kielhof, tout cela demeure strictement confidentiel.

— Bien entendu.

— Que je n'oublie pas de préciser ceci : la Chan-cellerie estime que vous aurez certainement besoin d'instructeurs pour former vos milices à l'art du combat. Ils vous sont assurés dès que vous en ferez la demande.

Mourad se garda de rappeler que lesdites milices avaient été décapitées par la répression anglaise. Sans doute l'Allemand pensait-il que les Palestiniens en lèveraient de nouvelles.

— Oui, je vous le répète : le combat des Palestiniens est aussi le nôtre. La lèpre juive sera éradiquée.

Il scanda :

— É-ra-di-quée !

Ne recueillant aucune réaction de ses interlocuteurs, il ajouta :

— Messieurs, avez-vous des questions ?

El-Wakil fit non de la tête.

— Dans ces conditions, permettez que je vous raccompagne.

En franchissant le seuil de la maison, Mourad s'agenouilla et vomit devant la voiture battant pavillon rouge à croix gammée.

24

Pour prendre une décision, il faut être un nombre impair de personnes, et trois c'est déjà trop.

Georges Clemenceau.

Le Caire, 6 avril 1937

Taymour Loutfi posa sa montre-bracelet sur la tablette de la salle de bains et s'apprêta à se raser. Il serra une lame neuve entre les dents du rasoir de sûreté, se mouilla le visage à l'eau chaude, trempa le blaireau dans l'eau, puis fit monter une mousse crémeuse en touillant le savon dans son bol. Il étala cette mousse sur ses joues, son menton et son cou, en évitant soigneusement la moustache. Ce fut à ce moment qu'il saisit son propre regard.

C'est une rencontre redoutable que celle d'un homme avec son reflet. Car celui-ci possède un pouvoir connu des magiciens ; il est doté d'une vie indépendante et, comme le sphinx, pose des questions qui, le plus souvent, commencent par celle-ci :

— Qui es-tu ?

Taymour fut décontenancé. Voilà près de vingt ans qu'il se rasait devant un miroir. Que lui arrivait-il donc aujourd'hui ? Peu importait, il fallait répondre.

Il commença à passer la lame sur la joue droite.

— Réponds !

— Je suis un jeune homme de bonne famille et de bonne moralité. J'ai été un fils aimant et maintenant je suis un mari aimant. Ma femme m'a fait le don de deux enfants. Hicham et Fadel. Je suis député du seul parti d'opposition. Je suis un homme intègre. J'ai suivi, tant bien que mal, les préceptes du Coran et je me bats depuis des années pour mon pays...

Le reflet ne paraissait pas convaincu.

— Taymour, hier soir tu as fêté tes quarante ans. Tu t'empâtes physiquement et mentalement. Prends garde, tu es un notable aujourd'hui, mais tu risques de tourner bientôt au vieux croûton. Si un coup d'État venait à se produire en Égypte, à l'image de celui fomenté en Irak par le général kurde Bakr Sidqi, tu passerais certainement pour un vestige du passé.

Taymour avait fini de se raser ; il se regarda, songeur.

Je vieillis. Je vais vieillir tous les jours un peu plus. Effrayante perspective.

— Taymour !

Il se retourna.

Lorsqu'il vit les traits décomposés de son père, il comprit qu'un drame venait de se produire.

Loutfi bey bredouilla en se retenant au chambranle de la porte :

— Elle est partie...

— Quoi, père ? Qui ?

— Dans le salon... elle...

Taymour n'attendit pas la suite.

Sa mère était assise ou plutôt affalée dans un fauteuil, les bras pendant de part et d'autre des accoudoirs. Le teint était terreux, l'expression faisait peur.

Il s'agenouilla auprès d'elle, lui prit la main et répéta comme un automate :

— *Mama, mama, mama...*

Il n'y eut aucune réaction.

Seule la voix de Loutfi bey résonna, qui murmurait entre deux sanglots :

— Que vais-je devenir ? Que vais-je devenir sans elle ?

*

Haïfa, le même jour

Josef Marcus fit non de la tête lorsque Nadia Shahid lui présenta le plat de pâtisseries.

— Merci. Je ne sais pas ce qui m'arrive mais, depuis quelque temps, rien ne passe.

— Ne cherchez pas, Josef. C'est le foie. Je vais vous confier un remède miracle : buvez tous les matins à jeun un demi-verre d'eau tiède, avec un citron pressé et une cuillerée d'huile d'olive et, dans deux semaines, vous vous sentirez aussi frais qu'un jeune homme.

Marcus approuva distraitement.

— Comment les choses se passent-elles ? s'informa-t-il avec une gravité soudaine.

— Que voulez-vous dire ?

— Je me fais du souci pour vous. J'imagine que la vie n'est pas facile depuis que Hussein nous a quittés.

Il releva la tête et la fixa.

— Vous ne manquez de rien ? Tout va bien ?

Elle opina, émue.

— Oui, oui, ne vous faites pas de souci. Tout va bien.

Il insista.

— Vous êtes sûre ? Parce que, sinon, rappelez-vous, je suis là. Hussein était un frère pour moi. Si vous avez le moindre...

Une voix sèche l'interrompit :

— N'ayez crainte, monsieur Marcus ! Nous n'avons besoin de personne et certainement pas besoin de charité.

Soliman se tenait sur le seuil. Visage fermé.

Le Juif fit mine de ne pas avoir perçu l'ironie du ton et lança :

— *Salam aleïkoum*, Soliman.

— Que faites-vous ici ?

— Curieuse question. Il n'y a pas longtemps encore tu ne l'aurais jamais posée.

— Josef est venu prendre de nos nouvelles, se hâta d'expliquer Nadia. Il s'inquiétait pour nous et...

Soliman ricana.

— Vous auriez mauvaise conscience, monsieur Marcus ?

— Mauvaise conscience ?

— Selon vous, de quoi mon père est-il mort ?

— Encore une étrange question. Au dire de tous, d'une attaque. Je...

— Non ! Mon père est mort de chagrin ! Son cœur n'a pas résisté au désespoir de voir son entreprise péricliter, son pays disparaître tous les jours un peu plus, et tout ce sang versé. Voilà de quoi mon père est mort.

Il pointa son doigt sur Marcus.

— C'est vous ! Vous et vos coreligionnaires sionistes qui en êtes responsables ! Vous ! Le soi-disant peuple élu ! Comme si le reste des humains n'était que des vers de terre, vomis par Dieu !

— Soliman, se récria Nadia, affolée. Tu n'as pas honte ! Je t'interdis de parler sur ce ton ! C'est ignoble !

Josef leva la main en signe d'apaisement.

— Ce n'est pas grave, Nadia.

Il se leva et s'approcha de Soliman.

— Coupable, as-tu dit ? Je vais t'étonner, mon fils. Je veux bien porter le poids de cette terrible accusation, encore que je la trouve profondément injuste. Au nom des miens, j'implore même ton pardon. En revanche, je n'accepte pas ton allusion au « peuple élu ». C'est une insulte faite à l'humanité tout entière !

— Vous…

— Tais-toi ! Écoute plutôt. Il est écrit dans la Torah : « Aujourd'hui, tu as fait promettre à l'Éternel qu'Il sera ton Dieu, afin que tu marches dans ses voies, que tu observes ses lois, ses commandements et ses ordonnances, et que tu obéisses à Sa voix. Et aujourd'hui, l'Éternel t'a fait promettre que tu seras un peuple qui lui appartiendra comme il te l'a dit[1]. » Tu as bien entendu, fils de Hussein Shahid ?

Il répéta :

— « Tu as fait promettre à l'Éternel *qu'Il sera ton Dieu* ! »

Et Marcus enchaîna :

— Et il est dit aussi : « Josué dit au peuple : Vous êtes témoins contre vous-mêmes que c'est *vous* qui avez choisi l'Éternel pour le servir. Ils répondirent : "Nous en sommes témoins"[2]. » Les Sages d'Israël diront plus tard : « Dieu demanda à tous les peuples de recevoir sa loi et, lorsqu'ils refusèrent, il s'adressa à Israël qui répondit : nous le ferons. » Tu comprends donc que ce n'est pas Dieu, selon notre foi, qui a choisi Israël, mais *Israël qui a choisi Dieu* : telle est la vérité historique !

Il posa une main tremblante sur l'épaule de Soliman.

— J'ai aimé ton père. Plus que tu ne l'imagines. Aussi je t'en conjure, quand il te vient des pensées aussi blasphématoires, pense à lui.

Il alla vers Nadia, l'enlaça et quitta la maison.

*

1. Deutéronome, XXVI, 17-18.
2. Livre de Josué, XXIV, 22-25

302

Il ne s'était jamais déshabillé devant personne. Mais celui qui l'exigeait était un médecin-major, quadragénaire à la moustache mélancolique et au nez chaussé d'un lorgnon instable.

Contact froid du stéthoscope sur la poitrine. Auscultation. Palpations.

— Rhabillez-vous. Asseyez-vous là.

Examen des dents. Puis de la vue. 20 sur 20.

— Vous avez eu des maladies ?

— Une indigestion de temps en temps.

Le médecin alla se rasseoir à son bureau et inscrivit ses observations.

— Vous êtes apte au service. Demain vous serez interrogé par la commission. Bonne journée.

Gamal Abdel Nasser s'inclina, remercia le praticien et ressortit par la salle d'attente, où sept candidats s'apprêtaient à lui succéder l'un après l'autre. Il emprunta le long couloir de l'Académie militaire d'Abbassieh, où résonnaient des semelles ferrées, traversa la cour et alla attendre l'autobus qui le ramènerait à l'Ezbéquieh.

Le soir, Aziz Mouharram l'invita au cinéma Lux. On y projetait un film américain. Des soldats d'un autre temps couraient après des Indiens à cheval et tiraient des coups de feu. Les Indiens roulaient par terre et les chevaux les piétinaient. Est-ce qu'à l'armée on lui apprendrait à monter en selle ?

— Gamal Abdel Nasser !

Rasé de près, dans une chemise fraîche, il se leva. La sentinelle le fit passer dans une longue salle, au fond de laquelle sept militaires galonnés siégeaient derrière une longue table couverte d'un drap vert.

— Avancez !

Ils le jaugèrent du regard. Sans enthousiasme apparent.

— Que fait votre père ?

— Fonctionnaire à la poste.

— Quel grade ?

— Fonctionnaire, c'est tout.

— De quel coin êtes-vous ?

— Beni-Morr.

— *Fallahine*, des paysans donc.

— Oui…

— Des officiers dans votre famille ?

— Aucun.

— Pourquoi souhaitez-vous entrer à l'Académie ?

— Pour servir ma patrie.

— Quelqu'un vous a-t-il recommandé ?

— Recommandé ?

— Vous m'avez bien compris.

— Vous voulez dire… parrainé ? Non.

— Avez-vous participé aux manifestations du Midan Ismaïlia ?

— Oui…

— C'est bien, vous pouvez disposer. Nous vous ferons connaître notre décision par la poste.

La réponse arriva une semaine plus tard. Le cœur battant, il décacheta l'enveloppe de papier brun.

Candidature refusée.

Et maintenant, que faire ? Végéter ? Se laisser crever ?

Il n'en était pas question ! Il allait risquer le tout pour le tout.

Il se leva, enfila sa veste râpée, la seule, et sortit de la maison, pleinement conscient de son inconscience. Se rendre au domicile du nouveau secrétaire d'État, le général Ibrahim Khaïry pacha ? Sans rendez-vous de surcroît ? Peu importait, puisqu'il n'avait plus rien à perdre.

Une heure plus tard, il sonnait chez l'officier.

Un domestique lui ouvrit.

— Vous souhaitez rencontrer Son Excellence ? Impossible ! Il est occupé.

— J'attendrai.

— Il est occupé, te dis-je !

— J'attendrai le temps qu'il faudra.

Devant le ton déterminé du visiteur, le domestique finit par se résigner. Il s'éclipsa pour réapparaître peu après.

— Le pacha t'attend. Suis-moi.

Gamal fut introduit dans une grande pièce aux volets clos. Le général était assis, les mains posées bien à plat sur la surface de son bureau.

— Alors ? Que désirez-vous ?

— Déjà vous remercier de m'avoir reçu.

Le général attendit la suite.

— C'est à propos de l'Académie militaire.

— Oui ?

— Je ne bénéficie pas de passe-droit.

— Je ne vous comprends pas.

— Il semble que les étudiants n'ont de chance d'y être admis que s'ils sont… recommandés.

— Vous voulez dire… pistonnés ?

Gamal opina.

— Avez-vous présenté une demande ?

— Absolument. Et j'ai passé avec succès l'examen médical. On m'a quand même refusé l'accès. Il est vrai que je ne suis qu'un fils de facteur.

Il prit une courte respiration, puis :

— Mon général, dites-moi franchement si c'est la règle du népotisme qui prédomine et je laisserai tomber.

Khaïry parut troublé par l'audace dont faisait preuve ce jeune homme. Quelques secondes passèrent, il suggéra :

— Représentez-vous à la prochaine session.

— Mais…

— Représentez-vous.

Nasser obtempéra.

Une semaine plus tard, il se retrouva pour la seconde fois devant le comité, celui-là même qui lui avait signifié son refus. À une nuance près : c'était Khaïry pacha qui présidait.

La voix du général tonna :

— Admis !

Enfin ! Enfin le destin semblait lui sourire. Il avait dix-neuf ans. À l'avenir, tous les rapports le confirmeraient : « Le cadet est un bon sujet. »

*

Une maison aux environs de Haïfa, 8 juillet 1937

— Soliman, Mourad, je vous en conjure ! Si on venait à vous poser des questions, vous ne savez rien, vous n'avez rien vu, rien entendu, vous ne connaissez personne !

Mourad n'avait jamais apprécié de recevoir des ordres, pourtant il acquiesça. Et pour cause, son interlocuteur ne pouvait qu'inspirer le respect. D'abord parce que depuis peu il était l'époux de Samia, et surtout, parce que c'était Abd el-Kader el-Husseini, désormais figure emblématique de la résistance. Vêtu d'un short et d'une chemise grise sous un ample manteau, la tête couverte du keffieh, Abd el-Kader aurait pu passer pour un simple chef de clan. Seuls ses gros brodequins militaires trahissaient des activités moins paisibles. Il était entouré de Latif el-Wakil et d'une dizaine d'hommes. À leurs pieds, deux caisses, couvercles descellés et une dizaine de Mauser 7.64 luisant dans la pénombre.

— *Wehyat Allah*, supplia Samia en saisissant le bras de son mari, au nom de Dieu, sois prudent.

— Elle a raison, approuva Mourad. S'il t'arrivait quelque chose, Abd el-Kader mon ami, nous perdrions cent hommes d'un coup.

Il montra le ventre rond de sa sœur.

— Et pense à ton futur enfant. Elle ou lui va avoir besoin d'un père.

— Ne vous inquiétez pas, mes amis. J'ai signé un pacte avec la mort. Elle ne me prendra pas avant que la Palestine ne soit libérée.

— Elle ne te prendra jamais ! se récria Samia. Jamais. Je ne t'ai pas attendu toutes ces années pour te perdre.

Abd el-Kader la serra tendrement contre lui. Elle parut si menue tout à coup. Pourtant le Palestinien était à peine plus grand de taille qu'elle. Avec son visage rond, plein de vie, animé par une fine moustache noire, il semblait si jeune, si vulnérable aussi.

— L'opération est-elle toujours prévue pour demain soir à Kfar Sofer ? s'enquit Soliman.

— Oui, confirma Latif.

— Alors, laissez-moi me joindre à vous !

Tous les regards convergèrent vers Soliman.

— As-tu perdu la tête ? s'exclama Mourad, incrédule.

— Je veux y aller !

— Toi ? Toi, l'âme rêveuse ? Le poète ?

— Oui. On change, vois-tu.

— Mon pauvre ami, ironisa Mourad, tu n'as jamais su manier autre chose que la plume ! Qu'est-ce qui te prend ?

— D'ailleurs, ajouta Latif el-Wakil, ce serait du suicide. Tu es myope comme une taupe. Nous n'avons pas un seul combattant qui porte des lunettes.

Soliman haussa les épaules.

— Eh bien, je serai le premier !

Abd el-Kader répliqua fermement :

— Pas question ! Tu resteras sagement ici en compagnie de ton frère.

— Avec tout le respect que je te dois, je te rappelle que j'ai trente-cinq ans. Ce ne sont pas les trois ans qui nous séparent qui font de mon frère mon gardien.

— Soliman ! gronda ce dernier. Cesse de faire l'idiot !

— Je préfère passer pour un idiot plutôt que pour un lâche !

— Un lâche ? Qu'est-ce que tu insinues ?

Samia s'interposa, prise de panique.

— Calmez-vous, calmez-vous ! Tu viens de le dire : vous n'avez plus quinze ans !

— Non ! insista Mourad, je veux qu'il s'explique !

Saisissant Soliman par le col, il questionna :

— De quel lâche parles-tu ?

L'autre resta silencieux.

— Réponds !

— Je n'ai rien à ajouter.

— Allons, du calme, vous deux, intervint Latif. Du calme !

— Parle !

— Très bien, Mourad. Je t'observe depuis des années. Tu as toujours été le premier à manifester ta fougue, ta révolte, ta passion, ta frustration. Tu as même quitté l'Égypte pour revenir vivre ici. Mais maintenant qu'il s'agit de se battre, tu te dérobes ?

Il désigna les caisses.

— C'est quand même toi qui as obtenu ces armes. Pourquoi ? Pour que les autres aillent se faire tuer à notre place ?

— Faux ! protesta Latif. Ces armes, Mourad n'en voulait pas. C'est moi qui l'ai influencé, moi qui ai tout organisé. Je ne lui ai pas laissé le choix.

Soliman haussa les épaules.

— Peu importe ! Il n'y a aucune raison pour que ce soit vous qui vous battiez et pas nous.

— Il suffit, maintenant ! ordonna Abd el-Kader. C'est la guerre, Soliman. Pas de la littérature.

Il se tourna vers Mourad et ordonna :

— Surveille-le ! Il est capable de tout foutre en l'air.

*

Le lendemain soir, kibboutz de Kfar Sofer

Dix flèches enflammées strièrent la nuit. Les pointes, enduites d'une couche de poix, volèrent par-dessus l'enclos et se fichèrent dans les panneaux préfabriqués des maisons les plus proches. Le feu commença à les dévorer comme des panthères qui se seraient jetées sur des buffles. Une onzième flèche tomba sous un camion bâché.

Des cris jaillirent. Un hurlement de sirène.

De nouvelles flèches fusèrent et presque immédiatement des ombres cagoulées bâtirent en retraite vers les bosquets d'orangers. Elles avaient à peine disparu que des projecteurs montés sur trois pylônes balayèrent le paysage. Des individus échevelés surgirent des maisons. Une voix cria en allemand. Si les hommes d'Abd el-Kader avaient compris cette langue, ils auraient entendu : « Ils ne peuvent pas être très loin, la portée de flèches ne dépasse pas une centaine de mètres. »

Aussitôt, plusieurs détonations retentirent. L'un des projecteurs explosa, crachant une gerbe d'étincelles.

Autres détonations. Un deuxième projecteur implosa à son tour.

Les tireurs sortis du kibboutz répliquèrent. Une salve mitrailla le bosquet d'orangers. Un cri. Un gémissement. Un bruit de corps qui heurte le sol.

Une ultime déflagration fit trembler les étoiles. Le camion bâché venait de voler en éclats. Les tireurs du kibboutz se retournèrent, désemparés.

— Repliez-vous avec les blessés ! Nous vous couvrons, ordonna Abd el-Kader.

Deux moteurs vrombirent, puis s'éloignèrent. Abd el-Kader et quatre de ses compagnons, toujours cagoulés, gagnèrent à reculons la troisième voiture. Latif el-Wakil se mit au volant. Au moment où il démarrait, une balle fracassa la lunette arrière. S'en servant comme meurtrière, l'un des Palestiniens y glissa son Mauser, prêt à tirer sur d'éventuels poursuivants. Personne. Les habitants du kibboutz avaient sans doute préféré maîtriser l'incendie plutôt que de s'engager dans une course-poursuite stérile. Latif appuya à fond sur l'accélérateur et la Humber bondit.

Après un moment, Abd el-Kader demanda :

— Y a-t-il un blessé parmi vous ?

— Moi, répondit une voix à l'arrière.

Celui qui venait de s'exprimer ôta sa cagoule et ajouta :

— Ce n'est rien. Une balle dans la cuisse. Je…

— Toi ? Toi ici ?

Latif, qui, dans le rétroviseur, venait de reconnaître son cousin, faillit perdre le contrôle de la voiture.

Abd el-Kader s'écria à son tour :

— Soliman ?

— En chair et en os.

— Comment diable as-tu fait pour arriver au kibboutz ?

— Peu importe, dit le « poète », en étouffant un cri de douleur.

Abd el-Kader retira à son tour sa cagoule, laissant apparaître un visage livide.

— Personne ! Tu m'entends ? Personne ne désobéit à mes ordres ! Tu es un inconscient. Tu aurais pu provoquer un désastre !

— Tout s'est bien passé, non ?

— On aurait dû t'enfermer ! pesta Latif.

— Peut-être. Mais, malgré mes lunettes, j'ai tout de même réussi à faire sauter l'un des projecteurs.

— On s'en fout !

Un silence glacial s'installa jusqu'à leur arrivée devant la maison de pierre où ils s'étaient réunis la veille.

Les deux autres voitures déboulèrent presque au même moment.

On fit le compte des blessés. Quatre. Dont deux grièvement touchés. Un mort. Abd el-Kader envoya un homme avec un véhicule quérir un médecin de confiance et s'approcha de Soliman qu'on venait d'allonger sur une *dekka*[1].

— Rends grâce à Dieu. Tu as eu beaucoup de chance.

Il répéta :

— Tu as eu beaucoup de chance...

Soliman ne fit aucun commentaire.

Jamais il n'avait eu aussi peur de sa vie.

---

1. Sorte de banquette.

VIII

25

Toutes les rivières de l'univers ne peuvent apaiser la soif de justice d'un homme.

Saadi.

Londres, 2 janvier 1938

À des milliers de kilomètres de là, une averse ridait les eaux de la Tamise et la pluie crépitait sur les vitres du Foreign Office.

— L'ennui, monsieur, déclara Marc Wyndham, c'est que nous n'avons pas beaucoup de gens qui parlent l'arabe.

— Ah, quelle grande perte que celle de Lawrence ! acquiesça son interlocuteur, sir Robert Anthony Eden, premier comte d'Avon et, depuis trois ans, secrétaire d'État au Foreign Office.

Eden était assis à son bureau, son directeur des Affaires orientales debout devant lui, aussi raide que s'il se tenait au garde-à-vous.

Wyndham ne releva pas les regrets de son chef ; il lissa brièvement du bout de l'index sa moustache grisonnante, impeccablement cirée. Lawrence était mort trois ans auparavant, dans un accident de moto, dégoûté de la politique anglaise et humilié d'avoir contribué à une trahison.

— Mais ne peut-on trouver quelqu'un qui nous porte de la sympathie parmi tous ces gens, en Irak, en Égypte, en Syrie, que sais-je ? Quelqu'un qui aurait de l'influence sur tous ces agités ?

— S'il nous porte de la sympathie, monsieur, il n'aura pas d'influence.

— Même pour de l'argent ?

Wyndham se raidit un peu plus.

— Jusqu'ici, monsieur, l'argent ne nous a servi qu'à acheter du renseignement. Je doute qu'un homme possédant véritablement de l'ascendant sur les Arabes, si tant est qu'il existe, accepterait de considérer une telle proposition.

— Pourquoi ?

— Parce que, monsieur, ce serait à nos yeux qu'il se déconsidérerait.

L'argument cloua Eden.

— Vous ne croyez donc pas que la partition de la Palestine mettra fin à l'agitation dans la région ?

— La Palestine s'avérant la plus grande pomme de discorde, je crains, au contraire, monsieur, que la partition n'attise au maximum la rancœur arabe. Et pour longtemps.

— Nous serions donc voués à être détestés dans cette partie du monde ?

Wyndham se demanda si le secrétaire d'État lisait vraiment les communiqués qu'il lui soumettait ; il prit son temps pour répondre :

— Nous sommes des occupants, monsieur. À leurs yeux, des impérialistes.

— Nous nous montrons pourtant discrets, que je sache.

Wyndham, qui connaissait bien l'actuel haut-commissaire – sir Miles Lampson –, lequel menait l'Égypte et son jeune roi Farouk à la baguette en Falstaff impérieux, cynique et brutal, refréna un sourire :

— Pas autant qu'il serait souhaitable, monsieur.

Sur quoi Wyndham alla se rasseoir à son bureau, tandis que sir Anthony Eden demeurait un long moment figé dans la réflexion.

Ah ! Ces Arabes, ces Juifs ! Cet Orient ! S'il ne tenait qu'à lui, on appliquerait la méthode suggérée à une époque par son collègue, l'actuel chancelier de l'Échiquier, Winston Churchill : gazer les empêcheurs de tourner en rond. D'autant qu'il n'y avait pas que l'Orient et les Arabes, les Juifs ! Voilà un certain temps déjà que l'Angleterre était confrontée à un « fakir séditieux », comme l'avait surnommé si justement Winston : ce Mohandas Gandhi qui se permettait de gravir à moitié nu les marches qui conduisaient au palais du vice-roi ! Voilà dix ans qu'il s'entêtait à réclamer l'indépendance de l'Inde. Indépendance, indépendance ! Qu'avaient-ils tous avec cette obsession ?

*

Le Caire, 20 janvier 1938

Ce 20 janvier, il valait mieux renoncer à sortir, à moins que ce ne fût pour se noyer dans les marées humaines qui célébraient le mariage de Farouk. On avait réduit le prix des transports publics de 70 % afin de permettre au plus grand nombre de se rendre dans la capitale. Les rues et les avenues du Caire scintillaient de mille feux, tandis que, sur le Nil, des centaines de felouques se lançaient sur les flots, la proue mouchetée de lampions.

L'allégresse du petit peuple était d'autant plus extraordinaire que la mariée, baptisée Farida, qui signifie « l'Unique », n'étant pas de sang royal, figurait la bergère qui épouse son seigneur.

Vers 11 heures du matin, une voiture du parc royal s'immobilisa devant la villa d'Héliopolis où résidait la promise. Accompagnée par son père, la jeune fille s'y installa et le véhicule prit la direction du palais de Koubbeh.

Une heure plus tard, la voiture en franchissait les grilles.

Le roi, en grand uniforme de l'armée, la poitrine décorée de cordons et de médailles, attendait dans le grand salon d'apparat. Selon le rituel musulman, la future reine fut conduite dans une pièce voisine et c'est uniquement son père, Farid Zulficar, qui alla à la rencontre du souverain.

— Votre Majesté consent-elle à accepter ma fille Farida pour épouse ?

— J'y consens, répondit Sa Majesté.

Le contrat fut alors présenté successivement à la signature du roi, du père de la mariée et de deux témoins. C'est seulement à ce moment-là que la jeune femme fit son apparition, vêtue d'une robe de cour prolongée par une traîne de tulle longue de cinq mètres. À son cou étincelait un lourd collier de rubis et de perles. Le visage était entouré d'un voile de dentelle, cadeau de l'impératrice Eugénie à l'une des filles du khédive Ismaïl, en 1869, lors de l'inauguration du canal de Suez.

Une fois la cérémonie achevée, le couple royal prit place dans une voiture décapotable d'un rouge flamboyant et traversa la ville.

La foule était en délire. Ils étaient beaux, ils étaient jeunes. Ils étaient le roi et la reine. Une véritable prairie de coquelicots formée par les tarbouches écarlates s'étalait sous le ciel bleu métal. On entendait, ici et là, cette expression typiquement égyptienne dont le sens profond échappe à toutes les interprétations : « Ils sont beaux comme la lune. » Le cortège royal glissa sous les arcs de triomphe fleuris érigés le long du parcours. Ce 20 janvier, le temps d'une fête, l'Égypte oubliait sa misère, les brimades anglaises, sa désespérance millénaire.

Les festivités se prolongèrent durant trois jours et trois nuits, rythmées par une série de spectacles dignes des Mille et Une Nuits. Sur des estrades improvisées, en plein cœur du Caire, on vit apparaître la grande Badia, la Mistinguett égyptienne, Oum Kalsoum, la chanteuse-déesse, et une jeune danseuse, Tahia Carioca, encore à ses débuts.

Au palais, le roi présida trois banquets organisés successivement en l'honneur du gouvernement, du corps diplomatique et des hauts fonctionnaires.

Des télégrammes adressés du monde entier s'amoncelèrent sur son bureau. On pouvait y lire entre autres les vœux d'Adolf Hitler.

Les noces de Farouk avaient déclenché d'Assiout à Alexandrie un enthousiasme exceptionnel. Pour un pays privé d'étendard depuis la mort de Saad Zaghloul, humilié depuis des années par l'occupation anglaise et des compromissions sans fin du pouvoir, ce mariage symbolisait la renaissance et l'espérance.

Personne n'aurait pu imaginer alors que cet espoir avait commencé de poindre cinq jours plus tôt, quelque part dans le désert, à Mankabad, petit village incrusté dans un paysage désertique, décor d'étangs et de canaux situé à quelques kilomètres d'Assiout et de Beni-Morr, au pied du Gabal el-Cherif.

Cinq hommes se trouvaient alors réunis autour d'un feu de camp.

On entendait cliqueter des gamelles et des écuelles au contenu plus que modeste : du foul, des lentilles, des oignons, quelques châtaignes. Deux grandes bonbonnes de thé chauffaient doucement dans les braises que l'un ou l'autre des militaires alimentait de broussailles sèches.

L'un des hommes était le lieutenant Gamal Abdel Nasser curieusement surnommé « Jimmy ». Un autre, au visage étrangement lisse et impassible, presque angélique, était le lieutenant d'infanterie Zakaria

Mohieddine. À ses côtés se tenait son frère, Khaled. Le quatrième était le sous-lieutenant chargé des transmissions, Anouar el-Sadate ; le dernier s'appelait Abdel Hakim Amer, « Robinson » pour les amis en raison de sa passion des récits de voyage.

Ils s'étaient réunis ce soir-là, 15 janvier 1938, pour fêter l'anniversaire de Gamal. L'ambiance était quelque peu morose. Le fait d'être commandé et entraîné par des officiers formés par les Britanniques était vécu comme une injure, d'autant que ceux-ci se montraient à la fois arrogants à l'égard de leurs subordonnés et serviles devant les membres de la mission militaire anglaise. Le pire de tous s'appelait Mahmoud Seif et se prenait pour le sultan Abd el-Hamid. Gamal et ses compagnons l'avaient surnommé le « Sultan rouge ».

Les puissants ignorent la rapidité de jugement de ceux qu'ils croient dominer : ayant avalé plus de couleuvres que le monde n'en produit depuis la création, ils savent vite distinguer le vrai chef du minable galonné. Et les révolutions n'ont souvent d'autre objet que de rétablir les vraies hiérarchies.

— Un peu d'oie rôtie, Excellence, dit Zakaria Mohieddine, en retirant du feu une des gamelles de foul, ou bien vous préféreriez un blanc de poulet à la circassienne ?

Une crise de fou rire parcourut le cercle.

— Puis-je servir le vin ? demanda un autre caporal, s'emparant de l'une des bonbonnes de thé.

On fit passer le pain, des pains ronds de blé noir, le pain du peuple, *esh baladi*.

Gamal, lui, ne riait pas. Il semblait ailleurs.

Des chacals hurlèrent dans le lointain.

Le repas s'acheva. Il ne restait plus une seule fève ni un grain de lentille dans les écuelles, jetées pêle-mêle dans un grand sac.

Gamal n'avait toujours rien dit. À la fin, son silence devenait tonitruant : on n'entendait que lui, le silence de cet homme que tout le monde respectait.

On passa des segments de canne à sucre en guise de dessert. Ils s'épluchaient avec un couteau ; la fibre apparaissait alors juteuse et, miracle, toujours fraîche.

À la fin, chacun devina que Gamal allait parler. À la lumière des flammes, le visage s'anima.

— Les Anglais sont responsables de tous nos malheurs, asséna-t-il.

Ce n'était pas une révélation, mais, prononcés par Nasser, ces mots revêtaient le poids d'une prophétie. Ils résumaient la situation au-delà des analyses subtiles et des considérations savantes. Si les Anglais n'avaient pas occupé le pays, les jeux du pouvoir eussent été légitimes et non corrompus.

— Mes frères, reprit-il, saisissons l'occasion de cette rencontre : créons quelque chose de solide. Faisons le serment de rester fidèles à l'amitié qui nous rassemble. Grâce à cette union, nous triompherons de tous les obstacles.

Tous acquiescèrent avec ferveur.

Cela s'était passé le 15 janvier 1938, près de Mankabad, dans un paysage désertique, à quelques kilomètres d'Assiout et de Beni-Morr, au pied du Gabal el-Cherif...

*

Paris, 12 mars 1938

Depuis l'assassinat de Paul Doumer, survenu le 10 mai 1932, la France avait un nouveau président de la République en la personne d'Albert Lebrun. Quant à Léon Blum, après une brève éclipse, il avait réintégré ses fonctions de président du Conseil.

Jean-François, lui, comme il s'y était engagé à Bagdad devant Nidal et Dounia, avait démissionné du poste de premier secrétaire aux Affaires orientales et, sous les couleurs du parti radical socialiste, s'était porté candidat lors des élections législatives. Il avait été élu avec un score des plus honorables. Si, dans les coulisses, il demeurait un personnage incontournable dès qu'il était question de l'Orient, il n'exprimait plus l'opinion du gouvernement, mais la sienne. Une indépendance, qui n'allait pas sans frictions avec ses collègues ; la politique n'a jamais apprécié les francs-tireurs.

Il mit la dernière main à la note qu'il destinait à Joseph Paul-Boncour, le tout nouveau ministre des Affaires étrangères, la signa et consulta sa montre de gousset : 19 heures ! Il avait promis à Dounia de l'emmener au théâtre. Il récupéra en toute hâte son imperméable et marcha vers la porte. Au moment où il allait sortir, Marie Weil, qu'il avait conservée comme secrétaire, lui barra le passage. Essoufflée, les traits blêmes, elle semblait sur le point de défaillir.

— C'est une catastrophe, monsieur. Une catastrophe.

— Quoi donc ?

Elle s'éclaircit la gorge et reprit son souffle.

— La Wehrmacht a franchi la frontière austro-allemande.

— Quoi ?

— Oui, monsieur.

— Quand ?

— Il y a quelques heures.

— Ce… Ce n'est pas possible.

— C'est pourtant confirmé.

— Comment les Autrichiens ont-ils réagi ?

— Il n'y a pas eu d'opposition. La population a accueilli les troupes allemandes par des acclamations et des fleurs. Il semble qu'à leurs yeux ce ne soit qu'un *Anschluss*. Un rattachement naturel à l'Allemagne.

Jean-François peinait à respirer. Ainsi, faisant fi des termes du traité de Versailles interdisant toute forme d'union entre l'Allemagne et l'Autriche, Hitler avait osé.

Il tapota l'épaule de sa secrétaire.

— Bon. Gardons notre sang-froid. Nous verrons bien la réaction des Alliés. Je dois filer. Ma femme m'attend.

— J'ai peur, monsieur Levent.

— Peur ?

Marie Weil baissa la tête. Ses lèvres tremblaient un peu lorsqu'elle murmura :

— Je suis juive, monsieur.

Il fit de son mieux pour adopter un ton rassurant.

— Allons, vous n'avez rien à craindre. Nous sommes en France.

Elle acquiesça faiblement.

— Oui, monsieur. Vous avez raison.

*

Haïfa, 2 juillet 1938

La première idée qui traversa l'esprit de Mourad fut : « Il pleut des gravillons. » Il fallut que Mona l'arrache à son sommeil pour qu'il prenne conscience qu'il s'agissait de coups répétés frappés à la porte.

Le réveil indiquait 2 heures du matin.

Il se redressa dans son lit et ordonna à sa femme.

— Va dans la chambre du petit et enferme-toi.

— Mais…

— Fais ce que je te dis !

Il ouvrit le premier tiroir d'une commode, sortit de dessous les linges l'un des Mauser conservés depuis l'attaque du Kibboutz de Kfar Sofer et gagna la porte d'entrée :

— Qui est là ?

— Ouvre, c'est moi, Samia.

Samia ? Mais que diable faisait sa sœur ici en pleine nuit au lieu d'être auprès de son mari ? Elle tenait entre ses bras son bébé, un garçon né en avril, baptisé du nom de son père, Hussein. Il pensa au pire.

Écartant le battant, il retint un cri de surprise. Le visage d'Abd el-Kader se détachait dans la pénombre.

— Ferme la porte. Éteins la lumière. Vite !

Mourad s'exécuta. Une fois toutes les pièces plongées dans l'obscurité, il questionna :

— Alors ?

Ce fut Samia qui expliqua :

— Les Britanniques ont retrouvé la trace d'Abd el-Kader dans le maquis. Heureusement que nous avons été prévenus.

Le résistant palestinien se voulut rassurant.

— Ne crains rien, Mourad. Dans quelques minutes, je ne serai plus là. On vient me chercher.

Attiré par les éclats de voix, Soliman apparut à son tour, les yeux pleins de sommeil.

— Abd el-Kader ? Qu'est-il arrivé ?

— Rien de très original. J'ai les Anglais à mes trousses. Ce n'est pas nouveau, n'est-ce pas ?

C'était vrai. Déjà, en mai 1936, après une attaque contre une base militaire, les Britanniques s'étaient acharnés sur lui, menant une offensive terrestre et aérienne contre son camp. Au terme de violents combats, blessé, il avait été capturé et transféré à l'hôpital d'Hébron. Trois jours plus tard, il faussait compagnie à ses geôliers et trouvait refuge en Syrie. À peine remis de ses blessures, il était revenu clandestinement en Palestine, ramenant dans ses bagages une centaine de volontaires.

— Où comptes-tu aller ? questionna Mourad.

— En Irak. J'y serai en sécurité et l'on m'y attend les bras ouverts.

— Qui donc ?

— Rachid el-Keylani. C'est lui, l'avenir de l'Irak.

— Rachid ? Le neveu de feu Abdel Rahman ?

— Lui-même.

— En quoi pourra-t-il te venir en aide ? Que je sache, depuis qu'il a été évincé par ce scorpion de Nouri el-Saïd, il ne fait plus grand-chose.

Abd el-Kader esquissa un sourire énigmatique.

— Tu as raison. Mais si ne rien faire est une chose, ne rien pouvoir faire en est une autre.

Un bruit de moteur retentit, suivi d'un crissement de freins sur le gravier.

— L'heure est venue, mes amis.

Abd el-Kader donna l'accolade à ses deux beaux-frères et leur recommanda :

— Je vous confie ma femme et mon fils. Ils sont ce qui me reste de plus sacré.

— Bien sûr. Ne t'inquiète pas. Au péril de nos vies, nous les garderons sous notre protection.

Le chef palestinien embrassa Samia tendrement.

— Je vais revenir, ma chérie. Je vais revenir...

Et il posa ses lèvres sur le front de Hussein.

— Sois fort, mon lion.

*

Damas, 1ᵉʳ octobre 1938

Les domestiques avaient allumé les braseros sur ordre du maître de maison, Hachem el-Atassi, premier président de la République syrienne, et ranimé les brûle-parfums dans le salon réservé aux hôtes de marque. Du *maassal*, un tabac aromatisé au miel et à la pomme, était posé dans une coupe près d'un narguilé. On avait disposé une dizaine de cigarettes Mourad à bout doré dans un plateau en argent ciselé. Rien ne manquait. L'ex-Premier ministre de Fayçal connaissait depuis longtemps les habitudes de chacun de ses invités.

Le docteur Abdel Rahman Shahbandar, qui avait été son ministre des Affaires étrangères, craignait les courants d'air.

Shukri el-Kuwatli ne fumait que du *maassal*.

Le seul pour qui le président n'avait rien prévu, c'était le Français, Jean-François Levent. Il avait une excuse : il ne l'avait croisé qu'une seule fois, vingt ans plus tôt, et leur entrevue avait été aussi brève que houleuse. À l'époque, Levent occupait la fonction de premier secrétaire aux Affaires orientales et défendait bec et ongles, avec une redoutable mauvaise foi, la présence française. Aujourd'hui, sa position avait quelque peu changé. Levent avait abandonné son rôle de porte-étendard du colonialisme et semblait disposé à jouer un rôle de médiateur entre la France et la Syrie. D'où la raison de sa venue.

Confortablement installé dans un fauteuil, Hachem allongea ses jambes et se renversa légèrement en arrière, fixant le plafond, songeur. Devait-il, oui ou non, démissionner ? Voilà plusieurs semaines que la question le tourmentait. Il apparaissait de plus en plus évident que la Chambre des députés ne comptait pas ratifier le traité d'indépendance que Paris s'était pourtant engagé à signer. Alors ? À quoi servait d'être un président privé des pouvoirs essentiels ?

— Monsieur Levent est arrivé, Excellence.

— Faites-le entrer.

Après avoir échangé une poignée de main chaleureuse avec l'élu des Hauts-de-Seine, le Syrien l'invita à s'asseoir.

— Figurez-vous que je pensais précisément à vous, dit-il avec un sourire.

— Et vous vous posiez la question de savoir si vous deviez rester président ou vous retirer.

— Seriez-vous médium ?

— Non, monsieur le président, je lis dans vos yeux. Ce qui n'est pas pareil.

— Parfait, dans ce cas...

Le secrétaire qui avait annoncé Jean-François réapparut.

— Docteur Abdel Rahman Shahbandar. Monsieur Shukri el-Kuwatli.

El-Atassi avança à la rencontre des deux hommes, leur donna l'accolade et les présenta au Français.

Une fois tout le monde assis, le président ordonna d'allumer le narguilé destiné à El-Kuwatli. Un sourire lumineux éclaira aussitôt la figure longiligne de ce dernier.

— Hachem, s'exclama-t-il. Quel charmeur tu fais ! Je n'aurais pas aimé être ton adversaire politique.

— J'aime faire plaisir à mes amis, c'est tout.

El-Kuwatli ne parut que partiellement convaincu. Si le président syrien était connu pour son hospitalité et sa très grande générosité, on savait aussi que ces qualités lui permettaient souvent d'amadouer ses rivaux pour les rallier à ses points de vue.

Kuwatli, lui, autrement moins diplomate, ne s'embarrassait guère de détours. Il suffisait d'observer son parcours pour en avoir la preuve. Dans sa jeunesse, il avait rejoint le parti El-Fatat, un mouvement politique d'opposition à l'Empire ottoman, et avait été très vite placé sous les verrous pour ses activités jugées subversives par les autorités turques. Libéré après la fin de la Première Guerre mondiale, il était entré dans le gouvernement du roi Fayçal au côté de son ami El-Atassi. Quand le mandat français fut proclamé, en juillet 1920, la tête d'El-Kuwatli fut mise à prix, et il fut forcé de fuir en Égypte, puis en Suisse, où – décidément indomptable – il avait fondé une organisation avec d'autres nationalistes : le Comité syro-palestinien.

Il saisit le narguilé que lui tendait un serviteur, exhala une bouffée et apostropha Jean-François.

— Connaissez-vous ce vieux proverbe arabe, monsieur Levent ? « Dieu aima les oiseaux, alors il inventa les arbres. L'homme aima les oiseaux, alors il inventa la cage. » Vous me comprenez, n'est-ce pas ?

Le Français sourit. Il avait parfaitement saisi la métaphore.

El-Kuwatli enchaîna sur un ton suave :

— Alors ? Pourquoi n'ouvrez-vous pas la porte ? Mon pays n'aspire qu'à s'envoler, savez-vous ?

— Je vais vous surprendre. La France n'y est pas opposée.

— Alors, pourquoi le traité n'a-t-il toujours pas été signé ?

La question avait été posée par le président El-Atassi et reprise par le docteur Shahbandar.

— Pour une raison très simple, messieurs. La guerre est à nos portes et le gouvernement craint que le moment ne soit pas propice.

— La guerre ? Mais, pas plus tard qu'avant-hier, à Munich, votre pays et l'Angleterre n'ont-ils pas signé un accord qui écarte toute perspective d'affrontement avec l'Allemagne ?

— C'est un leurre, Votre Excellence. Un triste leurre. Nos émissaires, Daladier et Chamberlain, se sont – pardonnez-moi cette trivialité – déculottés honteusement devant Hitler. Nous avons cédé la malheureuse Tchécoslovaquie sur un plateau en échange de quelques mois, voire quelques semaines d'un semblant de paix. Demain, vous verrez que le Reich exigera qu'on lui serve un autre plat.

— Alors, ce sera la guerre ; une guerre mondiale ! Hitler n'est pas fou à ce point !

— Je sais seulement que son ambition est une évidence.

— Dans ce cas, s'étonna le docteur Shahbandar, pourquoi avoir signé ces accords ?

Jean-François leva les mains et les laissa retomber avec une expression résignée.

— Sans doute parce que nous sommes ou des lâches, ou des aveugles. Je veux croire à la seconde hypothèse lorsque je lis que l'émissaire anglais, Neville Chamberlain, a déclaré à sa descente d'avion : « Le Führer est un homme sur qui l'on peut compter lorsqu'il a engagé sa parole. » Churchill, lui, a fait preuve d'un esprit bien plus visionnaire en s'écriant : « Ils ont accepté le déshonneur pour avoir la paix. Ils auront le déshonneur et la guerre. »

Il y eut un long silence ponctué par les glouglous de l'eau tiède dans le verre du narguilé.

— En conclusion, intervint Shukri el-Kuwatli, il ne sert à rien de nous bercer d'illusions : vous ne nous accorderez pas l'indépendance, alors que vous vous y étiez engagés.

— Je vous l'ai dit, le risque serait trop grand de voir votre pays et le Liban tomber entre les mains de l'Allemagne.

— Et vos amis anglais resteront donc en Irak et en Palestine.

— Je le crains, en effet.

Les fenêtres étaient entrouvertes, et dans leur cadre venaient d'apparaître les premières étoiles.

— Nous avons aussi une autre épine enfoncée dans le cœur, reprit le président, désabusé. Vous voyez de quoi je veux parler, n'est-ce pas ?

— Du sandjak[1] d'Alexandrette[2].

— Parfaitement.

— Votre haut-commissaire m'a laissé entendre qu'en cas de guerre, afin de ménager la Turquie, vous auriez l'intention de lui céder cette partie de notre territoire. Pourtant, vous savez parfaitement que depuis plus de six cents ans cette région est intégrée dans notre chair.

— Oui. Mais des Turcs y vivent aussi.

---

1. Nom de l'une des principales divisions des provinces de l'Empire ottoman.
2. Iskenderun, nom turc.

— Un tiers ! Un tiers uniquement ! Vous auriez même l'intention de débaptiser le sandjak pour l'affubler du nom ridicule de République du Hatay !

— Je...

— Voulez-vous que je vous dise, monsieur Levent ? coupa El-Kuwatli. Avec tout le respect que je vous dois, j'ai la nausée. Vous accordez votre bénédiction au partage d'un pays, la Palestine, terre arabe, à une minorité venue d'Occident, et vous arrachez un morceau de notre patrie à nous, les Syriens, pour amadouer les Turcs qui furent vos pires ennemis, et ce, uniquement parce que vous craignez qu'ils ne basculent une fois de plus dans le camp allemand.

Il se tut et répéta :

— J'ai la nausée.

Un serviteur alluma les lampes et une lueur jaunâtre éclaira les protagonistes, les rendant presque irréels.

— Puis-je à mon tour vous livrer mon opinion, Excellence ?

El-Atassi haussa les épaules.

— Je vous rejoins dans votre analyse. Je ne peux même qu'approuver et partager votre sentiment d'amertume. Je vous donne donc ma parole qu'une fois de retour à Paris je plaiderai votre cause. Je vous en fais le serment.

Troublé par les accents de sincérité qui se dégageaient des paroles du Français, le président secoua la tête à plusieurs reprises.

— Je veux vous croire, dit-il, la voix soudain nouée. Je vous crois. Néanmoins, si les atermoiements de votre gouvernement se poursuivaient sur les questions de l'indépendance de mon pays et du retrait de vos troupes, je démissionnerais de mes fonctions et je vous laisserais gérer ce que je tente de gérer depuis deux ans : la rage et la fureur du peuple syrien.

Il se leva, le regard dur, signifiant que l'entrevue était terminée.

IX

26

Le peuple juif est un abrégé symbolique de la race humaine.

Chateaubriand.

Berlin, novembre 1938

Ruth Singer se leva en sursaut et jeta un coup d'œil affolé sur le réveil. Qui pouvait faire un tel vacarme en plein milieu de la nuit ? Elle secoua vigoureusement l'épaule de son mari, mais sans trop se faire d'illusions ; pour réveiller Dan, il eût fallu la fin du monde.

Elle cria :

— Dan ! Réveille-toi !

Elle n'obtint qu'un grognement d'ours. Alors elle se leva, gagna la fenêtre et écarta le rideau.

Dans un premier temps, elle ne vit pas grand-chose. La Sprengelstrasse était déserte, éclairée par la lumière blafarde des lampadaires. Pourtant, des cris montaient de quelque part ; des cris ponctués de bris de verre. Une rixe, songea Ruth. Des voyous, sans doute. Berlin connaissait des heures troubles. Plus rien n'était comme avant. Rien ne serait plus comme avant.

Un nouveau cri, déchirant cette fois-ci, la fit sursauter violemment. Alors elle se jeta sur Dan.

— Il se passe quelque chose ! Lève-toi.

L'homme battit des paupières.

— Quoi encore ? Un fantôme ?

— Ne sois pas stupide ! Viens.

Tout en parlant, elle tirait sur le bras de son mari.

— Du calme, du calme… On arrive.

Elle l'entraîna jusqu'à la fenêtre et écarta les battants.

— Écoute…

Dan Singer tendit l'oreille.

Rien. On n'entendait que le son étouffé des gouttes de pluie venues mourir sur l'asphalte.

— Tu as encore fait un cauchemar…

Il allait regagner son lit lorsqu'un bruit de cavalcade retentit dans la rue.

Un homme courait.

Une dizaine d'individus étaient à ses trousses.

L'homme courait à perdre haleine. On eût dit un animal ; on eût dit des chasseurs.

— Mais c'est Jakob ! s'écria Ruth. Je le reconnais. C'est Jakob.

— Jakob ? Tu veux parler de Jakob Felton ? Celui qui a le magasin de primeurs ?

— Lui !

— Tu as encore de bons yeux. D'ici, je n'arrive pas à voir ses traits.

Un autre groupe venait de surgir à l'autre extrémité de la rue. Le dénommé Jakob était pris en tenaille. Il se jeta contre la première porte.

Maintenant, on pouvait mieux distinguer l'uniforme brun porté par les chasseurs. C'était celui des Sturm Abteilungen. La SA.

La meute avait établi sa jonction, elle n'était plus qu'à quelques mètres de Jakob Felton. Et Jakob les fixait, les yeux exorbités. Il tremblait.

Quelqu'un ricana.

— Regardez-le. Il va se pisser dessus.

— Le courage juif, persifla une voix.

Là-haut, à la fenêtre, Dan Singer serra sa femme contre lui, comme si, la protégeant, il espérait protéger Jakob.

Le premier coup de matraque s'abattit sur le bas-ventre de Jakob.

Il y eut un deuxième coup. Mais il n'atteignit que le vide. Jakob était tombé à genoux. Le troisième coup toucha son crâne. Alors Jakob s'écroula le front contre terre. Curieusement, il ne criait ni ne gémissait. Pas le moindre soupir. Il haletait seulement comme un animal blessé. Peut-être priait-il ? Non. Il se murmurait : « Pourquoi Adonaï ? Pourquoi ? »

À présent, les bruits sourds des coups de bottes accompagnaient le son mat des matraques.

Un filet de sang coulait du front de Jakob. Et le sang rejoignit sur l'asphalte l'eau de la pluie. Sous peu, l'eau et le sang mêlés glisseraient le long du caniveau pour rejoindre celui des coreligionnaires de Jakob Felton en train d'endurer le même sort, à la même heure, dans d'autres quartiers de Berlin et d'autres villes du Reich.

Dan Singer chuchota à l'oreille de sa femme :

— Rappelle-toi cette date. N'oublie pas...

Le 9 novembre 1938.

Le surlendemain, on apprit qu'une centaine d'hommes et de femmes avaient été pareillement assassinés. Officiellement, on dénombra 171 maisons et 814 magasins détruits, 191 synagogues incendiées, 36 morts et autant de blessés, 20 000 Juifs emprisonnés « à titre préventif ».

C'était la Nuit de cristal.

*

— Le temps passe. La vie passe, dit Gamal Abdel Nasser. Si chaque mot était un grain de sable, nous serions ensevelis sous les discours déversés depuis vingt ans sur la cause arabe et la Palestine.

En permission au Caire, lui et son compagnon d'armes, Zakaria Mohieddine, étaient assis au Café Ma'aloum, à l'Ezbéquieh, parce que Gamal pensait que l'établissement lui portait chance. Une chanson d'Abdel Wahhâb diffusée à la radio couvrait leur conversation.

Zakaria hocha la tête.

— Tu as raison, Gamal, les discours ont endormi le peuple et le peuple se sent isolé.

— Évidemment ! Puisque nous n'avons pas d'armée pour le soutenir.

Gamal et Zakaria sursautèrent comme s'ils avaient été surpris en flagrant délit de vol à la tire. Ils levèrent les yeux vers celui qui venait de les aborder.

— Ahmed ! s'exclama Zakaria en prenant l'homme dans ses bras. Quelle surprise !

Se retournant vers Gamal, il fit les présentations :

— Voici Ahmed, Ahmed Zulficar.

Soulignant avec fierté :

— Le neveu du Brave !

— Tu veux dire…

— Oui ! Le neveu de Zaghloul.

Gamal quitta sa chaise spontanément et donna à son tour l'accolade à Zulficar.

— Tu portes la fierté de ton oncle sur ton front, s'exclama-t-il. Ne la souille jamais !

— N'aie crainte, plutôt mourir.

Ahmed désigna celui qui l'accompagnait.

— Taymour Loutfi. Mon ami, mais aussi mon beau-frère.

— Taymour Loutfi, interrogea Nasser. N'es-tu pas député du Wafd ?

— Parfaitement.

— J'ai entendu parler de tes interventions à la Chambre. Tu n'as pas froid aux yeux. C'est bien.

Il invita les deux hommes à s'asseoir.

— Tu disais donc, reprit Nasser en fixant Zulficar : « Évidemment ! Puisque nous n'avons pas d'armée… »

— Ce n'est pas moi qui ai lancé cette affirmation, mais mon ami Taymour.

— En effet, confirma ce dernier. Avec trente mille hommes bien entraînés et quelques blindés, nous pourrions chasser les Anglais d'Égypte. Le général Aziz el-Masry, qui vient d'être nommé chef de l'état-major des forces égyptiennes, pourrait – je pense – former cette armée d'élite.

Gamal secoua la tête.

— Non, je regrette de te contredire, mais les Anglais ne le laisseront pas faire. La terreur de ce porc de Lampson est précisément que nous ayons une armée. Même si le Sphinx se mettait à chanter, il ne céderait pas.

Plongeant ses prunelles dans celles de Taymour Loutfi, il enchaîna :

— Parle-moi un peu de toi, mon ami.

*

Le Caire, 4 avril 1939

Soixante et onze paires d'yeux suivirent la reine Farida alors qu'elle traversait l'immense salle du palais d'Abdine pour monter dans une des étincelantes Rolls-Royce rouge sang à garde-boue noirs, couleurs exclusives du palais, partant vers le palais de Koubbeh, où se tiendrait un grand banquet en l'honneur de la visite d'une délégation politique et militaire turque.

Toutes firent la même constatation, notée par maints familiers de la cour : quinze mois de mariage et le ventre parfaitement plat.

À 10 heures du soir, ce même jour, une Lincoln bleu sombre déposait devant le Kit-Kat deux messieurs, l'un grand, de type européen, l'autre de taille moyenne, une dizaine d'années de moins, beau garçon, mais un début d'embonpoint. Ils s'engouffrèrent rapidement, escortés par le directeur de l'établissement en personne, et prirent place dans un espace réservé, derrière une tenture qui protégeait leur anonymat. Le Kit-Kat était un cabaret réputé ; ce soir-là, une troupe de danseurs hongrois était à l'affiche, les Folies de Budapest.

L'homme le plus jeune commanda un jus d'orange, sa boisson favorite, l'autre un whisky à l'eau, puis ils se délectèrent du spectacle des gaietés danubiennes, jupons courts et jambes levées. Au bout d'un moment, le cadet demanda à son voisin, dans un français exquis nuancé d'un léger accent italien :

— Dis-moi, que penses-tu de la troisième à partir de la gauche ?

— La rousse, sire ?

— Parfaitement.

— Elle n'est pas inintéressante.

Le jeune homme hocha la tête. Son interlocuteur savait ce qu'il avait à faire. Antonio Pulli, c'était son nom, émigré italien de la seconde génération, connaissait le roi depuis presque toujours, son père ayant été responsable de la maintenance du circuit électrique du palais. Antonio l'avait secondé dans sa tâche, et c'est tout naturellement qu'il avait été amené à réparer les jouets du futur roi d'Égypte. On peut dire que de cet instant naquit l'amitié entre l'adolescent et l'enfant. Pulli était devenu son ombre, son alter ego, le frère que Farouk n'avait jamais eu.

Peu après la fin du spectacle, le duo quitta le Kit-Kat avec une discrétion exemplaire. Il n'était pas seul. Une femme rousse les accompagnait. Un sourire épanouissait son visage. Demain, elle serait riche d'une centaine de livres et de quelques souvenirs royaux.

Le réveil fut autrement moins agréable pour le monarque de dix-neuf ans.

Il dormait depuis deux heures d'un sommeil repu quand le grand chambellan en personne, Hassaneïn Pacha, prit la lourde responsabilité de le réveiller.

— Sire !

Pas de réaction.

— Sire !

Le visage juvénile, empâté de sommeil, frémit.

— Sire !

Farouk ouvrit un œil et vit un visage différent de celui qu'il avait quitté avant de se coucher. Une face maigre, brune, burinée et sommée d'un tarbouche. Cravate de soie grise sur un col cassé. Stamboulié grise. On était bien loin de la beauté danubienne qui, quelques heures plus tôt, partageait la couche royale.

— Qu'y a-t-il ?

Il consulta sa montre-bracelet en or.

— Il est à peine 7 heures !

— Sire, pardonnez-moi de vous réveiller, mais le roi Ghazi est mort hier soir et j'ai jugé bon de vous en informer dès que possible.

Farouk cligna des yeux et s'assit.

— De quoi est-il mort ?

— On parle d'un accident de voiture. Mais notre ambassadeur, que je viens d'avoir au téléphone, me rapporte que ce serait les Anglais qui auraient manigancé l'accident avec la complicité de leur âme damnée, Nouri el-Saïd.

— Sait-on par qui ils vont le remplacer ?

— Par son fils, Majesté. Fayçal II.

— Fayçal ? Il a quatre ans à peine ! J'imagine qu'ils vont lui accoler un régent ?

— D'après les informations que nous possédons, celui-ci aurait déjà été nommé. Il s'agit de son oncle, le prince Abdallah. Le frère de feu le roi Ghazi.

Sur un coup de sonnette, le valet apporta la robe de chambre et un plateau chargé d'une théière et d'une tasse.

— C'est fâcheux. Voilà qui risque d'entraîner des réactions ici. Il serait prudent de soutenir pour le moment la thèse de l'accident.

Le conseil était vain. Très vite, l'homme de la rue refusa de croire à cette mort « accidentelle ». Ghazi n'avait-il pas passé son temps à dénoncer la politique anglaise au Moyen-Orient ? N'était-il pas honni par ces messieurs de Londres ? Le nom de Nouri el-Saïd, le suppôt de l'occupant, fut bientôt sur toutes les lèvres. Il parut évident qu'il avait été le bras armé des services secrets britanniques. Dans les jours qui suivirent, des émeutes éclatèrent dans les grandes villes. Le consul d'Angleterre à Mossoul fut écharpé, des sociétés et des édifices propriété des Britanniques furent saccagés et incendiés.

Quatre mois plus tard, le 23 août 1939, retentit le premier coup de tonnerre d'une longue série. Prenant le monde de court, Allemands et Soviétiques scellèrent un pacte de non-agression, signe avant-coureur d'une alliance en prévision d'une guerre.

Vu du Caire, cela n'augurait rien de bon, mais cela ne changerait pas grand-chose à la situation. Vu de Damas, c'était en revanche excitant, puisque de toute évidence l'Europe s'acheminait vers un conflit où la France serait immanquablement entraînée. Embarquée dans un tel drame, pourrait-elle conserver sa tutelle sur la Syrie et le Liban ? Situation d'autant plus fragile que, le mois précédent, le 7 juillet, ainsi qu'il l'avait laissé entendre à Jean-François Levent, face au non-respect des engagements pris par la France et à la cession à la Turquie d'Alexandrette, Hachem el-Atassi avait démissionné et s'était retiré dans sa ville de Homs. La Syrie poussait la porte du chaos. Enfin, vu de Bagdad, le rapprochement entre Staline et Hitler était alarmant, car des trois pays les plus proches de l'URSS l'Irak était celui où la présence anglaise était la plus forte. Le conflit risquait donc de toucher les villes irakiennes de plein fouet.

Une semaine plus tard, le 1er septembre, deuxième coup de tonnerre : les armées du IIIe Reich entraient en Pologne.

Le 3 septembre, troisième déflagration, la plus violente : la France et la Grande-Bretagne déclaraient la guerre à l'Allemagne.

Au Caire, la nouvelle fut annoncée à midi : à Damas et à Bagdad, à 13 heures. Tandis qu'Oum Kalsoum chantait toujours à la radio, des détachements de police vinrent monter la garde devant l'ambassade de France à Guizeh, l'ambassade de Grande-Bretagne à Garden City et l'ambassade d'Allemagne à Kasr el-Doubara.

*

Tantah, 5 septembre 1939

Taymour prit son fils dans les bras et lui confia, comme on révèle un secret :

— Je t'aime, mon Hicham.

— Moi aussi, papa.

Il contempla un instant le garçon. À treize ans, il avait un visage farouche, voire rebelle. Yeux marron, lumineux et une large bouche aux lèvres charnues qui n'étaient pas sans rappeler celle de son grand-père. De toute évidence, l'adolescent était déjà doté d'un esprit critique et d'une grande perspicacité, suivant les conversations des grandes personnes comme une souris les entretiens des chats.

— Papa, pourquoi est-ce que le roi ne dit pas aux Anglais de partir ?

Taymour, surpris, prit Loutfi et Nour à témoin.

— Que lui répondriez-vous ?

Avant que son épouse ou son père eussent le temps de parler, la réplique fusa des lèvres de Fadel, le cadet.

— Parce que Farouk est un karagöz[1]. Or les karagöz ne sont que des marionnettes, et les marionnettes, des objets manipulés.

D'abord interloqué, le trio se laissa aller à une crise de fou rire incontrôlée. Il fallait un enfant de dix ans pour résumer la situation de manière aussi concise.

Loutfi bey applaudit.

— Bravo, mon petit ! Comme disait mon contremaître, Allah ait son âme : « La vérité devient un poignard dans la main d'un enfant. »

— Alors, se récria Hicham, Farouk ne sera jamais vraiment roi ?

— Va savoir ! Peut-être un matin découvrira-t-il qu'il en possède la faculté. En attendant, nous sommes, hélas, contraints à l'immobilisme et à l'abnégation.

En fait, ce que Taymour ne précisait pas, c'est que les réflexions de ses enfants reflétaient ses propres sentiments. Voilà quelque temps déjà qu'il éprouvait un mépris plus ou moins prononcé à l'égard des pouvoirs et des milieux politiques.

Étrangement, Nidal el-Safi, à Bagdad, partageait le même état d'esprit. Peut-être n'était-ce pas si étrange, après tout : Taymour et lui avaient vu naître leur conscience politique au moment de la Grande

---

1. Personnage imaginaire appartenant au théâtre d'ombres traditionnel turc, que l'on pourrait comparer à Guignol.

Révolte. L'un dans la ferveur nationaliste fouettée par Saad Zaghloul, l'autre dans l'atmosphère d'héroïsme guerrier régnant autour de personnages comme Fayçal. Une fois entrés dans le monde politique, ils avaient été progressivement confrontés aux compromissions politiciennes, lesquelles n'avaient rien à voir avec la vision qui anime les vrais hommes d'État.

*

Paris, 10 décembre 1939

Jean-François décacheta l'enveloppe et annonça à Dounia :

— Une lettre de ton frère. Si j'en juge par la date, elle a mis quatre mois à nous parvenir.

Il se laissa choir dans le fauteuil le plus proche de la cheminée et lut à voix haute :

Bagdad, 10 août 1939

Mon cher Jean-François, ma chère Dounia,

Je me demande parfois si le Très-Haut ne serait pas doté du sens de l'humour et s'il ne nous donnerait pas des signes secrets pour nous prévenir du danger. C'est ce que je suis tenté de conclure quand je pense au sens moderne du mot « ghazi », qui est tout simplement « gazeux ». Nous avons perdu une bulle de gaz.

Jean-François ne put s'empêcher de rire devant la métaphore et poursuivit sa lecture.

Abdallah, le régent, n'est pas un mauvais garçon : il n'existe tout simplement pas. Imagine un grand dadais de vingt-six ans, élevé dans le luxe et l'illusion qu'il appartient à une famille régnante. Il commande ses costumes et ses chaussures chez les meilleurs faiseurs de Londres et, quand tu le vois marcher, tu as compris la moitié de son personnage : il aime les hommes. C'est pourquoi Nouri el-Saïd l'a choisi : il exerce sur lui un pouvoir écrasant. Abdallah se prend pour un défenseur du monde arabe, mais je serais surpris qu'il puisse tirer un pigeon d'argile à trois mètres. À condition qu'on évacue tout le monde autour de lui à un kilomètre.

Dounia se délectait.

— Je ne me souvenais plus que mon frère avait autant d'humour.

Jean-François continua :

Je voudrais pouvoir porter un jugement aussi tranché sur le Premier ministre, Nouri el-Saïd, mais je ne peux, car je suis trop partagé. L'homme est d'une redoutable intelligence et d'une capacité d'intrigue sans pareille. Je me demande s'il est stratège autant que tacticien. Et puis il lèche trop la main de ses maîtres anglais.

Le problème, mon cher ami, est que, depuis que nous avons été libérés des Ottomans, nos chefs jouissent d'une facilité de vie qui me semble périlleuse. Fayçal se déplaçait à cheval, ce qui exige un effort physique intense, même pour un bon cavalier. Il n'avait pas besoin de micro pour se faire entendre de dix mille personnes et se moquait éperdument de ce qu'il y aurait à manger le soir : un ragoût de mouton ou de poulet avec du riz lui suffisait largement. Nos princes ont, eux, des limousines de luxe, des cuisines de vingt personnes et passent un temps fou à table. Je veux espérer qu'ils savent lire le Coran, mais je doute qu'ils en aient le temps. Quand ils ont fini de recevoir les courtisans et les quémandeurs, ils voient leurs concubines ou leurs concubins et se lèvent quatre heures après le chant du coq.

Des hommes tels que Fayçal ou son rival Ibn Séoud avaient l'habitude du désert, qui apprend à regarder loin. Les politiciens d'aujourd'hui ne voient pas au-delà des murs de leurs bureaux ou les maisons de la place d'où ils haranguent la foule.

Nos chefs d'antan jugeaient leurs compagnons d'armes sur leur capacité à manier un fusil ou un sabre, leur endurance à cheval et leur bon sens. Ce n'est plus le cas.

Je crains, hélas, qu'avec cette guerre qui va ravager le monde tous nos rêves d'indépendance, nos utopies seront à ranger dans des malles. Peut-être qu'un jour nos successeurs les ouvriront et prendront la relève.

Embrasse très fort ma tendre sœur et dis-lui que je l'aime.

Nidal.

— Qu'en penses-tu ? interrogea Jean-François.

— Je pense qu'avec l'âge le pessimisme s'est installé dans le cœur de mon frère. Nidal aura bientôt soixante-dix ans. C'est un moment de la vie où les humeurs sont assombries par le temps qu'il vous reste.

27

> *Si je t'oublie jamais Jérusalem, que ma*
> *main droite m'oublie, que ma langue s'atta-*
> *che à mon palais.*

Psaume 137:5-6.

Kibboutz de Degania, 10 janvier 1940

Josef Marcus replia le *Palestine Post* et le posa, songeur, sur ses cuisses. Ensuite seulement, il ôta ses
lunettes, ayant bien du mal à se convaincre de l'information qu'il venait de lire.

Après quelques instants de réflexion, il relut l'article qui s'intitulait : « Le voyage des damnés ».
L'auteur faisait le récit d'un navire, le *S.S. Saint-
Louis*, qui avait quitté Hambourg huit mois auparavant, le 13 mai 1939, avec, à son bord, 937 passagers,
dont 550 femmes et enfants. Tous des Juifs allemands. Tous munis de visas pour La Havane, où les
exilés espéraient séjourner, en attendant que leur soit
accordé le droit d'entrée aux États-Unis.

Le 23 mai, alors que le bateau était à la veille de
pénétrer dans les eaux territoriales cubaines, Gustav
Schröder, capitaine du *Saint-Louis*, recevait un
câble expédié par le gouvernement cubain lui interdisant l'accès au port. Ordre lui fut aussitôt transmis

par ses supérieurs de ramener sa « cargaison » à Hambourg.

Conscient du destin tragique qui attendait ses passagers en cas de retour à la case départ, le capitaine avait pris contact avec les gouvernements du monde libre dans l'espoir que ceux-ci ouvriraient leur porte aux réfugiés. Roosevelt, premier sollicité, avait refusé catégoriquement. Le Canada aussi, expliquant qu'accueillir un seul passager reviendrait à en accueillir un de trop. Toutes les nations d'Amérique latine avaient agi de même. À Berlin, au dire de certains témoins, Goebbels se serait écrié : « Vous voyez ? Personne n'en veut ! »

En désespoir de cause, le capitaine avait tenté de faire échouer son navire sur les côtes de Floride, mais les gardes-côtes américains s'y étaient opposés, menaçant de tirer.

Finalement, devant l'impossibilité d'accéder à un havre, Gustav Schröder avait été contraint de rebrousser chemin. Heureusement, grâce au dévouement d'un homme providentiel – Morris Troper – et après des journées de tractations, les « indésirables » furent autorisés à débarquer en Hollande, en Belgique, en Angleterre et en France.

La question qui se pose aujourd'hui, concluait l'article, est la suivante : « Si, demain, ces terres d'accueil devaient être envahies par les forces nazies, qu'adviendrait-il de ces rescapés ? »

Josef referma le journal.

Était-ce crédible ? L'Amérique de M. Roosevelt ? Cette grande démocratie ? Et le Canada ? Et tous les pays d'Amérique latine ?

Un frisson lui parcourut le dos.

Il resta immobile, ses idées se chevauchant dans une cavalcade ininterrompue, jusqu'au moment où la voix d'Irina, sa fille, le rappela à la réalité.

— Alors, père ? Tu rêvasses ?

Elle était sur le seuil de la bibliothèque, tenant son fils, Avram, neuf ans, par la main et ajouta :

— Le dîner est servi !

— Oui, oui, j'arrive.

Il retira ses lunettes.

— Alors ?

— J'arrive, *maideleh*.

Le ton de sa voix dut alerter Irina, car, au lieu de repartir, elle traversa la salle et s'approcha de son père.

— Tu ne te sens pas bien ?

— Si, si.

Il ébouriffa affectueusement les cheveux de son petit-fils et le fixa avec une curieuse lueur dans le regard.

— Papa, insista Irina. Veux-tu bien me dire ce qui ne va pas ?

Il baissa les yeux.

— Je ne pensais pas qu'arrivé à mon âge j'aurais pu remettre mes convictions en question. Pourtant…

— Je ne saisis pas ?

— Il y a plus de deux mille ans, pour prendre possession de cette terre, nos ancêtres ont dû livrer une longue série de batailles et d'affrontements. Ils ont supplanté les Cananéens, écarté les Amalécites[1], écrasé les Madianites[2], les Philistins, et j'en oublie. Du sang, toujours du sang. En arrivant ici, j'étais convaincu que répéter l'Histoire en cherchant à créer un État au détriment de ceux qui vivent aujourd'hui dans ce pays serait non seulement une hérésie, mais une grande injustice. La Déclaration Balfour m'a toujours profondément révolté : que vaut l'engagement de celui qui donne ce qu'il ne possède pas ?

---

1. Tribu nomade qui occupait un territoire correspondant au sud de la Judée, entre l'Égypte et le désert du Sinaï.
2. Tribu nomade qui vivait au nord de la péninsule Arabique. Selon la légende, c'est à une caravane madianite que Joseph fut vendu par ses frères (Gen. 37 : 28, 36).

Il se replia un instant dans le silence, avant de poursuivre :

— Aujourd'hui, à soixante-dix ans, lorsque je prends conscience du sort auquel les hommes ont voué notre communauté, le mépris que nous avons toujours inspiré et que nous inspirons encore, je me demande si je ne suis pas un utopiste, ou, pire encore, si – avec mes états d'âme – je ne me fais pas le complice de nos assassins.

Il posa un œil interrogateur sur Irina.

— Tu ne dis rien ?

— Qu'attends-tu ?

Il éluda la question et poursuivit :

— Avant-hier, j'ai eu une longue discussion avec notre ami Ben Gourion. Nous évoquions l'avenir. Je lui faisais part de mes réticences. Et sais-tu ce qu'il m'a dit ? « Marcus ! Tu parles comme un mouton. Nous avons trop longtemps été des moutons, et l'on nous a menés à l'abattoir. Aujourd'hui, je préfère vivre un jour comme un lion que cent comme un mouton. » Et il a ajouté, la voix tremblante : « Si je savais qu'il était possible de sauver tous les enfants d'Allemagne en les transférant en Angleterre, mais n'en sauver que la moitié en les amenant sur la terre d'Israël, j'opterais pour la seconde solution parce qu'il ne s'agit pas uniquement du nombre d'enfants à sauver, mais de notre responsabilité historique à l'égard du peuple juif tout entier. »

Irina posa instinctivement sa main sur l'épaule de son fils.

— Je trouve le propos terrifiant, bredouilla-t-elle d'une voix sourde. Mais je comprends ce qu'il a voulu dire, et je l'approuve.

Elle marqua une pause avant de s'enquérir :

— Et toi ?

Josef Marcus murmura :

— Je commence à comprendre…

*

Le Caire, septembre 1940

La plupart des Égyptiens avaient longtemps cru que le conflit européen ne les concernait pas. La colonie européenne, Anglais, Français, Grecs, Italiens, Russes blancs réfugiés sur le Nil depuis longtemps se félicitaient d'être au chaud et à l'abri tandis que leurs frères se battaient dans la boue ou, dans le meilleur des cas, commençaient à souffrir du rationnement.

Mais, le 13 septembre 1940, le maréchal Graziani, parti de Libye à la tête de la 10e armée italienne, avança d'une centaine de kilomètres dans le territoire égyptien et s'empara de Sidi Barrani.

La panique et le désarroi saisirent les militaires britanniques présents au Caire alors que, dans le même temps, le monde arabe apprenait qu'un pays frère était visé par les forces de l'Axe. Pire : un discours de Winston Churchill annonçant que l'Italie avait attaqué une nation sous protection anglaise jeta les Égyptiens dans la fureur : « Sous protection anglaise ! Et quoi encore ? » On entendit s'élever un peu partout dans les rues du Caire, en Haute et Basse-Égypte, les cris de « Vive les Italiens ! » Mussolini arrivait ? Tant mieux ! Il nettoierait les écuries du royaume comme il avait rebâti son pays. Son nom – quelque peu défiguré – fut acclamé : « *Moussa Nili* ! » Le Moïse du Nil !

Radio Bari, la station italienne qu'on captait le mieux en Égypte, retransmit en boucle un discours du Duce dans lequel il se proclamait « Protecteur de l'Islam » – un de plus – en route vers l'Égypte pour la libérer de ses oppresseurs britanniques. Propos qui furent répercutés à l'infini dans la population, certaines voix demandant toutefois ce qu'on pouvait attendre d'un libérateur ayant massacré sans vergogne les populations éthiopiennes.

Curieusement, l'une des personnes les plus vulnérables au mirage italien fut Farid Loutfi bey. À l'orée de ses soixante-dix ans, il sembla enfin arraché à la longue dépression dans laquelle il se morfondait depuis des mois. Certains soirs, sous le regard consterné de son fils et de sa belle-fille, on l'entendait tenir des discours alarmants dans lesquels il décrivait Mussolini comme l'archange descendu du ciel pour libérer le monde arabe.

Toutefois, force était de reconnaître que les espérances délirantes du vieil homme étaient confortées par ce qui se répandait, en Égypte, de bouche à oreille : le maréchal Graziani commandait une armée de 250 000 hommes, alors que les Anglais en avaient 50 000 tout au plus. L'issue de la campagne italienne ne faisait plus aucun doute. Prise de panique, la population fit des provisions de foul, de lentilles, de riz, de farine, de spaghettis, d'huile, de sel, de savon et Dieu savait quoi encore, sans parler de l'essence qu'elle entreposait dans des bidons vides de margarine.

Lorsque, dans la nuit du 19 octobre 1940, l'aviation italienne survola Le Caire et bombarda – par erreur – la banlieue chic de Meadi, la peur souffla sur la ville. Des familles entières fuirent vers le sud.

Taymour ne savait que penser, mais les amis qu'il conservait au gouvernement lui donnaient des raisons de croire que la situation était beaucoup moins critique qu'il n'y paraissait. La veille encore, rapportaient les espions, n'avait-on pas vu des gradés anglais rire aux éclats au Turf Club ? Une attitude pas vraiment révélatrice d'angoisse.

Le 7 décembre se produisit un événement qui n'avait pas de lien direct avec la guerre, mais qui en découlait. Taymour, qui avait fini de dîner, sirotait un café en compagnie d'Ahmed Zulficar et de la nouvelle compagne de ce dernier, surnommée son « matador ».

Nour disait en catimini que c'était sans doute en raison des cornes dont elle l'affublait. La version d'Ahmed était, bien entendu, différente. Il l'avait tout simplement baptisée ainsi parce qu'elle était brune, d'origine castillane et fille de l'ambassadeur d'Espagne au Caire. Elle avait tout juste dix-neuf ans, une poitrine indécente dans un corps immodeste, haut perché sur des jambes qui n'en finissaient plus. Luella – c'est ainsi qu'elle s'appelait – ne parlait que l'anglais, mais avec un accent ibérique si prononcé que la plupart des mots ressemblaient à des gargouillis. Au début, Taymour, par courtoisie, s'était fait une obligation de décrypter les propos de la jeune fille, puis, lassé, il se contentait désormais de simples hochements de tête. Lorsque, un jour, de plus en plus embarrassé de devoir partager leurs sorties avec le « matador », il avait demandé à Ahmed Zulficar si la différence d'âge entre Luella et lui (vingt-quatre ans) n'était pas un peu gênante. Le neveu de feu Zaghloul avait rétorqué d'un haussement d'épaules : « Que veux-tu, en vieillissant, je suis devenu frileux, et j'ai fini par comprendre que c'est la fièvre de la jeunesse qui empêche le reste du monde – dont ton serviteur fait partie – de crever de froid. » Taymour avait dû admettre que le raisonnement se tenait.

Il était 11 h 30 du soir lorsque Nour fit irruption dans le salon, éplorée, hagarde :

— Ton père a disparu !

— Que dis-tu ?

— Ton père a disparu ! Il est sans doute parti pendant que nous dînions.

— Ce n'est pas possible !

Taymour quitta son fauteuil, affolé.

— Cela devait arriver, soupira Nour. Voilà une semaine qu'il tient des propos incohérents et parle d'aller accueillir le maréchal Graziani ! Il aura fini par mettre son projet à exécution.

— C'est impensable ! se récria Ahmed Zulficar. Peut-être a-t-il simplement décidé de faire un tour en ville ? Peut-être qu'il…

— Non. Les domestiques m'ont dit qu'il avait fait le plein, ce matin, dès l'aube. La voiture n'est plus dans le garage. Et voici ce que j'ai trouvé sur la table de chevet.

Elle brandit une carte routière sur laquelle on avait dessiné un tracé allant du Caire jusqu'à la frontière libyenne, en passant par Alexandrie et Marsa Matrouh.

— Quelle folie ! À son âge ! Il y a plus de trois cents kilomètres à parcourir !

Nour fondit en larmes.

— C'est ma faute. J'aurais dû le surveiller !

— Non, protesta Taymour. Tu n'as rien à te reprocher. Ahmed, fais-moi l'amitié de m'accompagner. Il faut qu'on le rattrape avant qu'il atteigne les barrages anglais. L'affaire pourrait mal tourner.

— Jamais nous n'arriverons à temps.

— Peu importe, Ahmed, je dois essayer.

— Sois raisonnable. Nous sommes passés à table à 20 h 30. Il est 23 h 45. Ton père doit être en vue d'Alexandrie au moment où nous parlons.

— Alors ? Que proposes-tu ? Nous ne pouvons pas rester les bras croisés !

— Calme-toi. Laisse-moi passer un coup de fil. Je vais prévenir un officier responsable des services de police près de Marsa Matrouh. Il fera le nécessaire pour l'intercepter.

La conversation téléphonique dura un temps infini. Vingt minutes ? Trente ?

— Quelle voiture a votre beau-frère ? demanda l'officier.

Et Zulficar de transmettre la question.

— Une Pontiac noire, répondit Taymour.

— Vous connaissez le numéro d'immatriculation ?

— Non.

— Il nous le faut.

— Laisse tomber ! s'énerva Taymour. Nous perdons du temps.

— Fais-moi confiance, insista Ahmed. Tu dois bien avoir inscrit le numéro quelque part ?

— Je sais où le trouver, dit Nour.

Elle fonça vers le bureau et revint quelques minutes plus tard avec un papier qu'elle remit à son frère. Il dicta le numéro au militaire qui le répéta au téléphone. Ensuite, il lui communiqua leurs coordonnées et lui recommanda de les rappeler dès qu'ils auraient des nouvelles. Taymour, à l'agonie, et de surcroît exaspéré par le calme imperturbable de son ami, imaginait déjà son père sous les balles anglaises, essayant de forcer un barrage.

Enfin, Zulficar raccrocha.

— Maintenant, asseyons-nous, servons-nous un verre et patientons.

— Ahmed !

— Accorde-moi ta confiance. Il n'y a rien de mieux à faire.

Il prit son « matador » par la taille et, sous l'œil décontenancé de Taymour, alla se rasseoir.

*

Peu après la sortie du lac Maréotis, les faisceaux des phares révélèrent un camion militaire égyptien en travers de la route et une Pontiac noire immobilisée. Plusieurs militaires égyptiens parlementaient de façon animée avec un civil. C'était Farid Loutfi. Le vieil homme fulminait.

— Mon bey, supplia un officier, je vous en conjure, veuillez monter dans le camion.

— Pas question ! J'ai rendez-vous avec le maréchal Rodolfo Graziani ! Vous êtes des traîtres ! Des traîtres !

Il tenta de regagner sa voiture. Deux soldats le maîtrisèrent. Deux autres vinrent à la rescousse. Comme il hurlait tel un forcené, essayant de se dégager, l'un des officiers ordonna :

— Passez-lui les menottes.

— C'est un scandale ! Je suis Loutfi bey ! Vous ne savez pas à qui vous avez affaire !

Les soldats immobilisèrent les poignets du vieil homme dans son dos.

— Embarquez-le !

Lorsque les militaires arrivèrent dans la villa de Guizeh, il était 5 heures du matin passé. Le domestique de veille fut ahuri par la vision de son maître menotté comme un vulgaire repris de justice.

Le malheureux Loutfi était dans un état de prostration total. Il n'eut aucune réaction lorsqu'on lui libéra les mains, ni aucune en apercevant le « matador ».

Quand on l'étendit sur son lit, les seuls mots qu'il prononça furent :

— Je veux rentrer chez moi.

*

Haïfa, 25 novembre 1940

Neuf heures du matin.

Mourad et Soliman, à la fenêtre de la *Hussein Shahid, & Sons Shipshandlers*, observaient depuis un moment les passagers qui escaladaient lentement la passerelle du *Patria*, navire battant pavillon français. Hommes, femmes, enfants avançaient sous la surveillance des militaires anglais, mitrailleuses au poing.

— On dirait le calme avant la tempête, commenta Mourad d'un air sombre.

— Je ne vois pas ce qui pourrait leur arriver de pire.

Il montra le navire.

— D'après toi, combien sont-ils à embarquer ?

— 1 700 environ. Peut-être plus, peut-être moins. Latif n'a pas pu me donner un chiffre précis. Ce qui est sûr, c'est qu'ils sont définitivement refoulés.

— Sait-on vers quelle destination ?

— Toujours d'après Latif : l'île Maurice.

— Veux-tu que je te dise ? Les Anglais sont vraiment des fils de pute. Dans un premier temps, ils ont décidé d'offrir la moitié de notre terre aux Juifs, imaginant que nous nous laisserions dépouiller sans réagir. Et à présent qu'ils sont confrontés à des bains de sang, ils changent d'avis et virent ces pauvres types à qui ils ont fait miroiter monts et merveilles. De vrais fils de pute !

— Ne compte pas sur moi pour te contredire. Néanmoins, reconnaissons qu'en agissant ainsi ils sauvent peut-être la Palestine. Alors, je ne vais certainement pas me plaindre ! Et...

Mourad s'interrompit net.

Une explosion terrible venait de faire trembler le port.

Sous leurs yeux interloqués, le *Patria* s'enflammait. Des hurlements montaient de toutes parts. Des cris d'enfants. Dans un spectacle de fin du monde, le navire oscillait, prenait de la gîte.

— Ce n'est pas possible, s'écria Mourad. Il va couler !

Une fumée âcre empesta l'air. La chaleur dégagée par l'explosion se propageait jusqu'aux premières maisons, bien au-delà de l'enceinte du port. Des militaires observaient, impuissants, les dizaines de cadavres qui commençaient à flotter.

— Il y a un énorme trou à l'arrière, nota Soliman. Regarde !

— Mon Dieu ! Mon Dieu !

La mer s'était couverte de débris et de noyés aux traits grimaçants.

Attiré par le vacarme, le fils de Mourad était accouru.

— Vous… vous croyez que ce sont les Arabes qui ont fait ça ? balbutia-t-il. Vous croyez ?

Non. Cette fois, les Arabes n'y étaient pour rien. Mais on ne le saurait que le lendemain. C'étaient les hommes de la Haganah qui, cherchant à empêcher le départ du navire, avaient posé des explosifs sous la coque, sous-estimant leur puissance. Deux cent cinquante morts. Des centaines de blessés. Des Juifs tués par des Juifs.

Lord Arthur James Balfour, vicomte de Trapain, devait sans doute jubiler dans sa tombe. Voilà dix ans qu'il était mort, mais son fantôme continuait de hanter la Palestine.

*

Le Caire, 10 décembre 1940

Ce matin-là, la presse et les radios annoncèrent qu'un général anglais, Richard O'Connor, venait de reprendre Sidi Barrani en trois jours et de mettre les Italiens en déroute. La menace fasciste était écartée. Quant aux autres, qui avaient promis d'accueillir les Italiens en libérateurs, ils feignirent de l'avoir oublié. En réalité, tout le monde était soulagé.

À l'exception de Loutfi bey. Lentement sorti de sa transe, il avait pleuré pendant presque toute la journée en apprenant la déroute de la 10e armée italienne. Le 11 au soir, il quitta son lit, entra dans le salon où son fils et sa belle-fille discutaient, resta un moment à les observer, puis, tout à coup, il sortit une arme qu'il avait gardée sous sa robe de chambre, la pointa sur sa tempe et, avant que Taymour ait eu le temps d'esquisser le moindre geste, tira.

Des morceaux de cervelle éclaboussèrent la robe de Nour.

X

28

La faiblesse des idéologies révolutionnaires par rapport aux religions c'est qu'elles promettent un paradis sur terre et que l'on peut vérifier le résultat.

Denis Langlois.

Bagdad, mars 1941

Le 25 mars, un lieutenant-colonel qu'il ne connaissait que vaguement vint rendre visite à Nidal el-Safi. Il lui annonça :

— J'ai un message à vous communiquer.

Le militaire tira de sa poche un pli qu'il remit à Nidal.

Je prie le destinataire de se conformer immédiatement aux ordres que le porteur lui transmettra de ma part.

Signé : Rachid el-Keylani.

Un faux ? Il scruta le papier. Connaissant l'écriture et la signature de Rachid, celles-ci paraissaient parfaitement authentiques.

Le militaire précisa :

— À partir de maintenant, vous êtes prié de vous tenir à disposition jour et nuit à n'importe quelle heure.

Nidal se garda de demander à la disposition de qui il devait se tenir ; ce n'était que trop évident. Une opération se préparait. Il hocha la tête. Ainsi, Rachid semblait être parvenu au bout de ses peines.

— Vous serez prévenu par un émissaire ou un coup de téléphone, précisa encore le militaire. On vous indiquera le lieu et l'heure du rendez-vous. Disposez-vous d'une arme ?

Nidal opina. Il avait conservé, du temps de sa jeunesse, un Luger Parabellum, calibre 9 mm. Une petite merveille achetée lors d'un séjour en Allemagne.

— Des munitions ?

— Plus qu'il n'en faut.

Le militaire s'autorisa un léger sourire :

— C'est quand le lion dort qu'il est facile de l'abattre, asséna-t-il en guise d'au revoir.

Le lion ? Les Arabes respectaient cet animal. Il ne pouvait donc s'agir que du lion britannique.

En réalité, Nidal ne fut pas vraiment surpris de cette irruption comminatoire : depuis quelque temps, des amis perdus de vue téléphonaient pour prendre de ses nouvelles, histoire de s'assurer qu'il était encore en vie et bon pour le service. Restait à vérifier si, à soixante-sept ans, Nidal avait conservé quelques-unes de ses qualités d'ancien tireur d'élite. Or, paradoxalement, s'il était incapable de déchiffrer la une d'un journal sans lunettes, il n'avait jamais vu aussi nettement de loin.

À peine le messager s'était-il retiré que Chams fit irruption dans le vestibule.

— J'ai tout entendu, père. Alors ?

Nidal souleva son index avec un faux air de reproche.

— Il n'est pas bien d'écouter aux portes, mon fils.

— Quelle est ton impression ?

— Puisque tu as entendu la conversation, tu en sais autant que moi.

— Tu as l'intention d'obéir ?

Nidal, qui se dirigeait vers son bureau, s'arrêta net.

— À quoi donc ?

Chams posa ses mains sur ses hanches d'obèse et débita avec une expression ironique.

— « Je prie le destinataire de se conformer immédiatement aux ordres que le porteur lui transmettra de ma part. » J'ai reçu le même message, père. Hier soir.

Nidal étudia le visage de son fils. Celui-ci poursuivit :

— Crois-tu que je sois resté les bras croisés durant toutes ces années ? Tout comme toi, j'appartiens au HIW[1].

Il précisa avec un sourire en coin :

— J'en suis même l'un des piliers, père.

— Quoi ? Et Rachid ne m'a rien dit ? Il...

— C'était inutile.

— Dois-je en déduire que tu sais précisément ce qui se prépare ?

Chams fit oui de la tête.

— Et ?

— Sois prudent, fut sa seule réponse.

Il disparut dans sa chambre.

*

Le 1ᵉʳ avril à 7 heures du matin, Nidal reçut le coup de téléphone annoncé :

— Dans dix minutes devant ta porte.

À l'heure dite, une Dodge s'arrêta devant la maison, une portière s'ouvrit, il monta. Il s'assit près d'un général dont il savait l'histoire : c'était l'un des quatre haut gradés appartenant au Carré d'Or, un cercle de militaires fidèles aux principes originels de l'Istiqlal : pour eux, ni Bakr Sidqi ni Yassine el-Hashimi n'avaient appliqué véritablement ces principes, ils s'étaient laissé embourber dans les marécages de la politique politicienne ; quant au régent Abdallah et à son Premier ministre, Nouri el-Saïd, ils les considéraient comme des larves exsangues et probritanniques.

---

1. Le Hizb el-Ikha al-Watani, le parti des frères nationalistes, fondé par El-Keylani.

Un seul homme méritait encore d'être écouté, et ils l'écoutaient avec passion : Hajj Amine el-Husseini, arrivé à Bagdad l'année précédente. Depuis quelques jours, les Anglais demandaient d'ailleurs ouvertement ce qui justifiait la présence à Bagdad du grand mufti de Jérusalem. N'avait-il rien à faire dans son pays ? Façon d'annoncer qu'ils ne tarderaient pas à le déporter.

Nidal el-Safi et le général échangèrent une vigoureuse poignée de main. Au moment où le véhicule allait démarrer, le passager assis à la droite du chauffeur, et dont le visage était resté dans l'ombre, se retourna.

— Alors, mon ami ! Prêts pour le grand jour ?

— Rachid ?

— Eh oui ! En chair et en os. Te souviens-tu ? Un jour, après le coup d'État manqué de Bakr Sidqi, je t'avais dit : « Sans le vouloir, Bakr Sidqi et ses acolytes ont lancé une idée qui risque fort de faire des émules. » Et tu m'avais demandé : « Des coups d'État risquent donc de se produire dans le monde arabe ? »

— Oui. Et je me souviens de ta réponse : « À la différence qu'ils ne seront pas fomentés par un groupuscule de politiciens, mais par l'armée. » Et tu avais ajouté : « Il suffira d'un homme providentiel. »

Rachid el-Keylani se mit à rire.

— Excellente mémoire !

Il donna l'ordre au chauffeur de démarrer.

Deux véhicules les précédaient. Dans le plus proche, Nidal identifia sans surprise la silhouette massive de Chams. Il n'éprouva ni inquiétude ni angoisse, mais de la fierté. En revanche, qui était le personnage en keffieh assis près de lui ?

Il questionna Rachid.

— Tu verras bien, fut sa seule réponse.

Près d'une demi-heure plus tard, le convoi arriva devant le palais. Les grilles s'écartèrent comme par enchantement. L'un des occupants du premier véhicule avait-il abattu les gardes ? Nidal n'avait rien vu, rien entendu. Ou bien ceux-ci étaient-ils de mèche ?

Toujours est-il qu'une trentaine d'hommes jaillirent et, pistolet au poing, gravirent au pas de charge l'imposant escalier menant à l'intérieur du bâtiment. Nidal suivait. Parvenus au deuxième étage, ils tombèrent nez à nez avec des fonctionnaires épouvantés.

— Où est le régent ? aboya Chams.

Nidal eut du mal à reconnaître son fils dans ce combattant déterminé au ton péremptoire.

— Je ne sais pas… balbutia un chambellan terrifié.

— Tu mens !

— Non… Non. Par Allah, je dis la vérité !

— Où sont ses appartements ?

Cette fois, la question avait été posée par l'homme au keffieh que Nidal avait entrevu aux côtés de Chams. Il devait avoir entre trente et trente-cinq ans, yeux noirs, visage de poupin, la lèvre supérieure ourlée d'une moustache noire.

À ce moment-là, le général qui accompagnait Nidal lui chuchota :

— C'est Abd el-Kader el-Husseini.

— Abd el-Kader ? Le Palestinien ? Le chef de l'Armée du djihad sacré ?

— Lui-même.

— Mais je le croyais en Palestine !

— Voilà trois ans qu'il a fui pour se mettre au service de notre ami Rachid.

— Venez ! ordonna ce dernier.

Commença alors une fouille systématique du palais, tandis que trois militaires montaient la garde sur le perron. Pas une porte ne demeura indemne. Celles qui étaient verrouillées furent fracassées d'une balle. Dans l'un des placards des appartements du régent, on trouva une trentaine de paires de chaussures impeccablement cirées, semelles comprises, et six flacons d'eau de lavande Yardley. Mais dans le bâtiment, aucune trace d'Abdallah ni de Fayçal II.

Finalement, deux heures plus tard, les membres du putsch, El-Keylani et Abd el-Kader en tête, se retrouvèrent dans un salon du rez-de-chaussée. Il fallait se rendre à l'évidence. Confirmant les dires des domestiques, leurs majestés le roi et le régent étaient partis le matin vers 9 heures pour une destination inconnue.

— Sans bagages ? avait questionné Abd el-Kader.

— Les bagages avaient déjà été expédiés…

— Quand ?

— Il y a deux jours.

— Pour quelle destination ?

— Je ne sais pas…

Quelqu'un les avait prévenus.

Abd el-Kader cracha par terre, fou de rage.

Rachid eut du mal à masquer son dépit.

Nidal avisa tout à coup l'un des civils qui faisait partie du putsch ; il le connaissait bien, c'était Moustapha Foda, un médecin qu'il avait plusieurs fois rencontré lors de soirées chez Rachid el-Keylani.

Il le questionna :

— Vous vous attendiez à soigner quelqu'un ?

— Non. À tout hasard, nous avions rédigé l'avis de décès du régent. Je devais être présent.

— De quoi Abdallah serait-il mort ?

— D'une crise cardiaque.

*

Le lendemain matin, les faits apparurent dans leur triste simplicité : Abdallah, prévenu, avait fui pour Bassorah, emmenant le jeune roi avec lui. De là, il avait embarqué sur un navire anglais à destination de l'Égypte. Quant à ce vendu de Nouri el-Saïd, il s'était enfui en Iran.

« Peu importe ! déclara Rachid el-Keylani. Nous irons jusqu'au bout ! » Pendant qu'il se faisait proclamer chef du nouveau gouvernement et constituait son cabinet, la troupe et la foule assiégèrent l'ambassade de Grande-Bretagne, où quelque trois cents personnes s'étaient réfugiées.

Nidal el-Safi, lui, retrouva son poste de ministre des Communications, mais seulement, cette fois, en qualité de sous-secrétaire d'État. Son âge l'avait un peu démonétisé.

Simultanément, comme il s'y était engagé auprès d'El-Keylani et du grand mufti, le haut commandement allemand fit parvenir aux insurgés seize Heinkels et dix Messerschmitt. Les avions devaient servir à prendre d'assaut la grande base aérienne britannique de Habbaniyya. Une opération qui paraissait facile puisqu'elle n'était défendue que par une poignée d'élèves pilotes et d'instructeurs. Quarante-huit heures auparavant, une vingtaine de blindés allemands avaient franchi les frontières du pays.

Tout semblait donc perdu pour les Anglais. Mais, déjouant tous les pronostics, la base de Habbaniyya résista. Faisant preuve d'un héroïsme exceptionnel, au cours de combats acharnés, les pilotes anglais réussirent à abattre la presque totalité de la flotte ennemie.

Le 17 mai, un avion décolla de Jérusalem, direction Bagdad. Il avait à son bord des membres de l'Irgoun, commandé par le chef de l'organisation, David Raziel, libéré des prisons anglaises pour l'occasion. Ils étaient chargés par les services secrets de Sa Majesté de détruire toutes les installations pétrolières afin d'éviter qu'elles ne tombent entre les mains des hommes d'El-Keylani ou, pire, des Allemands. Échange de bons procédés, Raziel avait été autorisé – dans le cas où l'opportunité se présentait – à kidnapper le grand mufti et à le ramener à Jérusalem. Là-bas, l'Irgoun saurait lui régler son compte.

Mais, une fois à Bagdad, un contrordre fut donné. Les autorités anglaises venaient de prendre conscience que détruire les raffineries risquait d'amputer gravement les capacités de ravitaillement de leurs troupes en Orient et que reconstruire les pipelines prendrait des années. Le QG anglais ordonna donc au commando de l'Irgoun de se replier sur la base de Habbaniyya.

Le 17 mai, Raziel et ses hommes arrivèrent à bord d'une voiture devant le Tigre. Aucun moyen de le franchir. La seule embarcation disponible ne pouvait contenir plus de deux personnes. En désespoir de cause, les hommes remontèrent dans leur véhicule, prêts à reprendre la route de Bagdad. C'est au moment où ils démarrèrent qu'un avion allemand jaillit dans le ciel, juste au-dessus d'eux.

Il largua ses bombes.

Raziel et ses compagnons furent désintégrés.

Le matin du 28 mai, les Anglais s'étaient ressaisis. Un nombre impressionnant de bataillons, sous le commandement du légendaire major John Glubb, encercla Bagdad. Les troupes n'entrèrent pas tout de suite dans la ville reconquise, laissant ce privilège au régent, le prince Abdallah.

Le 30 mai, le maire signa l'armistice. Tout était consommé.

Cinq des instigateurs du coup d'État furent pendus. D'autres furent jetés en prison. Parmi ces derniers se trouvait un personnage, resté jusque-là dans l'ombre d'El-Keylani : Khaïralah Talfa. Il était l'oncle maternel d'un certain Saddam Hussein.

Le château de cartes s'était écroulé. Brisé, dépité, Rachid el-Keylani remit ses rêves d'indépendance au placard et, déjouant la surveillance des Britanniques, trouva refuge à Berlin, en compagnie du grand mufti.

Abd el-Kader el-Husseini, lui, s'envola pour l'Égypte.

Nidal el-Safi hésitait.

— Il faut partir, supplia son épouse. Ils vont venir t'arrêter. C'est miracle qu'ils ne l'aient pas déjà fait. Il faut partir !

Chams protesta avec véhémence.

— Faites ce que vous voulez. Moi, je ne quitterai jamais mon pays !

— Tu obéiras ! ordonna Nidal.

— Ce n'est pas à quarante ans que l'on me donnera des ordres, fût-ce mon père ! Je refuse.

— *Majnoun !* Mon fils ! hurla Salma au bord de l'hystérie. Tu vas finir comme les autres : fusillé !

— C'est mon choix !

— Chams ! menaça Nidal, prends garde ! J'ai encore suffisamment de vigueur pour…

Chams n'était plus là. La porte de l'entrée claqua avec fracas.

— Ce n'est pas possible, gémit Salma. Pourquoi, *ya rabb*, pourquoi mon Dieu !

Elle éclata en sanglots, le corps secoué de tremblements.

Le lendemain, un soldat anglais annonça au couple qu'il pouvait venir récupérer la dépouille de leur fils. Au dire du sergent, Chams se serait jeté avec sa voiture sur un barrage et les militaires n'auraient pas eu d'autre choix que de tirer.

Le 1er juin, à 15 heures, alors que Nidal et son épouse quittaient le cimetière, ils furent pris à partie par des émeutiers déchaînés. On eût dit qu'un ouragan s'abattait sur la ville.

— Que se passe-t-il encore ? pesta Nidal. Ces imbéciles n'ont-ils pas compris que tout est perdu ?

Nidal se trompait. Ce n'étaient pas les Anglais que les manifestants visaient.

Ce 1er juin était Shavouot, jour de fête juive. Les premiers troubles avaient commencé lorsqu'un groupuscule de partisans d'El-Keylani et du mufti avait pris à partie des représentants de la communauté juive qui traversaient le pont El-Khour pour aller rendre hommage au régent réinstallé dans son palais. En quelques minutes, ce fut l'embrasement. Le quartier juif avait été pris d'assaut aux cris furieux de « Palestine libre ! » et « Vive le mufti ! »

Le soir, on estima à deux cents le nombre de Juifs morts, parmi lesquels de nombreux enfants, des milliers de blessés, neuf cents boutiques détruites.

Ce fut le début de l'exode d'une communauté présente en Irak depuis vingt-six siècles et qui comptait 135 000 âmes.

Quelqu'un entendit Balfour ricaner dans sa tombe.

*

Le 3 juin, résigné, la mort dans l'âme, Nidal annonça à Salma que son choix était fait. Il avait pensé un instant rejoindre Dounia et Jean-François à Paris, mais le fils d'Orient n'aurait jamais pu s'accoutumer aux brumes de l'Occident. Non. Ce serait Istanbul, où un cousin germain se montrait prêt à l'accueillir. Il possédait une résidence inoccupée dans le quartier chic de Péra – blanche, avait-il précisé, avec des balcons roses –, elle était à la disposition du couple.

Huit jours plus tard, lui, les El-Safi quittaient leur maison familiale pour le nord. Après une longue halte en Syrie, ils arrivèrent à Istanbul le 20 juin.

Siège du pouvoir central de l'ancien occupant, la ville sur le Bosphore se montra accueillante. Dans les montagnes, les amandiers et les pistachiers étaient en fleurs et le spectacle des caïques sur le Bosphore caressait l'œil.

Toutefois, ainsi qu'il fallait s'y attendre, les jours passant, Nidal ne parvenait pas à secouer une mélancolie tenace. Il avait – ironie du sort – demandé asile aux ennemis d'antan ; son fils unique était mort ; son existence glissait vers le crépuscule. Comme entraîné par une nuée de papillons de nuit, il s'était brûlé au feu de ses propres illusions. Peut-être ne reverrait-il jamais ce pays, son pays qu'il avait voulu libérer.

— Dieu te bénisse et bénisse ta sagesse !

Salma savait qu'en optant pour l'exil en Turquie Nidal avait fait le meilleur des choix : désormais sous occupation militaire conjointe anglaise et soviétique, l'Iran eût été un piètre refuge. Et, redevenu tout-puissant à Bagdad, ce scorpion de Nouri el-Saïd avait obtenu de se faire livrer les militaires nationalistes et les avait fait exécuter.

Ce fut d'Istanbul que Nidal observa l'un des derniers soubresauts de l'aventure désespérée de Hajj Amine el-Husseini et de Rachid el-Keylani : le 20 octobre 1941, recommandé par Adolf Eichmann, le mufti rencontra Hitler à Berlin. Le chef religieux avait déclaré au Führer que les Arabes et les Allemands avaient trois ennemis en commun, les Juifs, les Anglais et les communistes, et réclamé de toute urgence une intervention militaire en Palestine. Hitler avait promis de l'aide matérielle, mais s'était gardé de toute précision stratégique.

À ceux profondément choqués par cette « alliance » avec les nazis, le mufti expliquerait plus tard : « C'est l'intérêt de ma nation qui m'a dicté ce choix. Le sort d'un individu paraît insignifiant dès lors qu'il s'agit de l'avenir d'une nation. La victoire des Anglais signifiait la perte de la Palestine. Notre peuple n'était pas en mesure de se défendre seul. Il nous fallait donc chercher un appui auprès de celui qui était plus fort que notre ennemi. À cette époque, les victoires remportées par les armées de l'Axe ne laissaient aucun doute sur l'issue de la guerre et je n'avais point l'intention d'attendre la victoire finale pour agir et être à la merci des vainqueurs. Je voulais voir les Arabes porter les armes, non pas au profit de l'Axe, mais pour leur cause, pour la libération de mon pays. L'opinion générale est forgée par les moyens d'information qui relatent les événements et en déforment la plupart du temps la réalité. Nous, les Arabes, ne disposons pas de moyens propres d'expression, par conséquent notre point de vue n'a pas été exposé, ou, du moins, il ne fut ni justifié ni explicité. Les principes sur lesquels est fondée notre propagande ou nos propagandes sont erronés et contribuent à notre défaite. Dites-moi à quoi nous a servi notre propagande en Europe ? La réponse est : à rien. Elle s'est heurtée aux songes ou à une clameur rauque et quand je lisais ce qui s'écrivait sur mon séjour en Allemagne, je me demandais : où voulaient-ils donc que je sois allé ? En exil ? En prison ? Me livrer aux Anglais ? Auraient-ils voulu que j'aille de mon plein gré chez mes ennemis ? À quel prix ? Ce n'est pas la mort que je craignais, mais j'aurais voulu qu'elle fût utile à mon pays.

» Je ne me suis pas rendu dans les pays de l'Axe pour me mettre à leur disposition, mais pour servir ma cause, qui est celle de toute ma nation. J'y étais en tant que négociateur et non en collaborateur. Mon souhait fut que mon séjour profitât à la Palestine en particulier, à la grande patrie arabe et à l'Islam, dont j'ai la charge sublime d'élever le nom très haut[1]. »

Peu de temps après, ce fut au tour de Rachid el-Keylani d'être accueilli, mais, honneur suprême, à Berchtesgaden, dans l'antre du Führer. Cette fois, rien ne transpira. Néanmoins, tout portait à croire que l'Irakien n'emporta qu'amertume et désillusion, puisque, dans les jours qui suivirent, on apprit qu'il avait choisi de s'exiler en Arabie saoudite.

Ce 28 octobre 1941, assis devant la fenêtre qui ouvrait sur le parc des Petits Champs, Nidal relut aux premières lueurs du jour et pour la seconde fois la sourate 113, dite *El-Falaq*. Dorénavant, c'est auprès de Dieu qu'il puiserait son réconfort.

Je cherche protection auprès du Seigneur de l'aube naissante, contre le mal des êtres qu'Il a créés, contre le mal de l'obscurité quand elle s'approfondit, contre le mal des sorcières qui soufflent sur les nœuds, et contre le mal de l'envieux quand il envie.

Quand Salma entra dans le salon, elle trouva son mari endormi. Tête inclinée contre sa poitrine.

---

1. *Mémoires du grand mufti*, Éditions El-Ahali, Damas.

29

Quand la terre tremblera d'un violent tremblement, et qu'elle fera sortir ses fardeaux, et que l'homme dira : « Qu'a-t-elle ? » ce jour-là, elle contera son histoire, selon ce que ton Seigneur lui aura ordonné.

Sourate 99.

Le Caire, fin octobre 1941

Aussitôt après le suicide de son père, Taymour avait démissionné de ses fonctions de député et s'était gardé de descendre dans l'arène politique ou de se lier avec quiconque parmi les ténors de ce milieu. Il ne souhaitait plus qu'une seule chose : se consacrer à ses enfants. Hicham allait vers ses seize ans et Fadel avait soufflé ses douze bougies le 14 septembre. Les circonstances de la mort de Loutfi avaient fait prendre conscience à Taymour de la vanité des choses, et l'interrogation affrontée un jour, devant son miroir, lui revenait plus insistante que jamais : « Qui es-tu ? »

La réponse, il crut l'entrevoir dans les yeux de ses fils. N'avaient-ils pas en eux une parcelle de lui ? Et donc d'éternité ? Ils représentaient un trésor unique qu'il se devait de couver, de protéger, afin d'éviter qu'il ne se ternisse.

Hicham s'était révélé très vite un enfant brillant, doté d'une mémoire phénoménale. Ce qui n'allait pas sans soucis. Car, s'il faisait l'émerveillement de professeurs le couvrant de lauriers, il suscitait la jalousie de camarades qui se gaussaient, estimant que la mémoire ne remplacerait jamais la compréhension. Il ne s'agissait que de mauvaises langues : Hicham possédait en effet aussi cette faculté. Lorsque Taymour posait la sempiternelle question que tout parent pose un jour : « Qu'aimerais-tu faire plus tard ? », le garçon répondait inexorablement : « Soldat. »

— Soldat ? Soldat ? Mais nous n'avons même pas d'armée, ou alors elle est guignolesque ! Pour quelle raison veux-tu être soldat ?

— Pour libérer mon pays.

— Allons ! D'autres s'en chargeront à ta place ! D'ailleurs, ce n'est pas un métier, soldat.

À quoi Hicham rétorquait : « Je serai soldat. »

Fadel, lui, ne savait trop quelle voie emprunter. Alors qu'il était plus petit, sa mère l'avait interrogé sur sa future vocation et sa réponse avait fait hurler de rire tout le monde : « Cheval de course. » Un rire, s'était dit Taymour, qui valait bien tous les titres de bey, pacha ou ministre.

*

Le 2 novembre, un dimanche, un domestique vint lui annoncer qu'un certain Mohieddine l'attendait au bout du fil.

Mohieddine ? Ce ne pouvait être que Zakaria, l'ami de Zulficar, cet homme qu'ils avaient salué au Café Ma'aloum. D'ailleurs, il n'était pas seul ce jour-là. Il y avait avec lui un personnage au sourire carnassier dont il n'avait gardé en mémoire que le prénom : Gamal.

Deux ans au moins s'étaient écoulés depuis leur rencontre. Que lui voulait-il ?

Taymour saisit le combiné.

C'était bien Zakaria Mohieddine.

— Je comprends ta surprise, mais notre ami Ahmed Zulficar a bien voulu me donner ton numéro. Nous allons déjeuner au café des Pigeons, sur la route des Pyramides, et nous serions heureux que tu te joignes à nous. Tu pourrais amener ton épouse et tes enfants. Il fait un temps splendide. Nous y serons à 13 heures. Nous t'attendons ! *Ma'el salama !* À tout à l'heure !

Avant même que Taymour eût le temps de répondre, l'autre avait raccroché.

D'abord agacé, puis hésitant, il pensa qu'après tout le moment était venu de renouer avec la vie publique. Il proposa à Nour de l'accompagner, mais elle déclina l'invitation ; elle attendait précisément des amies à déjeuner. Il fit la même proposition à ses enfants. Seul Hicham voulut bien y répondre favorablement.

Trois quarts d'heure plus tard, le père et le fils débarquaient au café des Pigeons, où Zakaria et Ahmed étaient déjà attablés.

— Ravi de te revoir ! s'exclama Zakaria, le visage plus lisse que jamais. Tu as les amitiés de Gamal.

— Gamal ?

— Gamal Abdel Nasser. L'ami qui...

— Oui, oui. Je suis seulement surpris qu'il se souvienne encore de moi.

Zakaria désigna Hicham.

— C'est ton fils, j'imagine ! *Macha' Allah !* Quel don de Dieu !

Il embrassa le garçon affectueusement et l'invita à s'asseoir à sa droite, tout en enchaînant :

— Pour en revenir à Gamal, sache qu'il t'a beaucoup apprécié. C'est un homme étonnant. Tu apprendras un jour à mieux le connaître. Pour ma part, je suis persuadé qu'il sera amené un jour ou l'autre à jouer un rôle dans ce pays.

— *Salam aleïkoum ya chabab* ! La paix soit sur vous, les jeunes !

En levant la tête vers celui qui venait de les apostropher d'une voix tonitruante, quelle ne fut pas la surprise de Taymour de découvrir un soldat d'environ vingt-trois ans, aux cheveux coupés en brosse, à la raideur étrange et portant monocle. On eût cru voir un Oberführer dans une parodie anglaise.

Aussitôt, Zakaria annonça :

— Anouar, un ami de longue date. Taymour Loutfi.

Ahmed lui proposa de s'asseoir. Il répondit qu'il l'aurait fait volontiers, mais qu'il attendait un collègue.

— Qu'à cela ne tienne, qu'il se joigne à nous.

— Je n'ai pas très bien saisi le nom de votre ami, fit observer Taymour tandis que le personnage s'éloignait.

— Anouar. Anouar el-Sadate. Ou plutôt Anouar *von* Sadate.

— *Von* Sadate ? s'exclama Hicham, éberlué.

— Je vous expliquerai plus tard. Le voilà qui revient.

Le compagnon d'Anouar, un soldat lui aussi, déclina son identité : Salah Salem. Il avait l'allure d'un jeune homme aux manières bon enfant. Il expliqua qu'il venait d'être admis à l'Académie militaire d'Abbassieh et avait l'intention de faire carrière dans l'armée, sa seule passion.

— Moi aussi, annonça Hicham en bombant le torse. Moi aussi, un jour, j'entrerai à l'Académie.

— Toutes mes félicitations, mon garçon, le congratula Sadate. Nous avons besoin d'hommes comme toi, prêts à se dévouer pour leur patrie.

Il se tourna vers Taymour et poursuivit :

— Des hommes à l'image de ton père !

Et, dans la foulée, comme s'ils s'étaient donné le mot, lui et Salah Salem se lancèrent dans les plus chaleureux éloges sur le comportement de Taymour du temps où il siégeait au Parlement.

— Mon ami, conclut Sadate, avec tant d'emphase que son monocle tomba, c'est avec des héros tels que toi et ton fils que nous ferons l'Égypte !

Sur quoi il rajusta son monocle.

Une proposition étonnante : l'Égypte n'était-elle pas déjà faite ? songea Taymour. Mais l'enthousiasme du jeune homme se révélait contagieux ; il le remercia du compliment. Cet officier était décidément bien sympathique.

Dans la voiture qui les ramenait en ville, Zakaria expliqua, avec un léger sourire, que Sadate appartenait au cercle des intimes d'un autre personnage, le général Aziz el-Masry, l'ex chef d'état-major des forces égyptiennes aujourd'hui écarté du pouvoir par les Anglais le jugeant, à l'instar de Sadate, trop proche des forces de l'Axe.

— Que je sache, El-Masry est septuagénaire ! Sadate doit avoir vingt ans.

— Ce n'est pas une affaire d'âge, mais de convictions.

— Et ce monocle, à quoi rime-t-il ? reprit Hicham qui avait de la suite dans les idées.

— Il le porte pour témoigner de sa germanophilie. Cependant, ne te méprends pas : c'est l'un des jeunes officiers les plus actifs de la nouvelle génération. Il est aussi étroitement lié à Hassan el-Banna, le fondateur des Frères musulmans. Je le soupçonne même d'essayer de me soutirer des renseignements.

— Tu es sérieux ?

Ce fut Zulficar qui expliqua avec un demi-sourire :

— Grâce à ses services de renseignement personnels. Il fréquente la très célèbre Hekmet Fahmy. La danseuse du ventre lui prête de temps en temps sa dahabieh sur le Nil et il y organise des soirées où sont conviées des… (il hésita sur le terme, sans doute à cause de la présence du garçon)… femmes liées à des officiers anglais. Il écoute, glane, note toutes les informations utiles à ses yeux.

— Et à qui les transmet-il ?

— Aux Allemands, bien entendu !

Taymour resta pensif. Des femmes liées avec des militaires anglais ? Des prostituées doublées d'espionnes. Les temps avaient bien changé depuis Saad Zaghloul. Ou bien était-ce lui qui devenait puritain ?

— Si tu veux mon avis, suggéra Zakaria, retiens son nom. Il est jeune, mais tu entendras parler de lui un jour.

Il s'empressa d'ajouter :

— Comme de mon ami Gamal.

*

Paris, 19 novembre 1941

Dounia replia le télégramme et resta immobile, au centre du salon, incapable de répondre aux interrogations inquiètes de Jean-François. Ce fut seulement lorsqu'elle sentit la main de son époux posée sur son épaule qu'elle finit par annoncer : « Nidal est mort. »

Jean-François ne fit aucun commentaire. À quoi bon ? La disparition d'un être aimé est une douleur qu'aucun mot ne console.

De la fenêtre entrouverte claquèrent des ordres en langue allemande, aussitôt suivis d'un bruit de voiture. Jean-François ne parvenait toujours pas à effacer de son esprit l'image de ces troupes, ces croix gammées descendant avec arrogance les Champs-Élysées. C'était il y a plus d'un an et demi. Mais l'offense demeurait.

Quelle catastrophe ! Quel abîme s'était ouvert sous le corps de la France et de l'Europe tout entière !

Au grand dam des patriotes, le maréchal Pétain, qui avait remplacé Paul Reynaud à la tête du gouvernement, s'était empressé de plier devant le Führer et de demander l'armistice. Heureusement que, le 18 juin 1940, on avait pu capter sur les ondes de la BBC l'appel d'un général, Charles de Gaulle, adjurant le peuple de relever la tête. Rien n'est perdu, avait-il affirmé, parce que cette guerre serait une guerre mondiale, que des forces immenses n'avaient pas encore été lancées dans la bataille, et qu'il était vital que la France fût présente le jour où elles s'élance-raient et briseraient l'ennemi.

En juin 1941, les Britanniques et les Forces fran-çaises libres, commandées par le général Catroux, étaient entrés en Syrie et au Liban et avaient conclu, au terme de violents combats, un armistice avec les troupes vichystes. Le 8 juin, Catroux avait proclamé solennellement l'indépendance de la Syrie et du Liban, ainsi que la fin du mandat au Levant. Malheu-reusement, dans les faits, un long chemin restait à parcourir.

Demain... Demain.

*

Le Caire, 5 février 1942

S'il n'avait pu s'emparer de Tobrouk, dont il avait en vain fait le siège, le feldmaréchal allemand Rommel poursuivait à présent son avancée vers l'Égypte. Les Anglais, commodité de langage pour désigner des troupes qui comprenaient des Austra-liens, des Sud-Africains, des Néo-Zélandais et autres soldats venus du Commonwealth, résistaient, au prix de lourdes pertes en vies et en matériel. La date la plus meurtrière de la guerre d'Afrique fut le diman-che 23 novembre 1941, qualifié par les Allemands de *Totensonntag*, « Dimanche des morts ». Ce jour-là, le désert de Libye fut rouge de sang. Abreuvé de la vie de milliers d'êtres humains.

En apprenant l'issue de cette bataille, un vertige s'empara de Taymour : ces dizaines de milliers de vies sacrifiées, Anglais, Allemands, Arabes, l'emplissaient d'amertume. Quand s'arrêterait ce massacre ?

C'est alors que les événements se précipitèrent, aussi alarmants à l'intérieur qu'à l'extérieur de l'Égypte.

Le 29 janvier 1942, on apprit que le maréchal Rommel avait repris la ville de Benghazi aux Alliés.

Le 1er février, influencés par on ne sait qui, les étudiants de l'université d'El-Azhar envahirent les rues du Caire en criant : « Nous sommes les soldats de Rommel ! » Déchaînés, ils réclamèrent la démission du Premier ministre, Sirri pacha, une autre marionnette anglaise, et son remplacement par un homme réputé pour sa sympathie pour les forces de l'Axe : Ali Maher pacha.

Le roi hésita. Mais pas longtemps. Le destin lui donnait peut-être l'occasion de faire un sort à l'affirmation qui courait depuis son avènement : « Farouk règne, mais ne gouverne pas. » Le 3 février, il renvoya le gouvernement de Sirri et s'apprêta à nommer l'homme réclamé par son peuple : Ali Maher.

Courage ? Inconscience ?

Lorsque le représentant britannique, sir Miles Lampson, apprit la destitution de Sirri – *son* ministre – il déjeunait, après s'être livré à une partie de chasse dans le Fayoum. Stoïque, il posa ses couverts, se leva, rangea ses fusils et annonça, sourire aux lèvres, à son entourage : « Désolé de devoir vous quitter, mais j'ai un roi à détrôner. »

Rencogné dans la Rolls-Royce de la résidence qui le ramenait dans la capitale, le proconsul britannique ruminait sa colère, se remémorant sans doute ce que Sirri lui avait dit un jour de Farouk : « Un gosse trouillard, auquel il faut faire peur de temps en temps. »

Eh bien, *goddammit*, il allait lui faire peur.

Aux yeux du représentant britannique, si un homme devait remplacer Sirri, ce serait Nahas pacha, ennemi intime de Farouk. Âgé de soixante-six ans, avocat de profession, Nahas était une figure emblématique de la politique égyptienne. C'est lui qui, dès 1927, avait assumé la présidence du Wafd, après le décès de Zaghloul. Lampson estimait donc qu'il était le seul capable de faire accepter aux masses égyptiennes une éventuelle contribution à l'effort de guerre anglo-américain.

À peine revenu de sa partie de chasse au 10, rue Tolombat, à Garden City, il décrocha le téléphone, appela le jeune monarque et lui demanda les raisons du limogeage de Sirri pacha. Farouk s'apprêtait à répondre quand Lampson le coupa :

— Majesté, je vous somme de nommer Nahas pacha à la tête du gouvernement. Lui et nul autre. Je vous donne jusqu'à demain 18 heures. Dans le cas contraire, je crains que vous n'ayez à subir des conséquences fâcheuses.

Dans la matinée du 5, Lampson convoqua le Comité de défense, constitué du général Stone, commandant des forces britanniques en Égypte, d'Oliver Lyttelton, ministre d'État au Moyen-Orient, et de sir Walter Monckton, nouveau chef des Services de Propagande et de Renseignement. Ce dernier était l'homme qui avait rédigé l'acte d'abdication d'Edouard VIII d'Angleterre. Lampson leur expliqua la situation et ce qu'il voulait.

Monckton s'assit à une table dans le grand bureau du premier étage, qui donnait sur les jardins, et commença à rédiger le second acte d'abdication de sa carrière.

— Sir Miles, demanda le général Stone, soucieux, croyez-vous opportun en ce moment de forcer le roi à abdiquer ? Le peuple...

— Général, je connais ce peuple depuis des années : il ne fera rien.

— Et par qui avez-vous l'intention de remplacer Farouk ?

— Par le prince Mohammad Ali.

Stone ne parut pas convaincu.

— Le Foreign Office est-il informé de vos intentions ?

— Parfaitement. J'ai l'aval de notre ministre, sir Anthony Eden.

Lampson consulta sa montre pour la troisième fois depuis le début de la réunion.

À 18 h 15, soit un quart d'heure après la fin de l'ultimatum, l'huissier annonça une visite : Hassaneïn pacha, ancien tuteur de Farouk à Woolwich, venait d'arriver. Introduit dans le bureau de Lampson, il lui tendit une lettre signée par une cinquantaine de personnalités.

« Nous considérons que l'ultimatum britannique porte gravement atteinte aux accords conclus entre l'Égypte et l'Angleterre, et à l'indépendance du pays. Pour ces raisons, et s'appuyant sur notre avis, Sa Majesté refuse de se plier à vos exigences. »

Lampson jubila. Il tenait sa proie ! Il n'allait faire qu'une bouchée du *kid*.

Il rendit la lettre à Hassaneïn et se contenta de déclarer qu'il rendrait visite au roi à 21 heures.

À 21 heures précises, un bataillon de six cents soldats anglais encercla le palais Abdine.

Quand la Rolls arriva devant les grilles, celles-ci étaient fermées. Un officier mit pied à terre et fit sauter les serrures d'un coup de revolver.

Faisant fi des cris de protestation du grand chambellan, le haut-commissaire s'engouffra dans le bureau de Farouk. Hassaneïn pacha, l'ex-tuteur du roi, se tenait à ses côtés. L'Anglais cacha mal son impatience. L'idée de destituer un roi l'exaltait. Il se voyait déjà gouverneur des Indes. Poste qu'il convoitait depuis toujours.

Le grand chambellan tenta de refouler le général Stone hors du bureau royal. Lampson le tança vertement.

— Dans ce cas, protesta Farouk, la voix vacillante, permettez que Hassaneïn demeure à mes côtés.

Lampson haussa les épaules. Il n'y voyait pas d'inconvénient. Sans plus attendre, il se lança dans une diatribe où il fut question du non-respect de l'ultimatum dans les délais exigés. Quinze minutes de retard ! Il parla aussi de trahison à l'égard de l'Angleterre et des accords passés, de connivences avec l'ennemi allemand.

Le roi essaya de se justifier, mais Lampson le coupa et posa sur le bureau l'acte rédigé le matin même par sir Walter Monckton.

Nous, roi Farouk d'Égypte, pleinement concerné par les intérêts de notre pays, renonçons et abandonnons au profit de nos héritiers le trône du royaume de l'Égypte ainsi que tous les droits, privilèges, puissance, souveraineté sur ledit royaume et ses sujets, et nous exemptons lesdits sujets de toute allégeance à notre personne.

— Signez ! ordonna Lampson.

Farouk continua de fixer le texte. Il avait été gribouillé sur une simple feuille de papier où n'apparaissait même pas l'en-tête de l'ambassade britannique.

Le souverain grimaça un sourire :

— Vous auriez quand même pu trouver un papier plus décent…

Lampson garda le silence, bras croisés.

Farouk saisit son stylo. Il allait signer.

Le représentant anglais était aux anges.

C'est alors que Hassaneïn pacha se précipita et murmura quelques mots à l'oreille du monarque.

— Alors ! s'impatienta l'Anglais.

Farouk reposa son stylo.

— D'accord. Il sera fait selon votre volonté. Je nommerai Nahas pacha.

Ces propos venaient vraisemblablement de lui être soufflés par le fidèle Hassaneïn. Lampson n'avait plus d'autre choix que d'accepter. Tant pis pour la destitution.

Farouk respira. Il venait de sauver son trône. À quel prix !

Lorsqu'on rapporta à Taymour Loutfi le déroulement de cette tragédie, il alla voir son épouse, et lui déclara, la gorge nouée, les yeux embués de larmes :

— Nous n'avions pas de roi. Nous n'avions qu'un homme à la tête de l'Égypte. Désormais, même l'homme n'est plus...

XI

30

Et si la plus cruelle des humiliations était d'être contraint de vivre chez soi en étranger ?

Haïfa, juin 1942

— Mon fils, tonna Mourad, tu n'as que vingt et un ans, tu es encore un enfant. Écoute les conseils de ton père : éloigne-toi de ces gens. Ils sont dangereux !

— Ton père a raison, Karim. Reste en dehors de ces histoires.

Le jeune homme serra le poing.

— C'est vous qui parlez ainsi ? Toi, papa, qui as consacré ta vie à la défense de nos droits ?

— Pacifiquement, scanda Mourad, pacifiquement !

— C'est ton choix. Mais ce n'est ni celui de mon oncle Soliman, que vous traitiez pourtant de poète et de rêveur, ni celui d'Abd el-Kader, le mari de ma tante qui, même exilé en Égypte, continue de lutter et de diriger ses hommes !

Mourad garda le silence et examina son fils. Quelle métamorphose durant ces deux dernières années ! Son visage avait adopté une expression tout à fait particulière, accentuée par ses yeux vairons. Au fil du temps, il avait développé un tempérament passionné, se laissant aller à de violentes colères, suivies, heureusement, de prompts repentirs.

— Tu m'écoutes, papa ?

— Je t'écoute. Si tu voulais bien en faire autant, peut-être pourrions-nous nous entendre.

— Oui, surenchérit Mona. Écoute ton père.

— Avant tout, reprit Mourad, j'aimerais que tu m'expliques pourquoi tu tiens tellement à t'impliquer dans des actions armées ? Tu n'as donc plus de mots pour convaincre ?

Karim ricana.

— Des mots ? À quoi servent les mots lorsque nous apprenons que soixante-sept sénateurs et cent quarante-trois députés américains se sont engagés dans l'American Palestine Committee, et que mille cinq cents signataires appuient la création d'une armée juive ! À quoi serviraient les mots, lorsqu'on nous dit que des motions de soutien à l'entreprise sioniste ont été passées dans les législations de trente-trois États, ainsi qu'à l'American Federation of Labour ? À quoi servent les mots lorsque la Histadrout, qui est, comme tu le sais, le principal syndicat des travailleurs juifs[1], remporte un triomphe en faisant voter par une majorité du Congrès international des Trade Unions une motion d'appui au programme de Biltmore…

— Biltmore ? interrogea Mona.

— Une ville des États-Unis où, il y a environ un an, un congrès de l'Organisation sioniste mondiale s'est tenu, revendiquant majoritairement – tenez-vous bien – un État juif sur *l'ensemble de la Palestine*. Tu m'entends, papa ? Il n'est plus question de foyer, mais d'un État ! On leur a donné une branche, ils ont pris l'arbre, aujourd'hui c'est toute la forêt qu'ils exigent !

---

1. Créé dès 1920 sous l'impulsion de plusieurs personnalités, dont David Ben Gourion.

Mona essaya de tempérer les ardeurs de son fils, sachant ce dont il était capable lorsqu'il s'enflammait de la sorte.

— Calme-toi, Karim.

Il ne parut pas entendre.

— Pour couronner le tout, le Parti travailliste anglais a surenchéri sur les Américains et clamé : « Tous les Arabes devraient être chassés de Palestine ! » Vous...

— Arrête ! ordonna Mourad. Je suis au courant ! Mais je ne suis pas pour autant convaincu que prendre une arme et tuer l'autre soit la solution. Si j'ai pu le croire à ton âge, ce n'est plus le cas aujourd'hui.

Karim considéra son père pendant quelques instants et laissa tomber froidement :

— Cette terre est mienne. Dussé-je offrir ma vie, ils ne me la voleront pas.

*

Le Caire, janvier 1943

— Que devient notre ami Anouar *von* Sadate ? demanda Taymour ce soir de janvier à Zulficar au terme d'une partie de trictrac. Voilà bien trois ans que je n'ai plus entendu parler de lui. Depuis ce déjeuner au café des Pigeons, il m'a marqué, cet homme.

La pluie crépitait. Il faisait un froid de gueux et la villa Loutfi était garnie à tous les étages de braseros à pétrole.

— Il ne sort pas beaucoup, ces temps-ci, finit par répondre Zulficar d'un ton sibyllin en se reservant un verre de raki.

— Que veux-tu dire ? Il est malade ?

— Non, répondit Zulficar. En prison.

— Quoi ?

— Une sombre histoire. Ne t'avais-je pas raconté qu'il organisait des soirées sur la dahabieh de la danseuse Hikmet Fahmy ?

Taymour acquiesça.

— Or la dame en question s'était liée d'amitié avec deux hommes qui occupaient une maison flottante voisine et qui disaient s'appeler Hussein Gaafar et Peter Monkaster. En fait, le vrai nom de Gaafar était John Eppler. Un Allemand, né à Alexandrie, dont la mère s'était remariée avec un Égyptien. Monkaster, qui se faisait passer pour un Américain, s'appelait en réalité Sandy. Tous deux s'étaient introduits clandestinement en Égypte, vêtus d'uniformes anglais, riches de 25 000 livres sterling, et appartenaient à l'Abwehr.

— Tu n'es pas sérieux ?

— Oh que si ! Un matin, voilà que la belle Hikmet annonce à Sadate que ses deux amis rencontrent des soucis avec leur poste émetteur. Comme il paraît posséder quelques notions en ce domaine, elle le prie d'aider les deux compères à remettre l'appareil en état.

— Un poste émetteur ?

— Tu as bien compris. Sadate s'est donc rendu chez les Allemands qui, entre-temps, avaient réussi à se faire livrer un autre appareil. Les émissions reprirent, jusqu'au jour où se produisit une nouvelle panne. Une fois encore, Anouar fut sollicité. Jugeant plus pratique d'effectuer la réparation à son domicile, il emmena l'appareil chez lui, rue Hussein-Badr.

Taymour écoutait, à la fois amusé et vaguement inquiet. Personne dans son entourage politique, qui bruissait pourtant de tous les bruits de la création, n'avait soufflé mot de cette histoire rocambolesque.

— J'ai oublié de te préciser qu'au cours des semaines précédentes les Anglais avaient intercepté les messages, mais sans parvenir à les décoder ni à localiser avec précision le lieu d'émission.

— J'imagine la suite…

— J'en doute ! Le 10 juillet, les Britanniques capturèrent dans le désert des membres de l'équipe d'interception radio de Rommel et trouvèrent en leur possession deux exemplaires d'un livre d'une romancière anglaise, Daphné du Maurier, *Rebecca*[1]. Or – détail qui leur mit la puce à l'oreille – les deux Allemands appréhendés ne parlaient pas un traître mot d'anglais. Autre détail curieux, les exemplaires en question étaient annotés.

Taymour se hâta d'enchaîner avec la jubilation d'un gamin :

— Ils étaient tombés sur le code secret qui permettait aux Allemands de crypter leurs messages !

— Exact. Le major Sansom, chargé de l'enquête, se souvint alors d'une information qu'il avait vu passer, indiquant que, quelques mois auparavant, la femme de l'attaché militaire allemand à Lisbonne avait acheté cinq copies de l'ouvrage. Personne, à ce moment, n'avait trouvé d'explication à cette acquisition.

Taymour sourit. *Rebecca* était l'un des romans favoris de Nour.

— Mais quel lien avec Sadate ?

— J'y arrive. Les deux espions étaient toujours impossibles à localiser et auraient pu continuer longtemps leur besogne. Seulement, ils ignoraient que les livres sterling qu'ils utilisaient pour régler leurs fastueuses dépenses et rémunérer leurs indics, en l'occurrence des prostituées, étaient fausses, l'Abwehr n'ayant pas jugé utile de les prévenir. En constatant cette avalanche de fausse monnaie, la police militaire anglaise s'est livrée à une enquête et a fini par établir

---

1. L'affaire a inspiré un roman à Ken Follet : *The Key to Rebecca*, paru en 1981 aux éditions New American Library et publié en France sous le nom de *Code Rebecca*, ainsi qu'un film égyptien, *Elgassoussa, L'Espionne*, en 1994.

qu'elle provenait du Turf Club et du Kit-Kat. Il ne lui a pas fallu longtemps pour identifier les deux Crésus. En les appréhendant, ils ont trouvé dans la dahabieh un autre exemplaire de *Rebecca*[1].

— Et Anouar ?

Zulficar eut un geste de dépit.

— Balancé par les deux Allemands. Après une descente à son domicile, la police a retrouvé le poste émetteur, caché sous son lit. On a commencé par enfermer notre ami dans la prison dite « des Étrangers », réservée aux détenus politiques, avant de le transférer à Minieh, au centre de détention de Maqsah.

Les deux hommes achevèrent de siroter leur raki.

— Conclusion, à l'heure où nous parlons, notre cher von Sadate croupit en prison à Minieh.

Zulficar acquiesça avec une expression lasse.

Après un court silence, Taymour observa :

— C'est bien dommage. En dépit de ses attitudes parfois caricaturales, il semblait l'âme du mouvement des officiers.

— Détrompe-toi. L'âme, c'est un autre personnage, autrement plus énergique.

— Qui donc ?

Taymour arbora un sourire espiègle avant de répondre :

— Cherche, mon ami. Cherche bien.

*

Paris, 7 juin 1944

Jean-François déboula dans la chambre à coucher en poussant de tels cris que Dounia, encore somnolente, imagina le pire.

---

1. Hikmet Fahmy fut arrêtée elle aussi, et condamnée à deux années d'emprisonnement.

— Ça y est ! Ils ont réussi ! Ils ont réussi !

Il se jeta sur le lit comme un gamin et couvrit son épouse éberluée de baisers.

— Mais… de quoi parles-tu ? De qui ?

— Je parle des Alliés !

— Oui ?

— Tu ne comprends donc pas ?

Dounia secoua la tête, dubitative.

— Les Alliés ont débarqué hier matin !

— Où ?

— En France ! Ici ! En Normandie ! Aux dernières nouvelles, ils n'auraient pas atteint tous les objectifs fixés, mais pu établir de solides têtes de pont.

Il poussa un nouveau cri, formant un V avec ses bras levés.

Dounia, sous le choc, se redressa, incrédule.

— D'où tiens-tu ces informations ? Sont-elles sûres ? Ce ne serait pas des rumeurs, au moins ?

— Pas du tout. Elles ont été vérifiées. Les Alliés ont bien débarqué, hier matin, à 6 h 30. On parle de plus de deux cent mille hommes déjà à terre.

— Tu ne m'as pas répondu : d'où tiens-tu ces informations ?

Jean-François fixa Dounia avec une expression étrange.

— Mettons qu'elles m'ont été transmises par quelqu'un de confiance.

Une lueur d'inquiétude traversa les prunelles de la femme.

— Veux-tu bien m'expliquer ?

— Pas maintenant.

— Jean-François !

— Dans quelques jours, promis, tu sauras tout. Dans quelques jours.

Elle le dévisagea longuement, tandis qu'un commentaire bizarre qu'il avait émis au lendemain de l'appel lancé à la BBC par ce général exilé lui revint en mémoire : « Qui ne mourrait pour conserver son honneur, celui-là serait infâme. »

*

Le Caire, 26 août 1944

John Wyndham but une longue gorgée de son gin tonic et jeta un coup d'œil sur la terrasse de l'hôtel Shepheard's, bondée en dépit de la chaleur étouffante. La majorité des tables étaient occupées par des compatriotes. Presque tous en uniforme. Il éprouva une certaine fierté à la vue de l'armée impériale. Fierté redoublée depuis que la communauté anglaise avait pris connaissance de la formidable nouvelle en provenance d'Europe : la veille, au terme d'une progression implacable, les troupes alliées étaient entrées dans Paris ! Paris libéré ! La première grande capitale européenne débarrassée du joug nazi ! La fortune avait changé de camp. Et tout portait à croire que ce serait pour de bon.

Arrivé en Égypte depuis trois jours après un voyage qui n'avait pas compté moins de onze escales, venant de Londres soumis aux bombardements et aux rationnements, sauf celui de l'eau et des carottes, Wyndham se laissait pénétrer par les charmes exotiques familiers aux grands commis de l'Empire. Il avait encore dans l'œil les cuivres rutilants du Khan Khalîl et dans le nez les senteurs de sacs d'épices connues et inconnues.

Il lança un regard espiègle au secrétaire oriental de l'ambassade, Alastair Barnes, qui l'avait emmené faire un tour de la capitale.

— Cher monsieur Barnes, il semble qu'en dépit de la prédiction de Kipling l'Occident et l'Orient se soient enfin rencontrés au Caire ?

La tactique de Wyndham, sa politique eût-on même dit, consistait à mettre ses interlocuteurs à l'aise par des observations anodines, quitte à passer pour un benêt, afin de les inciter à se confier. Il venait d'être délégué par le Foreign Office, avec le titre d'envoyé extraordinaire, afin d'établir un rapport « véridique » sur une situation que les informations du ministre d'État et de l'ambassadeur dépeignaient décidément comme trop lisse. Plusieurs renseignements obtenus par l'Intelligence Service indiquaient en effet que les tensions en Égypte étaient bien plus vives que ne l'indiquaient M. Lampson, devenu lord Killearn, et sir Lyttelton.

L'autre s'adressa à lui sur un ton teinté d'ironie.

— Monsieur Wyndham, je vous sais trop fin pour juger une médaille sur une seule face.

Wyndham nourrissait une certaine admiration pour le secrétaire oriental, qu'il avait, le matin même, au Khan Khalîl, entendu s'exprimer dans un arabe digne d'un cocher de fiacre et, un peu plus tard, dans un café grec, parler grec comme s'il avait été élevé parmi les gamins du Pirée.

— Quelle est l'autre face ? demanda-t-il.

Barnes haussa les épaules :

— Déplorable.

— Mais encore ?

— Monsieur Wyndham, une moitié de la classe politique égyptienne est à couteaux tirés avec l'autre, nommément le Wafd. L'armée et le reste du pays espèrent ardemment nous voir ravagés par une maladie exclusive aux Anglais.

— Et le roi ?

— Je parierais cinquante guinées que, dans sa solitude, il rêve de découper notre ambassadeur et son Premier ministre en rondelles pour les donner en pâture à ses chiens. J'ai quelques raisons de lui prêter des projets plus ténébreux.

— Lord Miles et sir Oliver sont-ils au courant ?

— Ils en ont été informés, répondit Alastair Barnes d'un ton las, mais je crains qu'ils ne l'aient oublié. Pour eux, si vous me permettez de parler franchement, ce sont des querelles de subalternes qu'un gentleman ne doit pas prendre trop au sérieux.

— Mais vous, ne pensez-vous pas la situation grave ?

— Elle peut le devenir, elle le deviendra même inéluctablement à plus ou moins longue échéance. Le soleil, monsieur Wyndham, ne se couche pas plus sur la colère des Arabes que sur l'Empire britannique.

Jolie formule, songea l'envoyé extraordinaire.

— Que peut-on y faire ?

— Rien. Ils nous exècrent. Et ils nous exécreront tant que nous resterons ici. Que faire ? Foutre le camp dès que nous le pourrons. Et laisser la place aux Américains, qui semblent pressés de nous succéder.

— Croyez-vous ?

— Ce n'est un secret pour personne que leur président, Roosevelt, désapprouve notre politique à l'égard des Arabes. Il juge qu'elle pue le colonialisme éhonté. Grand bien lui fasse.

Il tourna son regard vers Wyndham :

— Même s'ils se bouffent le nez entre eux, les Égyptiens n'oublient pas l'affront perpétré par Lampson en assiégeant le palais royal avec des blindés. Et les Arabes de tous les pays voient bien que la Palestine, qui était sous notre responsabilité, est en train de passer aux mains des Juifs. Vous allez sans doute rédiger un rapport sur votre tournée dans le Moyen-Orient, monsieur Wyndham : je veux espérer que vous saisirez l'importance du problème palestinien.

Wyndham fut pris de court par cette averse d'âcre franchise. Il éclata de rire.

— Eh bien, monsieur Barnes, je vous remercie de parler de manière aussi carrée !

Il vida le reste de son gin tonic et conclut pensivement :

— *So Kipling was right after all. East is East and West is West…*

— … *And never the twain shall meet*[1], conclut Barnes.

*

Le lendemain matin, sur la suggestion du ministre d'État mais à l'insu de Lampson, John Wyndham téléphona à Hassaneïn pacha, l'éminence grise de Farouk : jugeait-il opportun que le délégué itinérant du Foreign Office vînt se présenter à Sa Majesté ?

— Certainement, monsieur Wyndham. Je vais m'en entretenir avec Sa Majesté et je vous rappellerai.

L'entretien fut bref, car, une demi-heure plus tard, Hassaneïn rappelait, en effet, pour fixer l'heure de l'audience : le jour même à midi.

Un bel homme, songea Wyndham, parvenu devant le bureau du monarque. Visage plein, souriant, l'œil charmeur. Dommage qu'il soit devenu ventripotent.

— Asseyez-vous, je vous prie, monsieur Wyndham, déclara Farouk en anglais.

Quand son hôte lui eut exposé l'objet de sa mission, en termes éminemment plus diplomatiques, c'est-à-dire celant l'objet réel de sa tournée, le roi lui lança, ironique :

— Je me félicite de votre visite, monsieur Wyndham. Je me disais aussi que les services britanniques de renseignement avaient besoin de renfort.

---

1. Donc Kipling avait raison finalement. L'Est est l'Est et l'Ouest est l'Ouest. Et jamais ces deux-là ne se rencontreront.

Wyndham écarquilla les yeux.

— Il faut, en effet, reprit Farouk, que vous soyez bien mal informés à Londres pour maintenir ici un haut-commissaire aussi malvenu que sir Miles Lampson et, pire encore, pour l'élever dans la noblesse et en faire lord Killearn.

L'Anglais ne put se retenir de sourire. Le roi, lui, se laissa aller à un rire franc. La glace était rompue.

Après quelques autres échanges, le roi consulta sa montre.

— L'heure du déjeuner approche. Avez-vous un engagement plus pressant ou voulez-vous déjeuner avec nous ?

Wyndham réprima sa surprise, répondit qu'il était très honoré et accepta l'invitation. Ce diable d'homme qu'était Farouk avait brouillé les cartes : transformé une rencontre diplomatique en un rendez-vous de club, comme si le palais avait été le White's ou le Boodle's.

Des domestiques apportèrent un plateau chargé de verres, d'une bouteille d'orangeade, d'une autre de scotch et d'un seau de glaçons. Ils servirent au roi sa boisson préférée, puis un scotch à Wyndham, et Farouk leva son verre à la santé du visiteur. C'est alors que fut introduit un personnage singulier, emprunté et prudent, ne possédant apparemment pas de fonctions officielles, car le roi ne cita que son nom : Elias Andraos. Wyndham l'identifia sur-le-champ comme un courtisan, sans doute un homme à tout faire et, pourquoi pas, une franche canaille à ses heures. Puis apparut un autre homme, le docteur Rachad, dont le maintien et le visage racontaient une tout autre histoire. Le roi se leva et tous se dirigèrent vers un salon.

Wyndham avait alors récupéré tout son sens critique et comprit l'objet de la soudaine bienveillance royale : orienter le rapport qu'il ferait à son retour à Londres.

Le repas fut évidemment royal, et le vin français – mais où se le procurait-on ? – excellent, mais Wyndham, sur ses gardes, se contenta d'une seule gorgée.

— À présent que la guerre semble se diriger vers sa fin, votre tournée vous mènera-t-elle en Palestine, monsieur Wyndham ? s'enquit Farouk.

— En effet, sire.

— Alors je vous plains.

Wyndham se demanda quelle autre saillie il allait affronter quand le roi reprit :

— Vous pourrez constater de vos yeux le plus grand désastre de la politique britannique en Orient. Londres était chargé de veiller à l'ordre et à la prospérité de ce pays, elle va en être expulsée. C'était un pays paisible, elle en a fait une bombe qui, tôt ou tard, explosera à la face de l'Angleterre et de l'Occident tout entier.

Wyndham demeura interdit devant ce résumé apocalyptique de la présence anglaise dans la région. Il ne pouvait pas détacher son regard des yeux de Farouk, soudain brillants de passion.

Le monarque ajouta :

— Allez voir par vous-même, monsieur Wyndham. Vous jugerez avec quelle constance l'Angleterre scie la branche sur laquelle elle est assise.

L'Anglais ne sut que répondre ; il se contenta de demander :

— De quelle branche voulez-vous parler, sire ?

— De ses intérêts dans le monde arabe et du canal de Suez.

John Wyndham vida son verre d'eau. Ce roi ne ressemblait en rien à l'homme qu'on lui avait décrit à l'ambassade.

— Vous avez créé une armée juive de trente mille hommes, monsieur Wyndham, en pensant qu'elle resterait juive. Erreur : c'est une armée sioniste. Elle s'appelle la Haganah et s'est scindée en plusieurs groupes de terroristes.

— Elle s'est battue avec nous contre les Allemands, sire, objecta l'Anglais.

— Oui, répliqua Farouk dans un grand sourire, et c'est avec vos armes qu'elle vous jettera à la mer.

31

Dès qu'un intérêt fait promettre, un intérêt
plus grand peut faire violer la promesse ; il ne
s'agit plus de la violer impunément : la res-
source est naturelle ; on se cache et l'on ment.

Rousseau.

Canal de Suez, 14 février 1945

Sur le pont du croiseur, enfoncé dans son fauteuil roulant, un plaid jeté sur ses cuisses, le président Roosevelt faisait penser à un spectre plutôt qu'au trente-deuxième président de la plus grande puissance planétaire.

Il tendit une main incertaine vers l'homme drapé dans une robe de Bédouin qui venait de le rejoindre à bord du *S.S. Quincy* qui mouillait dans les eaux du canal de Suez depuis quarante-huit heures.

— *So glad to meet you ! What can I do for you ?* Je suis ravi de vous rencontrer ! Que puis-je faire pour vous ?

Un sourire indicible illumina les traits de l'hôte qui répliqua avec une pointe d'ironie :

— Mais c'est vous qui avez demandé à me voir. Par conséquent, je suppose que c'est vous qui avez à me demander quelque chose ?

Roosevelt masqua son étonnement devant la réplique qu'il n'attendait pas.

C'est que le personnage qu'il avait invité à lui rendre visite sur ce navire de guerre n'était pas n'importe qui. Il s'appelle Abdel Aziz Ibn Abdel Rahman Ibn Fayçal Ibn Séoud. Il est l'arrière-arrière-arrière-petit-fils de Mohammad ibn Séoud, qui, associé à Mohammad ibn Abdel Wahhâb, fondateur du wahhabisme, créa le royaume d'Arabie saoudite.

Tout le monde l'appelle Ibn Séoud.

Il a soixante-quatre lumineux, il porte le bouc et la moustache, le crâne toujours protégé par un ghatra[1]. C'est un homme pieux plutôt qu'un guerrier.

Aujourd'hui, le royaume qu'il gouverne est en passe de devenir la clé de voûte énergétique du monde moderne. Sous les sables du désert repose le plus fabuleux de tous les trésors : le pétrole. Et c'est cet homme que Lawrence a négligé, que les Anglais ont bafoué, préférant miser sur son rival, feu le chérif Hussein, chassé comme un moins que rien par les troupes de Séoud et mort dans l'anonymat quatorze ans auparavant, à Amman.

Les deux hommes vont parler pendant près de deux heures. Très vite, leurs discussions portent sur la Palestine, les questions économiques ayant été réglées l'année précédente avec la création de l'Aramco (*Arab American Company*), chargé d'exploiter le pétrole saoudien au nez et à la barbe des Britanniques.

Roosevelt prit une courte inspiration.

— Selon vous, Majesté, comment devrions-nous régler la tragédie de ces malheureux réfugiés juifs expulsés de chez eux en Europe ?

Ibn Séoud n'hésita pas.

— Rien de plus simple, monsieur le Président. Les Juifs devraient retourner vivre là d'où ils ont été

---

1. L'équivalent du keffieh chez les Séoudiens.

expulsés. La logique la plus élémentaire impose qu'on leur attribue une partie de l'Allemagne. Les Allemands ne sont-ils pas à l'origine de toutes leurs souffrances ? Nous, les Arabes, n'avons rien à voir avec cette tragédie, que je sache.

Roosevelt ne parut pas rejeter l'argument. Il fit même remarquer que la Pologne pouvait être prise en exemple ; les nazis ayant tué plus de trois millions de Juifs polonais, il devrait y avoir assez de place pour la réinstallation des réfugiés sans foyer.

Le roi reprit :

— En tout cas, soyez certain que jamais il ne pourra y avoir de coopération entre Juifs et Arabes en Palestine. Ni en Palestine ni ailleurs. La partition de la Palestine représente une menace croissante qui pèse sur l'existence des Arabes. Mes frères choisiront la mort plutôt que de céder leurs terres à des étrangers.

Un temps de silence.

Les deux hommes s'observent.

L'Américain hocha la tête, tandis qu'Ibn Séoud ajoutait :

— Mais nous n'avons rien à craindre, bien sûr. L'espérance des Arabes n'est-elle pas fondée à juste titre sur la parole d'honneur des Alliés et l'amour de la justice qui anime les États-Unis ? Nous pouvons compter sur votre appui, n'est-ce pas ?

Le président américain s'éclaircit la gorge.

— Majesté, sachez que je ne ferai rien pour soutenir les Juifs contre les Arabes et n'accomplirai aucune action hostile envers le peuple arabe. Néanmoins, Votre Majesté doit savoir que je ne peux en aucun cas empêcher les discours et les résolutions du Congrès, ou censurer les articles de presse. Nous sommes une démocratie, voyez-vous ? En revanche, la garantie que je vous donne a pour fondement ma propre politique à venir en tant que chef de l'exécutif du gouvernement des États-Unis.

Ibn Séoud acquiesça, remercia son interlocuteur pour cette déclaration et proposa d'envoyer une mission arabe en Amérique et en Angleterre afin d'exposer la thèse arabe sur la Palestine.

— Excellente idée, Majesté ! Vous avez d'autant plus raison que la plupart de nos concitoyens sont très mal informés.

— Sans doute. Je vous rappelle toutefois que si la mission d'information est utile, le plus important reste l'engagement que vous, en tant que président, venez de prendre.

Roosevelt confirma avec empressement.

Était-il de bonne foi à ce moment précis ?

Nul ne le saura jamais.

Les deux hommes se séparèrent.

L'Arabie saoudite venait de céder l'exploitation de ses ressources pétrolières aux États-Unis. Pendant soixante ans, les Américains se voyaient assurer un accès privilégié au pétrole du Royaume en échange d'une protection militaire si besoin, avec toutes les conséquences à venir sur la scène moyen-orientale. Pourquoi Séoud avait-il fait ce choix ? Parce que sa haine de l'Angleterre était sans limites, parce qu'il ne supportait pas la goujaterie de Churchill qui, lors de leur seule entrevue, avait passé son temps à lui souffler à la figure la fumée de son cigare, et parce que les États-Unis demeuraient la seule puissance à ne pas avoir eu une démarche colonisatrice dans la région.

Hélas, le roi n'eut jamais la preuve de la bonne foi de Roosevelt : le président américain mourut deux mois plus tard, le 13 avril 1945, laissant mystérieuses ses intentions définitives quant au sort de la Palestine. En revanche, celles de son successeur, Harry S. Truman, furent très vite affirmées.

Trois mois environ après cette discussion, le 8 mai 1945, Berlin tomba. Les victoires alliées en Europe et en Asie ayant instillé dans le monde arabe le sentiment de l'écrasante puissance militaire des Américains, le réalisme déconseillait d'élever la voix devant pareils titans, même épuisés par le combat qu'ils achevaient de livrer. Ni Hitler ni Mussolini ne viendraient plus libérer les Arabes.

Le désenchantement se doubla du fait que « les affaires orientales », comme le disait dédaigneusement un conseiller de l'ambassade de la rue Tolombat, au Caire, étaient considérées comme régionales. L'Angleterre faisait toujours la loi dans la plupart des pays du Moyen-Orient. Quant à la France, son influence diminuait. En Syrie, deux ans plus tôt, le Bloc national avait remporté les élections, et son candidat, Shukri el-Kuwatli, élu président de la République, affichait sa priorité : contraindre la France à se retirer. Presque dans le même temps, le 21 septembre 1943, un chrétien maronite, Béchara el-Khoury, était devenu président de la toute jeune République libanaise. Indépendantiste farouche, l'homme avait été aussitôt jeté en prison sur ordre du représentant de la France qui persistait à consulter l'heure sur une montre arrêtée. Son ministre de tutelle dut le rappeler à l'ordre, puisque, le 22 novembre, dans un sursaut raisonnable et pragmatique, la France libre décida de remettre Béchara en liberté et d'accorder la pleine indépendance à son pays.

L'Amérique, elle, étendait son ombre sur la péninsule Arabique.

*

— Tout ce qu'on nous laisse faire, résuma Gamal Abdel Nasser, un soir de la fin 1945 à la villa Loutfi, c'est parler pour ne rien dire et remuer du vent.

Hicham, admis à la table, buvait ses paroles comme on écoute un oracle. Il absorbait des yeux et des oreilles ce gaillard au sourire perpétuel, même quand il avançait des choses tristes, exsudant une énergie sans limites.

Sur l'insistance d'Ahmed Zulficar, Taymour et son épouse avaient accepté d'organiser ce dîner pour célébrer la récente nomination de Gamal au grade de commandant. À vingt-sept ans ! Il était venu accompagné de son inséparable ami Zakaria, mais également d'un autre militaire, lequel paraissait lui vouer une admiration proche de l'idolâtrie : Abdel Hakim Amer. Comme Nasser, il était originaire du Saïd. Visage longiligne. Expression triste, cheveu noir frisé. On le sentait chaleureux mais impulsif.

— Alors, commandant, questionna Hicham d'une voix anxieuse, selon vous, que faudrait-il faire pour remédier à cette situation ?

Nasser, surpris, puis sans doute touché par l'attention sincère de ce jeune homme de dix-neuf ans, se pencha vers lui :

— Faire comme le chat devant le trou de la souris. Attendre qu'elle commette une imprudence. Et abattre la patte dessus.

— Et si c'est un autre chat qui est dans le trou ?

Nasser, décidément amusé, parcourut l'assistance du regard, comme pour la prendre à témoin.

— Il est futé, ce garçon ! Non. Ce sera une souris. Crois-moi.

Il alluma une Craven A, sa marque de cigarettes préférée, et reprit, sans quitter Hicham des yeux :

— Apprends que, dès l'instant où tu donnes à ton adversaire l'impression de subir, il finira tôt ou tard par commettre une imprudence. Seulement, prends garde ! Si tu n'agis pas dès que l'occasion se présente, alors c'est toi qui auras commis l'erreur.

Abdel Hakim Amer se mit à rire :

— Méfiez-vous de mon ami. C'est un redoutable joueur d'échecs. Nous avons dû livrer une centaine de parties depuis que nous nous connaissons et je n'en ai pas gagné une seule !

Taymour demanda :

— Dites-moi, commandant…

— Appelle-moi Gamal, mon ami. Nous ne sommes pas à l'armée !

— Gamal. Dites-moi, quel est votre point de vue sur notre pays ? Est-il voué à végéter dans cet état léthargique ? Où est la solution ?

Nasser aspira une goulée de fumée.

— La solution ?

Il cita :

— Liquider l'occupation britannique ; éliminer le féodalisme ; mettre fin à la domination du capital sur le pouvoir ; instaurer l'équité sociale ; constituer une armée intègre et puissante ; établir une vie démocratique saine. Voilà la solution.

Taymour aurait juré que la réponse n'avait pas été improvisée, mais mûrie depuis des mois, voire des années. Il fixa Nasser attentivement. Jamais il n'oublierait ce qu'il lut à ce moment dans son regard.

*

Les amis vieillissaient, les arbres fruitiers donnaient plus de fruits et les Anglais étaient toujours là.

La première bombe atomique lancée sur Hiroshima le 6 août 1945 asséna un coup de massue à l'opinion arabe. Irakiens, Palestiniens, Syriens, Égyptiens et autres s'avisèrent pour la première fois, non pas intellectuellement mais de façon viscérale, que les Américains ne fabriquaient pas seulement des films de cow-boy et des voitures ornées de chromes, mais aussi des armes d'apocalypse.

Certes, dans les campagnes, où seul le cheikh local, dans le meilleur des cas, possédait une radio, où personne ne lisait les journaux, faute de savoir lire, les noms d'Hiroshima et de Nagasaki n'éveillèrent aucun écho. Taymour put le constater alors que, se rendant à la ferme, il s'était arrêté un jour à Tantah pour déjeuner. À la fin du repas, le serveur était venu lui présenter l'addition et en avait profité pour lui demander le plus gravement du monde ce qui s'était passé à « Harshama », qu'il prenait à l'évidence pour une ville juive.

Et les Anglais étaient toujours là.

*

Deir Yassine, 21 juillet 1946

Quatre années s'étaient écoulées depuis que Karim Shahid avait lancé à ses parents : « Cette terre est mienne. Dussé-je offrir ma vie, ils ne me la voleront pas. »

Le lendemain, lui et les siens devaient affronter un chagrin qui n'avait rien de politique : la mort de Nadia. Son départ avait été aussi brutal et inattendu que celui de son époux. Après avoir dîné, plaisanté avec son petit-fils, bu un café blanc, elle était allée se coucher et ne s'était pas réveillée.

Le choc fut terrible pour tous et pour Karim en particulier. Il n'aimait pas sa grand-mère, il la vénérait. Elle était la seule qui parvenait à freiner ses accès de folie, son impétuosité.

Quelques jours après ce décès, il était allé voir secrètement celui qui, en l'absence d'Abd el-Kader, avait pris la tête de l'Armée du djihad sacré et s'était engagé dans les rangs de l'organisation. En peu de temps, il avait noué des relations avec d'autres jeunes qui, comme lui, avaient opté pour la lutte armée. Kassem Tarboush faisait partie de ceux-là. Il avait le même âge que lui : vingt-cinq ans, issu d'une famille d'oléiculteurs, originaire d'un petit village situé sur une colline, à cinq kilomètres à l'ouest de Jérusalem : Deir Yassine. Quatre cents habitants.

C'est là que se trouvait Karim en cette fin de soirée du mois de juillet 1946. Il était arrivé la veille, le 20. Dès que son travail le lui permettait, c'est auprès de cette famille qu'il aimait se ressourcer. Son passe-temps favori consistait alors – avec la participation fervente de Kassem – à détruire virtuellement le monde pour en imaginer un autre plus juste. À vrai dire, le plaisir de retrouver son ami n'expliquait pas à lui seul la régularité de ses visites : le charme de Leïla, la sœur cadette de Kassem, n'y était pas étranger. Le bonheur de séjourner à Deir Yassine se voyait décuplé lorsqu'il avait l'opportunité de partager, ne fût-ce que pendant quelques minutes, un tête-à-tête avec la jeune fille.

On venait de dresser la table à l'extérieur, sous les oliviers. Marwan, le père, un homme assez rustre mais le cœur sur la main, s'installa le premier, rejoint par ses deux autres enfants : Yasmina, vingt et un ans et Wissam dix-sept ans.

— Alors ! Qu'attendez-vous ? s'écria-t-il en faisant signe à Karim et à Kassem d'approcher.

L'air du crépuscule était doux et la fureur qui régnait sur la Palestine bien loin. On eût pu croire la paix de retour.

— Comment va ton père ? interrogea Marwan. Ses affaires tournent-elles comme il le souhaite ?

— Non, malheureusement. Il fait tout ce qu'il peut, mais les temps sont de plus en plus durs.

— Nous sommes tous logés à la même enseigne. Les nouveaux émigrants ont grignoté de plus en plus de terrains et d'oliveraies. La concurrence est sans pitié.

Il frappa du poing sur la table.

— Mais peu importe, nous nous adapterons ! L'essentiel est de tenir. L'olivier est présent depuis plus de cinq mille ans. Nous aussi nous serons présents plus de cinq mille ans.

— Vous avez raison. Nous devons résister à tout prix.

Leïla intervint tout à coup :

— À propos de résistance. Quelqu'un d'entre vous sait-il où s'est réfugié le mufti ?

— Oui, expliqua Kassem. Après la chute de Berlin, il a réussi à fuir l'Allemagne pour la Suisse, où il a demandé asile. Mais les autorités ont refusé et l'ont sommé de quitter le territoire helvétique. Alors il est passé en France et s'est fait arrêter et assigner à résidence dans la banlieue parisienne. Ayant eu vent d'une campagne qui réclamait son jugement en tant que criminel de guerre, il s'est enfui en utilisant le passeport d'un étudiant syrien.

— Et ?

— D'après ce qu'on m'a dit, il vivrait actuellement au Caire.

— Les Anglais ne l'arrêtent pas ? s'étonna Marwan Tarboush. Ils sont toujours les maîtres de l'Égypte, non ?

— Oui. Mais ils laissent faire, paraît-il, pour contre-balancer la montée sioniste.

— Qu'Allah me pardonne ! gronda Loubna, mais ce sont de vrais Satans, ces gens ! Avec leur double jeu, ils nous ont ruinés !

— Oui, femme, rétorqua son époux : mais ils ne l'emporteront pas au paradis.

Tout à coup, la voix de Wissam, le cadet de la famille, s'éleva :

— Souvenez-vous de ce qu'Il a dit : « Ô vous les infidèles ! Je n'adore pas ce que vous adorez. Et vous n'êtes pas adorateurs de ce que j'adore. Je ne suis pas adorateur de ce que vous adorez. Et vous n'êtes pas adorateurs de ce que j'adore. À vous votre religion et à moi ma religion. »

Tous le dévisagèrent, un peu surpris.

Il s'était exprimé d'une voix ténue, lointaine, comme s'il voyait à des milliers de lieues de là. Mais le plus frappant était son poing serré.

*

Jérusalem, le lendemain

Un soleil éblouissant inondait la cité.

Les cinquante kilos de TNT étaient maintenant en place.

Israël Lévy sortit lentement de l'hôtel King David. Il était 12 h 10. Son regard croisa celui d'une très jeune fille qui semblait faire le guet au coin de la rue. Il lui fit un signe discret. Elle se rua aussitôt dans une épicerie, à deux cents mètres de là, composa le numéro de téléphone du standard du King David et prévint : « Ici la résistance juive ! Nous avons placé des bombes. Évacuez le bâtiment ! »

À 12 h 35, une terrible explosion fit voler en éclats les vitres du consulat général de France. Dans un gigantesque nuage de poussière, l'aile sud du prestigieux hôtel s'effondra.

Quatre-vingt-onze morts, parmi lesquels dix-sept Juifs, quarante Arabes et vingt-huit Britanniques, plus d'une centaine de blessés.

Le même soir, un homme de trente-quatre ans, crâne chauve, mâchoire simiesque, légèrement projetée vers l'avant, s'approcha des ruines. Pas la moindre émotion ne se lisait sur son visage. Le travail qu'il avait coordonné avait été fait et bien fait.

Voilà à peine trois ans que l'ancien dirigeant du Betar[1] de Pologne était arrivé en Palestine dans les bagages d'un bataillon de l'armée polonaise fidèle au gouvernement de Londres. Après avoir déserté, il avait rejoint l'Irgoun, en avait gravi les échelons et pris le commandement. Après avoir jeté un ultime

---

1. Mouvement de jeunesse juif, sioniste, fondé en 1922 en Lettonie.

coup d'œil sur ce qu'il restait de l'aile sud du King David, il s'éloigna.

Il s'appelait Menahem Begin.

Quelques jours auparavant, lui et ses compagnons de l'Irgoun avaient pendu deux soldats britanniques et piégé leurs corps pour venger l'un des leurs. Aux yeux de ces extrémistes, le partage envisagé de la Palestine était une mutilation inacceptable. Ils réclamaient la totalité du territoire qui avait été autrefois le royaume biblique d'Israël, et ce territoire, il le voulait entièrement débarrassé des Arabes.

Begin rentra chez lui. Confiant.

XII

32

Je vous donnai un pays que vous n'aviez point cultivé, des villes que vous n'aviez point bâties et que vous habitez, des vignes et des oliviers que vous n'aviez point plantés et qui vous servent de nourriture.

Josué 24 :13.

Le Caire, 18 février 1947

LES ANGLAIS QUITTENT LA PALESTINE !

L'incroyable nouvelle fit l'effet d'un coup de tonnerre : à la stupeur générale, ils s'en allaient. Non, dirent certains : ils détalent, abandonnant face à face deux communautés rendues enragées par un jeu machiavélique dont l'une et l'autre furent les pions. Impuissants à maîtriser la situation qu'ils avaient pourtant conçue de toutes pièces, usés par les attentats sionistes, les soldats de Sa Très Gracieuse Majesté George VI s'apprêtaient à plier bagage.

Au siège de la Ligue arabe, les délégués se regardèrent, interloqués ; à l'unanimité, ils aboutirent au même constat : « C'est l'apocalypse qui nous attend ! »

Tout s'enchaîna alors à la vitesse d'un sablier brisé dont le contenu se déverse d'un coup.

Le 28 avril, la Société des Nations ayant attribué le mandat aux Anglais, c'était désormais à son successeur, l'ONU, qu'il appartenait de décider de l'avenir de cette terre triplement sacrée.

Au cours du mois de juillet, un navire chargé de quatre mille cinq cents survivants des camps fut interdit de séjour et chassé des côtes palestiniennes vers l'Europe. Son nom allait courir sur toutes les lèvres, offense à la dignité des hommes : l'*Exodus*. Ce sera l'un des derniers gestes « impartiaux » des Britanniques avant leur départ.

Le 29 novembre 1947, l'Assemblée générale de l'ONU décréta le partage de la Palestine en deux États, avec Jérusalem sous contrôle international.

Parmi les trente-trois délégations qui votèrent pour : les États-Unis, l'URSS, la France, la Belgique, le Canada et la Pologne. Treize se prononcèrent contre : tous les États musulmans, ainsi que la Grèce et Cuba. Treize s'abstinrent, notamment la Grande-Bretagne. La résolution fut adoptée à la majorité des deux tiers.

L'Angleterre annonça qu'elle retirerait ses forces à l'issue de son mandat, c'est-à-dire le 14 mai 1948, et ne collaborerait pas à l'application du plan de partage.

Le rêve de Theodor Herzl de fonder un État juif venait de se réaliser.

Dans les quartiers juifs, le ciel fut témoin de scènes de joie bouleversantes. On dansait, on pleurait, on riait, on rendait grâce à l'Éternel.

À Degania, Irina Bronstein, née Marcus, et son époux Samuel sanglotaient dans les bras l'un de l'autre ; leur fils Avram, quatorze ans, les observait, émus, mais sans très bien saisir le sens de cette euphorie. Il était né ici. Ce pays n'était donc pas le sien depuis toujours ?

Sur les joues de Josef Marcus, des larmes coulaient aussi. À ce moment précis, curieusement, sa pensée alla vers son ami Hussein Shahid, vers Mourad, Soliman, Samia. Il fit signe à son petit-fils de s'approcher et le serra très fort entre ses bras. S'il n'y avait eu ces musiques et ces chants qui résonnaient dans tout le kibboutz, on aurait pu entendre le vieil homme murmurer à Avram : « L'Éternel te protège. Qu'Il te protège, toi et tes enfants et les générations à venir. »

*

Dans les quartiers arabes, les sanglots qui montaient ne parlaient pas de bonheur, mais de deuil.

Le lendemain, l'aube éclaira une plaie béante d'où émanait un mélange de souffrance et de jubilation.

À 8 heures, des Arabes cagoulés interceptèrent l'un des bus qui reliaient Jérusalem à Tel-Aviv. Sept morts. Tous juifs.

De Haïfa à Tel-Aviv, de Jaffa à Ramallah, des vallées de Jezreel aux sables du Néguev, on pouvait entendre gronder un volcan dans les entrailles de la Palestine.

Les militaires britanniques laissèrent faire.

Le 1er décembre, le Haut Comité arabe décréta une grève générale de trois jours.

Nul n'imagina alors que le vent de haine qui s'était mis à souffler soufflerait encore soixante ans plus tard et, sauf miracle, pendant les soixante siècles à venir.

*

Haïfa, 30 décembre 1947

Abd el-Kader el-Husseini s'était agenouillé devant son fils, Hussein, et le contemplait comme on contemple l'une des merveilles du monde.

Depuis qu'il était entré dans la maison des Shahid, le combattant n'avait pas dit un seul mot tant l'émotion lui serrait la gorge. L'homme qui l'accompagnait avait expliqué à la famille réunie au grand complet comment, venant d'Égypte, ils avaient réussi à déjouer la surveillance des militaires anglais pour s'infiltrer en Palestine.

Finalement, Abd el-Kader se releva.

Il promena son regard autour de lui.

Il y avait là Mourad, Mona et leur fils Karim. Soliman, l'ex-poète, aussi. Et bien sûr, Samia, l'épouse d'Abd el-Kader.

— Mes amis, lance le chef de l'Armée du djihad sacré, je meurs de soif.

Il se tourna vers Samia.

— Un thé à la menthe sera le bienvenu.

Il s'assit, jambes croisées sous lui, à même le tapis. Les autres en firent autant. À travers les volets clos, on perçut les premières rumeurs du jour qui se levait.

— Les dés sont jetés, déclara Abd el-Kader. Ils ne nous laissent plus le choix.

Karim, le premier, réagit.

— Nous allons nous battre.

Sa mère se mordit les lèvres jusqu'au sang.

— Oui, reprit Soliman avec encore plus de détermination, nous allons nous battre, jusqu'à la mort.

— Bravo, mes enfants, approuva Abd el-Kader.

Il fixa Mourad.

— Ton fils et ton frère sont des lions. Grâce à eux, nous étranglerons Jérusalem.

Mourad saisit la main de Mona. Son cœur battait la chamade. Il ne dit rien.

*

Quartier est de Jérusalem, 5 janvier 1948

L'hôtel Sémiramis venait de sauter. La Haganah avait reçu la veille des informations indiquant la présence de responsables militaires arabes. On compta vingt-six morts, uniquement des civils.

Le 9, les kibboutz Dan et Kfar Szold, en Haute Galilée, furent attaqués par des unités de l'Armée du djihad sacré, menée par Abd el-Kader el-Husseini. Au premier rang des combattants se trouvaient Soliman Shahid et son neveu, Karim. Neuf Juifs périrent au cours de l'engagement.

Le 22 février, Fawzi el-Koutoub, l'artificier d'Abd el-Kader – formé en Allemagne par les nazis – gara un camion bourré d'explosifs en plein cœur du quartier juif de Jérusalem. Quatre immeubles volèrent en éclats. Cinquante-huit morts, des dizaines de blessés.

*

Paris, 5 avril 1948

Dounia sortit de la douche, se sécha et, drapée dans sa serviette, se déplaça jusqu'à la grande psyché dressée dans un coin de la salle de bains.

Elle hésita, laissa glisser le linge à terre et s'immobilisa, nue, devant la glace.

La sveltesse et la gracilité de ses cuisses n'étaient plus. Ses seins d'ébène, autrefois hauts et remontés, avaient perdu de leur rondeur et de leur fermeté. Elle en fut tout étonnée. À soixante ans, l'heure était donc à la brisure ? Au corps qui se dérobe et se vide de ses charmes ? Un frisson courut le long de son dos. Elle passa lentement un coin de la serviette sous les seins, autour, puis dessus. D'où venait cette mélancolie qui ne la quittait pas depuis des semaines ? De constater les ravages du temps qui passe ? De l'âge qui faisait le siège de sa beauté ?

C'est à ce moment que l'on frappa à la porte.

Elle se couvrit en toute hâte, comme si elle se sentait coupable.

— Oui ?

— Le déjeuner est servi, mon amour.

Elle répondit d'un mouvement de tête.

Son regard se posa à nouveau sur sa silhouette.

Non. Il ne s'agissait pas d'une affaire de temps qui passe. C'était le manque d'Orient.

*

Castel, 7 avril 1948

Abd el-Kader avait compris que la clé de Jérusalem ne se trouvait pas dans la capture de quelques maisons ou la conquête d'un quartier isolé, mais dans la route poudreuse qui montait vers la cité sacrée à travers les collines que surplombe le petit village de Castel. Il était là, le destin de la ville. C'était la raison pour laquelle il s'était exclamé, dès son retour d'exil, devant Soliman et Karim : « Nous étranglerons Jérusalem. »

À la mi-janvier, le combattant palestinien et ses hommes étaient déjà passés à l'action. Suivi de ses fidèles, encadré par Soliman et Karim, Abd el-Kader en personne avait conduit la première attaque, faisant tournoyer son fusil en poussant des cris de guerre. La victoire avait été absolue et, en peu de temps, l'acheminement des convois vers Jérusalem était devenu pour les Juifs une aventure chaque jour plus désespérée. La survie des cent mille Juifs enfermés dans la ville sainte dépendait de la trentaine de camions quotidiens que la Haganah devait, coûte que coûte, arracher aux griffes d'Abd el-Kader et de ses miliciens. Finalement, elle y était parvenue. Le mois précédent, au prix d'immenses sacrifices, le village de Castel était même tombé. Et aujourd'hui, ce 8 avril, alors que le printemps balbutiait, malgré les coups de boutoir des hommes d'Abd el-Kader, l'axe stratégique demeurait sous le contrôle de l'ennemi.

Assis sur un rocher, le chef palestinien se pencha brusquement vers Soliman Shahid et lui demanda :

— As-tu de quoi écrire ?

Soliman acquiesça avec un sourire.

— Un poète a *toujours* de quoi écrire.

Abd el-Kader écrivit.

Quand il eut terminé, il glissa le feuillet dans une enveloppe qu'il confia à Soliman.

— C'est un mot pour Samia. Remets-le-lui s'il m'arrivait malheur.

Aussitôt, Soliman fit mine de cracher par terre, outré.

— Ôte ses mots de ta bouche. Écarte le malheur ! Qu'est-ce qui te prend ?

Abd el-Kader ne broncha pas.

Il apostropha l'un de ses lieutenants, Bahjat Abou Garbieh, et lui dit :

— C'est simple, Bahjat, nous avons désormais le choix entre trois possibilités : nous enfuir en Irak et nous y cacher ; nous suicider ; nous faire tuer ici en combattant pour reprendre Castel.

Il prit une courte inspiration et ajouta :

— Je conduirai moi-même l'assaut.

Se dressant, il apostropha ses hommes :

— Mes amis, mes frères ! Que ceux qui acceptent d'échanger leur vie en ce monde et de combattre au service d'Allah meurent ou triomphent. Ils seront richement récompensés !

Une clameur lui répondit.

Il descendit de son rocher, saisit son fusil, ajusta son keffieh et ordonna :

— Suivez-moi ! Nous allons reprendre Castel !

*

Deir Yassine, 9 avril 1948

Karim Shahid balbutiait, le visage dévasté par le chagrin.

— Calme-toi, murmura Kassem Tarboush, calme-toi. Ta douleur ne le ramènera pas.

Assise dans un coin de la pièce, Leïla était à court de mots. Assister, impuissante, à la souffrance de l'homme qu'elle aimait en secret lui était intolérable. Que faire ? Que dire ?

Abd el-Kader est mort.

Abd el-Kader est mort, répétaient les murs et les champs d'oliviers.

Castel était redevenu un village arabe, mais Abd el-Kader était mort.

La tragédie avait transformé la victoire en fête funèbre.

Abd el-Kader avait descendu la colline de sa dernière conquête, sur une civière, escorté par les villageois qu'il avait si souvent conduits au combat et qui gémissaient dans une plainte inlassable.

— *Allah Akbar, Allah Akbar !*

Karim releva la tête et demanda à boire. Il avait quitté Castel dès les premières lueurs du jour et n'avait rien bu ni mangé depuis quarante-huit heures.

Leïla s'empressa de le servir.

En passant devant la fenêtre entrebâillée de la cuisine, elle crut entendre une exclamation en hébreu, mais elle pensa qu'elle avait dû rêver.

33

Nous devons tout faire pour nous assurer que les Palestiniens ne reviendront jamais. Les vieux mourront et les jeunes oublieront.

Mémoires, David Ben Gourion.

Deir Yassine, 9 avril 1948, 10 heures du matin

Non, Leïla n'avait pas rêvé.

L'opération Nachson, du nom du personnage biblique qui aurait franchi le premier la mer Rouge lors de l'Exode d'Égypte, venait de commencer. Cent trente-deux hommes appartenant à l'Irgoun et au groupe Stern[1] prenaient position autour de Deir Yassine.

Une voix arabe cria : « *Yahoud a'leïna* ! Les Juifs arrivent ! »

En effet, venant de deux directions différentes, par le sud et par le nord, les commandos étaient en train d'investir le village.

— Que se passe-t-il ? s'écria Loubna Tarboush, les yeux dilatés par la peur.

---

1. Ou LEHI, « combattant pour la liberté d'Israël ». Groupe d'extrême droite créé par Avram Stern en septembre 1940. Il s'était fixé pour but l'éviction des Anglais et la formation d'un État juif sur toute la Palestine et la Jordanie actuelle.

— Je… je ne sais pas, bredouilla Marwan.

Karim, lui, avait compris. Il dégaina en hurlant :

— Les enfants ! Protégez les enfants !

Leïla, revenue de la cuisine, se rua sur son frère et sa sœur et les attira vers la chambre à coucher.

— Sous le lit, commanda Karim, cachez-vous sous le lit ! Sous les tables !

Il courut se poster près d'une fenêtre, l'arme au poing. Son ami Kassem fit de même.

À quelques mètres de l'entrée de Deir Yassine, la voiture blindée porteuse d'un haut-parleur s'était échouée dans un fossé coupant la route du village.

— Tant pis ! gronda Giora, le chef du commando de l'Irgoun, l'intention de les prévenir était là.

Il cala sa mitrailleuse et tira le premier.

— *Yahoud !* Les Juifs !

Le cri se répercuta dans les ruelles du village encore endormi comme l'écho d'un tocsin.

Les fenêtres de la maison des Tarboush volèrent en éclats. Un morceau de verre taillada la joue de Loubna qui vit son sang jaillir par jets. Elle n'eut pas le temps de prendre conscience de sa blessure qu'une balle lui trouait le front. Elle s'écroula comme une poupée de chiffon.

À l'extérieur, les Arabes s'étaient ressaisis et la bataille faisait rage. Le commando parut déconcerté. Jamais il ne se serait attendu à une telle résistance. Il ne lui fallut pas moins de deux heures pour atteindre le cœur de Deir Yassine. Personne ne semblait avoir imaginé qu'il eût été aussi difficile de s'emparer d'un village de paysans. Une sorte d'hystérie s'empara du commando, alors même que la résistance à leurs assauts commençait de faiblir. Dans un mouvement frénétique, les hommes s'élancèrent en tirant dans tous les sens.

Un couple de jeunes mariés et trente-trois de leurs voisins furent jetés hors de chez eux, alignés contre un mur et mitraillés à bout portant. La voisine des Tarboush, enceinte de huit mois, fut arrachée au cadavre de son époux. Un combattant lui ouvrit le ventre et sortit l'enfant de ses entrailles.

Ces scènes d'effroi se reproduisirent encore et encore. Viols, boucherie. Spectacle qu'aucun mot n'eût pu décrire. Près de vingt-cinq hommes interpellés chez eux furent chargés dans un camion, emmenés dans une carrière et abattus de sang-froid.

Arrivé au milieu de la matinée, Mordechaï Raanan, le chef de l'Irgoun de Jérusalem, décida de raser les dernières maisons où les Arabes résistaient encore. Pour ce faire, il recourut à la technique utilisée par son organisation contre les postes de police britanniques et fit dynamiter systématiquement tout bâtiment d'où partaient les coups de feu.

Peu après midi, une chape de plomb s'abattit sur Deir Yassine. D'un village souriant la veille il ne restait désormais que des ruines.

Et cent sept cadavres.

Karim battit des paupières.

Du revers de sa manche il essuya partiellement la poussière et le sang qui maculaient son visage et examina le décor autour de lui.

De la maison des Tarboush ne subsistaient que deux pans de mur. Il se redressa doucement. Le mouvement lui arracha un cri de douleur. Une balle s'était fichée dans sa cuisse. Une autre à hauteur de sa hanche Il n'en avait même pas senti l'impact.

Sous des gravats, il aperçut le corps sans vie de Marwan Tarboush couché sur celui de sa femme.

Où était Leïla ? Et Kassem ? Les enfants ?

Dans un effort surhumain il essaya de ramper vers ce qu'il restait de la chambre à coucher, mais un voile opaque recouvrit ses yeux, et il bascula dans un abîme profond comme la nuit.

34

Mes lèvres sont les bords d'une blessure brûlante.

Pierre Louÿs.

La *Nakba*, la catastrophe. 750 000 hommes, femmes, enfants, se préparaient à prendre le chemin de l'exode. La terreur s'était emparée des villages. On tremblait en chuchotant le mot devenu symbole : « Deir Yassine, Deir Yassine. »

Pourtant, les symptômes avant-coureurs n'avaient pas manqué. Mais les Arabes avaient espéré. Espéré quoi ?

Au lendemain du massacre, au Caire, devant l'université d'El-Azhar, un jeune homme de vingt-deux ans, monté sur une table, harangue la foule :

— La preuve est faite que l'Occident est de mèche avec nos ennemis puisqu'il n'y a pas eu la moindre condamnation ! Pas un seul cri indigné ne s'est élevé de ces pays qui furent, il y a peu encore, les bourreaux des Juifs ! S'il nous reste du sang dans les veines, si nous prétendons encore être des hommes, des Arabes et des disciples du Prophète, nous devons exiger une intervention militaire de nos gouvernements, une intervention immédiate ! Nous ne serons pas les bêtes de sacrifice des sionistes !

Un tonnerre d'applaudissements éclata sur la place, encourageant le jeune homme à poursuivre :

— Lorsque les Espagnols brûlaient des Juifs sur les bûchers parce qu'ils les tenaient pour des suppôts de Satan, qui leur a offert un refuge ? Le droit de pratiquer leur religion ? Où se sont-ils réfugiés pour fuir l'oppression des Occidentaux, les pogroms, les humiliations, les ghettos ?

Il reprit son souffle. On le sentait gagné par sa propre émotion.

— Nous, les Arabes, nous nous sommes comportés avec eux comme des gens civilisés, alors que ceux qui prétendent nous donner des leçons se comportaient, eux, comme des bêtes sauvages.

Nouvelles ovations. Même les policiers partageaient l'enthousiasme de la foule. L'orateur enchaîna ensuite sur les infamies et les avanies que l'Égypte subissait depuis plus de soixante-dix ans. Il dressa un tableau étonnamment précis de la situation et acheva son discours en proclamant, poing levé :

— Vive l'Égypte ! Vive la Palestine !

Nouveau tonnerre d'applaudissements. On voulut le porter en triomphe, il refusa.

Au prix de mille difficultés, Taymour Loutfi se fraya un chemin vers le jeune homme de vingt-deux ans qui venait de s'exprimer avec tant de brio.

Lorsqu'il réussit enfin à le rejoindre, il lui dit simplement :

— Je t'aime, Hicham. Je t'aime, mon fils.

Et ils s'étreignirent.

*

Leïla Tarboush tendit à Karim une tasse qui embaumait la fleur d'oranger.

— Bois, cela te fera du bien.

Karim se releva et s'adossa contre la tête de lit.

— Dieu bénisse tes mains.

Elle effleura délicatement son front et dit :

— Je ne m'habituerai jamais à tes yeux. Un iris marron, l'autre bleu. C'est très bizarre.

Il n'émit aucun commentaire. Dans son cerveau bourdonnait toujours la scène effroyable qu'il avait vécue, hanté par la vision des cadavres de Kassem, Wissam et Yasmina. Alors que deux brancardiers de la Croix-Rouge internationale le portaient vers une ambulance, il avait eu le temps d'apercevoir les trois corps déchiquetés entre les gravats.

Mourad et Mona étaient entrés dans la chambre.

— Tu sembles aller beaucoup mieux, constata la mère de Karim.

Elle s'efforçait d'adopter un ton léger, mais on voyait bien que le cœur n'y était pas. Ses traits restaient tendus, l'expression était lasse. Il n'est pas dans la logique de la vie que des parents enterrent leur enfant ; c'est de cette peur rétrospective qu'elle ne s'était pas remise.

— Où est Soliman ? s'informa Karim.

— À Jérusalem, répondit Mourad.

— Et Castel ? Nos troupes tiennent-elles toujours Castel ?

Son père mit un temps avant de répondre :

— Non. Malheureusement. Le jour même où vous avez conquis le village, une fois le décès d'Abd el-Kader connu, la plupart des hommes sont retournés à Jérusalem afin d'accompagner sa dépouille. Les Juifs en ont profité pour lancer une contre-offensive dans la nuit. Depuis, ils sont maîtres de l'endroit.

— Abd el-Kader est donc mort pour rien.

Il hocha la tête tristement.

— Et Samia ? Abd el-Kader lui avait écrit un mot, quelques heures avant de périr. Il l'a confié à Soliman. Il...

— Oui. Ne te fais pas de soucis. Soliman lui a remis la lettre dès son retour de Castel.

Mourad prit la main de son fils et le contempla en silence, le cœur serré. Il avait mal pour lui. Mal pour cette jeune fille, Leïla, que la guerre rendait orpheline, mal, surtout, d'être vivant.

Au même instant, assise sur le sol, Samia relisait pour la dixième fois les mots d'Abd el-Kader :

Ma Samia chérie,

Nus allons écrire une grande et glorieuse page d'histoire. Tu ne peux imaginer ce que nous avons fait, jour et nuit, de douloureux sacrifices et d'efforts. Mais, dans l'action, les hommes s'oublient eux-mêmes. Ils oublient de manger, de boire, de dormir. Ils oublient leurs parents et leurs fils. L'ennemi est fort, Samia, mais nous remporterons la victoire finale. *Inch Allah* !

Je glisse dans l'enveloppe un poème que j'ai composé hier soir à l'intention de notre fils, Hussein. Qu'il n'oublie pas. Qu'il n'oublie Jamais !

Ce pays d'hommes braves,
Est celui de nos aïeux.
Sur cette terre,
Les Juifs n'ont aucun droit.
Comment pourrais-je dormir
Quand elle est aux mains de l'ennemi ?
Quelque chose brille dans mon cœur,
C'est ma patrie qui m'appelle.

Samia replia la feuille et la glissa dans l'échancrure de sa robe, sur son sein. Elle n'aurait jamais imaginé qu'un guerrier pût être aussi un poète.

*

*Base de Ramat Gan, banlieue est de Tel-Aviv,
25 avril 1945*

Menahem Begin s'assura que le micro était en état
de marche et proclama :

« Hommes de l'Irgoun ! Nous allons conquérir
Jaffa. Nous allons lancer une des batailles décisives
de l'indépendance d'Israël. Sachez qui se trouve
devant vous et souvenez-vous qui se trouve derrière
vous ! Vous faites face à un ennemi cruel qui veut
nous détruire. Des parents, des frères, des enfants
sont derrière vous ! Frappez durement l'ennemi !
Visez juste ! Économisez vos munitions ! Dans la
bataille, ne montrez pas plus de pitié envers l'ennemi
qu'il n'en montre envers notre peuple ! Mais épargnez
les femmes et les enfants ! Quiconque lève la main et
se rend aura la vie sauve. Vous l'épargnerez ! Vous
serez menés au combat par le lieutenant Gidi. Vous
n'avez qu'une seule direction à suivre : En avant[1] ! »

La bataille de Jaffa commença le lendemain.

La ville fut bombardée soixante-douze heures
durant.

Le 13 mai, elle capitula.

La population n'eut d'autre choix que de fuir. Sur
les soixante-dix mille habitants, quatre mille environ
restèrent sur place.

*

---

1. Menahem Begin, *The Revolt*, cité par Charles Enderlin, in *Par
le feu et par le sang*, éditions Albin Michel.

Dans le hall bondé du musée d'Art moderne, les cadets de l'École des officiers de la Haganah avaient de plus en plus de peine à contenir la foule. Ce vendredi 14 mai 1948 n'était pas un jour comme les autres. Pour les Juifs, c'était le 5 iYar de l'an 5708 du calendrier hébraïque. C'était aussi le jour où s'achevait le mandat britannique sur la Palestine. À minuit pile, Arabes et Juifs se retrouveraient face à face, sans les soldats de Sa Gracieuse Majesté pour les séparer.

Les murs de la petite salle étaient couverts de tableaux : les Hébreux lettrés reconnaissaient *Le Juif tenant les tables de la Loi* de Marc Chagall, ou *Le Pogrom* de Minkovski. Mais tous, sans exception, savaient qui était l'homme barbu au centre du plus grand mur, le portrait entouré de deux drapeaux blancs à bandes bleues et étoile de David : Theodor Herzl, le père du sionisme.

David Ben Gourion venait de prendre place sous le cadre. À ses côtés étaient réunis les quatorze membres du Conseil national juif et toutes les élites du futur État hébreu. À 16 heures précises, il se leva et, d'une voix sourde, lut :

« La terre d'Israël est le lieu où naquit le peuple juif. C'est là que s'est fondée son identité spirituelle, religieuse et nationale. C'est là qu'il a réalisé son indépendance et créé une culture qui a une signification nationale et universelle. C'est là qu'il a écrit la Bible et l'a offerte au monde. Contraint à l'exil, le peuple juif est resté fidèle à la terre d'Israël dans tous les pays où il s'est trouvé dispersé, ne cessant jamais de prier et d'espérer y revenir pour rétablir sa liberté nationale.

Motivés par ce lien historique, les Juifs ont lutté au cours des siècles pour revenir sur la terre de leurs ancêtres et retrouver leur État. Au cours des dernières décennies, ils sont revenus en masse, ils ont mis en valeur les terres incultes, ont fait renaître leur langue, ont construit des villes et des villages et ont installé une communauté entreprenante et en plein développement qui possède sa propre vie économique et culturelle. Ils ont recherché la paix tout en étant prêts à se défendre. Ils ont apporté les bienfaits du progrès à tous les habitants du pays et se sont préparés à l'indépendance souveraine. En 1897, le premier congrès sioniste, inspiré par la vision de l'État juif de Theodor Herzl, a proclamé le droit du peuple juif au renouveau national dans son propre pays... »

La voix de Ben Gourion s'envola au-delà de Tel-Aviv, bien au-delà du nouvel État, vers le monde arabe hébété.

Le discours n'était pas achevé qu'à Damas, Bagdad, Alexandrie, Beyrouth, au Caire, des manifestants s'en prirent aux commerces juifs, qui furent saccagés à coups de barres de fer et incendiés.

Le 15 au matin, la Syrie, le Liban, la Jordanie, l'Égypte et l'Irak déclaraient la guerre à Israël.

*

Le Caire, 16 mai 1948

À l'exception des noctambules invétérés et des fonctionnaires de la Maison royale, bien peu de personnes au Caire connaissaient Edmond Gahlan. Aussi les policiers qui surveillaient l'ambassade de l'URSS ne lui prêtèrent-ils pas d'attention quand il en franchit le seuil.

Il avait rendez-vous avec l'attaché militaire. C'est un personnage au visage chagrin qui le reçut derrière un bureau métallique et en présence d'un tiers qui ne lui fut même pas présenté.

— Je suis délégué par le roi d'Égypte, expliqua Gahlan. Nous avons besoin d'armes et de munitions.

Le Soviétique hocha la tête ; il connaissait la situation : depuis la veille, les États-Unis et la Grande-Bretagne avaient décrété l'embargo sur les armes à destination du Moyen-Orient.

La démarche du palais s'avérait compréhensible : l'Égypte ne pouvait enfreindre ouvertement l'embargo, sous peine de susciter une réaction violente des Américains et des Anglais. Les seuls susceptibles de lui vendre ce dont son armée avait besoin étaient les pays du bloc communiste.

— De quelles armes vous avez besoin ? interrogea le Soviétique.

Gahlan sortit de sa poche deux feuilles de papier rédigées en anglais. L'attaché militaire examina attentivement la liste et leva les sourcils.

— Cela fait beaucoup de matériel. Qui paie ?

— L'État égyptien.

— Il nous faudra un engagement de votre gouvernement.

— Vous l'aurez. Mais c'est urgent.

Le Soviétique hocha de nouveau la tête. Cette commande offrait à l'URSS l'occasion rêvée de débarquer sur la scène du Moyen-Orient.

— Les véhicules blindés, asséna-t-il d'un ton sans réplique, pas question.

— Pourquoi ?

— Nos blindés sont aisément reconnaissables. Nous aurions l'air de participer au conflit.

Gahlan digéra la restriction ; après tout, elle se justifiait.

— L'armement lourd aussi est exclu. Nous ne pouvons aller au-delà des mortiers. Des 6.73.

— C'est aussi une question de temps, je vous le rappelle.

— Si vous êtes pressés, il faudrait, pour certains types d'équipements, vous adresser à des pays amis, tels que la Tchécoslovaquie et l'Allemagne démocratique. Ils possèdent des stocks rapidement disponibles.

Il posa les deux feuillets sur le bureau et, pointant du doigt les paragraphes, énuméra le matériel que l'URSS, la RDA et la Tchécoslovaquie pouvaient chacune livrer rapidement.

— Quels délais ? s'informa Gahlan.

— Pratiquement le temps d'acheminement, soit trois jours de terre et cinq jours de mer.

Gahlan s'émerveilla de cette rapidité de livraison, mais n'en laissa rien paraître. À vrai dire, il ignorait tout des armements.

— Quel port d'expédition ?

— Poula.

Comme le nom, à l'évidence, n'évoquait rien à son interlocuteur, le Soviétique précisa :

— Yougoslavie. Au fond de l'Adriatique.

— Quel cargo ?

— Turc ou yougoslave, ne vous inquiétez pas. Mais il faudra, bien entendu, que je parle de tout cela à notre ambassadeur. Je vous téléphonerai.

— Non. Informez-moi par un coursier au palais d'Abdine.

L'autre acquiesça, l'œil malin. Il savait que les Anglais écoutaient les communications de l'ambassade.

— Je vous ferai parvenir la lettre du ministère des Armées dès que vous aurez obtenu l'accord de votre ambassadeur.

Une fois Gahlan parti, l'attaché militaire et le témoin mystérieux échangèrent des sourires. L'attaché donna un grand coup du plat de la main sur le bureau et un rire silencieux secoua sa carcasse.

Dans la rue, Gahlan, ravi, héla un taxi qui l'emmena à l'ambassade de Tchécoslovaquie. Puis à celle de la République démocratique d'Allemagne. Quand il en sortit, il était encore plus radieux. Il venait de conclure l'affaire de sa vie. Le tout représentait trois cent mille livres. Selon l'accord conclu avec le chef d'état-major, Haydar pacha, il touchait dix pour cent du marché clandestin. Évidemment, il conviendrait d'arroser des gens à gauche et à droite, mais Gahlan n'était pas avare. Trois ou quatre pour cent le récompenseraient de ses efforts.

Il ignorait que les Israéliens avaient, quelques heures auparavant, conclu le même *deal* avec les mêmes ambassades, mais dans d'autres pays, Paris, Bonn, Rome... Les armes et surtout les munitions que l'Égypte achetait par son intermédiaire n'étaient que des fonds de tiroir. Le meilleur avait été livré aux ennemis...

35

Le courage nourrit les guerres, mais c'est la peur qui les fait naître.

Alain.

18 mai 1948

Dans un train bondé de soldats, Abdel Hakim Amer, Zakaria Mohieddine et Gamal Abdel Nasser déploient une carte d'état-major.

Le convoi bringuebale en direction d'El-Arich. El-Arich, première étape sur la route de Gaza.

Nasser pointe son doigt sur la carte :

— *Mech ma'oul* ! Ce n'est pas possible ! Où nous envoie-t-on ? Dans quel enfer nous jette ce roi fantoche ? Les Juifs sont dotés d'un armement cent fois supérieur au nôtre. Que dis-je ! Le nôtre est inexistant ! En face nous attendent des gens cultivés, venus d'Europe, qui ont connu les ghettos et la vie dure. Nos hommes n'ont aucune expérience guerrière ! Notre misérable armée n'a jamais livré de combat. Durant toute la guerre mondiale, hormis quelques artilleurs chargés de la défense aérienne, elle est restée dans l'expectative et n'a jamais tiré un coup de feu !

D'un geste las, il montre ses frères d'armes entassés, l'œil somnolent.

— Dire que ce sont ces malheureux qui ont mission d'occuper des centaines de kilomètres de terre palestinienne et de déloger les kibboutzim !

Abdel Hakim Amer et Zakaria hochent la tête. Leur compagnon a raison. Ils roulent, sinon vers la mort, du moins vers la défaite.

23 heures. Le convoi vient d'entrer en gare d'El-Arich. Les hommes descendent sur le quai. Un quai désert. Personne. Gamal et ses compagnons partent à la recherche d'un quartier général. Ils ne trouvent qu'un simple officier d'état-major en quête de nourriture.

*

Gaza, mai 1948

La ville portuaire est encombrée de blessés rapatriés de Deir Senid, une colonie juive contre laquelle on a lancé l'infanterie égyptienne en plein jour et sans l'appui des blindés. Certes, la position de Deir Senid a fini par être emportée, mais à quel prix ! Il y a bien pire. Dès les premières escarmouches, les soldats se sont aperçus que les munitions fournies ne correspondaient pas au calibre de leur armement. Des canons explosaient sans raison à la tête des artilleurs qui se retrouvaient déchiquetés par leur propre batterie. Pas de ravitaillement. Un service de santé déplorable.

Départ pour Esdoud (Ashod) avec le VIᵉ bataillon. Nouveau désarroi. Nasser croise un soldat qui, à la suite d'ordres et de contrordres, démonte sa tente pour la deuxième fois depuis le début de la journée. L'homme se lamente à voix basse : « Quelle honte ! Quelle honte ! ».

Le 11 juin, le Conseil de sécurité arrache une trêve d'un mois aux belligérants. Le 12, la délégation des Nations unies dirigée par un Suédois, le comte Bernadotte, personnage imposant et pâle, accompagné d'une centaine d'observateurs américains, belges, français et suédois, arrive en Palestine. Dans les jours qui suivent, il expédie un rapport prémonitoire : « En qualité de médiateur, je suis convaincu que nos efforts ne pourront être poursuivis avec succès que si une solution est trouvée aux aspects les plus urgents du problème que pose la grande calamité humaine affectant sept cent cinquante mille réfugiés palestiniens dénués de tout. La situation de ces réfugiés est désespérée. Trente pour cent sont des enfants de moins de cinq ans qui vivent presque entièrement sans nourriture, sauf quelques faibles approvisionnements en farine. »

Le 17 septembre, à Jérusalem, Bernadotte, accusé d'antisémitisme, est assassiné par un membre du groupe Stern.

La trêve décidée par l'ONU se révéla fatale aux armées arabes, alors que Jérusalem était totalement encerclée par l'armée transjordanienne, que les réservoirs et les pompes de Latroun qui l'alimentaient se trouvaient hors d'état et que la chute de la ville était affaire de jours. L'arrêt des combats a permis aux Israéliens de se ravitailler, de se réapprovisionner en armes, alors que, dans le même temps, les armées arabes se contentaient de reprendre leur souffle.

La trêve touche à sa fin.

Au fond, personne ne se fait d'illusions, et sûrement pas Nasser. Quoi qu'il advienne, la guerre est perdue.

Elle le sera.

36

C'était l'audace de la peur.

Michelet.

Tantah, janvier 1950

Ahmed Zulficar s'interrompit, alluma une cigarette et restitua le briquet à Taymour Loutfi.

La belle Luella, le matador, assise entre les deux hommes, paraissait rêvasser.

— Et, finalement, reprit Zulficar, la police militaire a perquisitionné chez notre ami Nasser. Après lui avoir présenté un mandat d'arrêt, elle l'a conduite chez le Premier ministre Ibrahim Abdel Hadi en personne.

Taymour plissa le front.

— De quoi l'accuse-t-on ?

— De faire partie des Frères musulmans et de comploter contre le régime. Apparemment, la popularité de notre ami au sein de l'armée commence à leur poser problème. Mais ce qui les inquiète surtout, ce sont les Zobat el-Ahrar, le Cercle des officiers libres.

— Le Cercle des officiers libres ? répéta Fadel.

— Il semble que ce soit une association secrète composée d'officiers révoltés par la conduite de la guerre de Palestine et de la politique du gouvernement.

— Et Nasser en ferait partie ?

Ahmed Zulficar se mit à rire.

— Mieux. Tout porte à croire qu'il est leur président. Ils seraient une dizaine à appartenir à ce cercle, parmi lesquels notre cher von Sadate, qui, comme tu le sais, a été libéré.

— Sait-on leurs intentions ?

Zulficar fit non de la tête.

Par la fenêtre ouverte parvenaient les mélopées d'un marchand des quatre saisons vantant sa marchandise.

Tout à coup, Hicham consulta sa montre et se leva aussitôt.

Il annonça :

— Je dois vous quitter, hélas.

— Où vas-tu ? s'étonna son père. Le repas va bientôt être servi.

— Ce n'est pas grave. Dînez sans moi, je n'ai pas faim.

Sans autre explication, il quitta la pièce, comme quelqu'un qui fuit un incendie.

— Décidément, grommela Taymour à l'intention de Fadel, ton frère devient bizarre. Depuis qu'il a quitté l'Académie militaire et qu'il est rentré à l'armée, il se comporte comme s'il mangeait du haschisch au petit déjeuner. Je me demande d'ailleurs s'il n'en fume pas.

— Non, papa ! Jamais. Pas Hicham. Il rejette même la cigarette.

— Il faudrait quand même que je vérifie. Son attitude n'est pas normale.

Le soir, quand, après le bulletin d'informations, la radio diffusa comme d'habitude la marche triomphale d'*Aïda*, Taymour rumina confusément.

Aïda. L'opéra que Verdi avait composé spécialement pour l'ouverture de l'Opéra du Caire, l'année de l'inauguration du canal de Suez, s'inspirait de l'histoire de l'Égypte antique.

Oui, se dit Taymour, en se glissant au lit tout contre Nour qui dormait déjà à poings fermés, oui, mais les

440

pharaons, eux, se préoccupaient de la grandeur de leur pays.

Comment aurait-il pu deviner que Hicham aussi s'en souciait ? Hicham qui, à cet instant précis, dans une maison anonyme d'Héliopolis, la banlieue du Caire, achevait de prendre des notes, sous l'œil grave de Nasser, de Sadate et d'une dizaine d'autres officiers...

*

Octobre 1951

Taymour n'en revenait pas. Il fit répéter l'information à son interlocuteur, Salama pacha, le doyen du Parlement.

— Puisque je te dis que c'est vrai ! Accompagne-moi et tu pourras vérifier par toi-même. Il va s'exprimer dans vingt minutes. À 11 heures précises.

Taymour Loutfi leva les yeux au ciel tout en secouant la tête à plusieurs reprises. Ce qu'il venait d'apprendre était à peine croyable ! Dans l'espoir de recouvrer sa légitimité perdue, et soutenu par le président du Conseil, Nahas pacha, le roi Farouk avait décidé tout à coup de dénoncer le traité établi entre l'Égypte et l'Angleterre ; texte vieux de quinze ans qui faisait du contingent anglais stationné dans la zone du canal de Suez un occupant « légal ». Signé en août 1936, ce document avait toujours été vécu par les Égyptiens comme une ignominie.

Il régla l'addition.

— Très bien, allons-y !

Une dizaine de minutes plus tard, les deux hommes pénétraient sous la coupole du parlement où régnait une atmosphère électrique. On sentait que quelque chose d'extraordinaire allait se passer.

Un silence impressionnant se fit lorsque Nahas pacha monta à la tribune. Il commença à lire un texte retraçant les différentes étapes qui conduisirent à la signature du funeste traité. L'exposé terminé, il se tut, balaya la salle du regard comme pour mieux exprimer la solennité du moment, et déclara d'une voix forte :

— En 1936, pour l'Égypte, j'ai signé le traité. Aujourd'hui, pour l'Égypte, je l'abroge !

Et, balayant le protocole, il s'écria avec force :

— À présent, tout cela est terminé ! Les Anglais doivent foutre le camp sans délai !

Taymour était abasourdi. Les deux cent quatorze députés s'étaient levés. Il fit de même. La salle du Parlement croula sous les applaudissements.

Lorsqu'il ressortit, il titubait sous le poids du soleil. À moins que ce ne fût l'émotion ?

Dans la voiture qui le ramenait à la villa, il garda le silence. Et si enfin, c'était le début de tout ? Si l'Égypte s'était trouvé un chef inattendu en la personne de Farouk ? Si…

À peine arrivé à la maison, il alla d'une pièce à l'autre en poussant des cris : « Nour ! Hicham ! Fadel ! »

Ses deux fils déboulèrent, affolés.

— Que se passe-t-il ? Tu vas bien ?

Nour apparut à son tour, et exprima elle aussi son inquiétude.

— Tu es malade, *habibi* ? Ça va ?

Après tout, son mari n'avait plus la forme de sa jeunesse. Victime l'automne précédent d'un méchant infarctus, il avait été contraint de freiner, voire d'abandonner nombre de ses activités.

— Rassurez-vous ! Je ne me suis jamais senti mieux.

Il se balança légèrement d'avant en arrière avec un air mystérieux et annonça :

— Sur ordre du roi, Nahas pacha a abrogé le traité de 1936 !

— Quoi ?

— Attendez ! ce n'est pas tout ! Nahas a dit…

Il fixa ses enfants, son épouse.

— Il a dit aux Anglais d'aller se faire foutre !

Hicham tomba dans les bras de son frère qui lui-même enlaça sa mère, laquelle s'était jetée dans les bras de son mari.

— C'est merveilleux ! s'exclama Hicham. Nous allons célébrer cet acte courageux en organisant une manifestation de soutien au gouvernement !

— Oui, approuva Fadel ! Pour une fois que le roi s'engage ! Nous devons le suivre et l'appuyer !

Et le pays tout entier salua le geste. Hélas, très vite, l'allégresse céda la place au désenchantement. À la volonté égyptienne les négociateurs anglais opposèrent le flegme qui les caractérise. Pas question de céder d'un pouce. La tension monta. La rue réclama à cor et à cri l'évacuation des troupes britanniques. Dans les écoles, les universités, les mosquées, maîtres et professeurs, imams prêchèrent la lutte. Des coups de main furent menés par de jeunes passionnés auxquels se joignirent Hicham et Fadel, mais sans résultat.

En réaction aux menaces qui s'élevaient de la rue, l'Angleterre choisit d'accentuer sa pression. Elle fit passer ses effectifs militaires de soixante mille à quatre-vingt mille hommes.

Que faire ? C'était le pot de terre contre le pot de fer. Les incidents allèrent se multipliant. Un matin, des autos blindées britanniques ouvrirent le feu sur un groupe qui évoluait près d'un camp militaire. Quinze personnes furent tuées, vingt-neuf blessées. Une bavure. Le groupe n'était en fait qu'un cortège funéraire se rendant au cimetière.

Les jours passèrent. Impavide, le gouvernement de Sa Majesté s'enferrait dans son refus.

Les Américains se mirent alors de la partie en faisant savoir qu'ils soutenaient leurs amis anglais. Quoi de plus naturel ? Ils comptaient sur les troupes britanniques présentes en Égypte pour soutenir à l'occasion leurs propres initiatives, ce qui les dispensait d'expédier leurs propres soldats dans les parages. De toute façon, aux yeux des Arabes, Américains et Anglais n'étaient pas si différents. Sinon que les premiers avaient de moins bonnes manières que les seconds et qu'ils réalisaient de meilleurs films.

Deux jours après l'incident du cortège funéraire, un camion chargé de policiers égyptiens précédait un autre, chargé de soldats anglais. Le pot d'échappement du premier pétarada. Aussitôt, les Anglais, se croyant attaqués, tirèrent à bout portant sur les Égyptiens. Nombre de victimes : non communiqué.

Le pouvoir ne broncha pas.

C'est alors que le général Erskine, commandant en chef des troupes anglaises en Égypte, surnommé *Strong George*, sortit de sa réserve pour tancer le pays :

« La presse égyptienne a annoncé que de jeunes volontaires s'apprêteraient à quitter Le Caire, apparemment avec l'approbation du gouvernement, afin d'attaquer les troupes qui sont sous mon commandement dans la zone du canal. Si ces rapports sont avérés, si des attaques venaient à se produire, je serais obligé d'écraser ces rebelles avec les moyens dont je dispose et que je n'ai pas utilisés jusque-là. J'espère que toutes les personnes responsables de ce pays, et particulièrement les parents de ces garçons mal éduqués (*these misguided boys*), sauront freiner leurs ardeurs criminelles. Cette jeunesse ferait mieux de se préparer à devenir des citoyens utiles à l'Égypte. »

Sa mise en garde eut exactement l'effet contraire de celui que *Strong George* escomptait. Dès le lendemain, on vit fleurir sur les façades des universités des banderoles garnies d'inscriptions telles que : *Ya Erskine, el chabab el masri bi ollak tozz* ! « Erskine, la jeunesse égyptienne te dit m… ! »

Le lendemain, 23 janvier 1952, un commando attaqua le camp britannique de Tall el-Kébir, où se trouvait le plus important dépôt de matériel et de munitions du Moyen-Orient.

Le 24 janvier à l'aube, les blindés d'Erskine s'ébranlèrent vers la ville d'Ismaïlia et encerclèrent les deux casernes où étaient cantonnées les forces de police locale, les *Boulouks Nizâm*, Erskine estimant que le vrai responsable de l'attaque de Tall el-Kébir était cette police qui n'avait rien tenté pour s'opposer au commando.

Affolé, le capitaine Rifaat, commandant en chef des *Boulouks*, décrocha son téléphone et appela Fouad Sarag El-Dine, le ministre de l'Intérieur. La poignée de gendarmes qui était sous ses ordres était non seulement sous-équipée, mais aucunement entraînée à livrer bataille contre des soldats de la trempe des Britanniques. Devait-il capituler ou tenir ?

La réponse de Sarag el-Dine fut catégorique : « Tenir ! Il faut tenir coûte que coûte. Une reddition ferait perdre la face au gouvernement, discréditerait celui-ci aux yeux du peuple. »

C'est à ce moment qu'Erskine interpella le capitaine Rifaat :

— Rendez-vous ! Vous serez bien traités.

Rifaat, qui six mois plus tôt achevait un stage à la brigade criminelle de Scotland Yard, s'avança à l'entrée de la caserne.

— J'ai été en partie élevé en Angleterre. Je regarde les Anglais comme des gentlemen. Mais vous, Anglais qui nous combattez ici, n'êtes pas des gentlemen. Vous avez massé des chars contre des Égyptiens presque sans défense.

— Je comprends que votre situation soit délicate, répliqua *Strong George*, mais notre décision est prise. Vous avez un quart d'heure.

Rifaat rejeta l'ultimatum. Erskine donna l'ordre de tirer. Les chars Centurion éventrèrent le bâtiment à coups d'obus de vingt livres. Armés de leurs fusils d'opérette, les gendarmes se défendirent comme ils purent. Ce fut un carnage.

Après deux heures de combat, Erskine renouvela sa sommation.

Le capitaine Rifaat jaillit alors du bâtiment les mains et les vêtements couverts de sang.

— Voyez ce sang sur mes mains ! C'est celui de vos victimes. Vous n'êtes pas des soldats, vous êtes des assassins !

Strong George rétorqua, placide :

— Vous aurez des ambulances. Nous vous rendrons les honneurs. Vous êtes braves et nous respectons la bravoure !

Rifaat haussa les épaules et lança, avant de retourner dans la fournaise :

— Tout à l'heure, vous viendrez chercher nos cadavres !

Le combat reprit.

À midi, les mortiers anglais déclenchèrent un feu roulant.

Un quart d'heure plus tard, Rifaat n'eut d'autre choix que de hisser le drapeau blanc. Bilan : 46 tués et 76 blessés côté égyptien, 3 morts et 13 blessés côté anglais.

« Folie pure ! » lâcha le commandant Erskine.

Le massacre fut connu dans l'heure au Caire, puis dans le reste du pays ; il déclencha la fureur de haut en bas de la vallée du Nil. Réuni de nuit, le Conseil des ministres décida de rompre les relations diplomatiques avec l'Angleterre et de faire appel au Conseil de sécurité de l'ONU.

À l'aube, quatre-vingts personnalités de la colonie britannique au Caire furent arrêtées à titre d'otages. Les Jeunesses wafdistes – dont faisaient partie les fils de Taymour – organisèrent une formidable manifestation de protestation contre l'oppresseur. Les syndicats ouvriers décidèrent de boycotter immédiatement les entreprises britanniques et, le soir même du 25, les fonctionnaires de l'aéroport du Caire interdirent l'accès des comptoirs de la compagnie aérienne BOAC, *British Overseas Airways Corporation*.

Le lendemain, samedi 26 janvier, Ahmed Zulficar appela Taymour :

— Ne va pas en ville, que personne de ta famille ne s'y rende.

— Pourquoi ?

— Fais-moi confiance, restez chez vous.

Et il raccrocha précipitamment.

La première pensée de Taymour fut pour ses fils. Il cria leurs prénoms : Fadel ! Hicham ! Où êtes-vous ? Hicham !

Il n'obtint aucune réponse. Alors il comprit.

Lorsque Nour apparut, il laissa tomber d'une voix sourde :

— Que Dieu les protège… que le Tout-Puissant nous vienne en aide.

Les clameurs des Frères musulmans, incitant le peuple de croyants à la Guerre sainte, montaient de toutes parts.

À midi, des milliers de manifestants se réunissaient dans les rues, rejoints par une colonne d'étudiants de l'université de l'Azhar, réclamant des armes.

La police, pourtant présente, observa calmement les émeutiers. On avait tué quarante des leurs à Ismaïlia ; pas question pour elle d'intervenir. Cependant, quand le cortège prit la direction du palais d'Abdine, les forces de l'ordre le détournèrent ; il s'engagea alors dans la rue Ibrahim-Pacha et arriva place de l'Opéra. Les manifestants passèrent devant le cabaret Badia, haut lieu de la danse du ventre et des soirées voluptueuses de la bourgeoisie et des Occidentaux friands d'exotisme. Un officier égyptien était attablé à la terrasse.

L'un des émeutiers le prit à partie :

— Tu es là, en train de boire, alors que tes frères se font massacrer sur le Canal ? Tu n'as pas honte ?

L'officier répondit par un geste de dédain. Bien mal lui en prit. Il fut instantanément écharpé et la foule investit l'établissement. Certains – détail révélateur – avaient apporté avec eux des bonbonnes d'essence. Chaises et tables furent empilées, arrosées et enflammées. Une demi-heure plus tard, Badia était la proie des flammes.

Puis, à son tour, l'opéra fut incendié.

À peu près au même moment, les deux plus chics cinémas du Caire, le Metro et le Rivoli, connurent le même sort.

Au célèbre Turf Club, rue Adly-Pacha, où les espions de jadis écoulaient leurs fausses coupures, des Anglais affolés s'interrogeaient sur la conduite à tenir lorsque les émeutiers firent irruption. Ceux qui tentèrent de fuir furent rattrapés et jetés vivants dans un brasier improvisé au beau milieu de la rue. Douze morts.

À la Barclay's Bank, rue Emad-el-Dine, des employés britanniques épouvantés, réfugiés dans la salle des coffres, moururent asphyxiés.

À l'Hôtel National, rue Soliman-Pacha, le directeur, un Grec, Calomiris, sauva la vie de clients anglo-saxons en les enfermant dans des poubelles au sous-sol.

À 1 heure de l'après-midi, le salon de thé Groppi se vit à son tour ravagé. À 23 heures, l'hôtel Shepheard's s'embrasa lui aussi. La troupe d'opéra italien qui y séjournait se retrouva, terrifiée, en liquettes et pyjamas dans les jardins voisins.

Les armuriers avaient été pris d'assaut. Rue Elfi-bey, un gamin de treize ou quatorze ans s'était emparé d'un pistolet et tirait des coups de feu sur les façades des immeubles.

Une folie orgiaque de destruction avait pris possession du peuple, enivré par l'odeur de brûlé qui régnait sur la capitale.

La Grande Révolte arabe atteignait son pinacle avec trente-six ans de retard.

Mais de la Grande Révolte Taymour n'avait que faire. Pour l'heure, sa seule préoccupation se limitait à savoir ce qu'étaient devenus ses fils.

37

Les rois ne devraient être riches que de l'amour de leur peuple.

Le Caire, 20 juin 1952

Fadel et Hicham étaient sains et saufs. Au soir de ce samedi auquel les Égyptiens donnaient déjà le nom de *Black Saturday*, les deux frères avaient regagné le domicile familial, mais refusé formellement de révéler à leurs parents où ils avaient passé la journée du 26 janvier. Ils se contentèrent d'assurer qu'à aucun moment ils ne firent partie des émeutiers.

On arrivait au début de l'été.

Dans une sorte d'instinct de survie, Farouk s'était constitué un « dernier carré » composé de personnages hétéroclites et sans envergure. La plupart du temps, la volonté royale ne s'exprimait plus par la voie officielle, mais à travers un petit groupe de serviteurs qui formait ce que l'on avait appelé le « cabinet de cuisine ». L'Égypte était livrée à elle-même.

Le 22 juillet au matin, un civil sonna à la Villa Loutfi et demanda à parler à Hicham. Aussitôt, sous l'œil circonspect de son père, celui-ci emmena le visiteur dans son bureau et, avant de refermer la porte, exigea qu'on ne les dérange pas.

L'homme s'appelait Ahmed Aboul Fath. Il était journaliste, rédacteur en chef du journal wafdiste *El-Misri*, beau-frère du lieutenant-colonel Okacha, l'un des membres fondateurs du Cercle des officiers libres.

— Je suis désolé de te déranger chez toi, Hicham, mais la gravité de la situation l'exige.

— Je t'écoute.

— Comme tu le sais, le gouvernement est tombé. Le troisième en six mois. J'ai appris hier soir, par une source digne de foi, le nom de la personnalité que le roi a l'intention de nommer au ministère de la Guerre. Il s'agit du général Hussein Sirri, annonça Ahmed, le visage grave.

— Ce n'est pas possible !

De toutes les personnalités politiques, Sirri était de loin la plus honnie de Nasser et du « Cercle des officiers libres » ; celle qui représentait le plus grand danger pour leur sécurité à tous.

— Attends, reprit Ahmed. Le pire est à venir. Dans la foulée, le souverain exige l'arrestation des militaires qui comploteraient contre sa personne.

Hicham devint blême.

— L'arrestation des militaires ? Tu veux dire qu'il a des noms ?

— Je n'en sais rien. Mais, dans le doute, je me devais de vous prévenir. Saroit m'a fait l'honneur de me parler de toi et de ton implication auprès du Cercle. C'est pourquoi j'ai préféré venir ici plutôt que de me rendre à son domicile, pour ne pas éveiller les soupçons. Sa maison est déjà sous surveillance.

— Il faut que j'avertisse Nasser, sans tarder !

— C'est l'évidence. Et le général Naguib ?

Hicham hésita.

Voilà un certain temps déjà que Mohammad Naguib avait attiré l'attention de Nasser et de ses compagnons. Blessé par trois fois lors des combats de Palestine, ce militaire représentait à leurs yeux le parfait héros. Alors qu'il se remettait de ses blessures à l'hôpital, le général avait été abordé pour la première fois par l'un des amis les plus intimes de Nasser : le colonel Abdel Hakim Amer. Le militaire lui avait exposé dans les grandes lignes l'ambitieux dessein poursuivi par le Cercle des officiers libres. Quelque temps plus tard, alors que Naguib enseignait à l'école d'état-major, on était venu le solliciter à nouveau. Amer, toujours. Mais, cette fois, Nasser l'accompagnait. Les deux hommes étaient allés plus loin dans la confidence, décrivant par le détail leurs aspirations. Et Naguib s'était laissé convaincre. En réalité, Hicham l'avait vite compris, si Nasser et ses compagnons faisaient appel à cet homme, c'était uniquement parce qu'ils avaient besoin d'une personnalité crédible, connue de tous et respectée. Une figure emblématique et rassurante. Quelqu'un qui aurait l'oreille du peuple. Une fois la monarchie renversée, Naguib passerait probablement à la trappe.

— Oui, dit Hicham, pensif, je préviendrai aussi le général Naguib.

Il se leva, saisit le journaliste par le bras et, sous le regard interloqué de son père, se précipita vers sa voiture.

— Où va-t-il encore ? s'étonna Nour.

— Crois-tu que ton fils daigne me renseigner sur ses allées et venues ? C'était déjà ainsi lorsqu'il était un simple troufion, maintenant qu'il a été promu capitaine, c'est pire !

Nour haussa les épaules, fataliste.

— De toutes les façons, à ving-six ans, ce n'est plus un gamin.

— Eh bien, fulmina Taymour, j'aurais pensé exactement le contraire ! Heureusement que son frère a l'air de s'être calmé.

— Oui, je sais, il m'a annoncé son intention d'aller au bout de ses études en communication. On verra bien.

Taymour examina sa femme un moment avant de grommeler :

— Veux-tu la vérité ? La jeunesse n'est plus ce qu'elle était !

*

C'était le branle-bas. Quelques heures après la visite du journaliste, alertés par Hicham, les membres dirigeants du Cercle des officiers libres se retrouvèrent dans la villa du général Naguib, située non loin du cabaret Helmieh Palace. La proximité de ce lieu public avait permis aux conjurés de mêler leurs voitures à celles des clients sans attirer l'attention de la police.

Ils se retrouvèrent dix en tout. Bien que Hicham ne fît pas partie à proprement parler du Cercle, Nasser avait souhaité sa présence.

— Par conséquent, conclut ce dernier, nous devons modifier nos plans. Ce qui était prévu pour la fin août est avancé. Ce sera ce soir, minuit. La situation s'y prête. Le gouvernement est inexistant, la plupart des hommes politiques et des diplomates étrangers en vacances en Europe ou en villégiature à Alexandrie. La voie est libre. Il est urgent d'alerter nos compagnons absents du Caire, entre autres Anouar el-Sadate, cantonné à la base aérienne d'El-Arich.

Il se tourna vers Hicham.

— Peux-tu t'en charger ?

— Bien sûr. Vous pouvez compter sur moi.

Puis Nasser exposa son plan.

*

23 juillet.

À 6 heures et demie du matin, les trilles du téléphone fracturèrent le calme de la villa.

Maudissant l'importun, Taymour décrocha. Dans le tout premier instant, il eut du mal à identifier la voix de Zulficar tant elle était fébrile et son débit accéléré.

— Taymour, Taymour, écoute-moi ! Le Caire est occupé par des militaires rebelles. Ils tiennent tout, les ministères, le siège des téléphones, la radio, les gares, les aéroports, tout... On voit des blindés passer dans les rues.

— Et... et les Anglais ?

— Pour l'instant, ils n'ont pas bougé.

À ce moment, le cuisinier sortit comme un fou de ses cuisines :

— La radio ! Vite... On va lire un communiqué...

Taymour transmit l'information et raccrocha.

Il brancha le poste du salon au volume maximal et entendit une voix aux accents solennels.

— « L'Égypte vient de vivre la période la plus sombre de son histoire, avilie par la corruption, désagrégée par l'instabilité. Les facteurs de dissolution ont affecté l'armée elle-même et constitué l'une des causes de notre défaite en Palestine. Commandée par des ignorants, des traîtres ou des incapables, l'armée n'était plus capable de protéger l'Égypte... »

Nour avait rejoint son mari.

Fadel, tiré de son sommeil par le tintamarre, apparut à son tour.

— Mais qui est cet individu qui parle ? questionna-t-il.

— Chut !

— « C'est pourquoi nous nous sommes épurés, l'armée est désormais entre les mains d'hommes intègres et patriotes en qui vous pouvez avoir toute confiance. Les anciens responsables que nous avons jugé utile d'arrêter seront libérés dès que les circonstances le permettront. »

Les deux jardiniers vinrent se joindre à la domesticité assemblée.

— « Je saisis cette occasion pour mettre le peuple en garde contre ses ennemis et pour lui demander de ne tolérer aucun acte de violence ou de destruction, car de tels actes nuiraient à l'Égypte ; ils seraient considérés comme un crime de trahison et punis avec la plus extrême rigueur. Je tiens à rassurer tout particulièrement nos frères, les étrangers, et à leur affirmer que l'armée se considère comme entièrement responsable de la sécurité de leurs personnes, de leurs biens et de leurs intérêts. Que le Tout-Puissant nous vienne en aide ! »

— Vous venez d'entendre le colonel Anouar el-Sadate, annonça ensuite le speaker.

Taymour faillit tomber à la renverse. Sadate ? Von Sadate ? Le Sadate qu'il avait connu ?

Un immense sourire s'étalait sur le visage de Fadel.

— *Mabrouk*[1] ! s'écria-t-il. Ils ont réussi !

*

Une demi-heure plus tard, on entendit hurler dans la rue et aux portes de la villa : « Vive la Révolution ! *Tahia el sawra !* »

— Tout cela est très bien, lança Taymour, mais qui va gouverner le pays ? Et nous ne savons rien de la réaction des Anglais, ni de celle de Farouk. Mais le plus préoccupant : quelqu'un pourrait me dire où est mon fils ?

Il n'avait pas posé la question que le téléphone résonna à nouveau, lui arrachant un sursaut.

— *Massa'el fol*, papa. Matin de jasmin.

— Hicham, mon fils ? Où diable es-tu ?

— Peu importe ! J'imagine que vous avez appris les nouvelles ?

---

1. Expression qui pourrait signifier, béni, chanceux, qui a reçu la *baraka*, la bonne fortune. Elle est généralement utilisée pour féliciter quelqu'un qui a reçu un bienfait.

— Oui, mais…

Il éclata d'un rire tonitruant.

— Je vous embrasse tous très fort ! Vive l'Égypte. Je vous aime !

— Tu as entendu son rire ? jubila Fadel.

*

Presse et radio de ce 23 juillet se relayèrent pour faire connaître les noms des principaux dirigeants des officiers libres.

Tout le monde, depuis le chauffeur de taxi jusqu'aux députés et ministres, se demandait cependant par quel miracle les Anglais ne s'étaient pas manifestés. Dans les jours qui suivirent, Taymour se rappela la plaisanterie amère de Farouk, un soir qu'il jouait aux cartes au Royal Automobile Club :

— Bientôt, il n'y aura plus que cinq rois au monde : le roi de trèfle, le roi de pique, le roi de cœur, le roi de carreau et le roi d'Angleterre.

Le 26 juillet, Hicham annonça :

— C'est fait. Il a renoncé.

— Tu veux dire que le roi s'en va ? interrogea Fadel.

— Oui. Il a abdiqué. Il part à bord du yacht royal, le *Mahroussa*, dans deux heures. Nous lui avons laissé le temps de prendre quelques vêtements.

— Et la reine et leur nouveau-né ?

— Ils l'accompagnent, bien sûr.

*

Quand les échos de la mémorable journée du 26 juillet 1952 s'atténuèrent, les problèmes apparurent, peut-être plus impérieux qu'avant : les troupes anglaises restaient stationnées dans la région du canal. L'abdication n'avait pas entraîné *de facto* l'indépendance de l'Égypte.

— Plus ça change, plus c'est la même chose, dit Taymour en citant la fameuse formule française dans sa langue originale.

C'était six mois après l'abdication de Farouk.

En Irak, désormais occupé à exploiter son pétrole, le Premier ministre, cette crapule de Nouri el-Saïd, entretenait la collusion avec les Anglais.

En avril 1950, le roi Abdallah avait réuni la Transjordanie et la Palestine arabe (Jérusalem-Est et Cisjordanie) sous le nom de Royaume hachémite de Jordanie. Un an plus tard, le souverain était assassiné par un exilé palestinien qui lui reprochait ses positions trop conciliantes à l'égard d'Israël. Le 11 août 1952, son petit-fils, Hussein, fut proclamé roi. C'était un garçon de seize ans, d'éducation anglaise, puisque formé à Harrow. Le pays restait donc sous la coupe britannique.

En Syrie régnait le chaos.

Après la victoire israélienne de 1948, le mécontentement général n'avait fait que croître, jusqu'au mois de mars 1949, date à laquelle Shukri el-Kuwatli avait été renversé par un coup d'État fomenté par le colonel Hosni el-Zaïm. Après un court emprisonnement, le président déchu était venu se réfugier au Caire, en attendant une occasion de regagner son pays.

L'Arabie saoudite ? Le Koweït ? Vu leur dépendance désormais absolue au pétrole, ils étaient pratiquement sous mainmise américaine. Bahrein était toujours sous tutelle anglaise.

Et le nombre de réfugiés palestiniens avoisinait le million…

— Nous allons voir ce que fera Nasser, s'exclama un jour Taymour.

Il n'y croyait qu'à moitié. Enfin, presque. Un tiers ? Non, un peu plus. Mais quel homme a jamais pu peser ses sentiments ?

XIII

38

L'audace est une royauté sans couronne.

Le Talmud.

Alexandrie, 26 juillet 1956, 19 heures

La place Manchia, anciennement place Mohamad Ali, est noire de monde. L'air est infiniment doux pour un mois de juillet. La foule s'impatiente. Elle veut voir l'homme qui a entamé un bras de fer avec le monde occidental. Son héros.

Ni Taymour, ni Nour, ni Hicham, ni Fadel n'auraient voulu rater l'événement.

Soudain, un cri. Fadel désigne l'estrade surélevée. Le voilà ! Le *raïs* est là ! Nasser ! On hurle le nom du chef. Des youyous montent vers le ciel où pointent les premières étoiles.

Oui. C'est bien Nasser.

Il semble parfaitement détendu, salue d'un grand geste de la main, puis s'empare du micro.

— Citoyens… En ce jour, nous accueillons la quatrième année de la révolution. Nous avons passé quatre ans dans la lutte. Nous avons lutté pour nous débarrasser des traces du passé, de l'impérialisme ; des traces de l'occupation étrangère et du despotisme intérieur. Aujourd'hui, nous sommes plus forts que jamais. Nous avons lutté et nous avons triomphé !

Tonnerre d'applaudissements.

Nasser poursuit :

— En regardant l'avenir, nous sentons très bien que notre lutte n'a pas pris fin. Il n'est pas facile, en effet, d'édifier notre puissance au milieu des visées impérialistes et des complots internationaux. Il n'est pas facile de réaliser notre indépendance politique et économique. Nous avons encore devant nous toute une série de combats à livrer avant de pouvoir vivre dignement.

La foule scande : « Nasser ! Nasser ! Nous sommes avec toi ! »

Lui sourit. Son sourire n'a jamais été aussi fauve qu'en cet instant.

Il enchaîne :

— Depuis que l'Égypte a proclamé son indépendance, le monde entier a les yeux braqués sur nous. Tout le monde tient compte de l'Égypte et des Arabes. Autrefois, nous perdions notre temps dans les bureaux des ambassadeurs et des envoyés extraordinaires ; mais aujourd'hui, alors que nous nous sommes unis pour former un front national, ceux qui nous dédaignaient ont commencé à nous craindre. La voix de l'Égypte est devenue plus forte dans le domaine international et la valeur des Arabes plus grande.

Le *bikbachi*[1] fait le compte rendu de la dernière conférence à laquelle il vient de participer, celle de Brioni, en Yougoslavie. Il souligne le ralliement du président Nehru et de Tito à sa politique de neutralité. Ensuite, il aborde les problèmes de l'indépendance économique de l'Égypte, les problèmes de production, le revenu national et la volonté d'engager le pays sur une voie autre que celle de la prière et de

---

1. Grade d'origine turque qui signifie « chef des mille » mais qui, par la suite, fut utilisé pour désigner plus généralement un colonel de l'armée égyptienne.

la mendicité. Puis il aborde l'affaire des achats d'armes.

— En 1952, nous avons commencé à parler de l'armement. Ils nous ont dit : « Vous n'aurez rien si vous ne signez pas le pacte de défense commune », ce qui voulait dire qu'une mission militaire britannique ou américaine viendrait ici, chez nous, et s'occuperait des affaires de l'armée égyptienne. Nous avons répondu à cela que nous n'aimons pas les missions militaires et que nous les connaissions pour avoir un seul objectif, celui d'affaiblir l'armée et de la rendre impuissante. Nous leur avons dit que nous voulions acheter les armes avec notre argent, et non à titre d'assistance ; ils ont refusé. Ils n'ont voulu nous donner les armes que contre signature du mandat établissant notre esclavage et portant atteinte à notre souveraineté.

Un temps de silence. La voix monte d'un ton :

— Alors, nous avons acheté les armes... en Russie ! Oui, je dis en Russie, et non en Tchécoslovaquie ! Après cela, quelle histoire ! On a dit : « Ce sont des armes communistes. » Je demande : y a-t-il des armes communistes et des armes non communistes ? Les armes, dès qu'elles arrivent sur le sol égyptien, s'appellent des armes égyptiennes ! Ensuite, ils nous ont dit qu'ils avaient un plan pour l'équilibre des forces dans le Moyen-Orient. Mais quel est cet équilibre qui fait qu'on donne un fusil à soixante-dix millions d'Arabes pour deux fusils à un million de sionistes et un avion pour les uns et deux pour les autres ! Et puis, qui a fait de vous nos tuteurs ? Qui vous a demandé de vous occuper de nos affaires ?

La foule est en délire.

Taymour et Nour sont sidérés.

Le ton employé, le langage n'ont rien en commun avec ce que les Égyptiens ont connu jusqu'alors. Cet homme est de leur terre, il est de leur chair. C'est la première fois depuis des siècles que le peuple égyptien est dirigé par un Égyptien. Quelqu'un qui leur parle comme ils parlent. *Baladi*. Le langage de l'homme de la rue, celui du petit repasseur, du *bawab*, du portier, du moins que rien.

Ce soir, la légion des anonymes a trouvé son interprète. À leurs yeux, Nasser n'est pas leur président, mais leur père, leur frère, celui qui a pris leurs douleurs et leurs frustrations pour les jeter à la face du monde.

Il fait un geste pour ramener le silence et enchaîne :

— Après cela a commencé la lutte pour récupérer notre canal, et chacun de vous sait combien nous avons sacrifié et combien nombreux sont ceux qui sont morts sur le champ d'honneur au cours de nos affrontements avec les Anglais. Cette lutte, on la retrouve partout dans tout le monde arabe. Contre l'impérialisme de la France en Afrique du Nord ; contre l'Amérique et tous les pays du pacte atlantique qui ont oublié les principes qu'ils ont au début proclamés. Mais le nationalisme arabe triomphera !

Puis, il évoque le haut barrage[1] :

— Lorsque M. Eugène Black, le président de la BIRD[2], vint au Caire, il nous déclara que sa banque était un organisme international, qui ne s'occupait pas de politique. Qu'il nous prêterait l'argent nécessaire à la construction de ce haut barrage si vital pour notre pays. En effet, j'ai commencé à trouver en Eugène Black l'homme qu'il nous fallait, je voyais en lui un Ferdinand de Lesseps. Très vite, j'ai dû déchanter. En vérité, M. Black et sa banque étaient à la botte des Américains et des Anglais ! D'humiliation en humilia-

---

1. La construction de ce barrage était une affaire de survie pour l'Égypte. Le but était de réguler les crues du Nil, de produire de l'électricité pour le pays et de constituer un réservoir d'eau pour l'agriculture. Nasser « mendia » littéralement auprès des Américains les moyens financiers nécessaires à la construction de l'édifice pour se voir infliger un refus particulièrement humiliant.
2. Banque internationale pour la reconstruction et le développement.

tion, ils ont exigé que nous nous mettions à genoux devant Israël, et lorsque, me jouant d'eux, je leur ai fait croire que j'étais disposé à céder à toutes leurs exigences, comment croyez-vous qu'ils ont réagi ? Ils nous ont quand même refusé le prêt ! L'histoire se répète et il n'est pas possible que nous la laissions se répéter. Nous sommes tous là, aujourd'hui, pour mettre fin à ce sinistre passé et si nous nous tournons vers lui, c'est uniquement dans le but de le détruire !

Il se tait brusquement. Son regard parcourt la foule. On sent que les mots qui vont suivre seront chargés de gravité.

Les doigts de Nasser enserrent plus fermement son micro et il annonce :

— Nous ne permettrons pas que le canal de Suez soit un État dans l'État ! La pauvreté n'est pas une honte, mais c'est l'exploitation des peuples qui l'est. Nous reprendrons nos droits, car tous ces fonds sont les nôtres, et ce canal est la propriété de l'Égypte ! La Compagnie est une société anonyme égyptienne, et le canal a été creusé par cent vingt mille Égyptiens, qui ont trouvé la mort durant l'exécution des travaux. Les 35 millions de livres que la Compagnie encaisse, nous les prendrons, nous, pour l'intérêt de l'Égypte. Et cet argent, nous l'utiliserons pour financer le haut barrage ! Un financement que tous nous ont refusé sous des prétextes fallacieux ! Il y a quatre ans, ici même, Farouk fuyait l'Égypte ! Moi, aujourd'hui, au nom du peuple, je prends la compagnie ; ce soir, notre canal égyptien sera dirigé par des Égyptiens !

L'hystérie s'est emparée de la foule.

Alors, sous l'œil interdit de Taymour, Nasser éclate d'un rire, d'un fou rire que les ondes retransmettent au monde ébahi.

*

Jean-François Levent éteignit la radio et demanda à Dounia.

— Qu'en penses-tu ?

— Que veux-tu que je te dise ? L'homme a viré les Anglais qui occupaient son pays depuis soixante-dix ans, il a tendu la main aux Américains qui l'ont envoyé se faire voir, aux Anglais, à l'Occident, et il a été éconduit comme un malpropre. Alors, je ne suis pas étonnée qu'aujourd'hui il envoie la facture à l'Occident.

— Ce sera la guerre, tu le sais ?

Dounia tendit un verre de vin à Jean-François. Puis elle se servit à son tour.

— La guerre ? Quelle idée ! Pour quelle raison ?

— Tu as entendu comme moi : il nationalise le canal !

— Et alors ? Où est le drame ? Que perd la France ? Ses porteurs de parts ? Ils seront indemnisés à un excellent taux. La liberté de navigation ? L'Égypte a tout intérêt à la garantir si elle veut continuer à bénéficier des revenus qui en découlent. Jusqu'à preuve du contraire, il n'y a dans cette opération ni annexion de territoire ni sang versé. D'ailleurs, je me permets de te rappeler que de Gaulle a nationalisé les ressources énergétiques de la France et les usines Renault. Et de l'autre côté de la Manche, n'a-t-on pas nationalisé la Banque d'Angleterre, les mines de charbon et l'aviation civile ? Par conséquent... Non, la France et l'Angleterre ne sont pas assez déséquilibrées pour se lancer dans une opération militaire. Jamais et...

La sonnerie de la porte retentit.

Il alla ouvrir.

— Un pli urgent pour M. Levent, annonça le visiteur.

Il tendit une enveloppe à en-tête du ministère des Affaires étrangères. Jean-François la décacheta précipitamment.

Présence exigée à mon bureau de toute urgence. Signé Christian Pineau.

Jean-François montra le mot à Dounia en commentant avec un sourire dépité.

— Tu t'es trompée, ma chérie. Ils sont assez fous.

*

Londres, au même instant

Au 10, Downing Street, les invités d'Anthony Eden finissent de dîner. Il y a là le roi Fayçal II d'Irak et son âme damnée, Nouri el-Saïd, nombre d'hommes politiques et de chefs militaires britanniques. On a beaucoup parlé du Moyen-Orient. On s'est interrogé aussi sur les réactions de Nasser après le rejet de sa demande d'aide au financement du haut barrage.

— Échec et mat ! lance Eden en souriant. Notre colonel de pacotille est échec et mat !

Fayçal approuve, tout en s'étonnant de l'incroyable faveur dont Nasser bénéficie dans le monde arabe. Il entame un commentaire :

— Je me demande, dit-il, par qui il sera remplacé après sa chute.

Mais il est interrompu par l'arrivée impromptue d'une secrétaire. L'air confus, elle s'approche d'Anthony Eden et lui remet un télégramme. Une effrayante pâleur envahit les joues du Premier ministre.

— Que se passe-t-il ? s'inquiète l'un des invités. Une mauvaise nouvelle ?

Eden garde le silence un moment avant d'annoncer d'une voix rageuse :

— Comment a-t-il pu oser ? Comment ?

Le roi Fayçal interroge à son tour :

— Qu'arrive-t-il, sir ?

— Il se passe, Votre Majesté, que Nasser vient d'annoncer qu'il nationalise le canal !

L'incrédulité la plus totale s'empare des invités. C'est impossible ! Eden confirme. Le premier instant de stupeur passé, le Premier ministre anglais se penche vers Nouri el-Saïd.

— Qu'en pensez-vous ?

— Un seul champ d'action s'offre à vous, réplique l'Irakien : frappez, frappez tout de suite, et frappez fort. Sinon, il sera trop tard. S'il réussit son coup, sa popularité déjà grande se verra centuplée !

— De toute façon, note Eden en recouvrant son calme si *British*, c'est une folie. L'Égypte n'est absolument pas capable d'exploiter le canal. Elle ne dispose ni des pilotes ni des administrateurs compétents. En quelques mois, tout s'effondrera.

Eden se trompe. Une trentaine de minutes plus tard, un nouveau télégramme l'informe que Nasser a ordonné à tous les experts étrangers affectés à la gestion du canal de ne quitter leur poste sous aucun prétexte.

— Voilà une attitude inqualifiable ! rugit-il. On prend en otage des citoyens anglais !

Il se lève. S'excuse auprès de ses hôtes et se précipite sur son téléphone.

Lorsqu'il réapparaît dans la salle à manger, son visage semble plus détendu. Il vient de convoquer tous ses ministres pour une réunion d'urgence.

— Nous l'aurons ! lance-t-il avec un sourire. Il comprendra que l'on n'improvise pas en politique.

Nouri el-Saïd approuve, la mine sombre :

— Je l'espère. Car si vous le laissez faire, il aura notre peau à tous !

Si Anthony Eden avait pu lire dans les pensées de Nasser, jamais il n'aurait prononcé le mot « improvisation ». Au contraire, la démarche du *bikbachi* avait été longuement mûrie, étudiée, analysée sous tous les angles. Il avait commencé à y réfléchir dès que son ambassadeur lui avait fait part des conditions humiliantes que la Maison-Blanche cherchait à lui imposer. Même les allusions répétées à Lesseps dans son discours n'avaient rien eu de fortuit.

Dès son retour de Brioni, il s'était isolé dans son bureau et avait établi par écrit la liste des conséquences d'une éventuelle nationalisation du canal de Suez.

L'ensemble était intitulé : « Si j'étais Eden. »

*

Sèvres, 22 octobre 1956

Selwyn Lloyd, représentant britannique, Christian Pineau, ministre français des Affaires étrangères et Ben Gourion, secondé par Moshe Dayan, sont rassemblés dans le secret d'une villa de Sèvres. Le plan qu'ils viennent d'élaborer se résume en trois points :

1. Le 29 octobre, les Israéliens attaqueront en premier l'Égypte. Ce sera l'opération « Kadesh ».

2. La France et le Royaume-Uni interviendront pour la forme en exigeant un cessez-le-feu.

3. La France et le Royaume-Uni attaqueront à leur tour et occuperont la zone du canal.

Nom de l'opération ? « Mousquetaire ».

Fidèle à sa stratégie de « guerre préventive », l'État hébreu est prêt à s'impliquer.

Le 25 octobre, comme s'il n'y avait jamais eu d'accord secret, la question de Suez arriva devant le Conseil de sécurité des Nations unies. Au terme de neuf jours consécutifs de débats, on adopta à l'unanimité six principes, prélude à un arrangement. Une table ronde fut prévue le 29 octobre à Genève. Au sortir de la conférence, Dag Hammarskjöld, le secrétaire général de l'ONU, s'approcha du docteur Fawzi, ministre égyptien des Affaires étrangères, et lui murmura :

— Il est heureux qu'après le train de représailles militaires que les Britanniques ont envisagé contre vous, le wagon de tête ait dépassé la station.

Hammarskjöld se trompait. Le train venait seulement d'entrer en gare.

Le 29 octobre 1956, à 20 h 30, l'opération « Mousquetaire » commence. Les blindés israéliens se lancèrent en territoire égyptien.

39

Une civilisation qui s'avère incapable de résoudre les problèmes que suscite son fonctionnement est une civilisation décadente.

Aimé Césaire.

Le Caire, 29 octobre 1956, 21 heures

Alors que Nasser fêtait chez lui l'anniversaire d'un de ses fils, un messager accourut : *Israël a attaqué*.

Il quitta sa famille, convoqua ses collaborateurs.

Ordre fut donné aux forces égyptiennes chargées de protéger le canal de quitter leur position et de faire mouvement vers le Sinaï.

La zone du canal se retrouva entièrement sans défense.

Le 30 octobre, Anthony Eden et Guy Mollet[1], comme ils en étaient convenus, annoncèrent en fin d'après-midi à leurs Parlements respectifs qu'ils avaient lancé aux deux belligérants un ultimatum leur enjoignant de se retirer à quinze kilomètres de part et d'autre du canal de Suez et de permettre l'installation de contingents franco-britanniques à

---

1. Président du Conseil français.

Port-Saïd, Ismaïlia et Suez, faute de quoi ces bases seraient occupées par la force.

Le délai limite d'acceptation de l'ultimatum était de douze heures.

Nasser n'y comprenait rien. Pourquoi cette exigence alors que les Israéliens étaient encore – à ce stade des opérations – à quelque soixante kilomètres de la voie d'eau ? Appliquer ces conditions reviendrait à sonner le rappel des troupes égyptiennes en poste au Sinaï, à leur faire passer la voie d'eau et à les positionner à quinze kilomètres de la rive ouest. Quant aux Israéliens, l'ultimatum les invitait purement et simplement à poursuivre leur progression jusqu'à 10 milles du canal de Suez. Absurde !

Nasser n'y comprenait rien, car il ignorait tout des tractations secrètes de Sèvres.

De toute façon, il était hors de question de céder. Ce serait une catastrophe.

Les forces franco-britanniques avaient prévu deux jours de bombardement intensif pour anéantir l'aviation égyptienne. Un seul fut suffisant. L'Égypte disposait seulement d'une trentaine d'avions, dont la plupart n'étaient pas opérationnels.

Du haut des minarets de la totalité des pays arabes, les muezzins appelèrent à la guerre sainte.

À Washington, le président Eisenhower fut saisi d'une colère froide, estimant avoir été trompé.

Aux Nations unies, une motion américaine, votée le 30 octobre par sept voix contre deux, celles de la France et de la Grande-Bretagne, fut aussitôt frappée de veto par ces deux pays.

« Sommes-nous ou non en guerre avec l'Égypte ? » demandèrent les députés travaillistes à M. Eden, qui commença par déclarer : « Je ne suis pas du tout disposé à donner des détails à cette assemblée », puis, pressé de questions, admit que les hostilités avaient commencé.

« En prenant cette décision, s'écria M. H. Gaitskell, leader de l'opposition travailliste, le gouvernement a commis un acte de folie désastreuse, dont nous regretterons pendant des années les conséquences tragiques. Oui, nous le regretterons tous, parce qu'il aura fait un mal irréparable au prestige et à la réputation de notre pays. Par cet acte, monsieur, vous n'avez pas seulement négligé, vous avez attaqué les trois principes qui ont dirigé la politique étrangère britannique : la solidarité avec le Commonwealth, l'alliance anglo-américaine et le respect de la charte des Nations unies... »

Mais, pendant qu'on discutait au Parlement britannique, les opérations militaires se poursuivaient : bombardement intensif des aérodromes égyptiens, des camps, des points stratégiques, des installations de radio pour faire taire la « Voix des Arabes », et « nettoyage » des quartiers de Port-Saïd, où les parachutistes avaient pour mission d'occuper le port vers lequel l'armada franco-britannique se dirigeait.

Appliquant leur plan d'intervention, les troupes britanniques et françaises furent parachutées en toute hâte sur la ville de Port-Saïd. Mais, contre toute attente, celle-ci résista avec panache, contraignant les parachutistes à livrer des combats de rue. Ce n'était, hélas, qu'un baroud d'honneur. La déroute égyptienne fut sans appel.

À Whitehall et à Matignon, on guettait le coup de téléphone du Caire annonçant que le peuple égyptien avait renversé le dictateur.

Mais, à mesure que se poursuivait l'intervention franco-britannique, les réactions internationales se faisaient de plus en plus hostiles. La monnaie britannique se voyait attaquée sur toutes les places boursières, les États-Unis laissèrent faire.

Le 5 novembre, l'URSS entra dans le jeu et annonça qu'elle s'emploierait à mettre fin à l'intervention franco-britannique, y compris, précisa le

Kremlin, par l'utilisation de l'arme nucléaire. Washington sortit alors de sa réserve et Eisenhower ne mâcha pas ses mots pour exprimer clairement que « la plaisanterie avait assez duré ». De plus en plus isolé, Anthony Eden voyait se profiler une grave crise politique. Le 6 novembre, alors que l'armada franco-britannique se présentait devant Port-Saïd, il accepta le cessez-le-feu. Les Français étaient contraints de le suivre. Les troupes plièrent bagage et repartirent bredouilles. Sous la pression des États-Unis, Ben Gourion, à son tour, se résigna à retirer ses blindés du Sinaï et de Gaza.

Le triomphe du président-colonel était total.

Une rumeur de soulagement s'éleva du pays. Elle enfla progressivement et se changea en un chant de triomphe.

Hicham et Fadel étreignirent leur père sans mot dire.

— Maintenant, mes enfants, dit Taymour, je vous cède la place. Tout commence.

Remerciements

Ma gratitude va à Gérald Messadié qui a su m'aider à retrouver mon chemin dans l'effrayant dédale du monde moyen-oriental et m'a fait gagner un temps infiniment précieux.

Merci à Amira el-Wakil, « l'Égyptienne », pour sa relecture du manuscrit, et pour ses (très) précieuses observations sur les us et coutumes de la société égyptienne de l'époque.

À Tohra, l'amie, pour la justesse de son analyse et ses encouragements.

Bibliographie

À la recherche d'une identité, Anouar el-Sadate, Éditions Fayard.

Du rêve à la réalité, David Ben Gourion, Éditions Stock.

Entre le socialisme de Nasser et l'infitah de Sadate (1952-1981), Mohamed H. Heikal, Éditions L'Harmattan.

Fayçal, roi d'Arabie, Jacques Benoist-Méchin, Éditions Albin Michel.

Gamal Abdel Nasser et son équipe, Georges Vaucher, tomes I et II, Éditions Julliard.

Ibn Séoud, ou la naissance d'un royaume, Jacques Benoist-Méchin, Éditions Albin Michel.

L'Égypte en mouvement, Jean et Simone Lacouture, Éditions du Seuil.

L'Identité palestinienne, Rashid Khalidi, Éditions La Fabrique.

La Formation de l'Irak contemporain, Pierre-Jean Luizard, Éditions du CNRS.

Le Grand Aveuglement, Charles Enderlin, Éditions Albin Michel.

Le Grand Mufti et le nationalisme palestinien, Louis Denisty, Éditions L'Harmattan.

Le Proche-Orient éclaté, Georges Corm, Éditions Gallimard.

Le Retour des exilés, Henry Laurens, Éditions Robert Laffont.

Le Rêve brisé, Charles Enderlin, Éditions Fayard.

Les Arabes et la Shoah, Gilbert Achcar, Éditions Sindbad/Actes Sud.

Les Documents du Caire, Mohamed H. Heikal, Éditions Flammarion.

Les Sept Piliers de la sagesse, T. E. Lawrence, Éditions Phébus.

Mémoires du grand mufti, Éditions El-Ahali.

Nasser, Jean Lacouture, Éditions du Seuil.

Ô Jérusalem, Dominique Lapierre et Larry Collins, Éditions Robert Laffont.

Palestine, 1948, l'Expulsion, Les Livres de la *Revue d'études palestiniennes*, Elias Sanbar.

Palestine, histoire d'un État introuvable, Rashid Khalidi, Éditions Actes Sud.

Par le feu et par le sang, Charles Enderlin, Éditions Albin Michel.

Suez, Marc Ferro, Éditions Complexe.

The Letters of Gertrude Bell, Lady Gertrude, Ernest Benn.

Too Rich, William Stadiem, Éditions Carroll & Graf, New York.

Un printemps arabe, Jacques Benoist-Méchin, Éditions Albin Michel.

Winston Churchill, Martin Gilbert, Dial Press Inc.

QUATRIÈME PARTIE

CINQUIÈME PARTIE

SIXIÈME PARTIE

SEPTIÈME PARTIE

HUITIÈME PARTIE

NEUVIÈME PARTIE

DIXIÈME PARTIE

Onzième partie

Douzième partie

Treizième partie

9513

Composition
NORD COMPO
Achevé d'imprimer en Slovaquie
par NOVOPRINT
le 4 juillet 2011.
1er dépôt légal dans la collection : mars 2011.

EAN 9782290029619

ÉDITIONS J'AI LU
87, quai Panhard-et-Levassor, 75013 Paris

Diffusion France et étranger : Flammarion